新编21世纪高等职业教育精品教材·通识课系列

文学欣赏

主编 李玛丽 黄清玲

中国人民大学出版社
·北京·

本书编委会

企业顾问：何　文　张定远

主　　编：李玛丽　黄清玲

副 主 编：黄　海　卢如华　胡　芳

编　　委：李玛丽　卢如华　胡　芳

黄清玲　黄　海

P前 言 REFACE

“诗，可以兴，可以观，可以群，可以怨。”孔子认为学《诗经》可以激发情感，可以观察社会，可以交往朋友，可以怨刺不平。如果一个人变得温柔敦厚，那也是诗歌涵养的结果。孔子的“诗教观”深刻揭示了文学及文学欣赏教育人、塑造人的重要作用，成为影响千古的重要思想。时至今日，文学欣赏更是人文素质教育的一个重要组成部分，是立德树人的基础环节。作为一种审美精神活动，文学欣赏的宗旨是通过阅读、鉴赏古今中外优秀文学作品，让学生了解形形色色的社会，感受丰富多彩的人生，最终起到陶冶性情、启发心智、培养意志和完善人格修养的作用。党的二十大报告指出，“培养造就大批德才兼备的高素质人才，是国家和民族长远发展大计。功以才成，业由才广。”“教育是国之大计、党之大计。”“育人的根本在于立德。”要全面贯彻党的教育方针，落实立德树人根本任务。文学欣赏是人文素质教育的重要组成部分，是立德树人的基础环节，更应该守住初心，紧跟现代教育思想，迎合当今复合型人才培养计划，培养出才高行厚的新时代大学生。

高职高专是高等教育的重要组成部分。如今，职业教育“前途广阔，大有可为”。国家大力号召要培养更多高素质技术技能人才，建设一支高素质的产业工人队伍。蔡元培先生说：“教育者，养成人格之事业也。使仅仅灌注知识，练习技能之作用，而不贯之以理想，则是机械之教育，非所以施于人类也。”一语道出了教育首先是人格教育的真谛。这显然要求我们把学生的人文素质教育摆在重要位置。本教材的指导思想是通过传承国学思想精华，渗透优秀传统文化，着力培养学生，特别是高等职业院校学生的优秀人文修养，提升精神境界，树立理想信念及文化自信；通过校企合作，立足企业岗位需求，分解素质点、能力点，有针对性地培养学生的综合职业能力和可持续发展能力，培养良好的职业道德、合作意识和工匠精神等人文情怀；同时，通过疑义相析、课堂活动和能力训练，提升学生的鉴赏能力、理解能力、表达能力和沟通能力。

教材在编写体例上打破文学发展史惯例，代之以诗歌、散文、小说、戏剧的文体教学模式，选取每一文体古今中外的优秀文学作品；在每一文体之前加该文体欣赏概述，完善学生的文学知识结构，为有效鉴赏打下基础、排除障碍；拓展阅读书单则进一步拓宽学生的知识面，激发学生课外阅读的兴趣。本教材的创新点是把网络文学这一新的文学样式纳入了课程体系，给本教材注入了新鲜血液，带来了清新活力。

根据新时代教育理念，针对高等职业院校学生的特点，在教材的编写中我们遵循了以下原则：一是体现校企合作特色，邀请企业人士参与教材编写讨论，提供岗位职业素养要点。在能力训练中适当设计相关工作情景，把课程内容和实际工作紧密结合。二是贯彻“四全育人”理念，单独设置“思政园地”栏目，并在赏析提示、能力训练等处渗透课程思政内容。三是文字表述生动、简洁、通俗，力避学究式的高深艰涩；选取的作品篇目经典、长短合适，契合高等职业院校学生的阅读兴趣、鉴赏水平和职业素养需求。

本教材由长沙民政职业技术学院李玛丽、黄清玲主编，由李玛丽负责统稿工作。编者都是长沙民政职业技术学院的在职教师，有着丰富的人文素质教育及专业教学的经验。全书除绪论外共五章。具体分工如下：李玛丽负责编写绪论及第五章；黄清玲负责编写第一章；胡芳负责编写第二章；黄海负责编写第三章；卢如华负责编写第四章。

这里需要特别说明的是，第五章网络文学欣赏选取了近二十年部分优秀的网络文学作家作品，因时间仓促，未能及时与作者取得联系，在此深表歉意，亦深致谢忱！

因编写仓促且编者水平有限，书中错漏之处在所难免，敬请广大读者批评指正！

编者

目 录
CONTENTS

第五章 网络文学欣赏

绪 论

一、什么是文学

（一）文学的含义

文学作为一种社会文化现象，历史久远，其所创造的诸多艺术形象成为人类珍贵的精神宝藏。那么，什么是文学？

文学概念在历史发展中经历了许多嬗变。诸如中国先秦典籍中的“诗言志”、汉魏曹丕的“诗赋欲丽”、晋代陆机的“诗缘情而绮靡”、唐宋时代的“文以载道”、西方古希腊哲学家柏拉图的“理念说”、亚里士多德的“模仿”说、康德的天才论等，都体现出文学本身的丰富性以及与时俱进的特点。

罗根泽在《中国文学批评史》中认为，文学至少有两种不同的含义，即广义的文化含义和狭义的审美含义。

广义的文化含义指的是一切口头或书面语言行为和作品，包括哲学、历史、宗教、政治和今天的文学等一般文化形态。在中国，“文学”一词最先出现在《论语》中：“文学，子游，子夏。”孔子把文学归结为孔门四科（德行、言语、政事和文学）之一，即指文章和博学。“诗以言志”也并不着重诗的特殊审美属性，而更关注其文化内涵。古希腊根本没有一般的文学概念，只有特定的史诗、悲剧、演讲术等概念。18 世纪之前的西方，文学亦是在文化含义上使用。

狭义的审美含义突出文学具有的特殊审美属性。这种审美属性在历史发展过程中被觉察和凸显，逐渐与政治、历史、哲学、宗教相区别，而形成了一种特殊的审美形态。曹丕的“诗赋欲丽”更重视诗赋的形式美，“文以气为主”则强调创作主体的个性。鲁迅曾评价说，曹丕的时代是“文学的自觉时代”[①]。在中国，文学的审美含义便开始脱颖而出了。在西方，

① 鲁迅 . 鲁迅全集（第三卷）［M］. 北京：人民文学出版社，2005.

1747 年查里斯·巴托把诗与音乐、绘画、雕塑、艺术和修辞等纳入七种“美的艺术”中，文学被正式确认为艺术门类，与科学、手工业区别，其独特的审美属性被正式认可，狭义文学终于从广义文学中分离出来。

如今，文学的含义是指狭义的审美含义。这里引用童庆炳主编的《文学理论教程》中写到的文学的通行含义：“文学是艺术门类之一，是主要表现人类审美属性的语言艺术，包括诗歌、小说、散文、剧本等体裁。”

最受认可的美国当代文艺学家 M.H. 艾布拉姆斯认为文学是一种审美的精神活动，这种活动由四个基本要素构成，即世界、作家、作品、读者。那么，从文化学含义中分离出来的文学，不可能孤立于文化之外，两者也必然体现出相互渗透的复杂关系。

（二）文学的本质

文学作为一种审美精神活动和表现人类审美属性的语言艺术，有着自己本质的特征。

首先，文学具有审美意识形态属性。意识是物质、存在的反映，马克思说“文学是一定的社会生活在人类头脑中反映的产物”。作家通过对现实生活的感受、体验、加工和创造而创作出文学作品，表达自身的情感、观点及理想，自然具有意识形态性。意识形态性是文学的基本属性。

文学（还有艺术）的特殊性则在于它的审美性。文学是对人生的一种审美把握，通过创造和传达审美意象，产生审美效应，唤起读者的审美情感，最终作用于现实。艾布拉姆斯说，文学描写的对象是“世界”，即客观世界，范围广泛，而归结到描写的核心则是人，人的生活、人的命运、人的思想和情感。车尔尼雪夫斯基说：“美是按照我们的理解应当如此的生活。”这是我们用审美的理想来观照生活。屈原在《离骚》中掷地有声：“路漫漫其修远兮，吾将上下而求索。”范仲淹在《岳阳楼记》中慨然而叹：“先天下之忧而忧，后天下之乐而乐。”李白在《行路难》中朗声而吟：“长风破浪会有时，直挂云帆济沧海。”而陶渊明则悠悠吟唱：“采菊东篱下，悠然见南山。”都是作家抒写的“应当如此的生活”。毛泽东更认为生活和艺术“两者都是美”，生活美是艺术美的重要来源。

同时，人作为创作主体，可以充分运用他的审美创造能力，如感受能力、形象思维能力、想象虚构能力和运用语言的能力，把自己的审美趣味、审美经验、审美理想等融注于审美意象之中。

其次，文学通过生动感性的艺术形象来传达具有审美意义的人生图画。一说到文学，我们脑海里便会呈现各具特色的人物形象：足智多谋的诸葛亮，老奸巨猾的曹操，至情至性的杜丽娘，纯洁无瑕又多愁多病的林黛玉……《西游记》中的孙悟空、猪八戒等和《聊斋志异》中众多狐妖鬼怪实质上也都是人物，不过是假借了动物、神仙鬼怪的躯壳而已。

文学更是通过择取、描写自然界中的形象来表现人的情感和思想。如人的愁情，无形、无色、无味，但在作家笔下却显得生动可感，引人入胜：李煜的“问君能有几多愁，恰似一江春水向东流”，李清照的“闻说双溪春尚好，也拟泛轻舟，只恐双溪舴艋舟，载不动、许多愁”，贺铸的“若问闲情都几许？一川烟草，满城风絮，梅子黄时雨”等。这些艺术形象都体现着感性与理性、情感与思想的统一。

最后，文学是用语言来塑造形象的，这是文学和其他艺术相区别的根本特征。高尔基说：“语言把我们的一切印象、感情和思想固定下来，它是文学的基本材料。”[①] 语言的间接性、丰富性、多义性赋予了文学形象非直观性、朦胧性等特点，给予我们丰富的想象空间。如“两弯似蹙非蹙罥烟眉，一双似喜非喜含情目”的林黛玉究竟长什么样，则大可发挥读者个人的想象力了。这种语言艺术还能带给读者“文已尽而意有余”之感和言外之意、韵外之致，甚至“不着一字，尽得风流”的审美享受。

（三）文学的作用

文学作为一种社会意识形态，决定社会存在，又反作用于社会存在。以描写人为中心的文学大概有以下几个方面的社会作用。

1. 文学的审美价值功能

文学作品中鲜活丰满的人物形象、跌宕起伏的故事情节、优美蕴藉的意境以及生动丰富的语言总能给读者带来愉悦的审美体验，并能激发人的情感，为其丰富的想象力和深邃的思想所折服。同时，阅读文学作品，虚构的文学世界能让我们体验不一样的人生经历，并得以暂时忘却现实，从而获得解放和自由，心灵也得到平静和休憩。或者因为现实世界和文学世界的巨大差异而震惊、警醒，而产生一种耳目一新的情感体验和审美震撼。

如阅读余华的《活着》，读者会被余华极富吸引力的叙事方式和语言吸引，完全沉浸在富贵的世界中，跟随他一起经历人生一次又一次的苦难。读者既被这种与现实极具反差的悲剧命运深深震撼，又被富贵坚强地活着深深打动，在潜移默化中感知到正是因为异常艰难，活着才具有了深刻的含义。

再如梭罗的《瓦尔登湖》，他用优美清新的文字描绘美丽宁静的湖光山色，让读者在阅读中如身临其境，悦耳、悦心。那幽静的意境融入大自然的真情实感，更令读者悦心悦意、

---

① 高尔基 . 论文学［M］. 北京：人民文学出版社，1978.

悦神悦志，在获得共鸣、净化心灵的同时唤起崇高的审美理想。

2. 文学的认识功能

文学作品描写的对象是以人为中心的世界，生活中的一切现象都可以在作品中得到反映。借助文学，我们可以认识一切自然现象、社会现象以及人类自身的本质。

《论语》中孔子就说道：“诗，可以兴，可以观，可以群，可以怨……多识鸟兽草木之名。”①“观”指的就是文学的认识功能，可以用来观察了解天地万物与人间万象。恩格斯称赞巴尔扎克“在《人间喜剧》里给我们提供了一部法国‘社会’特别是巴黎‘上流社会’的卓越的现实主义历史”②；列宁认为列夫·托尔斯泰的作品就是“俄国革命的一面镜子”，罗伯特·N. 威尔逊说：“无论其镜子是梳妆台式的刻板或是娱乐园中歪曲的形象，文学不可避免地告诉我们有关社会环境既重要又真实的事情。”③

个人的生活经验和生活知识都很有限，文学作品刚好帮助我们认识更加丰富的社会生活和历史内容。文学可以让我们了解过去、感受当下又能展望未来。除此以外，文学还有助于我们回过头来观照自己的思想、情感和命运，从而更好地认识自己。我们看《阿 Q 正传》，在不屑于他的“精神胜利法”的同时，突然会发现其实自己身上也有阿 Q 的影子。正如作家郑振铎所说：“这个阿 Q，许多人都以为就是中国人的缩影；还有许多人，颇以为自己也多少具有阿 Q 的气质。”④

3. 文学的教育功能

文学除了供人们娱乐、享受、认识主客观世界以外，还担负着交流和教化的使命。在阅读文学作品的过程中，融注于字里行间和文学形象中的作家的道德准则、价值观念、情感倾向，会在无声中潜移默化地影响读者，对读者的思想、道德和价值观念产生润物细无声的作用，从而起到移风易俗的审美教育作用。

上文中提到的孔子说诗“可以群”，就是指文学交流、教育的功能。西汉礼学家戴圣所编的《礼记·经解》中写道：“温柔敦厚，诗教也。”这是中国古代早就有的“诗教”传统，即把符合某种道德规范的诗作为教化人们的一种手段。鲁迅先生则抱着“启蒙主义”的宗旨进行文学创作，认为文艺是“引导国民精神的前途的灯火”。法国启蒙主义思想家狄德罗甚至呼吁艺术（包括文学）“帮助法律引导我们爱道德、恨罪恶”，认为艺术首要的基本原则是

① 杨伯峻 . 论语译注［M］. 北京：中华书局，2006.
② 中共中央编译局 . 马克思恩格斯选集（第 4 卷）［M］. 北京：人民文学出版社，1995.
③ 张英进，于沛 . 现当代西方文艺社会学探索［M］. 福州：海峡文艺出版社，1987.
④ 戈宝权 . 中外文学因缘：戈宝权比较文学论文集［M］. 上海：华东师范大学出版社，2013.

真诚地为人类的道德服务。①

在辉煌夺目的文学殿堂中，经典艺术形象异彩纷呈，《巴黎圣母院》中卡西莫多的善良，《基督山伯爵》中爱德蒙·邓蒂斯的正义之剑，《三国演义》中张飞的义勇，《红楼梦》中林黛玉的真挚……无不唤起我们对真善美的热烈追求。文学，也可以是人的生活教科书。

文学的审美功能、认识作用和教育作用，三者紧密联系，不可分割。而以审美为核心属性的文学，其认识作用和教育作用也必须以审美为前提，审美功能是基石。如果一部作品不能首先给读者以审美的愉悦，那么，它的认识和教育意义都不会产生积极的效应。文学就应该是寓教于乐的。

二、什么是文学欣赏

（一）文学欣赏的含义

文学欣赏（或文学鉴赏）是文学阅读活动中的高级阶段，以上提到的文学所具有的审美、认识、教育等功能，如果没有文学欣赏这一接受环节，那就只能是一颗永远藏在宝匣中的夜明珠，照亮不了整个夜空。

《中国大百科全书·中国文学》对文学鉴赏的界定是这样的："文学鉴赏是读者阅读文学作品时的一种审美认识活动。读者通过语言的媒介，获得对文学作品塑造的艺术形象的具体感受和体验，引起思想情感上的强烈反应，得到审美的享受，从而领会文学作品中所包含的思想内容，这就是在进行文学鉴赏。文学鉴赏是文学发挥和实现其社会作用的重要环节。"

我们在欣赏文学作品的过程中，那些源于生活又高于生活的生动丰满的艺术形象，以他们或饱满激越的情感，或曲折动人的故事，或卓然独立的思想意识深深打动我们、感染我们并引领我们。同时，文学作品特有的艺术形式美也能让我们领略到其魅力。"操千曲而后晓声，观千剑而后识器"，我们在文学欣赏过程中不断受到精神洗礼，也不断增加对美的认知和理解，不断提高艺术修养和鉴赏能力，从而让自身变得越来越优秀。

文学欣赏作为一种审美精神活动，也是对美的再创造和再评价。刘勰《文心雕龙·知音》中说："夫缀文者情动而辞发，观文者披文以入情。"我们在"披文入情"的过程中，所感受到的或在脑海中形成的审美意象与原作者要表达的总会存在一些差别，总会有一些变动或是补充。② 如李商隐的《锦瑟》，此诗象征意味浓郁，诗意朦胧，一是作者的原意隐晦而难以捉摸，二是因读者经历、境遇、心情或理解能力不同也会对之产生不同的理解。可谓

① 狄德罗．狄德罗美学论文集［M］．北京：人民文学出版社，1984.

② 樊篱．文学理论教程［M］．长沙：湖南师范大学出版社，1990.

“一千个读者就有一千个哈姆雷特”。文学作品中的“留白”也给予我们更大的想象空间，让我们能在欣赏的过程中充分发挥想象力，在“不似之似”“不全之全”和“不尽之意”中充分领略文学作品余味无穷的独特魅力。

（二）文学欣赏的原则

文学作品作为一种审美地把握和提炼生活的精神产品，对它的欣赏应遵循一些必要的原则，以便我们能正确、全面地欣赏和把握作品内涵。胡山林主编的《文学欣赏》中提到了八种欣赏原则，这里择取几种稍做解释。

一是艺术不等于真实，不能把文学作品中出现的所有元素都当作真实来看待，一旦认为所描写的不符合现实存在，就认为作者是在胡说八道。譬如李白在《将进酒》中写道：“君不见黄河之水天上来，奔流到海不复回；君不见高堂明镜悲白发，朝如青丝暮成雪。”黄河之水怎会从天上来？头发又怎么会白得如此之快呢？这既不符合科学，也未免过于夸张。《牡丹亭》中的杜丽娘竟然可以起死回生，《红楼梦》中的贾宝玉出生时口里居然还含着通灵宝玉！如果以求真、求实的态度去欣赏文学作品，那么诗意就将荡然无存。余华《活着》中富贵一生的遭遇，在现实生活中绝大部分人都不会有，也切不可把《三国演义》当作三国历史来看待，更不要说当代网络小说中大量的玄幻、奇幻和穿越类作品。艺术来源于生活，但一定高于生活，有着想象和虚构。德国哲学家费尔巴哈说过：“艺术并不要求把它的作品当作现实。”①

二是在欣赏文学作品时要与审美对象保持适当的心理距离。“距离说”是英国心理学家、美学家布洛提出来的，他认为艺术欣赏最好的境界是最大限度地缩小距离但又不至于使界限消失，要保持着不远也不近的恰到好处的距离。一方面，如果带着实用和功利的目的去看，会使距离太近，审美对象便失去其独立性价值，审美活动甚至会因此而终止。最极端的例子是歌德的《少年维特之烦恼》一书，很多青年沉溺其中不可自拔，甚至学着维特去自杀，完全消解了艺术与现实的距离。因此鲁迅也说：“故看小说、看人生都应站在槛外地位，切不可钻入，一钻入就要生病了。”② 另一方面，也不能距离太远，太远就感受不到审美对象的情思意趣，不能引起情感共鸣，欣赏中的审美也将不复存在。

三是既要知人论世也要从文本出发。知人论世是孟子提出来的，《孟子·万章下》说：“颂其诗，读其书，不知其人可乎？是以论其世也。”孟子认为颂诗读书首先要了解作者的生平及其所处的时代背景，这样才能更好地把握作品的思想内涵。王国维主张读古诗要由其世

① 中国社会科学院文学研究所文艺理论教研室．列宁论文学与艺术［M］．北京：人民文学出版社，1983.

② 许广平．鲁迅回忆录［M］．北京：作家出版社，1962.

知其人，由其人逆其志。譬如李商隐的《登乐游原》，你要懂得他的“意不适”，就必须了解他的经历和境遇，以及当时他所处的时代——国运将尽的晚唐，这样才能更深入地体会他“夕阳无限好，只是近黄昏”的深沉感慨。

知人论世是尊重历史和事实。同时，我们也要能从文本出发，由审美形象展开联想和想象，融入欣赏者的审美情趣和情感经验，从而形成独特的“这一个”，这种欣赏者主观情感的适当介入更能让我们体味文学意味无穷的魅力。

（三）文学欣赏的过程

首先，文学欣赏作为一种审美认识活动，需要我们具有一定的文化积累，具备一定的鉴赏能力，这是文学欣赏的准备过程。文化积累一般指要有较为丰富的知识，特别是文学常识和文学鉴赏方面的知识，这可以在涉猎文学理论方面的书籍时获得，亦可在对作品的具体欣赏过程中获得。同时，还要具备生活方面的知识，要有对生活的积极体验。

个人的人生阅历、所具备的文化知识形成一定的审美趣味和审美水平，影响文学欣赏的选择性以及对文学作品不同的认知和评价。

其次，文学欣赏开始于对作品的感受。我们通过语言这个中介，初步感知作者所要表现的形象特点及其情感倾向。如我们在欣赏杜甫《登高》中“万里悲秋常作客，百年多病独登台”的诗句时，脑海里首先就会浮现一位漂泊异乡、年老体衰的孤独感伤的人物形象。再如读到《红楼梦》中对黛玉的描写：“两弯似蹙非蹙罥烟眉，一双似喜非喜含情目。态生两靥之愁，娇袭一身之病。泪光点点，娇喘微微。”我们立刻就能感知到林黛玉的美丽多情和多愁善感。对文学作品的审美感受，是文学欣赏不可或缺的重要一步。

再次，文学欣赏不仅仅是感受，还要更进一步去体验。体验是文学欣赏中必然产生的一种心理活动，随着阅读的深入，你会逐渐进入作品所描绘的情境当中，会“设身处地”地体验人物的情感、关心人物的命运，并激发自身的情感或爱憎倾向，从而获得真正的艺术享受。如杜甫的《登高》：

风急天高猿啸哀，渚清沙白鸟飞回。
无边落木萧萧下，不尽长江滚滚来。
万里悲秋常作客，百年多病独登台。
艰难苦恨繁霜鬓，潦倒新停浊酒杯。

欣赏这首诗，就必须了解作者的一生遭际，深入体验诗人情感。首联写诗人站在夔州白帝城外的高台上，秋风瑟瑟、猿猴哀鸣，渚清沙白、鸟儿盘旋。我们似乎也置身于这幅萧瑟凄凉的水墨画中，愁情已涌上心头。颔联描写夔州秋天的特征，茫无边际、萧萧而下的木叶，奔腾不息、滚滚而来的江水，磅礴气势中寓着沉郁悲凉。杜甫一生在漂泊中度过。漂泊西南期间，因严武去世，杜甫离开成都，一路奔波到达夔州，得以暂住。这首诗即写于此时，杜甫时年五十六岁。家国深陷、年老多病、故乡难归，了解了作者的人生经历和当时处境，我们更容易进入诗歌意境当中，并能感同身受地体验颈联和尾联所表达出来的悲秋之情和愁苦之绪，同时对作者遭际怀着深切的同情。

最后，文学作为一种语言艺术，在感受和体验的过程中也离不开想象。樊篱在其主编的《文学理论教程》中说："对对象有深刻的感受，才有自由的想象；借助想象，对对象才会有深刻的感受。"而体验更是如此。借助想象，我们可以对文学形象有更丰满生动的认识，还能把我们个人对形象的理解和切身体会赋予其中，从而在情感上获得强烈的共鸣，或是得到心灵上的净化。

第一章 诗歌欣赏

第一节 诗歌欣赏概述

一、什么是诗歌

诗歌是文学发展史上最古老的文学样式，是一种抒情言志的文学体裁，它是用高度凝练的语言生动形象地表达作者的丰富情感，集中反映社会生活并具有一定节奏和韵律的文学体裁。《毛诗·大序》记载："诗者，志之所之也。在心为志，发言为诗。"南宋严羽《沧浪诗话》云："诗者，吟咏性情也。"中国古代把不合乐的称为诗，合乐的称为歌，现代一般统称为诗歌。

二、诗歌的发展

中国文学源远流长，早在远古时代，虽然文字还没有产生，但在民间已经流传着神话传说和民间歌谣等口头文学。中国的诗歌产生于文字发明之前，它是在人们的劳动、歌舞中渐渐形成和发展起来的。如《弹歌》中"断竹，续竹，飞土，逐肉"就是歌唱原始打猎的英武。随着社会历史的发展，在西周初年到春秋中叶这500多年的时间中，我国古代诗歌取得了卓越成就。产生于这一历史时期的《诗经》共收存诗歌305篇，成为我国文学史上最古老的一部诗歌总集。

（一）中国古典诗歌的发展

中国古典诗歌的发展大致经历了先秦时期、两汉时期、魏晋南北朝时期、唐宋时期、元明清时期。

1. 先秦时期

我国第一部诗歌总集《诗经》的出现，是古代文学史上的头件大事，《诗经》共305篇，按音乐的不同分为"风""雅""颂"三类。"风"是周王朝京都之外的地方乐歌；"雅"分大雅和小雅，是周王朝直接统治地区的乐歌；"颂"是祭祀时的乐歌和舞曲。"赋""比""兴"是《诗经》的表现手法，"赋"是直陈其事，"比"是打比方，"兴"是感物起兴。

公元前4世纪，战国时期的楚国以其自身独特的文化基础，加上北方文化的影响，孕育了伟大的诗人屈原。屈原以及深受他影响的宋玉等人创造了一种新的诗体——楚辞，《离骚》是楚辞杰出的代表作。楚辞发展了诗歌的形式，打破了《诗经》的四言形式，从三、四言发展到五、七言。在创作方法上，楚辞吸收了神话的浪漫主义精神，开辟了中国文学浪漫主义的创作道路。

2. 两汉时期

《诗经》和楚辞之后，在汉代出现了汉乐府民歌，流传到现在的共有 100 多首，其中很多用五言形式写成，后来经文人的有意模仿，在魏、晋时代成为主要的诗歌形式。最为著名的是长篇叙事诗《孔雀东南飞》。汉乐府民歌最重要的艺术特色是它的叙事性，《孔雀东南飞》是汉乐府叙事诗的最高峰。

到东汉末年，文人五言诗日趋成熟。五言诗达到成熟阶段的标志是《古诗十九首》的出现。长于抒情，善用比、兴手法是《古诗十九首》最大的艺术特色。

3. 魏晋南北朝时期

汉末建安时期，“三曹”（曹操、曹丕、曹植）、“七子”（孔融、陈琳、王粲、徐干、阮瑀、应玚、刘桢）继承汉乐府民歌的现实主义传统，并普遍采用五言形式，第一次掀起了文人诗歌的高潮。他们的诗作表现了时代精神，具有慷慨悲凉的阳刚气派，形成被后世称为“建安风骨”的独特风格。曹氏父子是建安文坛的风云人物，其中曹植所取得的艺术成就最高。

东晋末年的陶渊明给诗坛带来接近现实的作品。隐居不仕的陶渊明把田园生活作为重要的创作题材，人们称他为“田园诗人”。陶渊明继承乐府的现实主义传统，形成了他单纯自然的田园风格，为古典诗歌开创了一个新的境界，五言诗也在他的手中得到高度发展。

与陶渊明差不多同时的谢灵运是开创山水诗派的第一人。他的山水诗特点是把自己的感情贯注其中，但有些诗字句过于雕琢，描写冗长，用典、排偶不够自然。

南北朝时期是中国诗歌史上的又一发展时期，又一批乐府民歌不仅反映了新的社会现实，而且创造了新的艺术形式和风格，篇幅短小，抒情多于叙事。南朝乐府保存下来的有 480 多首，一般为五言四句小诗，几乎都是情歌。北朝乐府最有名的是长篇叙事诗《木兰诗》，它与《孔雀东南飞》并称为中国诗歌史上的“双璧”。

南齐永明年间，“声律说”盛行，诗歌创作都注意音调和谐。“永明体”的新诗体逐渐形成，它是格律诗产生的开端。这时期比较著名的诗人是谢朓。谢朓以山水诗著名，诗风清新流丽。他的新体诗对唐代律诗、绝句的形成有一定影响。

4. 唐宋时期

诗歌发展到唐代，迎来了高度成熟的黄金时代。在唐代近三百年的时间里，留下了近五万首诗，独具风格的著名诗人约五六十人。“初唐四杰”是唐诗开创时期的主要诗人，分别是王勃、杨炯、卢照邻、骆宾王。诗歌题材在他们手中得以扩大，五言八句的律诗形式也初步定型。“初唐四杰”之后，陈子昂明确提出反对齐梁诗风，提倡“汉魏风骨”。《感遇诗》38 首，即是他具有鲜明革新精神的代表之作。

盛唐时期是诗歌繁荣的顶峰。这个时期除出现了李白、杜甫两个伟大诗人外，还有很多成就显著的诗人。大致可分为两类：一类是以孟浩然和王维为代表的山水田园诗人；另一类是边塞诗人，他们中的高适和岑参取得的成就最高，王昌龄、李颀、王之焕也是边塞诗人中的佼佼者。

中唐诗歌是盛唐诗歌的延续。这时期的作品以表现社会动荡、人民痛苦为主流。白居易是中唐时期最杰出的现实主义诗人。他继承并发展了《诗经》和汉乐府的现实主义传统，从文学理论和创作上掀起了新乐府运动。元稹、张籍、王建都是这一运动中的重要诗人。这一时期还另有一派诗人，包括韩愈、孟郊、贾岛、李贺、柳宗元等人，他们的诗歌艺术比之白居易另有创造，自成一家。

韩愈是著名的散文家，他善以文入诗，把新的语言风格、章法技巧带入了诗坛，扩大了诗的表现领域，但同时也带来以文为诗、讲才学、追求险怪的风气。孟郊与贾岛都以“苦吟”而著名，追求奇险、苦思锤炼是他们的共同特点。刘禹锡是一位有意创作民歌的诗人，他的《竹枝词》描写真实，深受人们喜爱。

晚唐时期的诗歌感伤气氛浓厚，代表诗人是杜牧、李商隐。杜牧的诗以七言绝句见长，有《江南春》《山行》《泊秦淮》《过华清宫》等代表作。李商隐以爱情诗见长。他的七律学杜甫，用典精巧，对偶工整，如《马嵬》；他的七言绝句也十分有功力，如《夜雨寄北》《嫦娥》等。

诗发展到宋代已不似唐代那般辉煌灿烂，却有它独特的风格。总的来说，唐诗主情，宋诗主理。黄庭坚的诗奇特拗崛，陆游的诗则多表达爱国情怀，范成大的诗多是“田园杂兴”，杨万里的诗多是写景和说理，文天祥的诗表达宁死不屈的民族精神。

众所周知，宋代是词的鼎盛时期。宋初的词以晏殊、欧阳修的作品为代表，不过没有脱离花间派的影响。后来柳永开始创作长调慢词，语言通俗、内容平实、传诵极广，以致“凡有井水饮处，皆能歌柳词”。其代表作《雨霖铃》《八声甘州》都是名篇。

李清照、秦观则是当时婉约派的代表。李清照多写闺阁情愁和富有情趣的生活，如她的《一剪梅》《如梦令》等。秦观的词大都写得感伤哀怨。集婉约词之大成者则为周邦彦，其代表作有《过秦楼》《满庭芳》等。

与婉约派相对的是豪放派，以苏轼和辛弃疾为代表。苏词内容广泛，代表作有《江城子·密州出猎》《定风波·沙湖道中遇雨》等。辛弃疾做过抗金将领，其作品多写军营战事，代表作有《破阵子》《永遇乐·京口北固亭怀古》等。南宋后期的词人姜夔最为著名，姜词绝大多数是纪游咏物之作。在他的词作中，更多的是慨叹身世的飘零和情场的失意，较有代表性的作品是《长亭怨慢》。词在南宋已达高峰，元代散曲流行，诗词乃退居其后。

5. 元明清时期

元代文学的成就主要是杂剧和散曲，明代文学成就主要在小说方面，不做赘述。清代诗词流派众多，但难有超出前人之处。清末龚自珍以其先进的思想打破了清中叶以来诗坛的沉寂，领近代文学史风气之先。他的诗常着眼于社会、历史和政治的观点来揭露现实，使诗成为现实社会的批判工具。后来的黄遵宪、康有为、梁启超等新诗派更是将诗歌直接用作资产阶级改良运动的宣传载体。

（二）中国现当代诗歌的发展

1. 1917—1927 年

这一时期是诗歌解放与探索阶段，诗歌派别有：文学革命初期的白话诗，“开一代诗风”的新诗、前期新月派、早期象征派。

早期白话诗人有胡适、周作人、沈尹默、俞平伯、康白情等，他们主要是用白描手法摹写具体生活场景或自然景物，运用比喻、象征、托物言情的艺术手法，诗歌形式倾向于散文，节奏感不强。

郭沫若的《女神》带着狂飙突进的“五四”时代精神，带着不同于其他白话诗的鲜明艺术性，“开一代诗风”，为新诗奠定了浪漫主义基础，将新诗推向新的水平。同时还有湖畔诗人的爱情诗，冰心、宗白华的“小诗”，冯至的自由体诗。

早期新月派的代表诗人有闻一多、徐志摩、朱湘等。他们创作的新诗格律体是在自由体新诗基础上建立起来的没有统一格律要求的格律诗，注重艺术的纯美，主题写人生经验、人性的美丽及对爱情的追求。如徐志摩的诗集《志摩的诗》，语言鲜明、色彩清丽；闻一多的著名诗集《红烛》《死水》具有音乐美、建筑美和绘画美。

象征派的代表人物有穆木天、李金发等，诗歌多用象征和暗示，追求朦胧美。

2. 1928—1937 年

这一时期的诗歌派别有以殷夫、蒲风为代表的中国诗歌会，以徐志摩、陈梦家为代表的后期新月派，以戴望舒、卞之琳、何其芳为代表的现代诗人。中国诗歌会诗人的创作特点是作品题材多为反映工农大众的苦难、觉醒和斗争，多采用直接描摹现实和直抒胸臆的表现手法。

后期新月派诞生于1928年徐志摩创办《新月》月刊之后，他的《我不知道风是往哪一个方向吹》，表达了寻梦者的迷惘和无奈；陈梦家的代表作《一朵夜花》叹息梦幻的虚无、生命的渺小。现代诗人主要是指1932年之后围绕《现代》杂志的一批诗人，何其芳的诗歌风格华丽、精致，代表作有《预防》等；卞之琳的创作将日常生活的观察转为哲理性的感悟，代表作有《数行集》《鱼目集》等；戴望舒受法国象征派影响，创作了《雨巷》等作品，被称为“雨巷诗人”。

3. 1938—1949年

这一时期最有影响力的是以艾青、田间为代表的七月诗派和以辛迪、穆旦、郑敏为代表的九叶派。七月诗派的诗歌饱含对贫穷落后的祖国、勤劳宽厚的劳动者的深沉爱意，对光明、理想和美好生活的热烈追求，如艾青的《大堰河——我的保姆》。九叶派的诗歌创作追求对自然、社会、人生的哲理沉思和顿悟，反对单纯宣泄热情。1949年中华人民共和国成立后，诗歌进入新的发展阶段，新题材、新主题伴随着新生活应运而生。诗人们满怀激情地抒写了一首首新时代的颂歌。同时，新的社会也造就出一批诗坛新人和崭新的作品。

4. 1950年至20世纪80年代中后期

20世纪50年代末60年代初，兴起了新民歌运动，发展了传统民歌。政治抒情诗以独立的艺术形式出现，郭小川、贺敬之是当时两位优秀的政治抒情诗人。20世纪80年代，诗歌创作出现新气象，以朦胧诗派为主，它不仅仅是某个诗人群或某类诗作，而是指带有叛逆性、先锋性的创作潮流。多用象征表达多义性和不确定性，代表人物有北岛、舒婷、顾城、江河等。

5. 20世纪90年代

20世纪90年代，诗人的主流是“新生代”，这个庞大的诗人群中影响较大的有以海子、王家新等为代表的“后朦胧”诗人，还有以韩东、于坚等为代表的“第三代”诗人。他们都注重日常生活的审美，价值观念上反对所谓的崇高、英雄，艺术上反优雅、反意象，语言上有意用原生态的口语。

三、诗歌的特征

我国现代诗人、文学评论家何其芳曾说：“诗是一种最集中地反映社会生活的文学样式，它饱含着丰富的想象和感情，常常以直接抒情的方式来表现，而且在精练与和谐的程度上，特别是在节奏的鲜明上，它的语言有别于散文的语言。”这个定义性的说明概括了诗歌的几个基本特点，概括地说，包括四个方面：情感美、意境美、音韵美和形式美。

（一）情感美

抒情是诗歌最本质的特征。在诗歌发展史上，大凡脍炙人口、传诵不衰的优秀诗篇都饱含着真挚而热烈的感情。这样的例子举不胜举，如杜甫的《春望》，表达了诗人忧伤国事、期望和平的美好愿望及思念家人的深沉感情。此诗融情于景、借景抒情、托物言志。

（二）意境美

意象是被作者赋予感情寄托的具体形象，意境则是由众多意象组合起来形成的一种由境生情、情景交融的艺术氛围。借助意象和意境衬托表达感情是诗歌中最常见的抒情方式。如王维的《使至塞上》，诗人用"征蓬"和"归雁"两个意象自叹身世，给人强烈的飘零之感，表达了诗人内心的孤郁。

（三）音韵美

以乐和诗，讲究音韵之美是我国诗歌古已有之的特点。我国古代第一部诗歌总集《诗经》中的每一篇都可以和乐歌唱。从古代到近现代，很多诗歌也一样呈现出音韵之美，主要体现在节奏和押韵两个方面，在此不一一列举。

（四）形式美

分行排列、形式优美的特点在古代诗歌和现代诗歌中都有体现。古代诗歌每句字数相同，整齐划一；现代诗歌虽不一定每句字数都相同，每行字数略有增减，但基本也会体现于整齐中富于变化，具有参差错落之美。如郭沫若《天上的街市》、戴望舒《雨巷》等。

四、诗歌的种类

（一）古代诗歌的分类

1. 按形式划分

可分为古体诗、近体诗、词和曲。

（1）古体诗：不讲究对仗，韵律自由，包括《诗经》中的诗歌、楚辞、乐府诗、歌、歌行、引、曲、吟等。发展轨迹为：《诗经》—楚辞—汉赋—汉乐府诗—建安诗歌—魏晋南北朝民歌—陶渊明诗歌—文人五言诗—唐代的古风、新乐府。

（2）近体诗：包括律诗和绝句。律诗每首八句，每句五个字或七个字，称为五律或七律；绝句每首四句，每句五个字或七个字，称为五绝或七绝。

（3）词：又称长短句、诗余、语业、乐府、乐章等。从本质上来说词是一种歌词。词的创作是依曲定体，因此词的格式（也叫词调，包括长短、分段、韵位、句式、字声等）主要取决于曲子的旋律和节拍。而词牌则是词调调名，一首词可以没有题目，但不能没有词牌。

（4）曲：即散曲，是传统的词和词曲经过长期酝酿，到宋金时期又吸收了一些民间流行的曲词，尤其是少数民族乐曲的流入，并与中原正乐融合而形成的一种新的诗歌形式。元人称为“乐府”或“今乐府”。

2. 按题材划分

可分为写景抒情诗、咏物言志诗、即事感怀诗、怀古咏史诗和边塞征战诗。

（1）写景抒情诗：是指歌咏山水名胜、描写自然景色的抒情诗歌。一般是诗人寓情于景，通过描绘自然风景抒发自己或喜悦、或忧愁的心情，以及对亲人的想念、对现实的不满等。

（2）咏物言志诗：是指描摹物体的外形、特点、神韵及品格等，以寄托情感，表达诗人的精神、品质或理想的诗。

（3）即事感怀诗：是指因事而引发感慨的诗。包括送别、怀亲、思乡、念友、相思等。

（4）怀古咏史诗：是指以历史典故为题材，或表明诗人自己的看法，或借古讽今，或抒发沧桑变化的感慨的诗。

（5）边塞征战诗：是指描写边塞风光和戍边将士的军旅生活，抒发战士乐观豪迈或思乡离愁的诗。

（二）现代诗歌的分类

现代诗歌可按表达方式、音韵格律和结构形式划分。

1. 按表达方式划分

可分为叙事诗和抒情诗。叙事诗是指具有较为完整的故事情节和人物形象的诗，如史诗、故事诗、诗体小说等；抒情诗是指通过直接抒发诗人的思想感情来反映社会生活的诗，通常没有完整的故事情节和人物形象，如情歌、颂歌、哀歌、挽歌、牧歌和讽刺诗等。

2. 按音韵格律和结构形式划分

可分为格律诗、自由诗、散文诗和民歌。格律诗是指形式有一定规格、音韵有一定规律的诗。要求篇有定句、句有定字，讲究对仗、平仄、押韵，类似于古代诗歌中的五言、七言的绝句或律诗。自由诗是指语言不讲究格律，段数、行数、字数也没有严格规定的诗。它的字数可随诗意的变化而变化，韵律灵活，主要依靠短语、句子、段落的参差变化来形成诗歌的韵律和节奏。散文诗是指介于散文和诗之间的一种新兴诗体。重在抒情，篇幅短小，语言精练，多用象征、暗示手法，具有诗的意境和激情，同时像散文一样不分行、不押韵。民歌是劳动人民口头创作的诗歌，它是一种集体智慧的结晶，具有浓郁的地方色彩，如山歌、童谣、秧歌、信天游、渔歌、夯歌、拉纤号子等。

五、诗歌的欣赏方法

一般来说，诗歌欣赏可从以下几个方面入手，包括了解诗歌的写作背景、体味诗歌语言、把握诗歌的审美内涵、把握诗歌的风格特色、总结诗歌的表达技巧。

（一）了解诗歌写作背景

孟子有云："颂其诗，读其书，不知其人可乎？"答案不言而喻，从了解诗歌写作背景入手是诗歌欣赏的普遍规律。诗歌背景包括诗人背景和写作背景两方面。诗人背景指的是诗人的生活经历、性格、所处的时代和环境等；写作背景主要指诗歌创作的起因、经过和所涉及的人物、时间、典故等。这些背景资料可以帮助读者准确地理解诗的含义。如王维的《息夫人》：

莫以今时宠，能忘旧时恩。
看花满眼泪，不共楚王言。

这首诗的写作背景是：宁王李宪见一卖饼者之妻明艳动人，便强娶为妾。第二年，宁王问："犹记饼师否？"其妾点头。宁王召饼师进府，其妾见了前夫泪流满面。当时有十几个文人在宁王府做客，宁王让他们赋诗，于是王维便作了这首《息夫人》。宁王被诗意感动，让其妾回到了前夫身边。如果不了解诗歌背景，很容易把这首诗理解为仅仅是赞颂春秋时期息国的国君夫人，这样就会误解本诗更深层次的内涵。

（二）体味诗歌语言

诗歌语言的多义性使诗歌语义呈现不确定的状态，进而极大地丰富了诗歌内容。常见的诗歌语言多义性包括双关和情韵义两种。

1. 双关

双关是指在一定语言环境中，利用词的多义和同音等属性，使语句具有双关意义，言在此、意在彼。如唐代诗人李商隐的诗歌《无题》中"春蚕到死丝方尽，蜡炬成灰泪始干"的"丝"可理解成"思"。刘禹锡《竹枝词》："杨柳青青江水平，闻郎江上唱歌声。东边日出西边雨，道是无晴却有晴。"古时男女的结合，往往通过歌唱来实现。在恋爱时，更是用唱歌来表情达意。作者在诗中利用"晴"与"情"同音构成双关，寓意男女之间绵绵的情意。

2. 情韵义

情韵义是指诗歌语言经无数诗人提炼、加工创造后，就有了很多诗意盎然的词语，这些词语除了本身的词意外，还有使之诗化的感情和韵味。如“绿窗”“凭栏”“南浦”“板桥”等词语在古诗词中经常被使用。如杜甫“闻君亦多感，何处凭栏干”；岳飞“怒发冲冠凭栏处”等，“凭栏”意指依靠着栏杆，怀远、吊古、抑郁愁苦、悲愤难抒。

（三）把握诗歌的审美内涵

诗歌的审美内涵包括意象美、意境美、情感美、音韵美和形式美等。

意象美是指诗歌的景物描写具有生动传神、鲜明真切、独特新奇等特点。如杜甫的“随风潜入夜，润物细无声”，抓住了春雨暮来朝去、雨丝细小等特点，生动地描绘出一幅春夜细雨图。又如李贺描绘清冷的月色“老兔寒蟾泣天色”；渲染帝王的威严“秦王骑虎游八级，剑光照空天自碧”等。

意境美是指比意象更广阔的审美空间，比意象更能激发读者想象。古诗词常在有限的意象中寄寓无限的想象，追求“意象之外，虚实结合”。如“小楼一夜听春雨，深巷明朝卖杏花”是现世与想象的结合；“试问闲愁都几许？一川烟草，满城风絮，梅子黄时雨”是虚实结合。虚实相生的意境美能给读者精神享受和审美体验。

诗歌的情感美、音韵美和形式美比较直观，在此不一一赘述。

（四）把握诗歌的风格特色

诗歌的风格特色是通过作品的内容和形式呈现的创作个性，也是诗歌的精神风貌。最常见的风格类型有以下几种：

1. 含蓄委婉

这类诗歌的语言节制、曲折、隐蔽、简约，给读者留下较多启发暗示和想象空间。古人“不著一字，尽得风流”“言已尽而意无穷”，正道出了含蓄的特点。如李商隐的《夜雨寄北》：

君问归期未有期，巴山夜雨涨秋池。
何当共剪西窗烛，却话巴山夜雨时。

这首诗写的是妻子的怀想，表达的却是诗人对远方妻子的思念，结尾描述了团聚情景，营造出曲终音绕的悠长韵味。

2. 沉郁

是指抑扬顿挫地表达深厚的思想、激越的情感。如杜甫的《登高》：

风急天高猿啸哀，渚清沙白鸟飞回。
无边落木萧萧下，不尽长江滚滚来。
万里悲秋常作客，百年多病独登台。
艰难苦恨繁霜鬓，潦倒新停浊酒杯。

这首诗前两联以丰富的想象描绘出秋色的萧索苍凉，营造出伤感的抒情环境，后两联尽显抑扬顿挫、跌宕起伏。诗歌表达的是诗人常年漂泊很易伤感，秋风愁人则更易悲伤，强拖病体登高临远，想到家难、国难就更添悲慨。自己风烛残年却还忧心忡忡，就连借酒浇愁也不能实现了。本诗描述的孤独、忧郁、悲伤、绝望的心情层层递进，给读者留下深刻印象。

3. 雄奇豪放

是指感情激荡、气势雄浑，彰显阳刚之美，不过雄奇侧重想象之奇，豪放侧重气势之豪。如李白的《蜀道难》中“西当太白有鸟道，可以横绝峨眉巅。地崩山摧壮士死，然后天梯石栈相勾连。上有六龙回日之高标，下有冲波逆折之回川”，用奇特的想象渲染了山势之高、蜀道之险。又如苏东坡的“大江东去，浪淘尽，千古风流人物”，表达了苍劲的历史感，气势豪放，慷慨壮阔。

4. 绮丽

是指诗歌辞藻华丽，同时意境别致，饱含真情实感。如李白的“边月随弓影，胡霜拂剑花”，于绮丽中洋溢着英爽豪迈之气。苏东坡的“春衫犹是，小蛮针线，曾湿西湖雨”，美景、艳情交融，更显绮丽。总之，唯有以真情厚蕴充实于美景妙语中，才算得上绮丽。

5. 平淡自然

是指诗句不加修饰，表达出诗人的真情实感。如陶渊明的“采菊东篱下，悠然见南山”，“种豆南山下，草盛豆苗稀”，如话平常，但意蕴不减，耐人寻味。

6. 直率

是指直白地表达激荡的感情。如杜甫的《闻官军收河南河北》：

剑外忽传收蓟北，初闻涕泪满衣裳。
却看妻子愁何在，漫卷诗书喜欲狂。
白日放歌须纵酒，青春作伴好还乡。
即从巴峡穿巫峡，便下襄阳向洛阳。

诗人听闻失地收复，十分高兴，狂喜之情在平淡的诗句中表达得淋漓尽致。

（五）总结诗歌的表达技巧

诗歌的表达技巧是指一些特定的表达方式，包括从立意到炼字、炼句的全部创作过程和作品的四项内容、艺术特色、风格面貌。诗歌的表达技巧十分丰富，如李商隐的《夜雨寄北》就是从妻子的怀想写自己对她的怀念，这种由“人怀己”来深化“己怀人”的写法提升了诗歌的艺术水平；又如李白的《早发白帝城》前两句“朝辞白帝彩云间，千里江陵一日还”写出了飞驶的行船和内心的欢畅，第三句却以“两岸猿声啼不住”来衬托和蓄势，使最后一句“轻舟已过万重山”具有更强大的气势和更强烈的情感冲击力。

总结诗歌表达技巧有助于对诗歌的欣赏，也有助于从感性认识的基础上提升到理性学习的高度，对于整体把握作品有很大帮助。

第二节　诗歌欣赏选文

诗经·秦风[1]·蒹葭

作品介绍

《蒹葭》出自《诗经·国风·秦风》，是一首怀人古体诗，是《诗经·国风·秦风》中的名篇。

作品选读

蒹葭苍苍[2]，白露为霜。
所谓伊人，在水一方[3]，
溯洄从[4]之，道阻且长。
溯游从之，宛在水中央。

蒹葭萋萋，白露未晞[5]。
所谓伊人，在水之湄[6]。
溯洄从之，道阻且跻[7]。
溯游从之，宛在水中坻[8]。

蒹葭采采，白露未已。
所谓伊人，在水之涘[9]。
溯洄从之，道阻且右[10]。
溯游从之，宛在水中沚[11]。

注释

[1] 秦：指春秋时的秦国，故址在今陕西、甘肃一带。

[2] 蒹葭（jiān jiā）：泛指芦苇。苍苍：茂盛的样子。
[3] 伊人：对自己爱的女子的尊称。一方：另一边。
[4] 溯（sù）洄：沿着弯曲的河道向上游走。从：追寻。
[5] 萋萋：同“凄凄”，茂盛的样子。晞：干。
[6] 湄（méi）：水和草交接的地方，也就是岸边。
[7] 跻（jī）：升，高起，指道路越走越高。
[8] 坻（chí）：水中的小洲或高地。
[9] 涘（sì）：水边。
[10] 右：迂回曲折。
[11] 沚（zhǐ）：水中小沙滩，比坻稍大。

赏析提示

诗中的“伊人”是诗人爱慕、怀念和追求的对象。诗歌采用重章叠句、反复咏唱的手法描绘了主人公对伊人的倾慕之情和苦苦追寻的过程以及欲见而不得的惆怅之情、执着之意，感情淳朴、真挚，文字很简单，但作品给予人的美感却极丰富。

《蒹葭》的主人公所追求的也是自己尽善尽美的理想，是自己魂牵梦绕的意中人，因此不惜一切代价去上下求索，不断追求。对于真正的求索者来说，目标是一种指向，达到目标固然重要，但更重要的还是过程。

能力训练

1. 重章叠唱是《诗经》典型的艺术特色，请简要分析这首诗重章叠唱的表达效果。

2. 这首诗歌中运用了景物描写，这些景物描写向我们展示了一幅怎样的画面？对表达主题起到了什么作用？

短歌行

曹 操

作者介绍

曹操（155—220），字孟德，小字阿瞒，沛国谯（今安徽亳州）人，汉族。东汉末年杰出的政治家、军事家、文学家、书法家，三国中曹魏政权的奠基人。

东汉末年，天下大乱，曹操以汉天子的名义征讨四方，对内消灭二袁、吕布、刘表、韩遂等割据势力，对外降服南匈奴、乌桓、鲜卑等，统一了中国北方，并实行了一系列政策恢复经济生产和社会秩序，奠定了曹魏立国的基础。曹操在世时，担任东汉丞相，后为魏王，去世后谥号为武王。曹操精兵法，善诗歌，其诗抒发自己的政治抱负，并反映汉末人民的苦难生活，气魄雄伟、慷慨悲凉；散文亦清峻整洁，开启并繁荣了建安文学，给后人留下了宝贵的精神财富，史称"建安风骨"，鲁迅评价其为"改造文章的祖师"。曹操也擅长书法，尤工章草，唐朝张怀瓘在《书断》中评其为"妙品"。

作品选读

对酒当歌[1]，人生几何[2]！
譬如朝露，去日苦多[3]。
慨当以慷[4]，忧思难忘。
何以解忧？唯有杜康[5]。

青青子衿，悠悠我心[6]。
但为君故，沉吟[7]至今。
呦呦鹿鸣，食野之苹[8]。
我有嘉宾，鼓[9]瑟吹笙。

明明如月，何时可掇[10]？
忧从中来，不可断绝。
越陌度阡[11]，枉用相存[12]。

契阔谈谦[13]，心念旧恩。

月明星稀，乌鹊南飞。
绕树三匝[14]，何枝可依?
山不厌高，海不厌深[15]。
周公吐哺，天下归心。

注释

[1]对酒当歌：一边喝着酒，一边唱着歌。当，是对着的意思。

[2]几何：多少。

[3]去日苦多：跟（朝露）相比一样痛苦却漫长。有慨叹人生短暂之意。

[4]慨当以慷：指宴会上的歌声激昂慷慨。当以，这里是“应当用”的意思。全句意思是，应当用激昂慷慨（的方式来唱歌）。

[5]杜康：相传是最早造酒的人，这里代指酒。唯也作惟。

[6]青青子衿（jīn），悠悠我心：出自《诗经·郑风·子衿》。原写姑娘思念情人，这里用来比喻渴望得到有才学的人。子，对对方的尊称。衿，古式的衣领。青衿，是周代读书人的服装，这里指代有学识的人。悠悠：长久的样子，形容思虑连绵不断。

[7]沉吟：原指小声叨念和思索，这里指对贤人的思念和倾慕。

[8]呦（yōu）呦鹿鸣，食野之苹：出自《诗经·小雅·鹿鸣》。呦呦：鹿叫的声音。苹：艾蒿。

[9]鼓：弹。

[10]何时可掇（duō）：什么时候可以摘取呢？掇，拾取，摘取。另解：掇读“chuò”，为通假字，掇通“辍”，即停止的意思。何时可掇，意思就是什么时候可以停止呢?

[11]越陌度阡：穿过纵横交错的小路。陌，东西向田间小路。阡，南北向的小路。

[12]枉用相存：屈驾来访。枉，这里是“枉驾”的意思。用，以。存，问候、思念。

[13]谦（yàn）：通“宴”。

[14]三匝（zā）：三周。匝，周、圈。

[15]海不厌深：一本作“水不厌深”。这里是借用《管子·形解》中的话，原文是：“海不辞水，故能成其大；山不辞土石，故能成其高；明主不厌人，故能成其众……”意思是表示希望尽可能多地接纳人才。

赏析提示

《短歌行》是汉乐府的旧题，属于《相和歌·平调曲》，乐府里收集的同名诗有24首，最早的是曹操的这首，乐府《相和歌·平调曲》中除了《短歌行》还有《长歌行》。曹操传世的《短歌行》共有两首，这里要介绍的是其中的第一首。

这首《短歌行》的主题非常明确，就是作者求贤若渴，希望人才都来投靠自己。曹操在其政治活动中，为了扩大其在庶族地主中的统治基础，打击反动的世袭豪强势力，曾大力强调“唯才是举”，为此而先后发布了“求贤令”“举士令”“求逸才令”等；而《短歌行》实际上就是一曲“求贤歌”。正因为运用了诗歌的形式，含有丰富的抒情成分，所以能起到独特的感染作用，有力地宣传了他所坚持的主张，配合了他所颁发的政令。

全诗分为四节。第一节主要抒写了诗人对人生苦短的忧叹。诗人生逢乱世，目睹百姓颠沛流离，肝肠寸断，渴望建功立业而不得，因而发出人生苦短的忧叹。第二节情味更加缠绵深长。这八句虽然没有明确地说出“求才”二字，但他那“求才”的用心实在是太周到了，的确具有感人的力量。特别是引用《诗经·小雅·鹿鸣》中的四句，描写宾主欢宴的情景，意思是说只要你们到我这里来，我一定会待以“嘉宾”之礼的，我们能够欢快融洽地相处。因为曹操所写的是诗，所以用了典故来作比喻，这就是“婉而多讽”的表现方法。第三节是对以上十六句的强调和照应。以上十六句主要讲了两个意思，即为求贤而愁，又表示要待贤以礼。第四节求贤若渴的思想感情进一步加深。“月明”四句既是准确而形象的写景笔墨，也有比喻的深意。清人沈德潜《古诗源》中说：“月明星稀四句，喻客子无所依托。”实际上是说那些犹豫不决的人才，在三国鼎立的局面下一时无所适从。诗人以乌鸦绕树、何枝可依的情景来启发他们，不要三心二意，要善于择枝而栖。最后“周公”四句画龙点睛，明明白白披肝沥胆，希望人才都来归顺我曹操，点明了全诗的主旨。关于“周公吐哺”的典故，据说周公自言：“吾文王之子，武王之弟，成王之叔父也；又相天下，吾于天下亦不轻矣。然一沐三握发，一饭三吐哺，犹恐失天下之士。”这话似也表达了诗人的心情。

全诗充分发挥了诗歌创作的特长，准确而巧妙地运用了比兴手法，达到寓理于情、以情感人的目的。

能力训练

1. 作者在诗歌中主要运用了哪些表现手法？请结合诗句分析。

2. “青青子衿，悠悠我心。”“呦呦鹿鸣，食野之苹。”这四句诗运用了何种修辞手法？分别表达了诗人的何种感情？

春江花月夜

张若虚

作者介绍

张若虚（约660—约720），唐代诗人。扬州（今属江苏）人。曾任兖州兵曹。生卒年、字号均不详。事迹略见于《旧唐书·贺知章传》。中宗神龙（705—707）年间，与贺知章、贺朝、万齐融、邢巨、包融俱以文辞俊秀驰名于京都，与贺知章、张旭、包融并称“吴中四士”。玄宗开元时尚在世。张若虚的诗仅存两首于《全唐诗》中。其中《春江花月夜》是一篇名作，它沿用陈隋乐府旧题，抒写真挚动人的离情别绪及富有哲理意味的人生感慨，语言清新优美，韵律宛转悠扬，洗去了宫体诗的浓脂艳粉，给人以澄澈空明、清丽自然的感觉。

作品选读

春江潮水连海平，海上明月共潮生。
滟滟[1]随波千万里，何处春江无月明。
江流宛转绕芳甸[2]，月照花林皆似霰[3]。
空里流霜[4]不觉飞，汀[5]上白沙看不见。
江天一色无纤尘[6]，皎皎空中孤月轮[7]。
江畔何人初见月？江月何年初照人？
人生代代无穷已[8]，江月年年望（一作“只”）相似。
不知江月待何人，但见[9]长江送流水。
白云一片去悠悠[10]，青枫浦上[11]不胜愁。

谁家今夜扁舟[12]子？何处相思明月楼[13]？
可怜楼上月徘徊[14]，应照离人[15]妆镜台[16]。
玉户[17]帘中卷不去，捣衣砧[18]上拂还来。
此时相望不相闻[19]，愿逐[20]月华[21]流照君。
鸿雁长飞光不度，鱼龙潜跃水成文[22]。

昨夜闲潭[23]梦落花，可怜春半不还家。
江水流春去欲尽，江潭落月复西斜（xiá）。
斜月沉沉藏海雾，碣石潇湘[24]无限路[25]。
不知乘月[26]几人归，落月摇情[27]满江树。

注释

［1］滟（yàn）滟：波光闪动的光彩。

［2］芳甸（diàn）：遍生花草的原野。

［3］霰（xiàn）：雪珠，小冰粒。

［4］流霜：飞霜，古人以为霜和雪一样，是从空中落下来的，因此叫流霜。这里比喻月光皎洁，月色朦胧、流荡，因此不觉得有霜霰飞扬。

［5］汀（tīng）：沙滩。

［6］纤尘：微细的灰尘。

［7］月轮：指月亮，因月圆时像车轮，故称月轮。

［8］穷已：穷尽。

［9］但见：只见、仅见。

［10］悠悠：渺茫、深远。

［11］青枫浦上：青枫浦，地名，今湖南浏阳市境内有青枫浦。这里泛指游子所在的地方。浦上：水边。

［12］扁舟：孤舟，小船。

［13］明月楼：月夜下的闺楼。这里指闺中思妇。

［14］月徘徊：指月光移动。

［15］离人：此处指思妇。

［16］妆镜台：梳妆台。

［17］玉户：形容楼阁华丽，以玉石镶嵌。

［18］捣衣砧（zhēn）：捣衣石、捶布石。

［19］相闻：互通音信。

［20］逐：跟从、跟随。

［21］月华：月光。

［22］文：同“纹”。

［23］闲潭：安静的水潭。

［24］潇湘：湘江与潇水。

［25］无限路：言离人相去很远。

［26］乘月：趁着月光。

［27］摇情：激荡情思，犹言牵情。

赏析提示

这首诗以写月起，以写月结，把从天上到地下这样寥廓的空间，从明月、江流、青枫、白云到水纹、落花、海雾等众多的景物，以及客子、思妇种种细腻的感情，通过环环紧扣、连绵不断的结构方式组织起来。由春江引出海，由海引出明月，又由江流明月引出花林、人物，转情换意，前后呼应，若断若续，使诗歌既完美严密，又有反复咏叹的艺术效果。

前半部重在写景，是写实，但如“何处春江无月明”“空里流霜不觉飞”等句子，同时也体现了人物的想象和感觉。后半部重在抒情，这情是在景的基础上产生的，如长江流水、青枫白云、帘卷不去、拂砧还来等句，景中亦自有情，结尾一句，更是情景交融的名句。全篇有情有景，亦情亦景，情景交织成有机整体。

诗歌写了许多色彩鲜明的形象，如皎月、白沙、白云、青枫等，这些景物共同构成了柔和静谧的诗境，这种意境与所抒发的绵邈深挚的情感十分和谐统一。

诗歌每四句一换韵，平仄相间，韵律婉转悠扬。为了与缠绵的感情相适应，语言采用了一些顶真连环句式，如“春江潮水连海平，海上明月共潮生”“江月何年初照人？人生代代无穷已”“何处相思明月楼？可怜楼上月徘徊”“江潭落月复西斜。斜月沉沉藏海雾”。一唱三叹，情味无穷。对偶句的使用如“谁家今夜扁舟子？何处相思明月楼？”“鸿雁长飞光不度，鱼龙潜跃水成文”等。句中平仄的讲求如“滟滟随波千万里，何处春江无月明。江流婉转绕芳甸，月照花林皆似霰”，平仄变换与律诗相同，使诗歌语言既抑扬顿挫，又清新流畅。

《春江花月夜》被闻一多先生誉为“诗中的诗，顶峰上的顶峰”，一千多年来，无数读者为之倾倒。一生仅留下两首诗的张若虚，也因这一首诗，“孤篇横绝，竟为大家”。

这是一首长篇歌行，采用的是乐府旧题，但作者已赋予了它全新的内容。张若虚在诗中将画意、诗情与对宇宙奥秘和人生哲理的体察融为一体，创造出情景交融、玲珑透彻的诗境。而在明净的诗境中又融入了一层淡淡的忧伤。诗人将真切的生命体验融入美的形象，诗情与画意相结合，表明唐诗意境的创造已进入炉火纯青的阶段。

能力训练

1.《春江花月夜》，题目共五个字，代表五种事物。你认为作者重点写的是哪一个字？为什么？

2.“江畔何人初见月？……江月年年望相似”一段体现了诗人怎样的思想感情？

月下独酌四首·其一

李 白

作者介绍

李白（701—762），字太白，号青莲居士，又号“谪仙人”，唐代伟大的浪漫主义诗人，被后人誉为“诗仙”，与杜甫并称为“李杜”，为了与另两位诗人——李商隐与杜牧即“小李杜”区别，杜甫与李白又合称“大李杜”。据《新唐书》记载，李白为兴圣皇帝（凉武昭王李暠）九世孙，与李唐诸王同宗。其人爽朗大方，爱饮酒作诗，喜交友。李白深受黄老列庄思想影响，有《李太白集》传世，代表作有《望庐山瀑布》《行路难》《蜀道难》《将进酒》《明堂赋》《早发白帝城》等。

作品选读

花间[1]一壶酒，独酌[2]无相亲[3]。
举杯邀明月，对影成三人[4]。
月既不解饮[5]，影徒[6]随我身。
暂伴月将[7]影，行乐须及春[8]。
我歌月徘徊[9]，我舞影零乱[10]。
醒时同交欢[11]，醉后各分散。
永结无情游[12]，相期邈云汉[13]。

注释

[1] 间：一作“下”，一作“前”。
[2] 独酌：一个人饮酒。酌：饮酒。
[3] 无相亲：没有亲近的人。
[4]“举杯”二句：我举起酒杯招引明月共饮，明月和我以及我的影子恰恰合成三人。一说月下人影、酒中人影和我为三人。
[5] 既：已经。不解：不懂，不理解。三国魏嵇康《琴赋》：“推其所由，似元不解音声。”
[6] 徒：徒然，白白的。徒：空。

[7] 将：和，共。

[8] 及春：趁着春光明媚之时。

[9] 月徘徊：明月随我来回移动。

[10] 影零乱：因起舞而身影纷乱。

[11] 同交欢：一起欢乐。一作“相交欢”。

[12] 无情游：月、影没有知觉，不懂感情，李白与之结交，故称“无情游”。

[13] 相期邈（miǎo）云汉：约定在天上相见。期：约会。邈：遥远。云汉：银河。这里指遥天仙境。“邈云汉”一作“碧岩畔”。

赏析提示

这首诗约作于唐玄宗天宝三年（744年），时李白在长安，正处于官场失意之时。此诗题下，两宋本、缪本俱注“长安”二字，意谓这四首诗作于长安。当时李白政治理想不能实现，心情是孤寂苦闷的。但他面对黑暗现实，没有沉沦，没有同流合污，而是追求自由、向往光明，因有此作。

原诗共四首，此诗是第一首。

这首诗写诗人由政治失意而产生的一种孤寂忧愁的情怀。诗首四句为第一段，写花、酒、人、月影。诗旨表现孤独，却举杯邀月，幻出月、影、人三者；然而月不解饮，影徒随身，仍归孤独。因而自第五句至第八句，从月影上发议论，点出“行乐及春”的题意。最后六句为第三段，写诗人执意与月光和身影永结无情之游，并相约在邈远的天上仙境重见。全诗表现了诗人怀才不遇的寂寞和孤傲，也表现了他放浪形骸、狂荡不羁的性格。邀月对影，成了千古绝句，正面看似乎真能自得其乐，反面看却极度凄凉。极其能体现诗仙李白酒后吐诗所表达的思想感情的别具一格！

李白这首诗以独白的形式，自立自破，诗情波澜起伏而又近似于天籁，因此一直为后人所传诵。

诗人上场时，背景是花间，道具是一壶酒，登场角色只有他一个人，动作是独酌，加上“无相亲”三个字，场面单调得很。于是诗人突发奇想，把天边的明月和月光下他的影子拉了过来，连他自己在内，化成了三个人，举杯共酌，冷清清的场面一下就热闹起来了。这是“立”。

可是，尽管诗人那样盛情，“举杯邀明月”，明月毕竟是“不解饮”的。至于那影子，虽然像陶潜所说的“与子相遇来，未尝异悲悦，憩荫若暂乖，止日终不别”（《影答形》），但毕竟影子也不会喝酒；诗人姑且暂时让明月和身影做伴，在这春暖花开之时及时行乐。这四句又把月和影之情说得虚无不可测，推翻了前案，这是“破”。

诗人已经渐渐进入醉乡了，酒兴一发，既歌且舞。歌时月色徘徊，依依不去，好像在倾听佳音；舞时诗人的身影在月光之下也转动零乱，好像在与他共舞。醒时相互欢欣，直到酩酊大醉，躺在床上时，月光与身影，才无可奈何地分别。“我歌月徘徊，我舞影零乱。醒时同交欢，醉后各分散”，这四句又把月光和身影，写得对诗人一往情深。这又是“立”。

最后两句，诗人真诚地和“月”“影”相约：“永结无情游，相期邈云汉。”然而“月”和“影”毕竟还是无情之物，与无情之物交游，主要还是在于诗人自己有情，“永结无情游”句中的“无情”是破，“永结”和“游”是立，又破又立，构成了最后的结论。

题目是“月下独酌”，诗人运用丰富的想象，表现出一种由独而不独，由不独而独，再由独而不独的复杂情感。表面看来，诗人真能自得其乐，可是背后却有无限的凄凉。诗人曾有一首《春日醉起言志》的诗：“处世若大梦，胡为劳其生？所以终日醉，颓然卧前楹。觉来眄庭前，一鸟花间鸣。借问此何时，春风语流莺。感之欲叹息，对酒还自倾。浩歌待明月，曲尽已忘情。”其中“一鸟”“自倾”“待明月”等字眼表现了诗人难以排解的孤独。孤独到了邀月与影还不算，甚至以后的岁月也休想找到共饮之人，因此只能与月光身影永远结游，并且相约在那邈远的上天仙境再见。结尾两句，点尽了诗人孤独、冷清的感受。

但李白仙才旷达，物我之间无所容心。此诗充分表达了他的胸襟。

能力训练

1. 诗题名“独”，你认为诗人究竟是“孤独”还是“不孤独”？请简述理由。

2. “举杯邀明月，对影成三人”这两句诗被公认为本诗的佳句，你是怎么理解的？

沈园[1]二首

陆　游

作者介绍

陆游（1125—1210），字务观，号放翁，汉族，越州山阴（今浙江绍兴）人，尚书右丞陆佃之孙，南宋文学家、史学家、爱国诗人。陆游生逢北宋灭亡之际，少年时即深受家庭爱国思想的熏陶。宋高宗时，参加礼部考试，因受宰臣秦桧排斥而仕途不畅。孝宗时赐进士出身。中年入蜀，投身军旅生活。嘉泰二年（1202 年），宋宁宗诏陆游入京，主持编修孝宗、光宗《两朝实录》和《三朝史》，官至宝章阁待制。晚年退居家乡。创作诗歌今存九千多首，内容极为丰富。著有《剑南诗稿》《渭南文集》《南唐书》《老学庵笔记》等。

作品选读

其一

城上斜阳[2]画角[3]哀，沈园非复旧池台。
伤心桥下春波绿，曾是惊鸿[4]照影来。

其二

梦断香消四十年[5]，沈园柳老不吹绵[6]。
此身行[7]作稽山[8]土，犹吊[9]遗踪一泫然[10]。

注释

［1］沈园：即沈氏园，故址在今浙江绍兴禹迹寺南。

［2］斜阳：偏西的太阳。

［3］画角：涂有色彩的军乐器，发声凄厉哀怨。

［4］惊鸿：语出三国魏曹植《洛神赋》句“翩若惊鸿”，以喻美人体态之轻盈。这里指唐琬。

［5］“梦断”句：作者在禹迹寺遇到唐琬是在高宗绍兴二十五年（1155 年），其后不久，唐琬郁郁而死。作此诗时距那次会面四十四年，这里的“四十”是取其整数。香消，指唐琬亡故。

［6］不吹绵：柳絮不飞。

［7］行：即将。

［8］稽（jī）山：即会稽山，在今浙江绍兴东南。

［9］吊：凭吊。

［10］泫（xuàn）然：流泪貌。

赏析提示

《沈园二首》乃陆游触景生情之作，此时距沈园邂逅唐琬已四十余年，但缱绻之情丝毫未减，反而随岁月之增而加深。

【其一】

组诗中的第一首，回忆沈园相逢之事，悲伤之情充溢楮墨之间。

“城上斜阳”，不仅点明傍晚的时间，而且渲染出一种悲凉氛围，作为全诗的背景。斜阳惨淡，给沈园也涂抹上一层悲凉的感情色彩。于此视觉形象之外又配以“画角哀”的听觉形象，更增悲哀之感。“画角”是一种彩绘的管乐器，古时军中用以警昏晓，其声高亢凄厉。此“哀”字更是诗人悲哀之情外射所致，是当时心境的反映。这一句造成了有声有色的悲境，作为沈园的陪衬。

次句即引出处于悲哀氛围中的“沈园”。诗人于光宗绍熙三年（1192 年）六十八岁时所写的《禹迹寺南有沈氏小园序》曰：“禹迹寺南有沈氏小园，四十年前（按：实为三十八年）尝题小词壁间，偶复一到，园已三易主，读之怅然。”诗中并有“坏壁醉题尘漠漠”之句。那时沈园已有很大变化；而现在又过七年，更是面目全非，不仅“三易主”，且池台景物也不复可认。诗人对沈园具有特殊的感情，这是他与唐琬离异后唯一相见之处，也是永诀之所。这里留下了他刹那间的喜与永久的悲，《钗头凤·红酥手》这首催人肝肺之词也题于此。他多么渴望旧事重现，尽管那是悲剧，但毕竟可一睹唐琬芳姿。这当然是幻想，不得已而求其次，他又希望沈园此时的一池一台仍保持当年与唐琬相遇时的情景，以便旧梦重温，借以自慰。但现实太残酷了，今日不仅心上人早已作古，连景物也非复旧观。诗人此刻心境之寥落，可以想见。

但是诗人并不就此作罢，他仍竭力寻找可以引起回忆的景物，于是看到了“桥下春波绿”一如往日，感到似见故人。只是此景引起的不是喜悦而是“伤心”的回忆：“曾是惊鸿照影来。”四十四年前，唐琬恰如曹植《洛神赋》中所描写的“翩若惊鸿”的仙子，飘然降临于春波之上。她是那么温柔，又是那么凄楚欲绝。离异之后的不期而遇所引起的只是无限“伤心”。诗人赋《钗头凤》，抒写出“东风恶，欢情薄”的愤懑，“泪痕红浥鲛绡透”的悲哀，“错！错！错！”的悔恨。唐琬和词亦发出“世情薄，人情恶”的控诉，“今非昨，病魂常恨千秋索”的哀怨。虽然已过了四十余春秋，而诗人“一怀愁绪”，绵绵不绝，但“玉骨久成泉下土”（《十二月二日夜梦游沈氏园亭》），一切早已无可挽回，那照影惊鸿已一去不复返了。然而只要此心不死，此“影”将永在心中。

【其二】

组诗中的第二首，写诗人对爱情的坚贞不渝。

首句感叹唐琬溘然长逝已四十年了。古来往往以“香销玉殒”喻女子之亡，“梦断香消”即指唐琬之死。陆游于八十四岁即临终前一年所作悼念唐琬的《春游》亦云：“也信美人终作土，不堪幽梦太匆匆。”唐琬实际已死四十四年，此“四十年”取其整数。这一句充满了刻骨铭心之真情。

次句既是写沈园即日之景：柳树已老，不再飞绵，也是一种借以自喻的比兴。诗人六十八岁时来沈园已自称“河阳愁鬓怯新霜”，此时年逾古稀，正如园中老树，已无所作为，对个人生活更无追求。“此身行作稽山土”，则是对“柳老”内涵的进一步说明。“美人终作土”，自己亦将埋葬于会稽山下而化为黄土。此句目的是反衬出尾句“犹吊遗踪一泫然”，即对唐琬坚贞不渝之情。一个“犹”字，使诗意得到升华：尽管自己将不久于人世，但对唐琬眷念之情永不泯灭；尽管个人生活上已无所追求，但对唐琬之爱历久弥新。因此对沈园遗踪还要凭吊一番而泫然涕下。“泫然”二字，饱含无比复杂的感情，其中有爱，有恨，有悔，诗人不点破，足供读者体味。

能力训练

1. 这两首诗都是表达对唐琬的思念，但是侧重点有所不同，请你说说有哪些不同。

2. 两首诗你更喜欢哪一首，为什么？

八声甘州·对潇潇暮雨洒江天

柳　永

作者介绍

柳永（约 987—约 1053），北宋著名词人，婉约派代表人物。汉族，崇安（今福建武夷山）人，原名三变，字景庄，后改名永，字耆卿，排行第七，又称柳七。宋仁宗朝进士，官至屯田员外郎，故世称“柳屯田”。他自称“奉旨填词柳三变”，以毕生精力作词，并以“白衣卿相”自诩。其词多描绘城市风光和歌伎生活，尤长于抒写羁旅行役之情，创作慢词独多。铺叙刻画，情景交融，语言通俗，音律谐婉，在当时流传极其广泛，人称“凡有井水饮处，皆能歌柳词”。婉约派最具代表性的人物之一，对宋词的发展有重大影响，代表作《雨霖铃》《八声甘州》。

作品选读

对潇潇[1]暮雨洒江天，一番洗清秋[2]。渐霜风凄紧[3]，关河冷落，残照当楼。是处红衰翠减[4]，苒苒[5]物华休。唯有长江水，无语东流。

不忍登高临远，望故乡渺邈[6]，归思难收。叹年来踪迹，何事苦淹留[7]。想佳人妆楼颙望[8]，误几回、天际识归舟[9]。争[10]知我，倚阑杆处，正恁凝愁[11]！

注释

［1］潇潇：风雨之声。

［2］一番洗清秋：一番风雨，洗出一个凄清的秋天。

［3］霜风凄紧：秋风凄凉紧迫。霜风：秋风。凄紧：一作“凄惨”。

［4］是处红衰翠减：到处花草凋零。是处：到处。红，翠：指代花草树木。语出李商隐《赠荷花》诗：“翠减红衰愁杀人。”

［5］苒（rǎn）苒：渐渐。

［6］渺邈：遥远。

［7］淹留：久留。

［8］颙（yóng）望：抬头远望。

［9］误几回、天际识归舟：多少次错把远处驶来的船当作心上人回家的船。语出谢朓《之宣城郡

出新林浦向板桥》："天际识归舟，云中辨江树。"

［10］争：怎。

［11］恁（nèn）：如此。凝愁：忧愁凝结不解。

赏析提示

柳永出身士族家庭，有求仕用世之志。适逢北宋安定统一，首都歌楼伎馆林林总总，柳永被流行歌曲吸引，乐与伶工、歌伎为伍，初入世竟因谱写俗曲歌词遭到当权者挫辱而不得伸其志。于是他浪迹天涯，用词抒写羁旅之志和怀才不遇的痛苦愤懑之情。这首词大约作于柳永游宦江浙之时。

词的开头两句写雨后江天，澄澈如洗。一个"对"字，已写出登临纵目、望极天涯的境界。当时，天色已晚，暮雨潇潇，洒遍江天，千里无垠。其中"雨"字、"洒"字和"洗"字，三个上声，循声高诵，定觉素秋清爽，无与伦比。

自"渐霜风"句起，以一个"渐"字，领起四言三句十二字。"渐"字承上句而言，当此清秋复经雨涤，于是时光景物，遂又生一番变化。这样词人用一"渐"字，神态皆备。秋已更深，雨洗暮空，乃觉凉风忽至，其气凄然而遒劲，直令衣单之游子有不可禁挡之势。一"紧"字，又用上声，气氛声韵写尽悲秋之气。再下一"冷"字，上声，层层逼近。而"凄紧""冷落"，又皆双声叠响，具有很强的艺术感染力，紧接一句"残照当楼"，境界全出。这一句精彩处"当楼"二字，似全宇宙悲秋之气一起袭来。

"是处红衰翠减，苒苒物华休。"词意由苍莽悲壮转入细致沉思，由仰观而转至俯察，又见处处皆是一片凋落之景象。"红衰翠减"，乃用玉溪诗人之语，倍觉风流蕴藉。"苒苒"，正与"渐"字相为呼应。一"休"字寓有无穷的感慨愁恨，接下来"唯有长江水，无语东流"写的是短暂与永恒、改变与不变之间的这种直令千古词人思索的宇宙人生哲理。"无语"二字乃"无情"之意，此句蕴含着百感交集的复杂心理。

"不忍"句点明背景是登高临远，云"不忍"，又多一番曲折、多一番情致。至此，词以写景为主，情寓景中。但下阕妙处在于词人善于推己及人，本是自己登高远眺，却偏想故园之闺中人应也是登楼望远，伫盼游子归来。"误几回"三字更觉灵动。结句篇末点题。"倚阑干"，与"对""当楼""登高临远""望""叹""想"都相关联、相辉映。词中登高远眺之景皆为"倚闺"时所见；思归之情又是从"凝愁"中生发；而"争知我"三字化实为虚，使思归之苦、怀人之情表达得更为曲折动人。

这首词章法结构细密，写景抒情融为一体，以铺叙见长。词中思乡怀人之意绪，展衍尽致。而白描手法加上通俗的语言，将这复杂的意绪表达得明白如话。这样，柳永的《八声甘州》终成为词史上的丰碑，得以传颂千古。全词景中有情，情中带景。上阕于壮丽的秋景之中含有凄凉伤感之柔情，下阕于缠绵的离情中带有伤感之景，前后情景交相辉映。上阕写观景，虽未点明登楼而登楼之意自明；下阕于"倚阑干处"再点登楼，起到了首尾呼应的作用，笔法之高妙于此可见，作者不愧为慢词的奠基人。

全词一层深一层，一步接一步，以铺张扬厉的手段，曲折委婉地表现了登楼凭栏，望乡思亲的羁旅之情。通篇结构严密，跌宕开阖，首尾照应，很能体现柳永词的艺术特色。

能力训练

1. 就全词结构而言，"对潇潇暮雨洒江天，一番洗清秋"两句有何作用？
2. 请说说这首词的语言特点。

你是人间的四月天

林徽因

作者介绍

林徽因（1904—1955），原名徽音，福建闽侯人，建筑师、作家、新月派诗人之一。她是中国第一位女性建筑学家，同时也被胡适誉为中国一代才女。1904 年出生于福建闽侯一个官僚知识分子家庭，父亲林长民早年留学日本，是新派人物。1916 年入北京培华女子中学，1920 年 4 月至 9 月随父林长民赴欧洲游历伦敦、巴黎、日内瓦、罗马、法兰克福、柏林、布鲁塞尔等地，同年入伦敦圣玛利女校学习，与在伦敦经济学院上学的徐志摩相遇。1921 年回国复入培华女中读书。1923 年参加新月社活动。1924 年留学美国，入宾夕法尼亚大学美术学院，选修建筑系课程，1927 年毕业，获美术学士学位。同年入耶鲁大学戏剧学院，在 G.P. 帕克教授工作室学习舞台美术设计。1928 年 3 月与梁思成在加拿大渥太华结婚，婚后去欧洲考察建筑，同年 8 月回国。1955 年 4 月 1 日清晨，经过长达 15 年与疾病的顽强斗争之后与世长辞，年仅 51 岁。林徽因一生著述甚多，其中包括散文、诗歌、小说、剧本、译文和书信等作品，均属佳作，代表作为诗歌《你是人间的四月天》、小说《九十九度中》等。出版的诗集有《林徽因诗集》等。

作品选读

我说你是人间的四月天；
笑响点亮了四面风；
轻灵在春的光艳中交舞着变。
你是四月早天里的云烟，
黄昏吹着风的软，
星子在无意中闪，
细雨点洒在花前。
那轻，那娉婷，你是，
鲜妍百花的冠冕你戴着，

你是天真，庄严，
你是夜夜的月圆。
雪化后那片鹅黄，你像；
新鲜初放芽的绿，你是；
柔嫩喜悦，
水光浮动着你梦期待中白莲。
你是一树一树的花开，
是燕在梁间呢喃，——
你是爱，是暖，是希望，
你是人间的四月天！

赏析提示

这首诗发表于1934年4月的《学文》1卷1期上。关于这首诗有两种说法：一是为悼念徐志摩而作；一是为儿子的出生而作，以表达心中对儿子的希望和儿子出生带来的喜悦。

《你是人间的四月天》的一至四节句式结构基本相同，形成复沓，构成对称的乐章，将心中的爱以一幅幅四月天丰美的画面作比，节奏明快，排比的句式将画面连接，情感如水面涟漪层层叠叠、荡漾起伏，作品不仅美而且易于吟咏，朗朗动人。

这首诗的魅力和优秀并不仅仅在于意境的优美和内容的纯净，还在于形式的纯熟和语言的华美。

在诗歌最为形式化的表达上，此诗的节奏、韵律与词语的选取都处于中性状态，没有大红大紫、纯黑纯白的俗艳与锋利；在声音上，也是温和的、静雅的，甚至走向旖旎和慵懒；十一个“你”字突出了主题，也起到了“衬韵”的作用。歌颂四月天，其实都是在向“你”倾诉，全诗只有一处破折号，这一处破折号写着：“你是爱，是暖，是希望”，什么样的希望呢？联系林徽因的知识背景，我们会更加明确这首诗在艳丽的画面背后有着理性主义表达的节制和书写的雅致，完全能够体现出古典诗歌的高贵气象。

诗中采用重重叠叠的比喻，意象美丽而丝毫无雕饰之嫌，反而愈加衬出诗中的意境和纯净——在华美的修饰中更见清新自然的感情流露。

诗歌采用新月诗派的诗美原则：讲求格律的和谐、语言的雕塑美和音律的乐感。诗歌将中国诗歌传统中的音乐感、绘画感与英国古典商籁体诗歌对韵律的追求完美地结合起来，是一首可以不断吟诵、不断生长出新意的天籁之作。

能力训练

1. 很多人都认为这首诗写得很美，你认为它美在哪里？请简要说说。

2. 这首诗发表后，有人认为林徽因是写给徐志摩的，也有人认为是写给她刚出生的儿子梁从诫的，你觉得呢？说说理由。

今生今世

余光中

作者介绍

余光中，1928 年出生于南京。祖籍福建永春。母亲原籍江苏武进，故也自称“江南人”。1952 年毕业于中国台湾大学外文系。1959 年获美国艾奥瓦大学艺术硕士学位。先后任教于台湾东吴大学、台湾师范大学、台湾大学、台湾政治大学。余光中在台湾与海外及祖国大陆文学界享有盛誉，多次赴欧美参加国际笔会及其他文学会议并发表演讲，也多次来祖国大陆讲学。

余光中一生从事诗歌、散文、评论、翻译，自称为自己写作的“四度空间”。其至今驰骋文坛已逾半个世纪，涉猎广泛，被誉为“艺术上的多栖主义者”。其文学生涯悠远、辽阔、深沉，为当代诗坛健将、散文大家、著名批评家、优秀翻译家。现已出版诗集 21 种，散文集 11 种，评论集 5 种，翻译集 13 种，共 40 余种。余光中先生热爱中华传统文化，热爱中国。礼赞“中国，最美最母亲的国度”。他说：“蓝墨水的上游是汨罗江”“要做屈原和李白的传人”“我的血系中有一条黄河的支流”。呼吸在当今，却已经进入了历史，他的名字已经显目地刻在中国新文学的史册上。

作品选读

我最忘情的哭声有两次。
一次，在我生命的开始，
一次，在你生命的告终。
第一次，我不会记得，
是听你说的。
第二次，你不会晓得，
我说也没用。

但这两次哭声的中间，
有无穷无尽的笑声。

一遍一遍又一遍，
回荡了整整三十年，
你都晓得，我都记得。

赏析提示

余光中怀念母亲的诗作不少，这是其中较为简洁，又深情无比的一首。余光中生于 1928 年 10 月 21 日，这一天正好是农历九月初九重阳节。据说，这首诗也写于重阳节，过生日而缅怀母亲。诗人讲述了与母亲 30 年的生活经历。首先是生与死的离别，生是离别，死也是离别，因此就有了“我最忘情的哭声有两次”。而这两次哭声却也是最无奈的，第一次哭声母亲不说我不知道，第二次哭声我说了母亲也不会知道。

生离死别是一种偶然的相遇，生命的过程才显得弥足珍贵。诗人回忆与母亲经历过的幸福时光，生活中不免有酸与甜、苦与乐、悲与欢、离与合。忘却辛酸苦辣、痛苦和伤痕，珍藏笑声和快乐，这才是对母亲最好的怀念。

通篇文笔细腻地刻录着思念，未提及“母亲”二字却让人心领神会。回看余光中先生的逃难岁月，也就不难理解他为何会作《今生今世》这首诗了。1937 年，他的母亲孙秀君单独带着年仅 9 岁的余光中为躲避战乱开始了漫长的逃亡生涯。他们曾躲进庙里的神龛内，为了躲避日军的魔爪两天不吃不喝，这段记忆给余光中留下了极为深刻的印象，他曾回忆“火光中，凹凸分明，阴影深深，庄严中透出狞怒的佛像。火光抖动，每次牵动眉间和鼻沟的黑影，于是他的下颚向母亲臂间陷得更深”。母子相依为命的逃难生涯使余光中对母爱有更深刻的理解。“她领着我逃难，母子共难，这也增加了母子的感情。所以我有可能是新诗人里面写母亲写得最多的一位了。”也正因为如此，他才对母亲、对大陆有着不可磨灭的依恋。这世上母子的缘分，都是自哭声中始，从哭声中灭。这两次忘情的哭声，便注定了母子二人今生今世血浓于水的牵绊。

能力训练

1. 这首诗和其他表达母爱主题的诗歌有什么不同？为什么要选两次哭来表达主题？

2. 这首诗写于重阳节，请你说说这个节日对余光中有什么特殊意义，你对中国的重阳节有哪些认识。

相信未来

食 指

作者介绍

食指，本名郭路生（1948— ），山东鱼台人。朦胧诗代表人物，被当代诗坛誉为“朦胧诗鼻祖”，也被称为新诗潮诗歌第一人。

食指之所以取名为“食指”，一是因为郭路生的母亲名叫石维元，故有“石之子”之意；二是在中国，作为诗人，无论是写作还是生活都存在无形的压力，但别人在背后的指指点点绝对损伤不了一个人格健全的诗人；三是食指先生少时尊师，“师”与“食”谐音。曾获第三届人民文学奖诗歌奖。代表作品有《相信未来》《海洋三部曲》《这是四点零八分的北京》。

作品选读

当蜘蛛网无情地查封了我的炉台，
当灰烬的余烟叹息着贫困的悲哀，
我依然固执地铺平失望的灰烬，
用美丽的雪花写下：相信未来。

当我的紫葡萄化为深秋的露水，
当我的鲜花依偎在别人的情怀，
我依然固执地用凝霜的枯藤，
在凄凉的大地上写下：相信未来。

我要用手指那涌向天边的排浪，
我要用手掌那托住太阳的大海，
摇曳着曙光那支温暖漂亮的笔杆，
用孩子的笔体写下：相信未来。

我之所以坚定地相信未来，

是我相信未来人们的眼睛——
她有拨开历史风尘的睫毛，
她有看透岁月篇章的瞳孔。

不管人们对于我们腐烂的皮肉，
那些迷途的惆怅、失败的苦痛，
是寄予感动的热泪、深切的同情，
还是给以轻蔑的微笑、辛辣的嘲讽。

我坚信人们对于我们的脊骨，
那无数次的探索、迷途、失败和成功，
一定会给予热情、客观、公正的评定，
是的，我焦急地等待着他们的评定。

朋友，坚定地相信未来吧，
相信不屈不挠的努力，
相信战胜死亡的年轻，
相信未来、热爱生命。

赏析提示

《相信未来》一诗作于 1968 年。该诗以其深刻的思想、优美的意境、朗朗上口的诗风让人们懂得了在逆境中怎样好好生活，怎样自我鼓励，怎样矢志不渝地恪守自己对明天的承诺。该诗曾以手抄本的形式在社会上广为流传，并迅速传颂于青年一代人的口中。

诗一开头就用“蜘蛛网”“炉台”“灰烬”“余烟”等几个意象给人们描绘出了那个荒芜、穷困、艰难的时代。无论是经没经历过那个时代的人，都会在心底涌起苦不堪言的强烈感触，而诗人却“用美丽的雪花写下：相信未来”。“雪花”既象征纯洁、质朴，也传递着清楚、明了的意识，把不屈于现实的坚定表现得格外真切：这是从艰难生活中升起的信念！第二诗节，用“紫葡萄”“深秋的露水”“鲜花”“别人的情怀”“凝霜的枯藤”写出了生命由鲜亮到黯淡、由热情到失意、由饱满到枯竭的经历，激起了人们对人生中一切失意、落寞、不快的联想，而诗人“在凄凉的大地上写下：相信未来”的人格力量又强烈地震撼了每一个人的心灵：这是从人生苦难中升起的信念！第三诗节，“我要用手指那涌向天边的排浪，我要用手掌那托住太阳的大海”，力量之大、范围之广、气势之猛，表现了诗人的满腔豪情。“摇曳着曙光那支温暖漂亮的笔杆”一句，把“曙光”比拟成“笔杆”，富有想象力，“用孩子的笔体写下：相信未来”，表达的是诗人的真挚和坦诚思想：这是由真实内心升起的信念。这三个诗节，一咏三叹，“相信未来”就像一首乐曲的主旋律，奏出了诗人心底的最强音。在那个阴云密布、精神痛苦的时代，《相信未来》在人们心灵上投下了一道希望之光，也是这首诗最为动人的内核。

接下来的三节，食指将自己对“未来”的“相信”和对人类的清醒认识结合起来。首先，诗人相信“未来人们的眼睛”能“拨开历史风尘”“看透岁月篇章”。“睫毛”“瞳孔”两个意象承“眼睛”而来，形象地描绘出未来人思考的神情，而“拨开”和“看透”又歌颂了人类智慧的伟大，诗人“相信未来”的原因就寄托于这思考的形象中。其次，诗人不在乎人们对我们肉体和经历的褒贬。“腐烂的皮肉”“迷途的惆怅”“失败的苦痛”三个具体的形象或神情，传递着现实中人们的种种苦态；“感动的热泪”“深切的同情”“轻蔑的微笑”“辛辣的嘲讽”四个细节，呈现出人们对过去历史种种评价的表情，形象传神、用笔精当。最后，诗人坚信未来“人们对于我们的脊骨”“一定会给予热情、客观、公正的评定”，“脊骨”就是不屈的信念和探索的精神，“那无数次的探索、迷途、失败和成功”中体现出不屈的信念和精神。这三节曲折地挖掘了人类内心深处对未来的共同信念，也正是基于这种认识，诗人才毫不怀疑地“相信未来”，并且“焦急地等待着他们的评定”。

诗的最后一节，用热情的呼告，满怀激情地鼓舞人们“相信不屈不挠的努力，相信战胜死亡的年轻，相信未来、热爱生命”。诗以无可反驳的气势、无所畏惧的精神向苦难的现实宣战。对“未来”的信念像大海上的太阳那样喷薄而出，强烈地震撼着每一位读者的灵魂。

这首诗构思巧妙。前三节写我是怎样“相信未来”的，后三节写我为什么要“相信未来”，最后一节呼唤人们带着对未来的信念去努力、去热爱、去生活。用语质朴，思想深刻；性格鲜明，又令人折服。全诗基本上遵从了四行一节，在轻重音不断变化中求得感人效果的传统方式；以语言的时间艺术与中国画式的空间艺术相结合，实现了诗人所反复讲述的“我的诗是一面窗户，是窗含西岭千秋雪”的艺术。通读该诗，虽然我们感受到更多的不是轻松而是压抑，不是快乐而是痛苦，但从诗人那压抑和痛苦的吟哦中，我们也真切地感受到了诗人那撼人心魄的信念——无时不在渴望和憧憬着光明的未来以及为理想和光明而奋斗挣扎。

能力训练

1. 诗中三次“写下”“相信未来”有什么变化？表达出诗人怎样的思想感情？

2. 你心目中的未来是什么样的？你将为它做怎样的努力？

面朝大海，春暖花开

海　子

作者介绍

海子（1964—1989），原名查海生，出生于安徽省怀宁县高河镇查湾村，当代青年诗人。海子在农村长大，15 岁时考入北京大学法律系，1982 年大学期间开始创作诗歌，1983 年自北大毕业后分配至中国政法大学哲学教研室工作，1984 年创作成名作《亚洲铜》和《阿尔的太阳》，第一次使用“海子”作为笔名。1989 年 3 月 26 日在山海关附近卧轨自杀，年仅 25 岁。

从 1982 年至 1989 年不到 7 年的时间里，海子创作了近 200 万字的作品，其中包括诗歌、诗剧、小说、论文和札记，比较著名的有《亚洲铜》《麦地》《以梦为马》《黑夜的献诗——献给黑夜的女儿》等。出版了《土地》《海子、骆一禾作品集》《海子的诗》和《海子诗全编》等。

在中国当代诗坛，海子常常被评价为“一个诗歌时代的象征”和“我们祖国给世界文学奉献的一位具有世界眼光的诗人”。作为 20 世纪 80 年代后期新诗潮的代表人物，海子在中国诗坛占有十分独特的地位，他的诗不但影响了一代人的写作，也彻底改变了一个时代的诗歌概念，成为中国诗歌文化的一个重要组成部分。

其创作的优秀抒情短诗是继“朦胧诗”之后独特而又诗艺出众的作品，兼具抒情性、可诵性和先锋性风格，在当时极为罕见。海子去世后，其作品和“麦子”意象系统，很快得到诗坛承认并给予极高评价，有关海子诗歌的深度研究已经成为学术界的关注热点之一。

作品选读

从明天起，做一个幸福的人
喂马，劈柴，周游世界
从明天起，关心粮食和蔬菜
我有一所房子，面朝大海，春暖花开

从明天起，和每一个亲人通信

告诉他们我的幸福
那幸福的闪电告诉我的
我将告诉每一个人

给每一条河每一座山取一个温暖的名字
陌生人，我也为你祝福
愿你有一个灿烂的前程
愿你有情人终成眷属
愿你在尘世获得幸福
我只愿面朝大海，春暖花开

赏析提示

《面朝大海，春暖花开》是海子的抒情名篇，写于 1989 年 1 月 13 日，两个月后，海子在山海关附近卧轨自杀。海子，这个用心灵歌唱着的诗人，一直都在渴望倾听远离尘嚣的美丽回音，他与世俗的生活相隔遥远，甚至一生都在企图摆脱尘世的羁绊与牵累。

大海是海子诗中的核心意象，广阔浩荡、心旷神怡、生机勃勃，是安魂之乡，是搏斗之乡，是理想之乡，是海子作为“海之子”的精神归宿，是他可以找到真正的幸福感的地方。“面朝大海，春暖花开”，当然是一种海市蜃楼，然而这是海子所能感受到的一种明丽的幸福感。

全诗共三节，第一节表现了诗人对质朴、单纯而自由的人生境界的向往，对永恒、未知世界的探寻精神。第二节写诗人找到幸福后无法抑制的喜悦之情。第三节写诗人对世界的祝福。诗人将直抒胸臆与暗示、象征手法结合起来，使全诗既清澈又深厚，既明朗又含蓄，畅快淋漓而又凝重、丰富，抒发了诗人向往幸福而又孤独凄凉之情。

《面朝大海，春暖花开》整首诗都在向世人展示他内心的挣扎和痛苦，当然也在展示其内心的热情和执着。海子把无私的爱留在了人间，去找寻自我的幸福，独自一人，踏上了去往天国的路，将自己的人生永远定格在那一片大海、一片繁华之上。这首诗也体现了诗人单纯而明净的独特风格。邹建军在《试论海子的诗歌创作》中总结海子诗的特点：一是意向空旷；二是以实显虚，以近显远；三是语言纯粹、本真。整首诗平白如话，情感表达真实、自然、朴实无华。诗歌用明朗清新的语言唱出了诗人的真诚善良——愿每个人都能“在尘世获得幸福”，抒情自然而又真挚。

能力训练

1. 这首诗的核心意象是什么？为什么要以“面朝大海，春暖花开”为题？
2. 在海子的幸福观里，分量最重的是什么？你觉得幸福是什么？

我愿意是急流

裴多菲

作者介绍

裴多菲·山陀尔（1823—1849），匈牙利爱国诗人，他于1823年1月1日出生在匈牙利一个贫苦屠户家庭，少年时期过着流浪生活，做过演员，当过兵。裴多菲15岁开始写诗，1842年正式发表诗歌《酒徒》，从此开始了写作生涯。他一生前后共计写了800多首抒情诗和8首长篇叙事诗。裴多菲以反抗外敌入侵和追求自由来诠释整个生命，积极投身于祖国解放战争。1849年7月31日，年仅26岁的他在瑟克什堡大血战中同沙俄军队作战时英勇牺牲。裴多菲最著名的抒情诗作品有《民族之歌》《我的歌》《一个念头在烦恼着我》《自由与爱情》《我愿意是急流》《把国王吊上绞架》等。他的政治抒情诗语言犀利、感召力强，对匈牙利民族解放运动有直接影响。

作品选读

我愿意是急流，
山里的小河，
在崎岖的路上、
岩石上经过……
只要我的爱人
是一条小鱼，
在我的浪花中
快乐地游来游去。

我愿意是荒林，
在河流的两岸，
对一阵阵的狂风，
勇敢地作战……

只要我的爱人
是一只小鸟，
在我的稠密的
树枝间做窠，鸣叫。

我愿意是废墟，
在峻峭的山岩上，
这静默的毁灭
并不使我懊丧.....
只要我的爱人
是青青的常春藤，
沿着我荒凉的额，
亲密地攀援上升。

我愿意是草屋，
在深深的山谷底，
草屋的顶上
饱受风雨的打击……
只要我的爱人
是可爱的火焰，
在我的炉子里，
愉快地缓缓闪现。

我愿意是云朵，
是灰色的破旗，
在广漠的空中，
懒懒地飘来荡去，
只要我的爱人
是珊瑚似的夕阳，
傍着我苍白的脸，
显出鲜艳的辉煌。

赏析提示

1846年9月，23岁的裴多菲在舞会上结识了伊尔诺茨伯爵的女儿森德莱·尤丽娅，并对这位姑娘一见倾心。但伯爵却不肯把女儿嫁给裴多菲这样的穷诗人。面对阻力，裴多菲对尤丽娅的爱情仍痴迷不减，在半年时间里写出了众多情诗。1847年6月，裴多菲和尤丽娅的婚恋峰回路转、柳暗花明，于是诗人点燃激情与真爱的火焰，发布了他爱的誓言，写下了这首诗歌。该诗写在诗人与尤丽娅热恋时期，是一首向自己所爱表白的诗。

为了爱，诗人愿意奉献所有，愿意为这份爱坚守一生。“我愿意”，短短的三个字，包含了诗人无比厚重、深切的情感，更是诗人相伴终生的承诺。除了用“我愿意”作为全诗反复响起的主旋律外，诗人还运用了大量意象设想了爱情中双方所处的位置，这些意象生动地传达出诗人对爱的深情。

从表现形式上看，裴多菲的《我愿意是急流》为自由诗，自由诗作为表现形式的一类，其段数、每段的行数和每行的字数都没有固定规格，在句式音节上，比押韵诗歌自由得多，基本没有束缚和格律特征，虽然有节奏，但押什么韵、换韵的位置等都不强求一样，不受格律的限制，句子长短不拘，形式不论。裴多菲《我愿意是急流》几组诗句均以“我愿意是”“只要我的爱人”形式构造诗歌，句式较为统一，但并无押韵，段落行数和字数也没有固定的格式，句式音节上并无束缚，属自由诗，但裴多菲的诗歌受民歌影响很大，以一连串的“我愿意”表达对爱情的坚守与渴望，任思绪飘扬，尽情地挥洒自己的感情，表露对爱人的爱恋。

从内容与语言方式上看，裴多菲的《我愿意是急流》为抒情诗，诗歌通过“急流”旁敲侧击，委婉地衬托，引人深思，产生美感。诗歌把感情分别移到“急流”等事物上，与世人的内心感受、主观情感加以糅合，并以主人公的口吻来抒发情感，反映真实感受，直抒胸臆，没有完整的故事情节，没有完整的人物形象，通过比喻、象征的语言方式表露内心强烈的感情，是情歌的基本体式，以爱情为表现题材。在语言上意象化、多义化，用形象及生动的语言勾勒客观情境，而非以平铺直叙的方式来抒发爱恋之情，使这种意象更加立体化和形象化。另外，《我愿意是急流》采用重言复唱的手法，多次重复“我愿意是”“只要我的爱人”，渲染气氛，加强感情。

从诗人所构造的意象来看，五组并列的意象多维度、深层次、酣畅淋漓地展示出了“我”在“求爱道路”上毫无保留、无私奉献的内心。该诗是从人性的永恒性与深远处寻找激情与灵感的。诗歌所勾勒出的五组意象即“急流”与“小鱼”、“荒林”与“小鸟”、“废墟”

与“常青藤”、“草屋”与“火焰”、“云朵”“破旗”与“夕阳”，它们一者雄浑，一者娇秀，但是相依相存，描绘出一幅幅诗意盎然、动人心扉的画卷，充分显示了既尊重对方又忠于自己的恋爱内心世界。诗以意象说话，抒情时必须选择客观事实作为载体。该诗正是通过几组意象的营造贴切而形象地抒发了诗人对心中“爱人”的爱意。

《我愿意是急流》寄寓了作者的理想与追求，和其他抒写豪情壮志的诗篇构成了创作思路上的统一和情感诉求上的一致。“我的爱人”在诗中象征着诗人心中的价值理想和行动目标。诗作通篇以“我愿意是”这掷地有声的人格宣言强烈表达了为理想而努力的气概和情怀。诗歌字里行间流露着汩汩滔滔的殉道精神，并由此彰显着诗人内心的虔诚、忠贞、执着。这是对爱情生活中的敢于奉献、甘于奉献的转述与升华。在诗人所寄寓的各种理想之中，自由是其中不可或缺的。透过字面，透过对“我的爱人”和“我”本人的生存状态的畅想，是不难理解“是一条小鱼 / 在我的浪花中 / 快乐地游来游去”，“是一只小鸟 / 在我的稠密的 / 树枝间做窠，鸣叫”以及“我愿意是云朵 / 是灰色的破旗 / 在广漠的空中 / 懒懒地飘来荡去”，其背后正高扬着自由精神。这也再次显示了裴多菲创作上的一贯特色。《我愿意是急流》是爱情诗，同时又是箴言诗，给人以劝慰鼓舞的力量。

这首诗极富朦胧性和象征意味，意象的内涵极其丰富，这也给读者鉴赏提供了一个广阔的思维空间。这种情感可以上升为一种对于民族、国家的情感。一位热血男儿，对待爱情，生死不渝、无私奉献，道出了古往今来爱情的真谛，此乃诗中之高致。小到对于个人爱情，大到对于祖国，皆能抱一种忠诚之态度，即使当其不幸而处于绝望之境地、生死之难关，也能体现一种无私奉献、至死不渝的精神。裴多菲并没有把爱情看成生命的唯一，最后他也用自己的实际行动诠释了“若为自由故，二者皆可抛”这句诗的内涵，但他却把爱情看得高于生命，这就够了。

能力训练

1. 这首诗表达了诗人怎样的感情？运用了哪些修辞手法？有何作用？

2. 诗歌重在意象美，这首诗歌选取了哪些意向？请分析这些意象的特点。

当你老了

叶 芝

作者简介

威廉·勃特勒·叶芝（William Butler Yeats，1865—1939）。爱尔兰诗人、剧作家，著名的神秘主义者，是“爱尔兰文艺复兴运动”的领袖，也是艾比剧院（Abbey Theatre）的创建者之一，被诗人艾略特誉为“当代最伟大的诗人”。叶芝因为对爱尔兰的文艺复兴做出了杰出的贡献，于 1923 年获得诺贝尔文学奖，“他那些始终充满灵感的诗，它们通过高度的艺术形式展现了整个民族的精神”。叶芝对戏剧也有浓厚的兴趣，先后写过 26 部剧本。1939 年 1 月 28 日，叶芝在法国逝世。代表作有《钟楼》《盘旋的楼梯》《驶向拜占庭》和《当你老了》等。

作品选读

英文版本：

When you are old

When you are old and grey and full of sleep,
And nodding by the fire, take down this book,
And slowly read, and dream of the soft look,
Your eyes had once, and of their shadows deep;

How many loved your moments of glad grace,
And loved your beauty with love false or true,
But one man loved the pilgrim soul in you,
And loved the sorrows of your changing face;

And bending down beside the glowing bars,
Murmur, a little sadly, how love fled,
And paced upon the mountains overhead,
And hid his face amid a crowd of stars.

译文版本：

当你老了（袁可嘉 译）

当你老了，头白了，睡意昏沉，
炉火旁打盹，请取下这部诗歌，
慢慢读，回想你过去眼神的柔和，
回想它们昔日浓重的阴影；

多少人爱你青春欢畅的时辰，
爱慕你的美丽，假意或真心，
只有一个人爱你那朝圣者的灵魂，
爱你衰老了的脸上痛苦的皱纹；

垂下头来，在红光闪耀的炉子旁，
凄然地轻轻诉说那爱情的消逝，
在头顶的山上它缓缓踱着步子，
在一群星星中间隐藏着脸庞。

赏析提示

1889 年 1 月 30 日，23 岁的叶芝第一次遇见了美丽的女演员茅德·冈，她时年 22 岁，不仅美貌非凡、苗条动人，而且她在感受到爱尔兰人民受到英裔欺压的悲惨状况之后，毅然放弃了都柏林上流社会的社交生活而投身到争取爱尔兰民族独立的运动中来，并且成为领导人之一。这在叶芝的心目中对于茅德·冈平添了一轮特殊的光晕。在叶芝的心目中，冈简直就是美的象征、神的化身。叶芝用优美的语言回忆他第一次见到冈的情景："她伫立窗前，身旁盛开着一大团苹果花；她光彩夺目，仿佛自身就是洒满阳光的花瓣。"叶芝于 1893 年创作了这首诗歌，是献给女友茅德·冈热烈而真挚的爱情诗篇。五年前那一次邂逅就让痴心的叶芝对茅德·冈抱有终生不渝的爱慕。遗憾的是，叶芝穷其一生的情感追求并没有得到茅德·冈的回应，诗人就在一生遥遥无期的爱情中一直吟唱着一首坚定、寂寞的爱情诗歌。

整首诗分为三节，有起有落，前后互相照应。第一节用了一个假设性的时间作为开篇，诗人想象着很多年之后两人一起坐在炉火边阅读诗集的情景。叶芝在写这种诗的时候才 28 岁，但诗中所写到的场景却又是那么生动形象，可见诗人是非常希望能够跟女友一起走下去的。第二节，诗人用了对比的手法来表达自己对爱情坚定的信念。第三节又转向了对未来的幻想，让人感觉到了爱情的圣洁和美丽，诗人的感情再次得到升华，成为一种永恒。

诗歌以“当你老了”开头，这是一种对时间的假设，叶芝写这首诗时才28岁，而“你”所指的茅德·冈才27岁。这是一种特别的抒情方式，即诗人将时间推后几十年，进入一个虚拟的世界——“当你老了”，设想自己的情人衰老时的情景。这种方式别出心裁，使诗人爱的表达更为含蓄、持久，似乎已超越了时空，具有极强的艺术感染力。

诗的最后一节运用了拟人的修辞手法勾勒出一幅很美的空间立体画面，从红光闪耀的火炉，到头顶上的山，再到密密群星，层次分明，空间上也形成一种张力，写出了爱的距离之远和虚无缥缈，表达了作者的爱情理想终难以如愿的惆怅，让我们感受到爱情在现实中不断升华，直到无限的空间中便成为一种永恒。

这首爱情诗的独特之处来自诗人独特而真挚的情感，如果没有这种情感，刻意去别出心裁，就只会让人觉得做作。因而，本诗与其说是诗人在想象中讲述少女的暮年，不如说是诗人在向少女、向滔滔流逝的岁月剖白自己天地可鉴的真情。从这个意义上讲，打动我们的正是诗中流露出的那股哀伤无望却又矢志无悔的真挚情感。

能力训练

1.“当你老了”是一种假设的写法，叶芝的《当你老了》和我们以前所学的诗歌在选材上有什么不同吗？

2. 作为新时代的00后青年，同学们青春年少、风华正茂。假如让你穿越时光隧道，快进到60年之后，你能想象到自己的样子吗？试想一下，时光飞逝，青春不在，转眼垂垂老矣！回首人生，时间都去哪儿了？你还觉得余生很长，可以随意挥霍吗？假如还有一次机会，可以让你回到今天，请问这一次你打算怎么活？想对今天的自己说些什么？写出你想说的话。

素养园地

中国建筑之魂——梁思成与林徽因

奉献能挽救和塑造一个国家文化的灵魂。

北京解放前，两名解放军干部悄悄来到梁家，向梁思成请教，一旦大军被迫攻城时，哪些文物必须设法保护，要梁思成把城里最重要的文物古迹一一标在他们带来的军用地图上。这对以中国古建筑为第二生命的夫妻激动得热泪盈眶。北京解放后，梁思成提出，北京应该是政治文化中心而不是工业中心，应保存北京故都紫禁城的面貌，旧城内新建筑高度不得超过三层等。当有人要拆掉城墙时，林徽因争论说："你们今天拆的是真古董，有一天，你们后悔了，想再造，也只能盖个假古董了。"为了抢救古迹，梁思成曾声嘶力竭地告诉大家，城墙里面是七百年的"填泥"，坚硬如石，有 1200 吨重，用 20 节车花 85 年才运得完。他在尽可能保存古迹的前提下设计了天安门广场。林徽因 1955 年病故，梁思成 1972 年亡故。他们曾因"复古主义"而被批判、被折磨、被羞辱，然而他们死后又被赞扬、被认可、被怀念。

林徽因是一位在历史上享有盛誉的建筑学家。她深爱建筑学，为我国的建筑事业奉献了毕生的精力，做出了不可磨灭的伟大功绩。她抱病与梁思成设计了国徽，又参与了人民英雄纪念碑的设计。难能可贵的是，她在被病魔折磨得卧床不起时，一听到北京景泰蓝制作即将灭绝，挣扎着亲临景泰蓝工厂考察了解情况，重新设计创制了景泰蓝，才使我国的这一重大艺术品工艺得以保存。她的敬业精神是可贵而崇高的。

拓展阅读书单

1. 韩秋月 . 中国古代诗歌赏析教程：诗歌也可以这样读［M］. 天津：南开大学出版社，2012.

2. 徐晓莉 . 中国古代经典诗词选讲［M］. 北京：北京师范大学出版社，2014.

3. 叶楚桥 . 桃李春风一杯酒：唐朝诗人的快意人生［M］. 贵阳：贵州人民出版社，2019.

4. 陈引驰，周兴陆 . 中国文学经典（古代诗词卷）［M］. 上海：华东师范大学出版社，2019.

5. 少年怒马 . 鲜衣怒马少年时：唐宋诗人的诗酒江湖［M］. 长沙：湖南文艺出版社，2020.

6. 王国维 . 人间词话［M］. 北京：北京联合出版公司，2017.

7.［清］蘅塘退士 . 唐诗三百首［M］. 北京：开明出版社，2017.

8. 吴正裕 . 毛泽东诗词全编鉴赏（增订本）精装典藏版［M］. 北京：人民文学出版社，2017.

9. 余秀华 . 摇摇晃晃的人间［M］. 长沙：湖南文艺出版社，2018.

10. 白落梅 . 在最深的红尘里重逢：仓央嘉措诗传［M］. 长沙：湖南文艺出版社，2019.

11. 海子 . 我只愿面朝大海，春暖花开——海子经典诗集［M］. 海口：南海出版公司，2016.

12. 黄晓丹 . 十四位古代诗人和一位现代闯入者［M］. 北京：北京联合出版公司，2019.

13. 飞白等 . 外国诗歌名作欣赏［M］. 北京：北京大学出版社，2017.

14. 叶嘉莹 . 唐宋词十七讲［M］. 北京：北京大学出版社，2017.

15. 谢冕，孙绍振 . 中国现当代诗歌名作欣赏［M］. 北京：北京大学出版社，2017.

第二章 散文欣赏

第一节 散文欣赏概述

一、散文概说

散文是与小说、诗歌、戏剧并列的一种文学体裁，有广义和狭义两种概念。

广义的散文，在古代指的是一切不押韵的文章。在现代，是指除去诗歌、小说、戏剧以外的一切叙事性、议论性、抒情性文体，如秦牧在《海阔天空的散文领域》中说："不属于其他文学体裁，而又具有文学味道的一切篇幅短小的文章，都属于散文的范围。"这样，就有了抒情散文、叙事散文和说理散文等的分类。

狭义的散文专指抒情散文。这是因为随着文体的发展，叙事散文中的通讯特写、传记文学、报告文学等已经发展成为独立的文体，各成一类。说理散文则有了专门的名称——杂文，也从散文中分离了出来，剩下的只有抒情散文，这就是狭义的散文。

二、散文的产生与发展

（一）古代散文的发展

在我国古代，为区别于韵文、骈文，凡不押韵、不重排偶的文章，包括经、传、史书在内，一律称为散文。

我国第一部叙事散文和论说散文集是《尚书》。《尚书》意为"上古之史册"，为古代散文的奠基之作。自汉以来，《尚书》一直被视为中国封建社会的政治哲学经典，既是帝王的教科书，又是贵族子弟及士大夫必遵的"大经大法"，在历史上很有影响。

1. 先秦散文

先秦散文是从甲骨卜辞（刻在甲骨上记录占卜的文字）、易卦爻辞（解释卦象的语句）发展而来的，根据内容和形式的不同，可分为历史散文和诸子散文两大类。

历史散文以历史题材为主，记述历史事件，刻画历史人物，《左传》《战国策》成就较高，对后世影响较大。《左传》相传是春秋末年鲁国的左丘明为《春秋》做注解的一部史书，与《公羊传》《谷梁传》合称为"春秋三传"。它是中国第一部叙事详细的编年体史书，同时也是杰出的历史散文巨著。

《战国策》为西汉刘向编订的国别体史书，记载战国至秦汉时期，一些谋士为了谋取富贵或者实现自己的治国理念，针对当时的各国形势，为自己效力的主君分析内外形势、制定策略的说辞的合集。

诸子散文则是阐述哲理的篇章，其发展由说理简括趋于详细，文辞简约趋于富赡，并常常把思想的论辩与形象的描绘结合起来，使道理浅显易懂。

《论语》是孔子弟子及再传弟子记录孔子及其弟子言行而编成的语录文集，成书于战国前期。全书共 20 篇 492 章，以语录体为主，叙事体为辅，较为集中地体现了孔子及儒家学派的政治主张、伦理思想、道德观念及教育原则等。汉武帝时期，董仲舒建议采纳儒家思想，于是便有了“罢黜百家，独尊儒术”的口号。

《孟子》是儒家的经典著作，战国中期孟子及其弟子万章、公孙丑等著。书中记载有孟子及其弟子的政治、教育、哲学、伦理等思想观点和政治活动。

《墨子》是战国时期的哲学著作，由墨子自著和弟子记述墨子言论两部分组成。该书提倡兼爱、非攻、尚贤、尚同、天志、明鬼、非命、非乐、节葬、节用，涉及哲学、逻辑学、军事学、工程学、力学、几何学、光学，先秦的科学技术成就大都依赖《墨子》以传。

《道德经》，春秋时期老子（李耳）的哲学作品，又称《道德真经》《老子》《五千言》《老子五千文》，是中国古代先秦诸子分家前的一部著作，是道家哲学思想的重要来源。《道德经》是中国历史上最伟大的名著之一，对传统哲学、科学、政治、宗教等产生了深刻影响。据联合国教科文组织统计，《道德经》是除了《圣经》以外被译成外国文字发行量最多的文化名著。

《庄子》又名《南华经》，是战国中期庄子及其后学所著道家经文。到了汉代以后，尊庄子为南华真人，因此《庄子》亦称《南华经》。其书与《老子》《周易》合称“三玄”。《庄子》一书主要反映了庄子的批判哲学、艺术、美学、审美观等。其内容丰富，博大精深，涉及哲学、人生、政治、社会、艺术、宇宙生成论等诸多方面。

诸子百家不同的文思与文风造就了古代散文的奇葩。

2. 两汉散文

两汉时期是散文蓬勃发展的时期。

西汉早期，政论散文蓬勃兴起，内容多为政论和史论，形式为策、疏等，特点是思想敏锐、直言时弊、文采飞扬，代表作品有贾谊的《过秦论》《治安策》，晁错的《论贵粟疏》。

西汉中期的散文特点是对仗工整。这时期成就最高的是司马迁的《史记》，既是伟大的历史著作，也是传记文学名著。它不虚美、不隐恶的实录精神为人们所称道。《史记》是二十四史之一，最初称为《太史公书》或《太史公记》《太史记》，是中国历史上第一部纪传体通史，记载了黄帝时代至汉武帝太初四年间共3000多年的历史。《史记》中刻画人物的高超技巧、变化多端的谋篇布局、语言的非凡表现力，都对后世叙事散文起到了典范作用。鲁迅用“史家之绝唱，无韵之离骚”高度评价了《史记》杰出的史学和文学成就。

西汉后期，比较著名的是刘向的散文，其散文叙事简约、议论畅达、风格深沉，对唐宋古文有较大影响。

东汉产生了不少历史散文著作，班固的《汉书》便是其中的杰出代表。《汉书》具有浓厚的封建主义思想，开创了断代为史的编纂体例，资料丰富，保存了许多重要的历史文献。

3. 魏晋南北朝散文

魏晋南北朝时期的散文，一改汉代散文的经学气息，打破桎梏，形成了重抒情、重文采的创作倾向，并为南朝骈文的成熟奠定了基础。《桃花源记》是东晋文学家陶渊明的代表作之一，是《桃花源诗》的序言，选自《陶渊明集》。此文借武陵渔人行踪这一线索，把现实和理想境界联系起来，通过对桃花源的安宁和乐、自由平等生活的描绘，表现了作者追求美好生活的理想和对当时现实生活的不满。

4. 唐宋散文

唐宋时期出现了“唐宋八大家”——韩愈、柳宗元、苏轼、苏洵、苏辙、曾巩、王安石、欧阳修，他们对后世散文创作产生了极其深远的影响。

韩愈文章气势雄伟、说理透彻、逻辑性强，被尊为“唐宋八大家”之首。时人有“韩文”之誉。杜牧把韩文与杜诗并列，称为“杜诗韩笔”；苏轼称他“文起八代之衰”。韩愈的《师说》一文，是一篇不同流俗的文章。柳宗元在《答韦中立书》中曾经说：“今之世，未闻有师……独韩愈奋不顾流俗，犯笑侮，收召后学，作《师说》，因抗颜而为师……愈以是得狂名。”

苏轼的散文呈现出多姿多彩的艺术风貌。他广泛地从前代的作品中汲取艺术营养，其中最重要的渊源是孟子和战国纵横家的雄放气势、庄子的丰富联想和自然恣肆的行文风格。苏轼的文章具有极高的表现力，在他笔下几乎没有不能表现的客观事物或内心情思，文笔像行云流水一样自然、畅达。

5. 元明清散文

元代散文和宋代相比较为逊色。明清以来，出现了众多流派，如唐宋派，反对以文采取代“道统”，主张“文道合一”的传统；公安派和竟陵派，反对拟古，力主独抒性灵，推行洒脱文风；桐城派，继承古文传统，提出“义法”主张，即“言有物”“言有序”。

明初的宋濂是“开国文臣之首”，他的传记文很有现实意义，比较著名的作品有《秦士录》《王冕传》《李疑传》等。明朝其他散文家归有光的《项脊轩志》《思子亭记》，质朴自然，抒情真切；张岱的《西湖七月半》《湖心亭看雪》，语言清新，生动传神；袁宏道的《虎丘记》《初至西湖记》，“独抒性灵，不拘格套”。

明清的“小品文”在中国散文史上独树一帜，揽物托胜，抒写真性灵、真精神，开拓了散文的新领域。其代表人物有张岱、徐霞客、龚自珍等。《徐霞客游记》是明代地理学家徐霞客创作的一部散文游记，是系统考察中国地貌地质的开山之作，同时也描绘了中国大好河山的风景资源，优美的文字使之成为文学佳作，在地理学和文学上都有着重要的价值。

清朝散文中最有名的派别是桐城派，桐城派的代表作品有方苞的《狱中杂记》《左忠毅公逸事》，姚鼐的《登泰山记》等。清末的康有为、梁启超是政治改良运动的代表人物，也是学术上改良派的代表作家。梁启超的新体散文直抒己见，畅所欲言，是政治斗争的有效工具，他的《少年中国说》即是这样一篇典型作品。

（二）现代散文的发展

现代散文在欧美文学的影响下，以“人”的发现为思想主导，革新内容，扩大了表现生活的范围；推崇自我表现，一切观察、体会、思索皆从作者主观出发，写出自己的独特个性；文体形式多样，表现自由，不拘一格，出现了日记体、讽刺体、随感录等新样式。中国现代散文大致经历了以下三个阶段：

1. 五四新文学时期

这个时期是中国散文的诞生期。散文主要有两类。一类是担任反封建先锋的议论性散文，所议论的对象紧贴生活，具体而且细微；形式自由，可长可短；语言可刚烈悲壮，可幽默讽喻。这类散文经过完善，逐渐发展成为一种新文体——现代杂文，它的发生地在《新青年》。成就最高的议论性散文是鲁迅的《热风》《坟》《华盖集》。另一类是写景、状物、叙事的抒情散文，它漂亮、缜密、富有艺术感染力，被称作“小品”，也有人称之为“美文”。如朱自清、冰心等人的散文清新雅致，郭沫若、郁达夫等人的散文豪迈挥洒。

2. 左翼文学运动时期

这个时期是中国散文繁花似锦、全面丰收的阶段，主要表现在以下方面：

一是议论性散文空前繁荣，这时期鲁迅创作了大量战斗杂文，包括《而已集》《且介亭杂文》《二心集》等。唐弢和聂绀弩继承鲁迅文风，在创作上有诸多相似之处，以锋利的文笔抨击黑暗社会。

二是小品文蓬勃发展，主要成就是林语堂创作的幽默小品，其特点是“以自我为中心，以闲适为格调”。林语堂的散文拓展了散文的审美领域，他成为现代散文闲适风的一派宗师，融贯东西方智慧，对学养有一定的价值和意义。

三是游记体散文、写人记事的抒情散文获得丰收，代表作品有郁达夫的《屐痕处处》、沈从文的《湘西散记》、何其芳的《画梦录》等。

四是报告文学兴起，代表作品有夏衍的《包身工》、宋之的《一九三六年春在太原》等。

3. 抗日战争至中华人民共和国成立前夕

这一时期由于战争和政治的原因，战斗杂文创作数量增多，杂文作家有郭沫若、聂绀弩、冯雪峰等。

抒情散文包括丰子恺的《缘缘堂随笔》、巴金的《废园外》、老舍的《我的母亲》等；幽默散文有梁实秋的《雅舍小品》、钱钟书的《写在人生边上》和王了一的《龙虫并雕斋琐语》等。

（三）现代散文代表作家

1. 鲁迅

鲁迅所创作的散文不多但却可说篇篇精品，这些篇章收录于《朝花夕拾》和《野草》中。《朝花夕拾》是鲁迅对于童年、青少年时期的回顾，包含少年时代的绍兴印象、南京求学、留学日本、回国后在绍兴任教等基本的成长经历，尤以记述故乡生活者为最多。在《朝花夕拾》中，对旧日生活中枯燥、荒谬、愚妄的世相的不满则显得并不突出。旧日的美与爱，既可看作鲁迅思想苦闷时的精神避难所，也可视为他疲累身心的憩园。

与《朝花夕拾》“闲话”风格截然不同的散文诗集《野草》则呈现了另一种“鲁迅风”。在《野草》里，鲁迅的笔下涌出了梦的朦胧、沉重和诡异，鬼魂的阴森与神秘；神幻的场景、荒诞的情节；不可确定的模糊意念，难以理解的反常感觉；瑰丽、冷艳的色彩，奇特的想象，浓郁的诗情……《野草》以表现主题的不确定性，几乎包含了鲁迅情绪、性格甚至整个内心世界的各个侧面，它也是启蒙时期的文化批判者鲁迅向启蒙时期后的战斗者转折过渡阶段的心灵史。

2. 冰心

冰心的散文题材广泛，寓意深邃。冰心通过对自身经历的细腻描写，生动而形象地反映了一个世纪以来中国动荡复杂的社会生活的某些侧面。冰心善于撷取生活中的片段，将其编织在自己的情感波澜之中，凭借着敏锐的眼力和细密的情思，把内在的深情和外物的触发融在一起，寓情于景，情景交融，给读者以崇高的美的享受。冰心十分注重散文内涵的美。她的散文立意新颖，构思灵巧。在看似平凡的题材中，创意出奇，构局善变。这是由她的思想造诣和生活环境凝聚而成的情思美。

3. 林语堂

林语堂 1932 年创办《论语》半月刊，随后又有《人间世》和《宇宙风》问世，掀起了“幽默”“闲适”小品的热潮。他自己也创作了大量的散文（近 300 篇），后收入《大荒集》等集子中。林语堂比较鲜明地实现了“论语”派的文学主张。

林语堂主张小品文“以自我为中心，以闲适为格调”“两脚踏中西文化，一心评宇宙文章”，以谈话的形式将东西方的人生哲理从容道出。其小品文取材甚广，“宇宙之大，苍蝇之微，皆可取材”。故林语堂的散文题材复杂，文化内涵丰富，艺术上呈现潇洒超脱、幽默睿智、飘逸空灵的“热心人冷眼看人生”的自由主义特征。

（四）当代散文的发展

中国当代散文大致经历了以下三个阶段：

1. 中华人民共和国成立的前 17 年

这一时期成就最大的是抒情散文。其中优秀的作品有冰心真挚隽永的《樱花赞》，巴金亲切自然的《从镰仓带回的照片》，杨朔诗意盎然的《茶花赋》《荔枝蜜》，吴伯箫朴实醇厚的《记一辆纺车》等。

2.“文化大革命”的十年

“文化大革命”的十年，散文创作几近荒芜。

3. 新时期散文

20 世纪 80 年代出现了“反思散文”，以巴金的《随想录》、韦君宜的《思痛录》、杨绛的《干校六记》等为代表，这些作品通过回忆“文化大革命”时期的个人琐事、生活片段，反思个人命运之宕、时代之殇、社会之痛。90 年代散文多元化发展，典型作品有余秋雨的“文化散文”、林非的“哲理思考散文”、韩少功的“理性精神散文”、史铁生的“生命体验散文”、汪曾祺的“怀旧散文”等，都展示了独特的魅力。

（五）当代散文代表作家

1. 杨绛

杨绛散文风格写实、笔触平实淡雅，笔有藏锋，于平淡中见神奇，于无声处见喜悲。结构开合自如，技巧运用娴熟，处处“随心所欲”，又处处颇具匠心，在冷静地叙述中给读者以思考的余地。杨绛的散文集《我们仨》以简洁而沉重的语言，回忆先她而去的女儿钱媛、丈夫钱钟书，回忆一家三口那些快乐而艰难、爱与痛的日子。作为老派知识分子，她的文字含蓄节制，那难以言表的亲情和忧伤弥漫在字里行间，令读者无不动容。

2. 余秋雨

余秋雨的散文素来是以文风优美著称。他从小深受中国传统文化影响，尤其是受中国古典诗词和儒家思想的影响，写出来的散文笔风优美、感情细腻、细节到位、观点新颖，读来让人赏心悦目。以《文化苦旅》为代表的散文在20世纪90年代影响广泛。他将文史知识与学者情思、历史踪迹追寻与现实问题思考融为一体的散文写作方式别具一格。

3. 三毛

台湾作家三毛以她富于异国情调的散文作品步入文坛，其散文向人们展示了神奇的异国风光和人情习俗。她由衷地赞美瑰丽、浩瀚的大自然，文中涌动着蓬勃生机，表现了对生命的热爱。贾平凹曾说：“携了书和笔漫游世界的三毛，年轻、坚强而又孤独，她对于大陆年轻人的魅力，任何局外人做任何想象来估价都是不过分的。”

三、散文的特征

（一）散文的“真”

散文必须抒写真情实感，凸显作者的情感体验。王安忆说：“散文，真可称得上是情感的试金石，情感的虚实多寡，都瞒不过散文。”散文是抒写真我、表达至真性情的艺术。由于特殊的人、事、物的触发，作者“情动于中而形于言”，通过带有主观色彩的文字反映个人对社会生活的认知。著名散文作家史铁生的名篇《我与地坛》为什么引人入胜？最重要的原因就是其字里行间充满了醇厚的真情和深刻的感受，从容、广博地将生活的实相展示出来，从而深刻地理解了母爱的伟大以及残疾和死亡的深意，构建了一种富有独特价值的生命体验，让语言有了张力，有了怦然心动和刻骨铭心的感染力，读起来跌宕起伏、生动真切，让读者体味到了文学烛照人性、温暖生命的精神力量。因为真，因为实，所以扣人心弦。

散文的真，还在于表达上不假雕饰，要有真感情、真体悟。与其他文体类型相比，散文更加显著的特点是它在表达上全凭作者的本色的真。它的写景必须是实写，叙事总是真事。

（二）散文的“散”

散文的特点是“形散而神不散”。

“形散”是指散文取材自由，不受时间和空间的限制，表现手法多样。可以叙述事件的发展，可以描写人物形象，可以托物抒情，可以发表议论，而且作者可以根据内容需要自由调整、随意变化。

“神不散”主要是从散文的主题方面来说的，即散文所要表达的主题明确而集中，无论散文的内容多么广泛，表现手法多么灵活，无不为更好地表达主题而服务。

（三）散文的“美”

散文的美，指它的意境美，体现在诗情、画意和哲理的融合中。诗情，即通过营造独特氛围表达含蓄情感，引发读者共鸣；画意，即通过勾勒色彩鲜明的情感画面，激发读者想象；哲理，即散文中作者所揭示的人生真谛，启发读者思索。

散文的美，也指它的文辞美。好的散文语言，总是于貌似娓娓道来的平常中蕴含着丰厚的底蕴和雅致的趣味，显现出一种经过锤炼之后的精美。佘树森说：“散文的语言，似乎比小说多几分浓密和雕饰，而又比诗歌多几分清淡和自然。它简洁而又潇洒，朴素而又优美，自然中透着情韵。可以说，它的美，恰恰就在这浓与淡、雕饰与自然之间。”

（四）散文的“知”

在不同的文学体裁中，散文是最真实、最具体、最清晰、最实用的文体。从散文中总能获得自己需要的知识，这是散文能够超越其他文体而魅力无穷的秘密所在。

四、散文的种类

根据内容和表达方式的不同，散文通常可以分为三类：抒情散文、叙事散文、说理散文。

（一）抒情散文

抒情散文以抒发主观情感为出发点，以空灵飘逸见长，着力点在于准确表达感情色彩的语言运用上。往往借助具象，写景状物来抒发主观情感。

文中的景或物是作者抒情的依托，作者往往将所要抒发的情感具象化，运用比兴、象征、拟人等手法，或写景抒情，情景交融；或托物咏志，有所寄托，以达到抒情的目的。抒情散文大致可分为借景抒情、因物抒情和以事抒情三类。如朱自清的《荷塘月色》、刘白羽的《日出》等均为借景抒情的散文。

（二）叙事散文

叙事散文指以记人叙事为主，又洋溢着浓厚抒情气氛的散文。以对人和事物的具体叙述和描绘为其突出特色，同时表现作者的认识和感受。它侧重于从叙述人物和事件的发展变化过程中反映事物的本质，具有时间、地点、人物、事件等因素。它在表现手法上与小说相似，但不像小说那样用典型化的手法塑造人物形象。偏重于记事的散文以事件发展为线索，偏重对事件的叙述。它可以是一个有头有尾的故事，如许地山的《落花生》；也可以是几个片段的剪辑，如鲁迅的《从百草园到三味书屋》。在叙事中倾注作者真挚的感情，这是与叙事小说最显著的区别。偏重于记人的散文，全篇以人物为中心，往往抓住人物的性格特征作粗线条勾勒，偏重表现人物的气质、性格和精神面貌，如鲁迅的《藤野先生》、史铁生的《二姥姥》。人物形象是否真实是它与小说的区别。

（三）说理散文

说理散文以发表议论、阐发哲理为主，又被称为哲理散文。说理散文通常采用打比方、谐谑讥讽、托物言志等方式，因事立理、引言证理、抒情壮理，寓思想于形象之中，寓观点于趣谈之中。说理散文要求观点鲜明、说理充分、以理服人。它主要是形象思维的产物，其文学性很强，并富于感情。如林清玄的《黄昏的沙堡》等。

五、散文欣赏方法

阅读优秀散文，不仅可以丰富知识、开阔眼界，培养高尚的思想情操，还可以从中学习选材立意、谋篇布局和遣词造句的技巧，提高自己的语言表达能力。散文欣赏一般应注意以下几个方面：

（一）了解作者

散文，或深或浅地打着作者生活痕迹的烙印，赏析散文应该了解作者以及与他有关的社会生活。即便是同一时代的作者，也因不同的遭遇、思想历程和艺术道路，使作品各有自己的思想和艺术特点。另外，一个作者一生的创作是随着他的思想、作品表现手法的发展而变化的，同一作者不同时期的作品也必然具有思想、艺术上的差异。

（二）把握立意

立意是散文的中心主旨。

散文写作自由灵活，作家往往有感而发，通过具体的文字来传达内心的情感。阅读散文作品，必须透过繁杂的表象，正确把握作品主旨，领会作者的写作意图。

在欣赏散文时，应该梳理作品中的材料，诸如生活画面、场景、人物、时间等，分析材料之间的内在关系，探索作者感情不断深化的脉络，进而揣摩作品的立意。需要注意的是，在表达立意方面，记叙散文往往以小见大，阐述经验教训；抒情散文往往以写景状物来抒发主观情感，讲究情景交融；说理散文往往托物言志，多用象征。

（三）善抓文眼

文眼是指表达作者写作意图和文章主旨的词句，是散文主题的凝聚点。阅读文章要善于抓文眼，抓住了文眼，就抓住了理解和把握全文的钥匙；抓住了文眼，就抓住了文章的灵魂。文眼通常在文章的开头或结尾，有的就是标题，有的嵌于文中。如朱自清的《背影》就是抓住背影命题立意、组织材料的。背影在文中出现了四次，每次情况不同，但抒发的父子深情的思想感情却是一脉相承的，背影既是线索又是文眼。再如茅盾的《白杨礼赞》中作者几次强调白杨树是不平凡的，“我”要赞美白杨树，这种包含象征意义的议论抒情句正是文眼所在，抓住它就抓住了作者的情感脉搏，抓住了阅读的关键。

（四）体会情感

阅读散文，还需循其语言表征，追寻它直抒或隐含的情感，在对这些情感的理解认同和反复体味中提升审美品位。我们可以通过文中感情强烈的句子体味作者的感情，如范仲淹《岳阳楼记》当中“不以物喜，不以己悲”“先天下之忧而忧，后天下之乐而乐”，欧阳修《醉翁亭记》当中“醉翁之意不在酒，在乎山水之间也。山水之乐，得之心而寓之酒也”，等等。

（五）品味语言

散文的语言是散文家抒写性灵、表情达意的最基本工具。散文在遣词造句、谋篇布局等方面是不拘一格的，但又是讲究语言艺术的文学形式，优秀的散文家都是用具体入微的语言来表达自己对世界的思索、体验的。阅读散文作品，宜从具体字词句的组合运用方面品读其独特的语言艺术特色。

第二节 散文欣赏选文

《论语》十则

作者介绍

《论语》是孔子的弟子和再传弟子追记孔子的言行思想编纂而成，是儒家思想和中国文化最重要的典籍。

作品选读

子曰："学而时[1]习[2]之，不亦说[3]乎？有朋自远方来，不亦乐乎？人不知[4]而不愠[5]，不亦君子[6]乎？"

子曰："君子食无求饱[7]，居无求安[8]，敏于事而慎[9]于言，就[10]有道[11]而正[12]焉，可谓好学也已。"

子曰："不患[13]人之不己知[14]，患不知人也。"

子曰："学而不思则罔[15]，思而不学则殆[16]。"

子曰："由[17]！诲[18]女[19]知之乎？知之为知之，不知为不知，是知也[20]。"

子曰："默[21]而识[22]之，学而不厌[23]，诲人不倦，何有于我哉[24]？"

子曰："三人行，必有我师焉；择其善者而从之，其不善者而改之。"

子曰："岁寒，然后知松柏之后凋也。"

子曰："质胜文则野，文胜质则史。文质彬彬，然后君子。"

子曰："志士仁人，无求生以害仁，有杀身以成仁。"

（选自徐志刚．论语通译［M］．北京：人民文学出版社，2015.）

注释

［1］时：经常，一说按时。

[2] 习：孔子所说的学习，包括政治、道德、礼仪、音乐、射箭、驾车等多方面的内容，因而这个习字也包含温习、练习、实习等多方面的意思。

[3] 说：通“悦”，高兴，愉快。

[4] 知：了解。

[5] 愠：含怒，怨恨。

[6] 君子：泛指有道德修养的人。

[7] 饱：充分满足。

[8] 安：安逸。

[9] 慎：谨慎，慎重。

[10] 就：趋向，跟从，到，动词。

[11] 有道：有道德、有学问的人。

[12] 正：端正，用作动词。

[13] 患：忧虑，怕。

[14] 不己知：不了解自己。

[15] 罔：无，无所得。

[16] 殆：疑惑，不安分，招致危险。

[17] 由：孔子的贤弟子，姓仲名由，字子路。

[18] 诲：教诲，引导。

[19] 女：通“汝”，你。

[20] 是知也：是：此，这。这里的“知”字与前面几个“知”字的含义（知道，明白，懂得）有所不同，是聪明、有智慧的、态度明智的意思。

[21] 默：有潜心思考、辨别之意。

[22] 识：牢记在心里。

[23] 厌：通“餍”，满足。

[24] 何有于我哉：即于我何有哉，对我没有什么遗憾了。

赏析提示

《论语》由孔子弟子及再传弟子编写而成，至战国前期成书。主要记录孔子及其弟子的言行，较为集中地反映了孔子的思想，是儒家学派的经典著作之一。以语录体为主，叙事体为辅，集中体现了孔子的政治主张、伦理思想、道德观念及教育原则等。与《大学》《中庸》《孟子》并称“四书”，与《诗经》等“五经”总称“四书五经”。

孔子是我国春秋末期伟大的思想家和教育家，也是儒家学派的创始人。他被公认为世界文化名人之一。他一生主张仁义，反对残暴统治，同情人民疾苦。他首开私人办学、讲学之风，提出“有教无类”的观点。他循循善诱，诲人不倦，相传有学生三千，贤弟子七十二。他的思想在中国历史上有极其深远的影响。

关于学习态度和方法，孔子重视如下几个方面：一是实事求是；二是要以学为乐，持之以恒；三是要懂得取长补短；四是主动求教；五是学思结合，不盲从。

能力训练

1. 请从这十则语录中选取例证，说明孔子所说的学习包括读书与修养两个方面。
2. 在这十则语录中，哪些地方谈到了学习的态度和方法？请进行归纳概括。
3. 找出这些语录中的排比句、对偶句、比喻句和反诘句，分别说明它们的表达作用。

上善若水[1]

老　子

作者介绍

老子（约前571—前471），生活于春秋末期，姓李名耳，一说名聃，字伯阳，世称老聃、老子，道家学派创始人。老子被东汉末创立五斗米道的张陵尊奉为“太上老君”，自此，其在道教中被尊为“道祖”。老子天道观的根本概念是自然主义，即所谓的“人法地，地法天，天法道，道法自然”。

作品选读

水善利万物而不争，处众人之所恶[2]，故几于道[3]。居善地；心善渊[4]；与善仁[5]；言善信；政善治[6]；事善能；动善时[7]。夫唯不争，故无尤[8]。

（选自老子. 道德经［M］. 北京：作家出版社，2016.）

注释

［1］上善若水：上，最的意思。上善即最善。这里老子以水的形象来说明“圣人”是道的体现者，因为圣人的言行有类于水，而水德是近于道的。

［2］处众人之所恶：即居于众人不愿去的地方。

［3］几于道：几，接近。即接近于道。

［4］渊：沉静、深沉。

［5］与善仁：与，指与别人相交相接。善仁，指有修养之人。

［6］政善治：为政善于治理国家，从而取得治绩。

［7］动善时：行为动作善于把握有利的时机。

［8］尤：怨咎、过失、罪过。

赏析提示

老子在弘扬水的精神时，道出了一种处世哲学：做人应该像水一样，至柔之中又有至刚、至净、能容、能大的胸襟和气度。水造福万物、滋养万物，却不与万物争高下，这是最为谦虚的美德。江海之所以能够成为一切河流的归宿，是因为善于处在下游的位置，所以成为百谷之王。

老子认为，最优秀的人具有如水一般的完善人格。这样的人，愿意去别人不愿意去的地方，愿意做别人不愿意做的事情。他们具有大海般的胸怀，能够做到忍辱负重、宽宏大量。他们具有慈爱的精神，能够尽其所能去帮助、救济别人。他们不和别人争夺功名利禄，是"善利万物而不争"的王者。

能力训练

1. 请翻译并朗读本文。

2. "上善若水"虽只有四个字，却博大精深、寓意深刻，从古到今被许多人奉为行为准则。请结合生活实际谈谈你对"上善若水"的理解。

前赤壁赋[1]

苏　轼

作者介绍

苏轼（1037—1101），北宋文学家、书画家、美食家。字子瞻，号东坡居士。汉族，四川人，葬于颍昌（今河南省平顶山市郏县）。一生仕途坎坷，学识渊博，天资极高，诗文书画皆精。其文汪洋恣肆，明白畅达，与欧阳修并称欧苏，为“唐宋八大家”之一；诗清新豪健，善用夸张、比喻手法，艺术表现独具风格，与黄庭坚并称苏黄；词开豪放一派，对后世有巨大影响，与辛弃疾并称苏辛；书法擅长行书、楷书，能自创新意，用笔丰腴跌宕，有天真烂漫之趣，与黄庭坚、米芾、蔡襄并称宋四家；画学文同，论画主张神似，提倡“士人画”。著有《苏东坡全集》和《东坡乐府》等。

作品选读

壬戌[2]之秋，七月既望[3]，苏子与客泛舟游于赤壁之下。清风徐[4]来，水波不兴[5]。举酒属[6]客，诵明月之诗[7]，歌窈窕之章[8]。少焉[9]，月出于东山之上，徘徊于斗牛[10]之间。白露横江[11]，水光接天。纵一苇之所如，凌万顷之茫然[12]。浩浩乎如冯虚御风[13]，而不知其所止；飘飘乎如遗世[14]独立，羽化而登仙[15]。

于是饮酒乐甚，扣舷[16]而歌之。歌曰：“桂棹兮兰桨[17]，击空明兮溯流光[18]。渺渺[19]兮予怀，望美人[20]兮天一方。”客有吹洞箫者，倚歌而和[21]之。其声呜呜然，如怨如慕[22]，如泣如诉；余音袅袅[23]，不绝如缕[24]。舞幽壑之潜蛟[25]，泣孤舟之嫠妇[26]。

苏子愀然[27]，正襟危坐[28]而问客曰：“何为其然也[29]？”客曰：“‘月明星稀，乌鹊南飞[30]。’此非曹孟德之诗乎？西望夏口[31]，东望武昌[32]，山川相缪[33]，郁[34]乎苍苍，此非孟德之困于周郎[35]者乎？方其破荆州，下江陵，顺流而东也[36]，舳舻[37]千里，旌旗蔽空，酾酒[38]临江，横槊[39]赋诗，固一世之雄也，而今安在哉？况吾与子渔樵于江渚之上，侣鱼虾而友麋鹿[40]，驾一叶之扁舟[41]，举匏樽[42]以相属。寄蜉蝣于天地[43]，渺沧海[44]之一粟。哀吾生之须臾[45]，羡长江之无穷。挟飞仙以遨游，抱明月而长终[46]。知不可乎骤[47]得，托遗响于悲风[48]。”

苏子曰："客亦知夫水与月乎？逝者如斯[49]，而未尝往也；盈虚者如彼[50]，而卒莫消长[51]也。盖将自其变者而观之，则天地曾不能以一瞬[52]；自其不变者而观之，则物与我皆无尽也，而又何羡乎？且夫天地之间，物各有主，苟非吾之所有，虽一毫而莫取。惟江上之清风，与山间之明月，耳得之而为声，目遇之而成色，取之无禁，用之不竭。是造物者之无尽藏[53]也，而吾与子之所共适[54]。"

客喜而笑，洗盏更酌[55]。肴核既[56]尽，杯盘狼籍[57]。相与枕藉[58]乎舟中，不知东方之既白[59]。

（选自孔凡礼.苏轼文集［M］.北京：中华书局，2018.）

注释

［1］这篇散文是宋神宗元丰五年（1082）苏轼贬谪黄州（今湖北黄冈）时所作。因后来还写过一篇同题的赋，故称此篇为《前赤壁赋》，十月十五日写的那篇为《后赤壁赋》。赤壁实为黄州赤鼻矶，并不是三国时期赤壁之战的旧址，当地人因音近亦称之为赤壁，苏轼知道这一点，将错就错，借景以抒发自己的抱负。

［2］壬戌（rén xū）：宋神宗元丰五年，岁次壬戌。古代以干支纪年，该年为壬戌年。

［3］既望：望日的后一日。望，月满为望，农历每月十五日为"望日"，十六日为"既望"。

［4］徐：舒缓地。

［5］兴：起，作。

［6］属（zhǔ）：通"嘱"，致意，引申为劝酒。

［7］明月之诗：指《诗经·陈风·月出》，详见下注。

［8］窈窕（yǎo tiǎo）之章：《月出》诗首章为："月出皎兮，佼人僚兮，舒窈纠兮，劳心悄兮。""窈纠"同"窈窕"。

［9］少焉：一会儿。

［10］斗牛：星座名，即斗宿（南斗）、牛宿。

［11］白露：白茫茫的水气。横江：笼罩江面。

［12］此二句意谓：任凭小船在宽广的江面上漂荡。纵：任凭。一苇：比喻极小的船。《诗经·卫风·河广》："谁谓河广，一苇杭（航）之。"如：往。凌：越过。万顷：极为宽阔的江面。

［13］冯（píng）虚御风：乘风腾空而遨游。冯虚：凭空，凌空。冯：通"凭"。虚：太空。御：驾御。

［14］遗世：遗弃尘世。

［15］羽化：道教把成仙叫作"羽化"，认为成仙后能够飞升。登仙：登上仙境。

［16］扣舷（xián）：敲打着船边，指打节拍。

［17］桂棹（zhào）兮兰桨：用兰、桂香木制成的船桨。

［18］空明：月亮倒映在水中的澄明之色。溯：逆流而上。流光：在水波上闪动的月光。

［19］渺渺：悠远的样子。

［20］美人：比喻内心思慕的人。

［21］倚歌而和（hè）：倚歌：按照歌曲的声调节拍。和：同声相应，唱和。

［22］怨：哀怨。慕：眷恋。

［23］余音：尾声。袅（niǎo）袅：形容声音婉转悠长。

［24］缕：细丝。

［25］幽壑：深谷，这里指深渊。此句意为：潜藏在深渊里的蛟龙为之起舞。

［26］嫠（lí）妇：寡妇。白居易《琵琶行》写孤居的商人妻云："去来江口守空船，绕船月明江水寒。夜深忽梦少年事，梦啼妆泪红阑干。"这里化用其事。

［27］愀（qiǎo）然：忧愁凄怆的样子。

［28］正襟危坐：整理衣襟，（严肃地）端坐着。

［29］何为其然也：箫声为什么会这么悲凉呢？

［30］此句引曹操《短歌行》中的诗句。

［31］夏口：故城在今湖北武昌。

［32］武昌：今湖北鄂州市。

［33］缪：通"缭"（liáo），盘绕。

［34］郁：茂盛的样子。

［35］孟德之困于周郎：指汉献帝建安十三年（208），吴将周瑜在赤壁之战中击溃曹操号称八十万的大军。周郎：周瑜二十四岁为中郎将，吴中皆呼为周郎。

［36］以上三句指建安十三年刘琮率众向曹操投降，曹军不战而占领荆州、江陵。方：当。荆州：辖南阳、江夏、长沙等八郡，今湖南、湖北一带。江陵：当时的荆州首府，今湖北县名。

［37］舳舻（zhú lú）：战船前后相接，这里指战船。

［38］酾（shī）酒：滤酒，这里指斟酒。

［39］横槊（shuò）：横执长矛。

［40］侣：以……为友，这里为意动用法。麋（mí）：鹿的一种。

［41］扁（piān）舟：小舟。

［42］匏樽（páo zūn）：酒葫芦。

［43］寄：寓托。蜉蝣（fú yóu）：一种朝生暮死的昆虫。此句比喻人生之短暂。

［44］渺：小。沧海：大海。此句比喻人类在天地之间极为渺小。

［45］须臾：片刻，形容生命之短。

［46］长终：至于永远。

［47］骤：突然，骤然。

［48］遗响：余音，指箫声。悲风：秋风。

［49］逝者如斯：流逝的像这江水。语出《论语·子罕》："子在川上曰：'逝者如斯夫，不舍昼夜。'"逝：往。斯：此，指水。

［50］盈虚者如彼：指月亮的圆缺。

［51］卒：最终。消长：增减。

［52］曾：竟然。一瞬：一眨眼的工夫。

［53］是：这。造物者：天地自然。无尽藏（zàng）：无穷无尽的宝藏。

［54］适：享用。

［55］更酌：再次饮酒。
［56］肴核（yáo hé）：荤菜和果品。既：已经。
［57］狼籍：凌乱。
［58］枕藉（jiè）：相互枕着睡觉。
［59］不知东方之既白：不知不觉东方已经露出白色的光。

赏析提示

《前赤壁赋》写于苏轼一生最为困难的时期之一——被贬谪黄州期间。元丰二年（1079），因被诬作诗“谤讪朝廷”，苏轼写下《湖州谢上表》，遭御史弹劾并扣上诽谤朝廷的罪名，被捕入狱，惨遭折磨，史称“乌台诗案”。后经多方营救，于当年十二月被释放，贬为黄州团练副使，但“不得签署公事，不得擅去安置所”。

此赋记叙了作者与朋友们月夜泛舟游赤壁的所见所感，以作者的主观感受为线索，通过主客问答的形式，反映了作者由月夜泛舟的舒畅到怀古伤今的悲咽，再到精神解脱的达观。全赋在布局与结构安排中体现了其独特的艺术构思，情韵深致、理意透辟，在中国文学上有着很高的地位，并对之后的赋、散文、诗产生了重大影响。

能力训练

1. 请翻译并朗读本文。

2. 本文通过泛游赤壁的所见所闻，以及主客之间的相互辩驳，反映了作者由故作旷达到陷于苦闷，又由苦闷到解脱的思想过程，表现了作者在“乌台诗案”遭到巨大的挫折后，虽身处逆境却仍然热爱生活的积极乐观的人生态度。请结合生活实际谈谈你的读后感。

秋天的况味

林语堂

作者介绍

林语堂（1895—1976），福建龙溪人，中国现代学者、散文家。1916年自上海圣约翰大学毕业后，到清华大学任教。1919年后先后赴美、法、德留学。1923年获博士学位后回国，先后在厦门、上海等地教书。1936年去美国教书。1954年任新加坡南洋大学校长。1967年受聘为香港中文大学教授。主要作品有杂文集《剪拂集》《大荒集》《我的话》，散文集《欧美风语》《林语堂散文集》，长篇小说《京华烟云》等。此文写于1941年1月，后收入《我的话·上册——行素集》。

作品选读

秋天的黄昏，一人独坐在沙发上抽烟，看烟头白灰之下露出红光，微微透露出暖气，心头的情绪便跟着那蓝烟缭绕而上，一样的轻松，一样的自由。不转眼，缭烟变成缕缕的细丝，慢慢不见了，而那霎时，心上的情绪也跟着消沉于大千世界，所以也不讲那时的情绪，而只讲那时的情绪的况味。待要再划一根洋火，再点起那已点过三四次的雪茄，却因白灰已积得太多而点不着，乃轻轻一弹，烟灰静悄悄地落在铜垆上，其静寂如同我此时用毛笔写在纸上一样，一点声息也没有。于是再点起来，一口一口地吞云吐雾，香气扑鼻，宛如红倚翠偎香在抱的情调。于是想到烟，想到这烟一股温煦的热气，想到室中缭绕暗淡的烟霞，想到秋天的意味。

这时才忆起，向来诗文上秋的含义并不是这样的，使人联想的是肃杀，是凄凉，是秋扇，是红叶，是荒林，是萋草。然而秋确有另一意味，没有春天的阳气勃勃，也没有夏天的炎烈迫人，也不像冬天之全入于枯槁凋零。我所爱的是秋林古气磅礴气象。有人以老气横秋骂人，可见是不懂得秋林古色之滋味。在四时中，我于秋是有偏爱的，所以不妨说说。

秋代表成熟，对于春天之明媚娇艳，夏日的茂密浓深，都是过来人，不足为奇了。所以其色淡，叶多黄，有古色苍茏之概，不单以葱翠争荣了。这是我所谓秋天的意味。大概我所爱的不是晚秋，是初秋，那时暄气[1]初消，月正圆，蟹正肥，桂花皎洁，也未陷入凛冽萧瑟气态，这是最值得赏乐的，那时的温和，如我烟上的红灰，只是一股熏熟的温香罢了。或如文人已排脱下笔惊人的格调，而渐趋纯熟练达，宏毅坚实，其文读来有深长意味。这就是庄子所谓“正得秋而万宝成”[2]结实的意义。在人生上最享乐的就是这一类的事。比如酒以醇、以老为佳，烟也有和烈之辨。雪茄之佳者，远胜于香烟，因其味较和。倘是烧得得法，慢慢地吸完一支，看那红光炙发，有无穷的意味。鸦片吾不知，然看见人在烟灯上烧，听那微微哔剥的声音，也觉得有一种诗意。

大概凡是古老，纯熟，熏黄，熟练的事物，都使我得到同样的愉快。如一只熏黑的陶锅在烘炉上用慢火炖猪肉时所发出的锅中徐吟的声调，使我感到同看人烧大烟一样的兴味。或如一本用过二十年而尚未破烂的字典，或是一张用了半世的书桌，或如看见街上一熏黑了老气横秋的招牌，或是看见书法大家苍劲雄浑的笔迹，都令人有相同的快乐。

人生世上如岁月之有四时，必须要经过这纯熟时期，如女人发育健全遭遇安顺的，亦必有一时徐娘半老的风韵，为二八佳人所不及者。使我最佩服的是邓肯的佳句：“世人只会吟咏春天与恋爱，真无道理。须知秋天的景色，更华丽，更恢奇[3]，而秋天的快乐有万倍的雄壮、惊奇、都丽[4]。我真可怜那些妇女识见褊狭[5]，使她们错过爱之秋天的宏大的赠赐。”若邓肯[6]者，可谓识趣之人。

（选自林语堂．林语堂散文集［M］．武汉：长江文艺出版社，2000.）

注释

［1］暄气：暑热之气。

［2］正得秋而万宝成：出自《庄子·杂篇·庚桑楚》：“夫春气发而百草生，正得秋而万宝成。”

［3］恢奇：杰出，不平常。

［4］都丽：华丽，美丽。

［5］褊狭：指土地狭窄或气量狭小。

［6］邓肯：伊莎多拉·邓肯，美国舞蹈家，她崇尚个性自由，以披头赤脚在舞台上进行表演的形式来排斥芭蕾的僵化与严苛，被誉为“一代舞后”和“现代舞之母”。

赏析提示

《秋天的况味》作于1941年1月，当时作者46岁，正初入中年之列。若以岁月来比人生，作者此时则刚刚步入人生之初秋。在作者看来，“秋”是一年四时里最好的季节，它代表成熟，具有温和的格调和古气磅礴的气象，人生如“初秋”一般之中年阶段的“纯熟”和“恢奇”。或者说，作者是要借对“秋天”的描写，来表达自己对“人生之秋”的理解和领悟。

作者所赞许的“秋天的况味”，其实就是一种饱含着幽默志趣的人生况味，更是浓缩了“正得秋而万宝成”的人生体验。

能力训练

1. 林语堂笔下的秋天具有温和、成熟的况味，其实，春天、夏天和冬天也有各自的独特况味，你能选择一个季节，来找一找它的况味吗？

2. 请谈谈林语堂散文的写作特点。

荷叶母亲

冰　心

作者介绍

冰心（1900—1999），福建长乐人，原名谢婉莹，笔名冰心，取“一片冰心在玉壶”之意。现代著名诗人、作家、翻译家、儿童文学家。1923年出版的散文集《寄小读者》成为中国儿童文学的奠基之作。作品婉约典雅、轻灵隽丽、凝练流畅，被称为“冰心体”。

作品选读

父亲的朋友送给我们两缸莲花，一缸是红的，一缸是白的，都摆在院子里。

八年之久，我没有在院子里看莲花了——但故乡的园院里，却有许多；不但有并蒂的，还有三蒂的，四蒂的，都是红莲。

九年前的一个月夜，祖父和我在园里乘凉。祖父笑着和我说：“我们园里最初开三蒂莲的时候，正好我们大家庭中添了你们三个姊妹。大家都欢喜，说是应了花瑞。”

半夜里听见繁杂的雨声，早起是浓阴的天，我觉得有些烦闷。从窗内往外看时，那一朵白莲已经谢了，白瓣儿小船般散漂在水面。梗上只留个小小的莲蓬和几根淡黄色的花须。那一朵红莲，昨天还是菡萏的，今晨却开满了，亭亭地在绿叶中间立着。

仍是不适意！——徘徊了一会子，窗外雷声作了，大雨接着就来，愈下愈大。那朵红莲，被那繁密的雨点，打得左右攲斜。在无遮蔽的天空之下，我不敢下阶去，也无法可想。

对屋里母亲唤着，我连忙走过去，坐在母亲旁边——一回头忽然看见红莲旁边的一个大荷叶，慢慢地倾侧了下来，正覆盖在红莲上面……我不宁的心绪散尽了！

雨势并不减退，红莲却不摇动了。雨点不住地打着，只能在那勇敢慈怜的荷叶上面，聚了些流转无力的水珠。

我心中深深地受了感动——

母亲啊！你是荷叶，我是红莲。心中的雨点来了，除了你，谁是我在无遮拦天空下的荫蔽？

一九二二年七月二十一日

（选自冰心．新编冰心文集［M］．北京：商务印书馆，2008.）

赏析提示

冰心的作品以“母爱”“童真”与“自然”为主题，表达了她对母亲的深情、对孩子的喜爱和对自然的热爱。巴金曾说：“一代代的青年读到冰心的书，懂得了爱：爱星星、爱大海、爱祖国，爱一切美好的事物。我希望年轻人都读一点冰心的书，都有一颗真诚的爱心。”

冰心十分注重散文的内涵美。她的散文立意新颖，构思灵巧。在看似平凡的题材中，出奇创新，构局善变。这是由她的思想造诣和生活环境凝聚而成的审美情思。冰心善于撷取生活中的片段，凭借着敏锐的眼力、细密的情思，把内在的深情和外物的触发相融合。她将自身的审美心理和审美理想借助自然景物表现出来，寓情于景，情景交融，给读者以美的享受。

《荷叶母亲》是冰心创作的一篇借景抒情、托荷叶赞母亲的散文。文章借雨中看红莲，运用托物喻人来寄托情思：初雨时亭亭立着，大雨中左右攲斜。正当作者“无法可想”之时，红莲旁边的大荷叶倾倒了，正好覆盖在红莲上，无惧无畏的守护者，正如母亲呵护着儿女……生动的场景讴歌了母爱的无私与伟大，自然而贴切。

能力训练

1. 联系时代背景，分析本文中比喻、象征手法的运用。

2. 冰心在结尾处感叹道：“母亲啊！你是荷叶，我是红莲。心中的雨点来了，除了你，谁是我在无遮拦天空下的荫蔽？”在冰心心中，母亲就是荷叶。请结合本文谈谈你心中母亲的形象，以“母爱”为话题，写一篇不少于600字的散文，表达出内心对“母爱”的珍惜。

秦 腔

贾平凹

作者介绍

贾平凹，原名贾平娃，陕西丹凤人，1952 年 2 月 21 日出生。毕业于西北大学中文系，曾从事过几年文学编辑工作，1982 年后从事专业创作。著有小说集《兵娃》《姐妹本纪》《山地笔记》《野火集》《商州散记》《小月前本》《腊月・正月》《天狗》《晚唱》等，长篇小说《商州》《州河》《浮躁》《废都》《白夜》，自传体长篇《我是农民》等，散文集《月迹》《心迹》《爱的踪迹》《贾平凹散文自选集》，诗集《空白》以及文论集《平凹文论集》等。

作品选读

山川不同，便风俗区别，风俗区别，便戏剧存异；普天之下人不同貌，剧不同腔；京，豫，晋，越，黄梅，二簧，四川高腔，几十种品类；或问：历史最悠久者，文武最正经者，是非最汹汹者？曰：秦腔也。正如长处和短处一样突出便见其风格，对待秦腔，爱者便爱得要死，恶者便恶得要命。外地人——尤其是自夸于长江流域的纤秀之士——最害怕秦腔的震撼；评论说得婉转的是：唱得有劲；说得直率的是：大喊大叫。于是，便有柔弱女子，常在戏台下以绒堵耳，又或在平日教训某人：你要不怎么怎么样，今晚让你去看秦腔！秦腔成了惩罚的代名词。所以，别的剧种可以各省走动，唯秦腔则如秦人一样，死不离窝；严重的乡土观念，也使其离不了窝：可能还在西北几个地方变腔走调的有些市场，却绝对冲不出往东南而去的潼关呢。

但是，几百年来，秦腔却没有被淘汰，被沉沦，这使多少人在大惑而不得其解。其解是有的，就在陕西这块土地上。如果是一个南方人，坐车轰轰隆隆往北走，渡过黄河，进入西岸，八百里秦川大地，原来竟是：一扶黄褐的平原；辽阔的地平线上，一处一处用木椽夹打成一尺多宽墙的土屋，粗笨而庄重；冲天而起的白杨、苦楝、紫槐，枝干粗壮如桶，叶却小似铜钱，迎风正反翻覆……你立即就会明白了：这里的地理构造竟与秦腔的旋律惟妙惟肖的一统！再去接触一下秦人吧，活脱脱的一群秦始皇兵马俑的复出：高个，浓眉，眼和眼间隔略远，手和脚一样粗大，上身又稍稍见长于下身。当他们背着沉重的三角形状的犁铧，赶着山包一样团块组合式的秦川公牛，端着脑袋般大小的耀州瓷碗，蹲在立的卧的石磙子碌碡上吃着牛肉泡馍，你不禁又要改变起世界观了：啊，这是块多么空旷而实在的土地，在这块土地摸爬滚打的人群是多么“二愣”的民众！那晚霞烧起的黄昏里，落日在地平线上欲去不去的痛苦的妊娠，五里一村，十里一镇，高音喇叭里传播的秦腔互相交织、冲撞，这秦腔原来是秦川的天籁、地籁、人籁的共鸣啊！于此，你不渐渐感觉到了南方戏剧的秀而无骨吗？不深深地懂得秦腔为什么形成和存在而占却时间、空间的位置吗？

八百里秦川，以西安为界，咸阳、兴平、武功、周至、凤翔、长武、岐山、宝鸡，两个专区几十个县为西府；三原、泾阳、高陵、户县、合阳、大荔、韩城、白水，一个专区十几个县为东府。秦腔，就源于西府。在西府，民性敦厚，说话多用去声，一律咬字沉重，对话如吵架一样，哭丧又一呼三叹。呼喊远人更是特殊：前声拖十二分的长，末了方极快地道出内容。声韵的发展，使会远道喊人的人都从此有了唱秦腔的天才。老一辈的能唱，小一辈的能唱，男的能唱，女的能唱；唱秦腔成了做人最体面的事，任何一个乡下男女，只有唱秦腔，才有出人头地的可能，大凡有出息的，是个人才的，哪一个何曾未登过台，起码不能吼一阵乱弹呢！

农民是世上最劳苦的人，尤其是在这块平原上，生时落草在黄土炕上，死了被埋在黄土堆下；秦腔是他们大苦中的大乐，当老牛木犁疙瘩绳，在田野已经累得筋疲力尽，立在犁沟里大喊大叫来一段秦腔，那心胸肺腑，关关节节的困乏便一尽儿涤荡净了。秦腔与他们，要和“西凤”白酒、长线辣子、大叶卷烟、牛肉泡馍一样成为生命的五大要素。若与那些年长的农民聊起来，他们想象的伟大的共产主义生活，首先便是这五大要素。他们有的是吃不完的粮食，他们缺的是高超的艺术享受，他们教育自己的子女，不会是那些文豪们讲的，幼年不是祖母讲着动人的美丽的童话，而是一字一板传授着秦腔。他们大都不识字，但却出奇地能一本一本整套背诵出剧本，虽然那常常是之乎者也的字眼从那一圈胡子的嘴里吐出来十分别扭。有了秦腔，生活便有了乐趣，高兴了，唱“快板”，高兴得像被烈性炸药爆炸了一样，要把整个身心粉碎在天空！痛苦了，唱“慢板”，揪心裂肠的唱腔却表现了多么有情有味的美来，美给了别人享受，美也熨平了自己心中愁苦的皱纹。当他们在收获时节的土场上，在月在中天的庄院里大吼大叫唱起来的时候，那种难以想象的狂喜、激动、雄壮，与那些献身于诗歌的文人，与那些有吃有穿却总感空虚的都市人相比，常说的什么伟大的永恒的爱情是多么渺小、有限和虚弱啊！

我曾经在西府走动了两个秋冬，所到之处，村村都有戏班，人人都会清唱。在黎明或者黄昏的时分，一个人独独地到田野里去，远远看着天幕下一个一个山包一样隆起的十三个朝代帝王的陵墓，细细辨认着田埂土、荒草中那一截一截汉唐时期石碑上的残字，高高的土屋上的窗口里就飘出一阵冗长的二胡声，几声雄壮的秦腔叫板，我就痴呆了，猛然发现了自己心胸中一股强硬的气魄随同着胳膊上的肌肉疙瘩一起产生了。

每到农闲的夜里，村里就常听到几声锣响：戏班排演开始了。演员们都集合起来，到那古寺庙里去。吹、拉、弹、奏、翻、打、念、唱，提袍甩袖，吹胡瞪眼，古寺庙成了古今真乐府，天地大梨园。导演是老一辈演员，享有绝对权威，演员是一定几口，夫妻同台，父子同台，公公儿媳也同台。按秦川的风俗：父和子不能不有其序，爷和孙却可以无道，弟与哥嫂可以嬉闹无常，兄与弟媳则无正事不能多言。但是，一到台上，秦腔面前人人平等，兄可以拜弟媳为帅、为将，子可以将老父绳绑索捆。寺庙里有窗无扇，屋梁上蛛丝结网，夏天蚊虫飞来，成团成团在头上旋转，薰蚊草就墙角燃起，一声唱腔一声咳嗽。冬天里四面透风，柳木疙瘩火当中架起，一出场一脸正经，一下场凑近火堆，热了前怀，凉了后背。排演到什么时候，什么时候都有观众，有抱着二尺长的烟袋的老者，有凳子高、桌子高趴满窗台的孩子。庙里一个跟头未翻起，窗外就哇地一声叫倒好，演员出来骂一声：谁说不好的滚蛋！他们抓住窗台死不滚去，倒要连声讨好：翻得好！翻得好！更有殷勤的，跑回来偷拿了红薯、土豆，在火堆里煨熟给演员作夜餐，赚得进屋里有一个安全位置。排演到三更鸡叫，月儿偏西，演员们散了，孩子们还围了火堆弯腰踢腿，学那一招一式。

一出戏排成了，一人传出，全村振奋，扳着指头盼那上演日期。一年十二个月，正月元宵日，二月龙抬头，三月三，四月四，五月五日过端午，六月六日晒丝绸，七月过半，八月中秋，九月初九，十月一日，再是那腊月五豆，腊八，二十三……月月有节，三月一会，那戏必是上演的。戏台是全村人的共同的事业，宁肯少吃少穿也要筹资集款，买上好的木石，请高强的工匠来修筑。村子富不富，就比这戏台阔不阔。一演出，半下午人就找凳子去占地位了，未等戏开，台下坐的、站的人头攒拥，台两边阶上立的卧的是一群顽童。那锣鼓就叮叮咣咣地闹台，似乎整个世界要天翻地覆了。各类小吃趁机摆开，一个食摊上一盏马灯，花生、瓜子、糖果、烟卷、油茶、麻花、烧鸡、煎饼，长一声短一声叫卖不绝。锣鼓还在一声儿敲打，大幕只是不拉，演员偶尔从幕边往下望望，下边就喊：开演呀，场子都满了！幕布放下，只说就要出场了，却又叮叮咣咣不停。台下就乱了，后边的喊前边的坐下，前边的喊后边的为什么不说最前边的立着；场外的大声叫着亲朋子女名字，问有坐处没有，场内的锐声回应快进来；有要吃煎饼的喊熟人去买一个，熟人买了站在场外一扬手，“日”地一声隔人头甩去，不偏不倚目标正好；左边的喊右边的踩了他的脚，右边的叫左边的挤了他的腰，一个说：狗年快完了，你还叫啥哩？一个说：猪年还没到，你便拱开了！言语伤人，动了手脚；外边的趁机而入，一时四边向里挤，里边向外扛，人的旋涡涌起，如四月的麦田起风，根儿不动，头身一会儿倒西，一会儿倒东，喊声，骂声，哭声一片；有拼命挤将出来的，一出来方觉世界偌大，身体胖肿，但差不多却光了脚，乱了头发。大幕又一挑，站出戏班头儿，大声叫喊要维持秩序；立即就跳出一个两个所谓“二干子”人物来。这类人物多是头脑简单、四肢发达，却十二分忠诚于秦腔，此时便拿了枝条儿，哪里人挤，哪里打去，如凶神恶煞一般。人人恨骂这些人，人人又都盼有这些人，叫他们是秦腔宪兵，宪兵者越发忠于职责，虽然彻夜不得看戏，但大家一夜满足了，他们也就满足了一夜。

终于台上锣鼓停了，大幕拉开，角色出场。但不管男的女的，出来偏不面对观众，一律背身掩面，女的就碎步后移，水上漂一样，台下就叫：瞧那腰身，那肩头，一身的戏哟是。男的就摇那帽翎，一会双摇，一会单摇，一边上下飞闪，一边纹丝不动，台下便叫：绝了，绝了！等到那角色儿猛一转身，头一高扬，一声高叫，声如炸雷豁啷啷直从人们头顶碾过，全场一个冷战，从头到脚，每一个手指尖儿，每一根头发梢儿都麻酥酥的了。如果是演《救裴生》，那慧娘站在台中往下蹲，慢慢地，慢慢地，慧娘蹲下去了，全场人头也矮下去了半尺，等那慧娘往起站，慢慢地，慢慢地，慧娘站起来了，全场人的脖子也全拉长了起来。他们不喜欢看生戏，最欢迎看熟戏，那一腔一调都晓得，哪个演员唱得好，就摇头晃脑跟着唱，哪个演员走了调，台下就有人要纠正。说穿了，看秦腔不为求新鲜，他们只图过过瘾。

在这样的地方，这样的环境，这样的气氛，面对着这样的观众，秦腔是最逞能的，它的艺术的享受，是和拥挤而存在，是有力气而获得的。如果是冬天，那风在刮着，像刀子一样，如果是夏天，人窝里热得如蒸笼一般，但只要不是大雪、冰雹、暴雨，台下的人是不肯撤场的。最可贵的是那些老一辈的秦腔迷，他们没有力气挤在台下，也没有好眼力看清演员，却一溜一排地蹲在戏台两侧的墙根，吸着草烟，慢慢将唱腔品赏。一声叫板，便可以使他们坠入艺术之宫，“听了秦腔，肉酒不香”，他们是体会得最深。那些大一点的，脾性野一点的孩子，却占领了戏场周围所有的高空，杨树上、柳树上、槐树上，一个枝杈一个人。他们常常乐而忘了险境，双手鼓掌时竟从树杈上掉下来，掉下来自不会损伤，因为树下是无数的人头，只是招致一顿臭骂罢了。更有一些爬在了场边的麦秸积上，夏天四面来风，好不凉快，冬日就趴个草洞，将身子缩进去，露一个脑袋，也正是有闲阶级享受不了秦腔吧，他们常就瞌睡了，一觉醒来，月在西在，戏毕人散，只好苦笑一声悄然没声儿地溜下来回家敲门去了。

当然，一次秦腔演出，是一次演员亮相，也是一次演员受村人评论的考场。每每角色一出场，台下就一片嘁嘁喳喳：这是谁的儿子，谁的女子，谁家的媳妇，娘家何处？于是乎，谁有出息，谁没能耐，一下子就有了定论。有好多外村的人来提亲说媒，总是就在这个时候进行。据说有一媒人将一女子引到台下，相亲台上一个男演员，事先夸口这男的如何俊样，如何能干，但戏演了过半，那男的还未出场，后来终于出来，是个国民党的伪兵，还持枪未走到中台，扮游击队长的演员挥枪一指，“叭”的一声，那伪兵就倒地而死，爬着钻进了后幕。那女子当下哼一声，闭了嘴，一场亲事自然了了。这是喜中之悲一例。据说还有一例，一个老头在脖子上架了孙孙去看戏，孙孙吵着要回家，老头好说好劝只是不忍半场而去，便破费买了半斤花生，他眼盯着台上，手在下边剥花生，然后一颗一颗扬手喂到孙孙嘴里，但喂着喂着，竟将一颗塞进孙孙鼻孔，吐不出，咽不下，口鼻出血，连夜送到医院动手术，花去了七十元钱。但是，以秦腔引喜的事却不计其数。每个村里，总会有那么个老汉，夜里看戏，第二天必是头一个起床往戏台下跑。戏台下一片石头、砖头，一堆堆瓜子皮，糖果纸，烟屁股，他掀掀这块石头，踢踢那堆尘土，少不了要捡到一角两角甚至三元四元钱币来，或者一只鞋，或者一条手帕。这是村里刁钻人干的营生，而馋嘴的孩子们有的则夜里趁各家锁门之机，去地里摘那香瓜来吃，去谁家院里将桃杏装在背心兜里回来分红。自然少不了有那些青春妙龄的少男少女，则往往在台下混乱之中眼送秋波，或者就悄悄退出，相依相偎到黑黑的渠畔树林子里去了……

秦腔在这块土地上，有着神圣的不可动摇的基础。凡是到这些村庄去下乡，到这些人家去做客，他们最高级的接待是陪着看一场秦腔，实在不逢年过节，他们就会要合家唱一会乱弹，你只能点头称好，不能耻笑，甚至不能有一点不入神的表示。他们一生最崇敬的只有两种人：一是国家领导人，一是当地的秦腔名角。即使在任何地方，这些名角没有在场，只要发现了名角的父母，去商店买油是不必排队的，进饭馆吃饭是会有座位的，就是在半路上挡车，只要喊一声：我是某某的什么，司机也便要嘎地停车。但是，谁要侮辱一下秦腔，他们要争死争活地和你论理，以至大打出手，永远使你记住教训。每每村里过红白丧喜之事，那必是要包一台秦腔的，生儿以秦腔迎接，送葬以秦腔致哀，似乎这人生的世界，就是秦腔的舞台，人只要在舞台上，生，旦，净，丑才各显了真性，恶的夸张其丑，善的凸显其美，善的使他们获得美的教育，恶的也使丑里化作了美的艺术。

广漠旷远的八百里秦川，只有这秦腔，也只能有这秦腔，八百里秦川的劳作农民只有也只能有这秦腔使他们喜怒哀乐。秦人自古是大苦大乐之民众，他们的家乡交响乐除了大喊大叫的秦腔还能有别的吗？

1983 年 5 月 2 日草于五味村

（选自贾平凹．贾平凹文集［M］．西安：陕西人民出版社，2008.）

赏析提示

秦腔是我国戏曲四大声腔（昆腔、高腔、梆子腔、皮黄腔）中最古老、最丰富、最庞大的声腔体系，它发源于三秦大地（陕西），流行遍及我国西北的陕西、甘肃、青海、宁夏等地。它随着秦、汉、隋、唐、宋、元、明、清等历代发展日趋成熟，明末清初盛行于南北各地，鼎盛时期在乾隆年间。目前，秦腔所保留的剧目达700多个，为各剧种之首。

秦腔的唱腔、道白、板路、脸谱、身段、角色门类自成体系。秦腔也称“乱弹”，大多选在露天场所演出，要求用真嗓音演唱，唱腔音色高亢激昂，所以保持了原始豪放的特点。秦腔一般用宽音大嗓，直起直落，给人以高亢激越、粗犷朴实之感。看秦腔表演的时候，尤其看到秦腔中的“黑头”吼声地动山摇的时候，你才会真正认识到秦人的血性。

贾平凹的《秦腔》不但绘形绘色地写出了一个地方剧种的生成、变迁的特点，更重要的是通过对秦川大地上人们的喜怒哀乐等人情的描绘，展现了他们热情蓬勃的生命力。在贾平凹笔下，秦腔是黄土地与老百姓生生不息的命运之声。作者通过描写秦地的风土人情，传递了其对秦文化的领悟，并在文化的把握中透视民众的生存状态与生存哲学。

能力训练

1. 作者写秦腔自然环境、人文环境、准备和演出环境，人们看秦腔的态度和效果，演员社会地位和声誉等，为什么就是不写秦腔艺术本身?

2. 中国戏曲主要是由民间歌舞、说唱和滑稽戏三种不同艺术形式综合而成。它起源于原始歌舞，是一种历史悠久的综合舞台艺术样式。经过汉、唐到宋、金才形成比较完整的戏曲艺术，它由文学、音乐、舞蹈、美术、武术、杂技以及表演艺术综合而成，有三百六十多个种类。它的特点是将众多艺术形式以一种标准聚合在一起，在共同具有的性质中体现其各自的个性。

请收集资料，和同学们一起分享戏曲知识。

沙漠中的饭店

三　毛

作者介绍

三毛（1943—1991），本名陈平，祖籍浙江省舟山市定海区，出生于重庆市南岸区黄桷垭，中国台湾当代女作家、旅行家。

1967 年，她先后游学西班牙、德国、美国，并创作了散文集《雨季不再来》。1973 年，定居西属撒哈拉沙漠，随后与荷西结婚。1976 年 2 月，移居加那利群岛；5 月，出版第一部散文集《撒哈拉的故事》，讲述夫妻二人在沙漠的生活经历。1977 年到 1979 年，先后发表《哭泣的骆驼》《稻草人手记》《温柔的夜》等散文集。1980 年，荷西意外逝世后回到台湾定居。1981 年，出版散文集《梦里花落知多少》，表达对丈夫的思念之情。1982 年，根据中南美洲旅行经历所创作的散文集《万水千山走遍》出版。1987 年，出版散文集《我的宝贝》，展示她所收藏的一些物品。1990 年，创作的第一部中文剧本，也是她的最后一部作品《滚滚红尘》出版。

作品选读

我的先生很可惜是一个外国人。这样来称呼自己的先生不免有排外的味道，但是因为语文和风俗在各国之间确有大不相同之处，我们的婚姻生活也实在有许多无法共通的地方。

当初决定嫁给荷西时，我明白地告诉他，我们不但国籍不同，个性也不相同，将来婚后可能会吵架甚至打架。他回答我："我知道你性情不好，心地却是很好的，吵架打架都可能发生，不过我们还是要结婚。"于是我们认识七年之后终于结婚了。

我不是妇女解放运动的支持者，但是我极不愿在婚后失去独立的人格和内心的自由自在，所以我一再强调，婚后我还是"我行我素"，要不然不结婚。荷西当时对我说："我就是要你'你行你素'，失去了你的个性和作风，我何必娶你呢！"好，大丈夫的论调，我十分安慰。做荷西的太太，语文将就他。可怜的外国人，"人"和"入"这两个字教了他那么多遍，他还是分不清，我只有讲他的话，这件事总算放他一马了。（但是将来孩子来了，打死也要学中文，这点他相当赞成。）

闲话不说，做家庭主妇，第一便是下厨房。我一向对做家事十分痛恨，但对煮菜却是十分有兴趣，几只洋葱，几片肉，一炒变出一个菜来，我很欣赏这种艺术。

母亲在台湾，知道我婚后因为荷西工作的关系，要到大荒漠地区的非洲去，十二分的心痛，但是因为钱是荷西赚，我只有跟了饭票走，毫无选择的余地。婚后开厨不久，我们吃的全部是西菜。后来家中航空包裹飞来接济，我收到大批粉丝、紫菜、冬菇、生力面、猪肉干等珍贵食品，我乐得爱不释手，加上欧洲女友寄来罐头酱油，我的家庭“中国饭店”马上开张，可惜食客只有一个不付钱的。（后来上门来要吃的朋友可是排长龙啊！）

其实母亲寄来的东西，要开“中国饭店”实在是不够，好在荷西没有去过台湾，他看看我这个“大厨”神气活现，对我也生起信心来了。

第一道菜是“粉丝煮鸡汤”。荷西下班回来总是大叫：“快开饭啊，要饿死啦！”白白被他爱了那么多年，回来只知道叫开饭，对太太却是正眼也不瞧一下，我这“黄脸婆”倒是做得放心。话说第一道菜是粉丝煮鸡汤，他喝了一口问我：“咦，什么东西？中国细面吗？”“你岳母万里迢迢替你寄细面来？不是的。”“是什么嘛？再给我一点，很好吃。”我用筷子挑起一根粉丝：“这个啊，叫作‘雨’。”“雨？”他一呆。我说过，我是婚姻自由自在化，说话自然心血来潮随我高兴。“这个啊，是春天下的第一场雨，下在高山上，被一根一根冻住了，山胞扎好了背到山下来一束一束卖了换米酒喝，不容易买到哦！”荷西还是呆呆地、研究性地看看我，又去看看盆内的“雨”，然后说：“你当我是白痴？”我不置可否。“你还要不要？”回答我：“吹牛大王，我还要。”以后他常吃“春雨”，到现在不知道是什么东西做的。有时想想荷西很笨，所以心里有点悲伤。

第二次吃粉丝是做“蚂蚁上树”，将粉丝在平底锅内一炸，再洒上绞碎的肉和汁。荷西下班回来一向是饿的，咬了一大口粉丝：“什么东西？好像是白色的毛线，又好像是塑胶的？”“都不是，是你钓鱼的那种尼龙线，中国人加工变成白白软软的了。”我回答他。他又吃了一口，莞尔一笑，口里说着：“怪名堂真多，如果我们真开饭店，这个菜可卖个好价钱，乖乖！”那天他吃了好多“尼龙加工白线”。第三次吃粉丝，是夹在东北人的“合子饼”内与菠菜和肉绞得很碎当饼馅。他说：“这个小饼里面你撒了鲨鱼的翅膀对不对？我听说这种东西很贵，难怪你只放了一点点。”我笑得躺在地上。“以后这只很贵的鱼翅膀，请妈妈不要买了，我要去信谢谢妈妈。”我大乐，回答他：“快去写，我来译信，哈哈！”

有一天他快下班了，我趁他忘了看猪肉干，赶快将藏好的猪肉干用剪刀剪成小小的方块，放在瓶子里，然后藏在毯子里面。恰好那天他鼻子不通，睡觉时要用毛毯，我一时里忘了我的宝贝，自在一旁看那第一千遍《水浒传》。他躺在床上，手里拿个瓶子，左看右看，我一抬头，哗，不得了，“所罗门王宝藏”被他发现了，赶快去抢，口里叫着：“这不是你吃的，是药，是中药。”“我鼻子不通，正好吃中药。”他早塞了一大把放在口中，我气极了，又不能叫他吐出来，只好不响了。“怪甜的，是什么？”我没好气地回答他：“喉片，给咳嗽的人顺喉头的。”“肉做的喉片？我是白痴啊？”第二天醒来，发觉他偷了大半瓶去送同事们吃，从那天起，只要是他同事，看见我都假装咳嗽，想再骗猪肉干吃。

反正夫妇生活总是在吃饭，其他时间便是去忙着赚吃饭的钱，实在没多大意思。有天我做了饭卷，就是日本人的“寿司”，用紫菜包饭，里面放些唯他肉松。荷西这一下拒吃了。“什么，你居然给我吃印蓝纸、复写纸？”我慢慢问他：“你真不吃？”“不吃，不吃。”好，我大乐，吃了一大堆饭卷。“张开口来我看！”他命令我。“你看，没有蓝色，我是用反面复写纸卷的，不会染到口里去。”反正平日说的是唬人的话，所以常常胡说八道。“你是吹牛大王，虚虚实实，我真恨你，从实招来，是什么嘛？”“你对中国完全不认识，我对我的先生相当失望。”我回答他，又吃一个饭卷。他生气了，用筷子一夹夹了一个，面部大有壮士一去不复返的悲壮表情，咬了半天，吞下去。“是了，是海苔。”我跳起来，大叫：“对了，对了，真聪明！”又要跳，头上吃了他一记老大爆栗。

中国东西快吃完了，我的“中国饭店”也舍不得出菜了，西菜又开始上桌。荷西下班来，看见我居然在做牛排，很意外，又高兴，大叫：“要半生的。马铃薯也炸了吗？”连给他吃了三天牛排，他却好似没有胃口，切一块就不吃了。“是不是工作太累了？要不要去睡一下再起来吃？”“黄脸婆”有时也温柔。“不是生病，是吃得不好。”我一听唬一下跳起来。“吃得不好？吃得不好？你知道牛排多少钱一斤？”“不是的，太太，想吃‘雨’，还是岳母寄来的菜好。”“好啦，中国饭店一星期开张两次，如何？你要多久下一次‘雨’？”

有一天荷西回来对我说：“了不得，今天大老板叫我去。”“加你薪水？”我眼睛一亮。“不是——”我一把抓住他，指甲掐到他肉里去。“不是？完了，你给开除了？天啊，我们——”“别抓我嘛，神经兮兮的，你听我讲，大老板说，我们公司谁都被请过到我家吃饭，就是他们夫妇不请，他在等你请他吃中国菜——”“大老板要我做菜？不干不干，不请他，请同事工友我都乐意，请上司吃饭未免太没有骨气，我这个人啊，还谈些气节，你知道，我——”我正要大大宣扬中国人的所谓骨气，又讲不明白，再一接触到荷西的面部表情，这个骨气只好哽在喉咙里啦！

第二日他问我：“喂，我们有没有笋？”“家里筷子那么多，不都是笋吗？”他白了我一眼。“大老板说要吃笋片炒冬菇。”乖乖，真是见过世面的老板，不要小看外国人。“好，明天晚上请他们夫妇来吃饭，没问题，笋会长出来的。”荷西含情脉脉地望了我一眼，婚后他第一次如情人一样地望着我，使我受宠若惊，不巧那天辫子飞散，状如女鬼。

第二天晚上，我先做好三道菜，用文火热着，布置了有蜡炬的桌子，桌子铺了白色的桌布，又加了一块红的铺成斜角，十分美丽。这一顿饭吃得宾主尽欢，不但菜是色香味俱全，我这个太太也打扮得十分干净，居然还穿了长裙子。饭后老板夫妇上车时特别对我说："如果公共关系室将来有缺，希望你也来参加工作，做公司的一分子。"我眼睛一亮。这全是"笋片炒冬菇"的功劳。

送走老板，夜已深了，我赶忙脱下长裙，换上牛仔裤，头发用橡皮筋一绑，大力洗碗洗盆，重做灰姑娘状使我身心自由。荷西十分满意，在我背后问："喂，这个'笋片炒冬菇'真好吃，你哪里弄来的笋？"我一面洗碗，一面问他："什么笋？""今天晚上做的笋片啊！"我哈哈大笑："哦，你是说小黄瓜炒冬菇吗？""什么，你，你，你骗了我不算，还敢去骗老板——""我没有骗他，这是他一生吃到最好的一次'嫩笋片炒冬菇'，是他自己说的。"

荷西将我一把抱起来，肥皂水洒了他一头一胡子，口里大叫："万岁，万岁，你是那只猴子，那只七十二变的，叫什么，什么……"我拍了一下他的头，"齐天大圣孙悟空，这次不要忘了。"

（选自三毛.撒哈拉的故事［M］.北京：北京十月文艺出版社，2017.）

赏析提示

《沙漠中的饭店》是中国台湾已故著名女作家三毛创作的一篇纪实散文，描述了自己在撒哈拉沙漠中做家庭主妇的生活。沙漠中琐屑甚至有些艰苦的日常婚姻生活，在三毛的笔下焕发着迷人的传奇色彩，跳动着生命的快乐音符。这篇文章于 1974 年 10 月 6 日登在中国台湾的《联合报》副刊上，是三毛的成名作，发表后蜚声文坛。

读三毛的《沙漠中的饭店》，就好似品一杯淡淡的清茶，读者无不被老实憨厚、慷慨好义的荷西，泼辣顽皮、多愁善感的三毛打动；无不对那富有浪漫情趣的神仙眷侣一般的生活心向往之。那娓娓动人的叙述，幽默风趣，给人一种悠悠万古的至情至意而丝毫没有雕琢的痕迹，或许这才是艺术的最高境界吧。

能力训练

1. 憨厚的荷西每每遭到三毛的"骗"，误把粉丝认作"雨"、尼龙绳、鲨鱼翅，把猪肉干当作中药喉片，把紫菜当作复写纸，把黄瓜当作竹笋片。小夫妻俩的对话妙趣横生，洋溢着浓郁的生活情趣。荷西的憨厚老实，三毛的狡猾幽默，都让人忍俊不禁，同时也深深体会到三毛爱情的幸福快乐。

阅读本文，你感受到了三毛怎样的生活态度?

2. 生命不可知，就像一场在雾中行走的旅程，但前方总有几束光芒在引导着我们，这就是我们生命的关键词，如亲情、友情、健康、智慧、幸福等。你生命中的关键词是什么?

像山那样思考

奥尔多·利奥波德

作者介绍

奥尔多·利奥波德（1887—1948），美国著名生态学家和环境保护主义的先驱，被誉为“美国新环境理论的创始者”“生态伦理之父”。利奥波德是威斯康星大学农业系教授，毕生从事林业和猎物管理研究，一生共出版了三部书，发表了五百多篇文章。其重要著作是《沙乡年鉴》。这部页数不多、看似简单朴素的自然哲学随笔，是一座以世纪环保为主题的文学里程碑。

作品选读

一声深沉的、骄傲的嗥叫，从一个山崖回响到另一个山崖，荡漾在山谷中，渐渐地消失在漆黑的夜色里。这是一种不驯服的、对抗性的悲鸣，和对世界上一切苦难的蔑视情感的迸发。

每一种活着的东西（大概还有很多死了的东西），都会留意这声呼唤。对鹿来说，它是死亡的警告；对松林来说，它是半夜里在雪地上混战和流血的预言；对郊狼来说，是就要来临的拾遗的允诺；对牧牛人来说，是银行里赤字的坏兆头（指入不敷出）；对猎人来说，是狼牙抵制弹丸的挑战。然而，在这些明显的、直接的希望和恐惧之后，还隐藏着更加深刻的含义，这个含义只有这座山自己才知道。只有这座山长久地存在着，从而能够客观地去听取一只狼的嗥叫。

不过，那些不能辨别其隐藏的含义的人也都知道这声呼唤的存在，因为在所有有狼的地区都能感到它，而且，正是它把有狼的地方与其他地方区别开来的。它使那些在夜里听到狼叫，白天去察看狼的足迹的人毛骨悚然。即使看不到狼的踪迹，也听不到它的声音，它也是暗含在许多小小的事件中的：深夜里一匹驮马的嘶鸣，滚动的岩石的嘎啦声，逃跑的鹿的砰砰声，云杉下道路的阴影。只有不堪教育的初学者才感觉不到狼是否存在，和认识不到山对狼有一种秘密的看法这一事实。

我自己对这一点的认识，是自我看见一只狼死去的那一天开始的。当时我们正在一个高高的峭壁上吃午饭。峭壁下面，一条湍急的河蜿蜒流过。我们看见一只雌鹿——当时我们是这样认为——正在涉过这条急流，它的胸部淹没在白色的水中。当它爬上岸朝向我们，并摇晃着它的尾巴时，我们才发觉我们错了：这是一只狼。另外还有六只显然是正在发育的小狼也从柳树丛中跑了出来，它们喜气洋洋地摇着尾巴，嬉戏着搅在一起。它们确确实实是一群就在我们的峭壁之下的空地上蠕动和互相碰撞着的狼。

在那个年代里，我们还从未听说过会放过打死一只狼的机会那种事。在一秒钟之内，我们就把枪弹上了膛，而且兴奋的程度高于准确：怎样往一个陡峭的山坡下瞄准，总是不大清楚的。当我们的来复枪膛空了时，那只狼已经倒了下来，一只小狼正拖着一条腿，进入那无动于衷的静静的岩石中去。

当我们到达那只老狼的所在时，正好看见在它眼中闪烁着的、令人难受的、垂死时的绿光。这时，我察觉到，而且以后一直是这样想，在这双眼睛里，有某种对我来说是新的东西，是某种只有它和这座山才了解的东西。当时我很年轻，而且正是不动扳机就感到手痒的时期。那时，我总是认为，狼越少，鹿就越多，因此，没有狼的地方就意味着是猎人的天堂。但是，在看到这垂死的绿光时，我感到，无论是狼，或是山，都不会同意这种观点。

自那以后，我亲眼看见一个州接一个州地消灭了它们所有的狼。我看见过许多刚刚失去了狼的山的样子，看见南面的山坡由于新出现的弯弯曲曲的鹿径而变得皱皱巴巴。我看见所有可吃的灌木和树苗都被吃掉，先变成无用的东西，然后则死去。我看见每一棵可吃的、失去了叶子的树只有鞍角那么高。这样一座山看起来就好像什么人给了上帝一把大剪刀，并禁止了所有其他的活动。结果，那原来渴望着食物的鹿群的饿殍，和死去的艾蒿丛一起变成了白色，或者就在高于鹿头的部分还留有叶子的刺柏下腐烂掉。这些鹿是因其数目太多而死去的。

我现在想，正像当初鹿群在对狼的极度恐惧中生活着那样，那一座山将要在对它的鹿的极度恐惧中生活。而且，大概就比较充分的理由来说，当一只被狼拖去的公鹿在两年或三年就可得到补替时，一片被太多的鹿拖疲惫了的草原，可能在几十年里都得不到复原。

牛群也是如此，清除了其牧场上的狼的牧牛人并未意识到，他取代了狼用以调整牛群数目以适应其牧场的工作。他不知道像山那样来思考。正因为如此，我们才有了尘暴，河水把未来冲刷到大海去。

我们大家都在为安全、繁荣、舒适、长寿和平静而奋斗着。鹿用轻快的四肢奋斗着，牧牛人用套圈和毒药奋斗着，政治家用笔，而我们大家则用机器、选票和美金。所有这一切带来的都是同一种东西：我们这一时代的和平。用这一点去衡量成就，全部是很好的，而且大概也是客观的思考所不可缺少的，不过，太多的安全似乎产生的仅仅是长远的危险。也许，这也就是梭罗的名言潜在的含义。这个世界的启示在荒野。大概，这也是狼的嗥叫中隐藏的内涵，它已被群山理解，却还极少为人类所领悟。

（选自［美］奥尔多·利奥波德．沙乡年鉴［M］．姚锦镕，译．北京：时代文艺出版社，2018.）

赏析提示

工业革命的发展促进了农业的发展，给人们带来了极为丰富的物质生活，但人们却忽视了一个问题，那就是我们人类生存的环境。过高的物质追求，不断地向大自然索取，以及错误的生态观念，使我们的地球已变得满目疮痍。森林植被骤减，水土流失严重，工业三废的污染，滥捕、滥杀、滥伐，这一切做法都严重地破坏了生态平衡，地球面临荒原化的危险。

正是在此背景下，美国作家、“近代环保之父”奥尔多·利奥波德创作了这则随笔，揭示了在人类的愚蠢下种种短视行为背后隐藏的巨大的自然破坏和生存危机，发人深省。文章文笔简洁洗练，从中可以体验到哲人的深刻，又可以领略到诗人的激情和想象。这一切构成了文章鲜明的诗意美和思辨色彩。科学的事实和诗的描述合拍合辙，让读者首先沉浸在一种诗的氛围之中，然后开始评论和思考。最后，回归于心灵的顿悟和思想的升华。

能力训练

1. 课文为什么以“一声狼嗥”开头？这样写有什么好处？体现了作者怎样的意识？

2. 文章通过具有诗意美的语言描述了狼的灭亡，以“草→鹿→狼”这条食物链被斩断为例，揭示了万物之间都是平等的，要相互尊重，和谐相处，大自然和人类共存共荣。读完全文，从那一声狼嗥中，你是否也能听到利奥波德对生态理解、伦理意识和有责任感的土地管理上的呐喊？请和同学一起分享你的读后感。

瓦尔登湖

亨利·戴维·梭罗

作者介绍

亨利·戴维·梭罗（1817—1862），美国作家、思想家、自然主义者。梭罗1845年移居到优美的瓦尔登湖畔的丛林里，搭起木屋，开荒种地，写作看书，过着非常简朴、原始的生活。他的散文集《瓦尔登湖》记录了隐居瓦尔登湖畔，与大自然水乳交融，在田园生活中感知自然、重塑自我的奇异历程。

作品选读

（一）

瓦尔登的风景是卑微的，虽然很美，却并不是宏伟的，不常去游玩的人，不住在它岸边的人未必能被它吸引住：但是这一个湖以深邃和清澈著称，值得给予突出的描写。这是一个明亮的深绿色的湖，半英里长，圆周约一英里又四分之三，面积约六十一英亩半；它是松树和橡树林中央的岁月悠久的老湖，除了雨和蒸发之外，还没有别的来龙去脉可寻。四周的山峰突然地从水上升起，到四十至八十英尺的高度，但在东南面高到一百英尺，而东边更高到一百五十英尺，其距离湖岸，不过四分之一英里及三分之一英里。山上全部都是森林。所有我们康科德地方的水波，至少有两种颜色，一种是站在远处望见的，另一种，更接近本来的颜色，是站在近处看见的。第一种更多地靠的是光，根据天色变化。在天气好的夏季里，从稍远的地方望去，它呈现了蔚蓝颜色，特别在水波荡漾的时候，但从很远的地方望去，却是一片深蓝。在风暴的天气下，有时它呈现出深石板色。海水的颜色则不然，据说它这天是蓝色的，另一天却又是绿色了，尽管天气连些微的可感知的变化也没有。我们这里的水系中，我看到当白雪覆盖这一片风景时，水和冰几乎都是草绿色的。有人认为，蓝色“乃是纯洁的水的颜色，无论那是流动的水，或凝结的水”。可是，直接从一条船上俯看近处湖水，它又有着非常之不同的色彩。甚至从同一个观察点看瓦尔登是这会儿蓝，那忽儿绿。置身于天地之间，它分担了这两者的色素。从山顶上看，它反映天空的颜色，可是走近了看，在你能看到近岸的细砂的地方，水色先是黄澄澄的，然后是淡绿色的了，然后逐渐地加深起来，直到水波一律地呈现了全湖一致的深绿色。却在有些时候的光线下，便是从一个山顶望去，靠近湖岸的水色也是碧绿得异常生动的。有人说，这是绿原的反映；可是在铁路轨道这儿的黄沙地带的衬托下，也同样是碧绿的，而且，在春天，树叶还没有长大，这也许是太空中的蔚蓝，调和了黄沙以后形成的一个单纯的效果。这是它的虹色彩圈的色素。也是在这一个地方，春天一来，冰块给水底反射上来的太阳的热量，也给土地中传播的太阳的热量溶解了，这里首先溶解成一条狭窄的运河的样子，而中间还是冻冰。在晴朗的气候中，像我们其余的水波，激湍地流动时，波平面是在九十度的直角度里反映了天空的，或者因为太光亮了，从较远处望去，它比天空更蓝些；而在这种时候，泛舟湖上，四处眺望倒影，我发现了一种无可比拟、不能描述的淡蓝色，像浸水的或变色的丝绸，还像青锋宝剑，比之天空还更接近天蓝色，它和那波光的另一面原来的深绿色轮番地闪现，那深绿色与之相比便似乎很混浊了。

这是一个玻璃似的带绿色的蓝色，照我所能记忆的，它仿佛是冬天里日落以前西方乌云中露出的一角晴天。可是你举起一玻璃杯水，放在空中看，它却毫无颜色，如同装了同样数量的一杯空气一样。众所周知，一大块厚玻璃板便呈现了微绿的颜色，据制造玻璃的人说，那是“体积”的关系，同样的玻璃，少了就不会有颜色了。瓦尔登湖应该有多少的水量才能泛出这样的绿色呢，我从来都无法证明。一个直接朝下望着我们的水色的人所见到的是黑的，或深棕色的，一个到河水中游泳的人，河水像所有的湖一样，会给他染上一种黄颜色；但是这个湖水却是这样纯洁，游泳者会白得像大理石一样，而更奇怪的是，在这水中四肢给放大了，并且给扭曲了，形态非常夸张，值得让米开朗琪罗来做一番研究。

（二）

我第一次划船在瓦尔登湖上的时候，它四周完全给浓密而高大的松树和橡树围起，有些山凹中，葡萄藤爬过了湖边的树，形成一些凉亭，船只可以在下面通过。形成湖岸的那些山太峻削，山上的树木又太高，所以从西端望下来，这里像一个圆形剧场，水上可以演出些山林的舞台剧。我年纪轻一点的时候，就在那儿消磨了好些光阴，像和风一样地在湖上漂浮过，我先把船划到湖心，而后背靠在座位上，在一个夏天的上午，似梦非梦地醒着，直到船撞在沙滩上，惊动了我，我就欠起身来，看看命运已把我推送到哪一个岸边来了；那种日子里，懒惰是最诱惑人的事业，它的产量也是最丰富的。我这样偷闲地过了许多个上午。我宁愿把一日之计在于晨的最宝贵的光阴这样虚掷；因为我是富有的，虽然这话与金钱无关，我却富有阳光照耀的时辰以及夏令的日月，我挥霍着它们；我并没有把它们更多地浪费在工场中，或教师的讲台上，这我一点儿也不后悔。可是，自从我离开这湖岸之后，砍伐木材的人竟大砍大伐起来了。从此要有许多年不可能在林间的小道上徜徉了，不可能从这样的森林中偶见湖水了。我的缪斯女神如果沉默了，她是情有可原的。森林已被砍伐，怎能希望鸣禽歌唱？

现在，湖底的树干，古老的独木舟，黑魆魆的四周的林木，都没有了，村民本来是连这个湖在什么地方都不知道的，却不但没有跑到这湖上来游泳或喝水，反而想到用一根管子来把这些湖水引到村中去给他们洗碗洗碟子了。这是和恒河之水一样地圣洁的水！而他们却想转动一个开关，拔起一个塞子就利用瓦尔登的湖水了！这恶魔似的铁马，那裂破人耳的鼓膜的声音已经全乡镇都听得到了，它已经用肮脏的脚步使沸泉的水混浊了，正是它，它把瓦尔登岸上的树木吞噬了；这特洛伊木马，腹中躲了一千个人，全是那些经商的希腊人想出来的！哪里去找呵，找这个国家的武士，摩尔大厅的摩尔人，到名叫“深割”的最深创伤的地方去掷出复仇的投枪，刺入这傲慢瘟神的肋骨之间？

然而，据我们知道的一些角色中，也许只有瓦尔登坚持得最久，最久地保持了它的纯洁。许多人都曾经被譬喻为瓦尔登湖，但只有少数几个人能受之无愧。虽然伐木的人已经把湖岸这一段和那一段的树木先后砍光了，爱尔兰人也已经在那儿建造了他们的陋室，铁路线已经侵入了它的边境，冰藏商人已经取过它一次冰，它本身却没有变化，还是我在青春时代所见的湖水；我反倒变了。它虽然有那么多的涟漪，却并没有一条永久性的皱纹。它永远年轻，我还可以站在那儿，看到一只飞燕突然扑下，从水面衔走一条小虫，正和从前一样。今儿晚上，这感情又来袭击我了，仿佛二十多年来我并没有几乎每天都和它在一起厮混过一样，——啊，这是瓦尔登，还是我许多年之前发现的那个林中湖泊；这儿，去年冬天被砍伐了一个森林，另一座林子已经跳跃了起来，在湖边依旧奢丽地生长；同样的思潮，跟那时候一样，又涌上来了；还是同样水露露的欢乐，内在的喜悦，创造者的喜悦，是的，这可能是我的喜悦。这湖当然是一个大勇者的作品，其中毫无一丝一毫的虚伪！他用他的手围起了这一泓湖水，在他的思想中，予以深化，予以澄清，并在他的遗嘱中，把它传给了康科德。我从它的水面上又看到了同样的倒影，我几乎要说了，瓦尔登，是你吗？

这不是我的梦，
用于装饰一行诗；
我不能更接近上帝和天堂，
甚于我之生活在瓦尔登。
我是它的圆石岸，
飘拂而过的风；

在我掌中的一握，
是它的水，它的沙，
而它的最深邃僻隐处，
高高躺在我的思想中。

火车从来不停下来欣赏湖光山色；然而我想那些司机、火夫、制动手和那些买了月票的旅客，常看到它，多少是会欣赏这些景色的。司机并没有在夜里忘掉它，或者说他的天性并没有忘掉它，白天他至少有一次瞥见这庄严、纯洁的景色。就算他看到的只有一瞥，这却已经可以洗净国务街和那引擎上的油腻了。有人建议过，这湖可以称为“神的一滴”。

（选自［美］亨利·戴维·梭罗．瓦尔登湖［M］．苏福忠，译．北京：人民文学出版社，2015.）

赏析提示

梭罗提倡回归本心，亲近自然。1845 年，在距离康科德两英里的瓦尔登湖畔隐居两年，自耕自食，体验简朴和接近自然的生活，以此为题材写成的长篇散文集《瓦尔登湖》（又译为《湖滨散记》）在美国文学中被公认为最受读者欢迎的非虚构作品之一。

《瓦尔登湖》是梭罗独居瓦尔登湖畔的记录，描绘了他两年多的所见、所闻和所思。他在小木屋旁开荒种地，春种秋收，自给自足。他崇尚自然，与自然交朋友，与湖水、森林和飞鸟对话；在林中观察动物和植物，在船上吹笛，在湖边钓鱼；晚上，在小木屋中记下自己的观察和思考。他在湖边探索着自己的心灵，“我的生活和自然一般朴素、纯洁”。

《瓦尔登湖》是一本宁静恬淡、充满智慧的书。其分析生活、批判习俗处见解独特，耐人寻味。其中许多篇页是形象描绘，优美细致，像湖水的纯洁透明，像山林的茂密翠绿；也有一些篇页说理透彻，十分精辟，给人启迪。《瓦尔登湖》也是一本清新、健康、引人向上的书，对于春天，对于黎明，都有极其动人的描写。这里有大自然给人的澄净的空气，而无工业社会带来的环境污染。读着它，读者会自然感觉到心灵的纯净、精神的升华。

能力训练

1. 你最喜欢本文的哪一段或哪一句？为什么？

2. 说说瓦尔登湖的景色和作者的生活方式，体会作者对大自然风光的热爱以及对心灵自由的追求。

蒂巴萨的婚礼

阿尔贝·加缪

作者介绍

阿尔贝·加缪（1913—1960），法国声名卓著的小说家、散文家和剧作家，“存在主义”文学大师，“荒诞哲学”的代表。1935年，加缪开始从事戏剧活动，第二次世界大战期间投身法国抵抗运动，因其创作中篇小说《局外人》一举成名，此后又发表小说《鼠疫》《堕落》和短篇集《流放和王国》；戏剧作品有《卡利古拉》《正义者》，此外还有散文集《婚礼集》《正反集》《西西弗的神话》等。1957年，因“热情而冷静地阐明了当代向人类良知提出的种种问题”获得诺贝尔文学奖。

作品选读

春天，蒂巴萨住满了神祇，他们说着话儿，在阳光和苦艾的气味中，在披挂着银甲的大海上，在深蓝色的天空中，在铺满了鲜花的废墟上，在沸滚于乱石堆里的光亮中。在某个时辰，田野被太阳照得黑乎乎一片。眼睛什么也看不见，只能抓住在睫毛边上颤动的一滴滴光亮和色彩。芳香植物浓郁的气味直刺嗓子眼儿，在酷热中让人透不过气来。极远处，我只能勉强看见舍努阿山那黑黑的一团，这山的根在环绕村庄的群山里，它平稳而沉重地摇晃着，跑去蹲在大海里。

我们穿过村庄，这村庄已经开向海滩了。我们进入一个黄色和蓝色的世界，迎接我们的是阿尔及利亚夏天的土地的芬芳而辛辣的气息。到处可见，玫瑰花越出别墅的墙外；花园里，木槿还只有淡淡的红色，而一片繁茂的花，其茶红色却奶油一般浓，还有一片长长的蓝色鸢尾花，其边缘弯得极为精巧。石头都是热的。我们走下金黄色公共汽车时，肉店老板们正坐着红色的车子进行早晨的巡回，他们吹响喇叭呼唤着居民。

港口左侧，有一条干燥的石头小路，穿过一片乳香黄连木和染料木，通向废墟。道路从一座小灯塔前经过，然后深入田野。灯塔脚下，已经有开着紫色、黄色和红色的花的肥大植物爬向海边的岩石，大海正吮吸着，发出阵阵亲吻似的响声。我们站在微风中，头上的太阳只晒热了我们脸颊的一面，我们望着光明从天上下来，大海没有一丝皱纹，它那明亮的牙齿绽出微笑。进入废墟王国之前，这是我们最后一次做旁观者。

走了几步，苦艾的气味就呛得我们喉咙难受。它那灰色的绒毛盖满了无际的废墟。它的精华在热气中蒸腾，从地上到天上弥漫着一片慷慨的酒气，天都为之摇晃了。我们迎着爱情和欲望走去。我们不寻求什么教训，也不寻求人们向伟大所要求的那种苦涩的哲学。阳光之外，亲吻之外，原野的香气之外，一切对我们来说都微不足道。对于我，我不想一个人独自来到这里。我经常和我喜欢的那些人一起来，我在他们脸上看到了明媚的微笑。这里，我把秩序和节制留给别人去说。这是自然的大放纵，这是大海的大放纵，我整个儿地被抓住了。在这废墟与春天的结合中，废墟又变成了石头，失去了人强加于它的光滑，重新回到自然之中。为了这些回头浪子，自然毫不吝惜鲜花。在广场的石板中间，天芥菜长出了它那白色的圆脑袋，红色的天竺葵把它的血撒在昔日的房屋、庙宇和公共广场上。如同许多的知识将一些人引向上帝，许多的岁月将废墟又带回母亲的家园。今天，它们的过去终于离去，什么也不能使他们与这种深厚的力量分开，这力量把它们引向尘世间的事物的中心。

多少时间在碾碎苦艾、抚摸废墟、试图让我的呼吸与世界骚动的叹息在相配合之中过去了！我深深地沉入了原野的气味和催人入睡的昆虫的合唱之中，对着这充满着热的天空那不堪承受的雄伟睁开了双眼。成为自己，找到深藏的能力，这并不那么容易。然而，望着舍努阿山那结实的脊梁，我的心平静了，洋溢着一种奇异的信心。我学会了呼吸，我融合了我自己，我完成了我自己。我攀登过一座又一座山丘，每一座都给了我奖赏，如同那座庙宇，其圆柱度量着太阳的行程，人们从那里可以看见整个村庄，它的白色、粉红色的墙，它的绿色的阳台上。也如同东山上那座大教堂，它还保留着墙，其周围很大范围内摆着出土的石棺，大部分刚刚被发掘出来。他们曾经收容过死者，现在则长出了鼠尾草和野萝卜。圣萨尔萨教堂是基督教的教堂，然而每一次从窗洞望出去，我们看见的都是世界的旋律：长满松柏的山丘，或是滚动着一群二十米长的白浪的大海。背负着圣萨尔萨教堂的山丘顶部平坦，风通过柱廊吹得更为畅快。在早晨的太阳下，空中摇荡着一种巨大的幸福。

需要神话的人们是很可怜的。在这里，神充当着岁月流逝的河床或参照物。我描绘，然后我说："这是红色，这是蓝色，这是绿色。这是大海，这是高山，这是鲜花。"我无须提到狄俄尼索斯就可以说我喜欢把鼻子紧贴着乳香黄连木的花球。我还可以无拘无束地想到那首献给得墨忒尔的古老颂歌："世上活着的人中看见这些事情的人是幸福的。"看见，而且在世上看见，这教训怎能忘记？对于厄琉西斯的神秘，只需沉思就够了。就在这里，我知道我接近世界永远是不够的。我应该精赤条条，然后带着大地之精华的香气投入大海，在后者之中洗刷前者的精华，在我的皮肤上牢牢地系上一条纽带，为了这纽带，大地和大海嘴对嘴地呼吸了那么久。进入水中，先是一阵寒战，然后是一种又凉又浑的胶上升，然后是两耳嗡嗡作响，流鼻涕，嘴里发苦——这是游泳，两臂出了海像添了一层水，再在太阳底下晒，每一块肌肉都在扭曲中磨炼；水在我身上流，我的腿在一片骚动中占有了波浪——天际消失了。上了岸，跌进沙滩，委身于世界，重新回到我的血肉的重力之中，太阳晒得我昏头昏脑，我渐渐看见胳膊上水流了下去，干了的皮肤露出金黄色的汗毛和沙砾。

我在这里明白了什么是光荣，那就是无节制地爱的权利。在这个世界上只有一种爱情。抱紧一个女人的躯体，这也是把从天空下降到大海的那种奇特的快乐留在自己身上。刚才，当我想扑向一丛苦艾，让它的芬芳进入我的身体时，我应该不顾一切偏见地意识到，我正在完成一桩真理，这既是太阳的真理，也是我的死亡的真理。从某种意义上说，我在这里玩耍时，正是我的生命，这生命散发着火热的石头的气味，充满了大海和刚刚开始鸣叫的蝉的叹息。微风是清凉的，天空是蔚蓝的。我无保留地爱这生命，愿意自由地谈论它，因为它使我对我作为人的处境感到骄傲。然而，人们常常对我说：没有什么可骄傲的。不，确有可以骄傲的东西；这阳光，这大海，我的洋溢着青春的心，我的满是盐味儿的身体，还有那温情和光荣在黄色和蓝色中相会的广阔背景。我必须运用我的力量和才能来获取的正是这一切。这里的一切都是我完整无损，我什么也不抛弃，我任何假面也不戴，我只需耐心地学习那困难的生活本领，这抵得上所有那些生活艺术。

快到中午了，我们穿过废墟回到港口边上的一家小咖啡馆。阳光和色彩的铙钹在我们的脑袋里轰响，好凉快啊，那影影幢幢的大厅，那绿色的、冰镇的大杯薄荷茶！外面，是大海和飞扬着滚烫的尘土的公路。我坐在桌前，试图在闪动睫毛间捉住热得发白的天空那炫目的五颜六色。我们的脸上满是汗水，轻薄的衣裳下面的身体却是凉爽的，我们都炫耀着与世界进行了一天的婚宴所感到的幸福的疲倦。

（选自［法］阿尔贝·加缪．蒂巴萨的婚礼［M］．郭宏安，译．北京：人民文学出版社，2015.）

赏析提示

蒂巴萨，位于阿尔及利亚的卜利达省的地中海沿岸，距首都阿尔及尔 70 千米。1982 年联合国教科文组织将蒂巴萨作为文化遗产，列入“世界文化遗产名录”。蒂巴萨始建于公元前 7 世纪，原为腓尼基人的商业城市。公元 2 世纪中叶，罗马军队进驻蒂巴萨，开始建造公共广场、卡皮特里姆神庙、浴场、圆形斗技场、剧场等。这些都是蒂巴萨现存的最为重要的建筑物遗迹，均位于全长 2000 米的城墙内侧。公元 7 世纪阿拉伯人占领该地时，这里已变成荒无人烟的废墟了。蒂巴萨一词由阿拉伯语“蒂法塞德”转化而来，意为“荒芜之都”。

本文既饱含艺术家的浪漫情怀，也流露哲学家的思想精髓。作者的笔触好似被赋予了蒂巴萨耀眼的阳光，播撒着世界的旋律、生命的美好、光荣的使命，这些思想的结晶在苦艾的气息中蔓延，在废墟回归自然时呈现。在这场“蒂巴萨的婚礼”中，作者的生命与阳光、废墟、苦艾交织；灵魂与大地、大海、自然交融；在执着、自由、热烈的爱中收获纯真的幸福。

能力训练

1. 阅读课文，谈谈你对蒂巴萨景色印象最深的片段。

2. 蒂巴萨是加缪的精神家园，那么，你的精神家园是什么？它可以是旅途中的一处风景，可以是你心仪的一本书，也可以是你眷恋的某一个地方。请以“心灵的栖居”为题，写一段随笔。

3. 世界文化遗产，是一项由联合国发起、联合国教育科学文化组织负责执行的国际公约建制，以保存对全世界、全人类都具有杰出普遍性价值的自然或文化处所为目的。你知道哪些中国的世界文化遗产？

素养园地

驼背老人粘蝉

一事精致便足以动人。

孔子到楚国去，走出一片树林时，看到一个驼背老人正在用竹竿粘蝉，就像信手拈来一样轻而易举。

孔子惊奇地说："您的技术这么娴熟，有什么门道吗？"

老人说："的确是有方法的，大概需要经过五六个月的练习。首先练手腕和臂力。在竿头累叠起两个泥丸而不会坠落，失手的情况就不多了；叠起三个泥丸而不坠落，失手的情况十次不会超过一次了；叠起五个泥丸而不坠落，就会像在地面上拾取东西一样容易了。其次练站功，你看我站在这里，就如木桩一样稳稳当当；我举起手臂，就跟枯树枝一样纹丝不动。最后练专注度。尽管身边天地广阔无边，世间万物五光十色，而我的眼里只有知了的翅膀。外界的任何东西都不能分散我的注意力，都影响不了我对知了翅膀的关注。这样，怎么会粘不到蝉呢？"

孔子赞叹老人"用志不分，乃凝于神"。

可见，只要一门心思地做一件事情，就能够达到出神入化的境地。

拓展阅读书单

1. 老子 . 道德经［M］. 富强，译注 . 北京：作家出版社，2016.

2. 徐志刚 . 论语通译［M］. 北京：人民文学出版社，2015.

3. 孔凡礼 . 苏轼文集［M］. 北京：中华书局，2018.

4. 冰心 . 新编冰心文集［M］. 北京：商务印书馆，2008.

5. 林语堂 . 林语堂散文精选［M］. 武汉：长江文艺出版社，2000.

6. 林语堂 . 苏东坡传［M］. 长沙：湖南文艺出版社，2018.

7. 梁实秋 . 雅舍小品［M］. 天津：天津人民出版社，2011.

8. 钱钟书 . 写在人生边上［M］. 北京：生活 · 读书 · 新知三联书店，2019.

9. 沈从文 . 湘行散记［M］. 北京：商务印书馆，2018.

10. 贾平凹 . 贾平凹文集［M］. 西安：陕西人民出版社，2008.

11. 三毛 . 撒哈拉的故事［M］. 北京：北京十月文艺出版社，2017.

12. 周国平 . 各自的朝圣路［M］. 北京：作家出版社，2013.

13. ［美］奥尔多 · 利奥波德 . 沙乡年鉴［M］. 姚锦镕，译 . 北京：时代文艺出版社，2018.

14. ［美］亨利 · 戴维 · 梭罗 . 瓦尔登湖［M］. 苏福忠，译 . 北京：人民文学出版社，2015.

15. ［法］阿尔贝 · 加缪 . 蒂巴萨的婚礼［M］. 郭宏安，译 . 北京：人民文学出版社，2015.

第三章 小说欣赏

第一节　小说欣赏概述

一、什么是小说

小说是指在语言文学艺术序列中和散文、诗歌、戏剧并列的一种文学创作体裁。它是以刻画人物形象为中心，通过完整的故事情节和环境描写来反映社会生活、表达思想的一种叙事性文学样式，由人物、情节、环境这三大要素构成一个完整的艺术世界。

任何一部文学作品都是人类生活的艺术化体现。与其他文学样式相比，小说能够多方面、更加细致地刻画人物思想性格，展现人物关系和命运变化；更加完整地表现错综复杂的生活事件和矛盾冲突；更加广阔地反映社会生活。正因为如此，小说以其巨大的影响力“超过了一切其他种类的文学”，成为为人民大众所喜爱的文学样式，拥有更多的读者。

二、小说的产生与发展

“小说”一词最早见于《庄子·外物篇》：“饰小说以干县令，其于大达亦远矣。”这里的“小说”与“大达”对举，显然是指一些不合大道的琐屑言论，与我们今天的小说概念不同。东汉班固在《汉书·艺文志》中写道：“小说家者流，盖出于稗官。街谈巷语，道听途说者之所造也。”把民间流传的奇闻轶事、神话传说等看作小说，无疑又跨进了一步，较接近后来的小说了。

（一）中国小说的发展

中国古代小说晚熟于诗歌、散文，略早于戏曲，从萌芽到发生、发展、成熟，经过了一个漫长的过程。

先秦、两汉是小说萌芽期。在这一时期产生的神话、寓言、史传、“野史”传说、宗教故事中都孕育着小说的艺术因素，如《女娲补天》(《淮南子·览冥训》)、《夸父逐日》(《山海经·海外北经》)、司马迁的纪传体史书等，都为小说文体的形成准备了条件。从汉末至唐代以前，是中国小说的初步形成时期。其中的魏晋南北朝出现了谈鬼神怪异的“志怪小说”和记录人物轶闻琐事的“志人小说”。志怪小说沿着神话传说和史传中志怪部分的轨迹发展而来；志人小说则是借鉴寓言和史传中记载人物言行片段的手法，可以视为史传文学的支流。干宝的《搜神记》和刘义庆的《世说新语》分别是志怪和志人小说的代表作。

唐人小说是指唐代出现的具有成熟形态的文言短篇小说，是古代小说发展的新阶段，是一次质的飞跃。从唐人小说开始，小说作者才摆脱了史家的"实录"传统，进行艺术虚构，小说才真正成为作家的自觉创造。唐人小说改变了六朝小说粗陈梗概的叙述方式，开始进行具体细致的人物、情节和生活场景的描写。这一切都标志着我国古代小说作为一种文学体裁已经真正成熟。唐人小说最具代表性的有《霍小玉传》《李娃传》《莺莺传》《柳毅传》等，因此有时也以唐传奇来概括唐人小说。

话本是宋元时期出现的一种新的文学形式。宋代话本的产生，使小说有了根本性的变化。从宋代开始，以文言短篇小说为主流的小说史，逐渐转为以白话小说为主流的小说史，同时短篇小说仍占有一席之地。此后，中国小说按文言、白话两条线索发展。宋元话本小说增强了小说的表现力，扩大了读者面，提高了小说的社会功能和社会影响，作品描写的对象由表现封建士子为主而转向平民，奠定了短篇白话小说和长篇章回小说的基础。宋元话本小说的题材内容丰富多样，比较著名的有《碾玉观音》《快嘴李翠莲记》《错斩崔宁》等。

到了明代，话本引起了更多文人的关注，有些人仿照话本进行创作。这种由文人有意识地模拟话本而创作的白话短篇小说，称为"拟话本"。拟话本是纯粹的创作小说，是供人阅读的案头文学，从话本到拟话本，是由口头文学的记录发展到书面文学的创作。在艺术上，拟话本继承宋元话本的传统，而又表现出文人创作的特色。最有代表性的拟话本是冯梦龙的"三言"（《喻世明言》《警世通言》和《醒世恒言》）和凌蒙初的"二拍"（《一刻拍案惊奇》和《二刻拍案惊奇》）。

中国古代小说经过唐宋元三代的酝酿、准备、发展，无论在艺术方法上还是情节、人物塑造、结构和语言诸方面都积累了相当丰富的艺术经验，为明清时期小说的繁荣打下了坚实的基础。明初，《三国演义》（罗贯中）、《水浒传》（施耐庵）相继问世，从此，中国小说史从以短篇小说为主转入以长篇小说为主的新时期，与明中叶以后出现的《西游记》（吴承恩）、《金瓶梅》（兰陵笑笑生）构成了中国古代小说史上的"四大奇书"，其中，除《金瓶梅》外，其余三部都是民间作者和文人作家相结合的创作成果，它们在所属的各类题材的小说中独占鳌头：《三国演义》既是小说史上第一部长篇小说，也是一部历史小说的典范；《水浒传》既是第一部全面描写农民起义的巨著，也是一部英雄传奇的典范；《西游记》既是第一部长篇神魔小说，也是一部幻想小说的典范；《金瓶梅》既是第一部写世情的长篇小说，又是第一部由文人独立创作成功的长篇小说。到了清代，文言短篇小说高度繁荣，蒲松龄创作的《聊斋志异》是一部具有独特思想风貌和艺术风貌的文言短篇小说集，把文言短篇小说的发展推向了最高峰。清初至清中叶，出现了不少长篇白话小说，优秀的作品《说岳全传》《醒世姻缘传》《镜花缘》等都在不同程度上反映了时代的特征。清代乾隆年间，《儒林外史》和《红楼梦》两部鸿篇巨制问世，把长篇小说的创作再一次推向高潮。吴敬梓创作的《儒林外史》是中国古代小说史上成就最高的长篇讽刺小说，在“四大奇书”之外，它直接影响了晚清谴责小说的创作。曹雪芹创作的《红楼梦》是一部内容丰富、人物众多、卷帙浩繁的伟大著作，无论从思想上还是艺术上来说，它都是中国小说史和文学史上的巅峰，也是世界文学中的名著。晚清时期，出现了李伯元、吴趼人、刘鹗、曾朴“四大谴责小说家”，《官场现形记》《二十年目睹之怪现状》《老残游记》《孽海花》等谴责小说富有较强的批判现实主义精神。晚清小说不论在内容上还是在技法上，都有许多新的因素，体现了变革时期的特点。

我国近代小说数量不少，但大多较为粗糙，成就不高，稍有影响的是《三侠五义》《龙图公案》等武侠、公案小说。

我国的现代小说吸收了古、近代小说的长处，又广泛借鉴了外国小说的创作经验，使小说艺术发展到一个新的阶段。五四运动前，《新青年》上发表了鲁迅的《狂人日记》，这是一篇里程碑式的现代意义上的白话小说。此后，鲁迅陆续出版了《呐喊》《彷徨》两部小说集，奠定了我国现代小说发展的基础。茅盾的《子夜》是中国第一部写实主义的成功的长篇小说，其他如柔石的《二月》、萧军的《八月的乡村》、萧红的《生死场》等都有一定的影响。这一时期，巴金、老舍、沈从文、冰心、丁玲等一批作家开始登上文坛，并以各自独特的艺术风格著称，《家》《春》《秋》《骆驼祥子》《边城》等是其中的优秀代表作品。鸳鸯蝴蝶派的代表作家张恨水的言情小说也曾畅销一时。

抗日战争和解放战争时期，解放区作家深入群众斗争生活，创作了一批优秀作品，如赵树理的《小二黑结婚》《李有才板话》，孙犁的《荷花淀》，丁玲的《太阳照在桑干河上》，周立波的《暴风骤雨》，都以新的主题、新的人物、新的语言体现了小说创作发展的新面貌。这一时期，国民党统治区作家也从各个方面反映了国统区人民群众的斗争生活，其中如《华威先生》（张天翼）、《腐蚀》（茅盾）、《寒夜》（巴金）、《虾球传》（黄谷柳）、《围城》（钱钟书）、《四世同堂》（老舍）等都很有代表性。

我国的当代小说经历了曲折的发展过程。20 世纪五六十年代，以表现革命历史为题材的作品和以反映社会主义革命和建设为题材的作品也取得了显著成就。长篇如《保卫延安》（杜鹏程）、《红旗谱》（梁斌）、《红日》（吴强）、《青春之歌》（杨沫）、《林海雪原》（曲波）、《三家巷》（欧阳山）、《红岩》（罗广斌、杨益言）等，短篇如《黎明的河边》（孙峻青）、《党费》

（王愿坚）、《百合花》（茹志鹃）等都从不同的角度反映了民主革命斗争的历史风云。中、长篇小说《三里湾》（赵树理）、《创业史》（柳青）、《山乡巨变》（周立波）、《百炼成钢》（艾芜）、《上海的早晨》（周而复）、《铁木前传》（孙犁），以及李准、王汶石、马峰、西戎、刘绍棠等作家的短篇小说，都从各个方面展现了广阔的现实生活，艺术上各有千秋。

“文化大革命”的十年浩劫，小说创作一片荒芜。“文化大革命”结束以后，文学创作也进入了一个新的历史时期。首先是短篇小说打破文坛的禁锢脱颖而出，接着是中、长篇小说的空前繁荣，“伤痕文学”“反思文学”“改革文学”盛行一时。从70年代末到80年代初，小说观念也发生了很大的变化，许多作家在小说艺术上做了多方面的探索和创新，在主题、题材、人物、形式、手法、风格等方面呈现出百花齐放的局面。代表作品有《班主任》（刘心武）、《伤痕》（卢新华）、《爱，是不能忘记的》（张洁）、《人到中年》（谌容）、《剪辑错了的故事》（茹志鹃）、《李顺大造屋》（高晓声）、《乔厂长上任记》（蒋子龙）、《绿化树》（张贤亮）、《春之声》（王蒙）等。路遥《平凡的世界》、霍达《穆斯林的葬礼》等现实主义风格的长篇创作也取得了突出的成就。80年代中、后期，“寻根小说”“先锋小说”“新写实小说”奇峰突起，在艺术上进行大胆的探索和创新。“寻根小说”代表作品有韩少功的《爸爸爸》、汪曾祺的《大淖记事》、阿城的《棋王》与《遍地风流》、贾平凹的商州系列；“先锋小说”代表作品有刘索拉的《你别无选择》、余华的《十八岁出门远行》以及洪峰、残雪、苏童、格非等人的作品；“新写实小说”代表作品有池莉的《烦恼人生》、刘震云的《一地鸡毛》等。

90年代后，中国当代小说创作走向深化，以蓬勃的活力呈多元性和创新性的发展，但坚持现实主义批判精神的创作仍然是小说发展的主方向，出现了一大批极具影响力的优秀作品，如余华的《活着》、陈忠实的《白鹿原》、阿来的《尘埃落定》、韩少功的《马桥词典》、张平的《抉择》、周梅深的《人间正道》等。

台湾小说和香港小说是我国小说的重要组成部分，在反映台、港社会现实和海外华侨生活方面独具价值。

在20世纪20年代到40年代，台湾的文学运动伴随大陆的白话文运动而生。这段时期小说创作的主题是反对日本的殖民统治，反对封建制度，代表作家有赖和、杨逵、吴浊流等，赖和被称为“台湾文学之父”，《一杆称仔》《善讼人的故事》是他的代表作。杨逵是台湾文学的硬骨头，他曾十多次被日本人逮捕入狱而英勇不屈，其重要作品有《送报夫》和《鹅妈妈出嫁》等。老作家吴浊流的成就最高，他创作的《亚细亚的孤独》是一部史诗式的作品，是台湾长篇小说创作的里程碑。50年代后，乡愁是随大陆而来的外省人作家的创作主题，前期代表作品有《城南旧事》（林海音）、《狂风沙》（司马中原），后来与西化结合起来，产生了台湾的现代文学运动，代表作品有《台北人》（白先勇）、《桑青与桃红》（聂华苓）、《焰》（于梨华）等。此外，钟肇政、钟理和、陈映真、黄明春等的“乡土小说”和琼瑶的系列言情小说也广为人知，在海内外享有盛誉。

香港小说，比较著名的有唐人的《金陵春梦》、舒巷城的《太阳下山了》、夏易的《变》和刘以鬯的《酒徒》等。《酒徒》通篇运用意识流表现手法，因而有“中国第一部意识流”小说的美称。此外，金庸、梁羽生、古龙的武侠小说也为广大读者所熟悉，艺术成就较高。

（二）西方小说的发展

西方小说的源头是神话传说。古希腊、古罗马、北欧神话等都是其中的典型作品。作为欧洲文学的开端，古希腊的早期神话、史诗、寓言对西方小说的形成有很大影响，如古希腊的《荷马史诗》《伊索寓言》等都孕育着小说的艺术因素。

西方小说是在 14 世纪至 17 世纪初欧洲“文艺复兴”运动后快速发展、成熟起来的，出现了提倡思想自由和个性解放，以描写现实生活和刻画各阶层的人物形象为内容的人文主义小说，这类小说是为了配合当时欧洲反封建而产生的，同时它也定下了西方小说以记叙凡人、凡事为主的基调。意大利薄伽丘的《十日谈》、法国拉伯雷的《巨人传》、西班牙塞万提斯的《堂吉诃德》等是这类小说的代表作品。

18 世纪的欧洲启蒙运动是欧洲文学的一个重要转型期，经历了这个时期后，小说才逐渐成为文学中的主要样式，代表作品有英国笛福的《鲁滨逊漂流记》、斯威夫特的《格列佛游记》，法国卢梭的《忏悔录》，德国歌德的《少年维特之烦恼》等。

18 世纪末到 19 世纪中叶，欧洲文学进入浪漫主义时期。浪漫主义强调作家的主观作用和表现人的内心生活，文学上常用的象征、对比、夸张和反讽成了浪漫主义的重要艺术方法。浪漫主义小说代表作品有德国霍夫曼的《魔鬼的万灵药水》、英国司各特的《艾凡赫》、法国斯塔尔夫人的《柯丽娜》、大仲马的《三个火枪手》《基督山伯爵》、雨果的《巴黎圣母院》《悲惨世界》等。

从 19 世纪 30 年代开始，欧洲出现一股新的文学思潮，由于这股思潮带有强烈的揭露和批判现实社会的特点，因此也被称为批判现实主义。这股文学思潮一出现即占据文坛的主导地位，并在欧美文坛上持续发展达 70 年之久。法国现实主义小说代表作品有司汤达的《红与黑》、巴尔扎克的《欧也妮·葛朗台》《高老头》、福楼拜的《包法利夫人》及都德、莫泊桑、左拉、法朗士等一批现实主义文学家的作品，其中的巴尔扎克用他的《人间喜剧》把法国整整半个世纪的社会历史都概括进去了，这使他成为世界上无与伦比的最伟大的批判现实主义作家；英国现实主义小说代表作品有狄更斯的《艰难时事》《双城记》、夏洛蒂·勃朗特的《简爱》、萨克雷的《名利场》、艾米丽·勃朗特的《呼啸山庄》、哈代的《德伯家的苔丝》等；美国现实主义小说代表作品有斯托夫人的《汤姆叔叔的小屋》、马克·吐温的《汤姆·索亚历险记》等，著名的现实主义短篇小说家欧·亨利被誉为美国现代短篇小说的创始人，其代表作品是《警察和赞美诗》《最后一片叶子》《麦琪的礼物》；俄国普希金的诗体小说《叶甫盖尼·奥涅金》奠定了俄国批判现实主义的基础，杰出的现实主义小说代表作品有莱蒙托夫的《当代英雄》，果戈理的《钦差大臣》《死魂灵》，赫尔岑的《谁之罪》，屠格涅夫的《罗亭》《前夜》《父与子》，车尔尼雪夫斯基的《怎么办》，陀思妥耶夫斯基的《罪与罚》《白痴》，托尔斯泰的《战争与和平》《安娜·卡列尼娜》，契诃夫的《第六病室》《套中人》等。

19世纪中后期，法国文学除批判现实主义文学外，还产生了自然主义文学。左拉是公认的法国自然主义文学流派的领袖。他深受泰纳的实证主义哲学、艺术理论和生理学家贝尔纳的影响，提出系统的自然主义文学理论，并发表了体现其文学主张的自然主义小说《黛莱丝·拉甘》和《玛德莱纳·菲拉》。左拉最有影响的小说作品是《萌芽》《金钱》《小酒店》《娜娜》。

19世纪末至20世纪初，传统现实主义作为一个文学流派，与19世纪批判现实主义相比，在题材、主题、表现手法等方面出现了大幅度的更新与发展，传统现实主义小说代表作品有法国罗曼·罗兰的《约翰·克利斯朵夫》、英国毛姆的《人性的枷锁》《刀锋》、德国雷马克的《西线无战事》、美国杰克·伦敦的《马丁·伊登》等。

现代主义文学是20世纪流行于当代西方、日本和拉美的各种反传统的资产阶级文学流派的总称，是资产阶级精神危机和文化危机日趋严重在文学上的反映。现代主义小说流派众多，以第二次世界大战作为分界，前期现代主义小说的流派主要有意识流、表现主义、超现实主义等，如英国乔伊斯的《尤利西斯》、法国普鲁斯特的《追忆似水年华》、奥地利卡夫卡的《变形记》等，后期现代主义小说的主要流派有存在主义、新小说派、黑色幽默和魔幻现实主义等，如法国加缪的《局外人》、美国海勒的《第二十二条军规》、哥伦比亚马尔克斯的《百年孤独》等。

三、小说的特征

（一）鲜明生动的人物形象

人物是小说的灵魂，塑造人物形象，是小说的显著特点，一篇小说能否具有永久的艺术魅力，就看它是否能够塑造出鲜明生动的人物形象。作者可以运用各种表现手法来塑造人物形象，如用对人物的对话、动作、外貌、心理活动的描写及对环境气氛的渲染等表现手法来塑造人物形象，使之血肉丰满、生动感人。鲜明生动的人物形象还体现在人物的典型性。对于人物的典型性，鲁迅有一个形象的比喻："脸在山西，嘴在河南，衣服在北京。"小说的人物是虚构的，是作者把现实生活中不同人物原型的某些特征加以糅合熔铸而成的，因此比现实中的人物原型更为典型。如《阿Q正传》中的阿Q这个人物形象抽取了中国人身上自古以来承传的一些人性弱点，如自私、欺软怕硬、自我欺骗的"精神胜利法"等，即所谓"国民劣根性"，这些人性弱点全都集中到阿Q一个人身上，阿Q就是一个典型人物形象。

（二）完整曲折的故事情节

小说的故事情节是与人物密切相关的，是小说人物活动的轨迹，是由一系列能够展示人物思想性格的事件、细节组成的。一般而言，小说情节按开端—发展—高潮—结尾的顺序展开。小说的故事情节越完整、曲折，人物的思想性格就越能得到全面、细致的表现。小说的这个特点和其他体裁的文学相比更突出，因为只有小说不受时间、空间、篇幅、手法的限制，能够把情节安排得曲折有致、跌宕起伏，有利于人物思想性格的形成和发展。如《三国演义》《水浒传》《白鹿原》《基督山伯爵》《战争与和平》等长篇小说，因为错综复杂而曲折生动的情节，多种多样的矛盾冲突才能得以表现，各种人物性格才能刻画得惟妙惟肖，即使是短篇小说如莫泊桑的《项链》、欧·亨利的《最后一片叶子》《麦琪的礼物》等，也能通过生动完整、摇曳多姿的故事情节来展示人物的思想性格。

（三）具体生动的环境描写

文学作品中要写人物就要写环境。小说中的环境，一般是指人物所处的时代社会背景和具体生活场景，也包括自然景物等。环境描写是文学作品中不可缺少的有机组成部分，人物总是在一定的社会环境中生存、在一定的具体场所中活动的，小说作品具体生动的环境描写往往能更好地表现人物的思想性格，揭示出人物行为以及矛盾冲突发生、发展的原因和背景。如《红楼梦》里关于潇湘馆、蘅芜院、秋爽斋、稻香村等处的外部景色或内部陈设的描写，就和表现林黛玉、薛宝钗、探春、李纨等的思想性格和生活作风有关。又如中国20世纪80年代的"伤痕文学""反思文学"小说作品中的社会环境描写就是以"文化大革命"和从50年代末开始的"左"的社会思潮影响下的中国社会现实为背景的，只有在这个背景下，小说中的人物和行为、遭遇、心理才是真实和可以理解的。

小说的特点是不断变化、发展的。我国当代小说创作受西方文学思潮的影响，在艺术表现手法上出现了许多迥异于传统小说的新特点，淡化了传统小说对人物、情节、环境的描写，转而专注于情绪的描绘，用大篇幅流动化的情绪去反映人物的思想、性格和生存状态。在心理描写、象征、变形以及语言运用等方面都有一些新的特点。

四、小说的种类

小说可以从不同角度进行分类。

按语言形式来分，有文言小说、白话小说等。

按小说的文体特点来分，有日记体小说、书信体小说、自传体小说、诗体小说、章回体小说等。

按小说所在的历史时期来分，有古典小说、现代小说、当代小说。新文化运动以前的小说，可称作古典小说；新文化运动以后的小说，可称作现代小说；中华人民共和国成立以后的小说，可称作当代小说。

按小说类型来分，有历史小说、军事小说、言情小说、科幻小说、武侠小说、推理小说、悬疑小说、玄幻小说、穿越小说、魔幻小说等。

按小说的主义流派来分，有古典主义小说、讽刺主义小说、现实主义小说、现代主义小说、批判现实主义小说、浪漫主义小说、自然主义小说、表现主义小说、存在主义小说、意识流小说、新小说派、魔幻现实主义小说等。

按小说篇幅的长短、容量的大小、人物的多少、情节的繁简来分，有长篇小说、中篇小说、短篇小说、小小说（微型小说）四类。这是小说最常见的分法。

五、小说欣赏方法

（一）分析人物形象

文学即人学。小说主要描写的对象是人，它是通过对人物及其活动的叙述、描写来展开情节、表现主题的，因此，欣赏小说离不开人物形象的分析。

分析小说人物形象要把握人物个性和共性两个方面。个性是人物所独有的音容笑貌、举止动作、所思所想，它能使人物“活”起来，达到逼真的艺术效果。共性即人物的典型性，它是指人物形象所具有的丰富的思想性和社会性，能够反映出生活的某种本质特征。

成功的小说人物形象是个性与共性的统一，即人物形象既具有鲜明而独特的个性，同时又具有丰富而广泛的社会概括性。如法国作家莫泊桑的《漂亮朋友》出色地塑造了杜洛华这个典型形象。这个人物具有寡廉鲜耻、阴险狡诈、不择手段的个性特征，然而，就是这样一个恶棍，在那个社会里竟能如鱼得水、飞黄腾达，这说明是社会培养和造就了杜洛华无恶不作、荒淫无耻的性格，也是社会为这种人横行无阻创造了条件。小说通过杜洛华这一恶棍的发迹过程，无情地揭露和批判了资本主义社会的黑暗和腐败。

分析人物形象时，要从人物的肖像描写、行动描写、语言描写、心理描写这几种塑造人物的艺术表现手法入手，来分析小说人物的思想和性格，然后从人物的个性分析上升到对人物的共性分析。

分析人物形象时，可以把人物形象放在小说所描写的典型环境中加以分析，因为典型环境为人物提供了生活的具体场所，给人物以充分展示性格的机会，形成了人物性格生成和发展的客观原因。

（二）把握情节和结构

情节和结构都是文学作品的形式要素之一。小说的情节是按照作品主题思想的要求和刻画人物性格的需要来安排提炼的，而结构主要表现在情节的安排和组织上。小说是否成功，关键还在于情节结构的构思是否精巧别致。理清作家的思维脉络，把握作品的情节和结构，是欣赏小说的突破口。

小说的情节一般要避免平铺直叙，按照人物性格发展的必然逻辑向前发展，力求有起伏、有变化、有高潮、有余味，才能收到较好的艺术效果。唐人小说《李娃传》以荥阳公子郑生和名妓李娃波澜跌宕的爱情纠葛为线索来安排情节，在院遇、计逐、鞭弃、护读这四个主要情节发展中，李娃对郑生由图谋他的钱财到真心相爱，真实地展现了一个不失美好人性的娼女转变为高贵的夫人的过程，小说故事情节的组织既井然有序又曲折婉转、摇曳多姿。

小说的结构是把作品的各个内容要素、各个部分组织成一个艺术整体，从而突出人物性格，显示作品主题。小说的结构要保证作品的完整、统一、和谐。鲁迅的小说《药》揭露了长期的封建统治给人民造成的麻木和愚昧，暗中颂扬了革命者夏瑜英勇不屈的精神，在结构安排中有两条线索，一条是华老栓为了给儿子治病买人血馒头的明线，另一条是夏瑜的革命活动和牺牲的暗线，两条线索以“人血馒头”相勾连，并行发展，在小说最后的“上坟”场景描写中两条线索重合在一起，构成一幅悲壮的图景，使小说成为一个艺术整体。

（三）品鉴语言特色

文学是语言的艺术，借语言的表现才得以成为具体的作品。不同文学作品的风格主要是通过语言表现的特点呈现出来的。阅读小说时，我们可以感受到作品不同的语言风格，如平实朴素、华丽热烈、简洁明快、幽默辛辣、冷峻含蓄等。虽然语言风格各有不同，但优秀小说的语言又具有一些共同的特色，欣赏小说时应注意品鉴它的语言特色。

一是形象性。杰出的作家能够运用具体的、可感的、浮雕似的语言把被表现的事物生动地描绘出来，从而把读者吸引到所创造的艺术境界中去。语言的形象性一般可通过比喻、比拟、夸张等多种表现方法实现。如孙犁的《荷花淀》："幸亏这些青年妇女，白洋淀长大的，她们摇得小船飞快。小船活像离开了水皮的一条打跳的梭鱼。她们从小跟这小船打交道，驶起来就像织布穿梭、缝衣透针一般快。"这是借助他物相似的特点来比喻对象，描写的场景呼之欲出、具体可感，语言生动形象。

二是精确性。准确是语言的第一要求，优秀的作家总是力求用最贴切的词去表现所要描写的对象。如鲁迅的小说《孔乙己》："孔乙己是站着喝酒而穿长衫的唯一的人。"从这句话可以看出，穿长衫相对于短衣帮来说是"富人"的代名词，而孔乙己虽然身着长衫，实际上却是贫穷的人，只能在外面和短衣帮站着喝酒，一个"站"字准确地描摹出孔乙己的落魄、潦倒。在准确的前提下，文学语言力求精练，即以较少的语言去描绘和概括丰富的生活和思想。如《红楼梦》《儒林外史》等小说，往往用一两千字的篇幅就能描写出非常生动的场面，准确地表现出事物的本质特征。

三是个性化。小说从塑造人物而言，必须要用个性化的语言把该人物的性格特征恰到好处地表现出来，人物语言的个性化特点是由人物的身份、地位、年龄、经历、教养、气质、心理状态等决定的。如李逵的语言粗鲁、纯朴，王婆的语言老练、圆滑，林黛玉的语言伶俐、尖刻，薛宝钗的语言圆转、平和，王熙凤的语言泼辣、风趣。鲁迅说过："《水浒》和《红楼梦》的有些地方，是能使读者由说话看出人来的。"由此观之，小说人物的个性化语言是作家创造典型性格的重要手段。

第二节　小说欣赏选文

李娃传[1]

白行简

作者介绍

白行简（776—826），唐代文学家，字知退，下邽（今陕西渭南）人，生于河南郑城西的东郭宅（今城关乡东郭寺村），著名文学家白居易的弟弟。唐德宗贞元末年进士，曾任左拾遗、司门员外郎等职。著有文集10卷，文辞简易，有其兄的风格。白行简以传奇著称，著有《李娃传》《三梦记》等唐人传奇，尤以《李娃传》影响最大。白行简辞赋尤其精密，文士皆师法之，所作《天地阴阳交欢大乐赋》由法国汉学家伯希和在敦煌石窟发现，带回巴黎，后又经荷兰外交家高罗佩翻译成英文，名闻世界。

作品选读

汧国夫人李娃，长安之倡女也[2]。节行瓌奇[3]，有足称者。故监察御史白行简为传述。

天宝中，有常州刺史荥阳公者[4]，略其名氏，不书。时望甚崇，家徒甚殷。知命之年[5]，有一子，始弱冠矣[6]；隽朗有词藻，迥然不群，深为时辈推伏。其父爱而器之，曰："此吾家千里驹也。"应乡赋秀才举[7]，将行，乃盛其服玩车马之饰，计其京师薪储之费[8]，谓之曰："吾观尔之才，当一战而霸。今备二载之用，且丰尔之给，将为其志也。"生亦自负，视上第如指掌[9]。自毗陵发[10]，月余抵长安，居于布政里。

尝游东市还[11]，自平康东门入[12]，将访友于西南。至鸣珂曲，见一宅，门庭不甚广，而室宇严邃。阖一扉，有娃方凭一双鬟青衣[13]立，妖姿要妙[14]，绝代未有。生忽见之，不觉停骖久之，徘徊不能去。乃诈坠鞭于地，候其从者，敕取之。累眄于娃，娃回眸凝睇，情甚相慕。竟不敢措辞而去。

生自尔意若有失，乃密征其友游长安之熟者，以讯之。友曰："此狭邪女[15]李氏宅也。"

曰："娃可求乎？"对曰："李氏颇赡[16]，前与之通者多贵戚豪族，所得甚广。非累百万，不能动其志也。"生曰："苟患其不谐，虽百万，何惜。"

他日，乃洁其衣服，盛宾从，而往扣其门。俄有侍儿启扃。生曰："此谁之第耶？"侍儿不答，驰走大呼曰："前时遗策郎也。"娃大悦曰："尔姑止之，吾当整妆易服而出。"生闻之私喜。乃引至萧墙[17]间，见一姥垂白上偻[18]，即娃母也。生跪拜前致辞曰："闻兹地有隙院，愿税以居，信乎？"姥曰："惧其浅陋湫隘，不足以辱长者所处，安敢言直耶！"延生于迟宾之馆[19]，馆宇甚丽。与生偶坐，因曰："某有女娇小，技艺薄劣，欣见宾客，愿将见之。"乃命娃出。明眸皓腕，举步艳冶。生遂惊起，莫敢仰视。与之拜毕，叙寒燠[20]，触类妍媚[21]，目所未睹。复坐，烹茶斟酒，器用甚洁。久之，日暮，鼓声四动。姥访其居远近。生绐之曰："在延平门外数里。"冀其远而见留也。姥曰："鼓已发矣，当速归，无犯禁。"生曰："幸接欢笑，不知日之云夕。道里辽阔，城内又无亲戚，将若之何？"娃曰："不见责僻陋，方将居之，宿何害焉。"生数目姥，姥曰："唯唯。"生乃召其家童，持双缣[22]，请以备一宵之馔。娃笑而止之曰："宾主之仪，且不然也。今夕之费，愿以贫窭之家，随其粗粝以进之。其余以俟他辰。"固辞，终不许。俄徙坐西堂，帷幙帘榻，焕然夺目；妆奁衾枕，亦皆侈丽。乃张烛进馔，品味甚盛。彻[23]馔，姥起。生娃谈话方切，诙谐调笑，无所不至。生曰："前偶过卿门，遇卿适在屏间。厥后心常勤念，虽寝与食，未尝或舍。"娃答曰："我心亦如之。"生曰："今之来，非直求居而已，愿偿平生之志。但未知命也若何？"言未终，姥至，询其故，具以告。姥笑曰："男女之际，大欲存焉[24]。情苟相得，虽父母之命，不能制也。女子固陋，曷足以荐君子之枕席[25]？"生遂下阶，拜而谢之曰："愿以己为厮养[26]。"姥遂目之为郎[27]，饮酣而散。

及旦，尽徙其囊橐，因家于李之第。自是生屏迹戢身[28]，不复与亲知相闻。日会倡优侪类，狎戏游宴。囊中尽空，乃鬻骏乘，及其家童。岁余，资财仆马荡然。迩来姥意渐怠，娃情弥笃。

他日，娃谓生曰："与郎相知一年，尚无孕嗣。常闻竹林神者，报应如响[29]，将致荐酹[30]求之，可乎？"生不知其计，大喜。乃质衣于肆，以备牢醴[31]，与娃同谒祠宇而祷祝焉，信宿[32]而返。策驴而后，至里北门，娃谓生曰："此东转小曲中，某之姨宅也，将憩而觐之，可乎？"生如其言。前行不逾百步，果见一车门。窥其际，甚弘敞。其青衣自车后止之曰："至矣。"生下，适有一人出访曰："谁？"曰："李娃也。"乃入告。俄有一妪至，年可四十余，与生相迎，曰："吾甥来否？"娃下车，妪迎访之曰："何久疏绝？"相视而笑。娃引生拜之。既见，遂偕入西戟门[33]偏院，中有山亭，竹树葱茜，池榭幽绝。生谓娃曰："此姨之私第耶？”笑而不答，以他语对。俄献茶果，甚珍奇。食顷，有一人控大宛[34]，汗流驰至曰：“姥遇暴疾颇甚，殆不识人。宜速归。”娃谓姨曰：“方寸乱矣，某骑而前去，当令返乘，便与郎偕来。”生拟随之。其姨与侍儿偶语，以手挥之，令生止于户外，曰：“姥且殁矣，当与某议丧事，以济其急，奈何遽相随而去？”乃止，共计其凶仪斋祭之用。日晚，乘不至。姨言曰：“无复命何也？郎骤往觇之，某当继至。”生遂往，至旧宅，门扃钥甚密，以泥缄之。生大骇，诘其邻人。邻人曰：“李本税此而居，约已周矣。第主自收，姥徙居而且再宿矣。”征徙何处，曰：“不详其所。”生将驰赴宣阳，以诘其姨，日已晚矣，计程不能达[35]。乃弛其装服，质馔而食，赁榻而寝[36]。生恚怒方甚，自昏达旦，目不交睫。质明，乃策蹇[37]而去。既至，连扣其扉，食顷无人应。生大呼数四，有宦者徐出。生遽访之：“姨氏在乎？”曰：“无之。”生曰：“昨暮在此，何故匿之？”访其谁氏之第，曰：“此崔尚书[38]宅。昨者有一人税此院，云迟中表之远至者。未暮去矣。”

生惶惑发狂，罔知所措，因返访布政旧邸。邸主哀而进膳。生怨懑，绝食三日，遘疾甚笃，旬余愈甚。邸主惧其不起，徙之于凶肆[39]之中。绵缀[40]移时，合肆之人共伤叹而互饲之。后稍愈，杖而能起。由是凶肆日假之，令执繐帷[41]，获其直以自给。累月，渐复壮，每听其哀歌，自叹不及逝者，辄呜咽流涕，不能自止。归则效之。生，聪敏者也，无何，曲尽其妙，虽长安无与伦比。

初，二肆之佣凶器者，互争胜负。其东肆车轝皆奇丽[42]，殆不敌，唯哀挽劣焉。其东肆长知生妙绝，乃醵钱二万索顾焉。其党耆旧[43]，共较其所能者，阴教生新声，而相赞和。累旬，人莫知之。其二肆长相谓曰：“我欲各阅所佣之器于天门街，以较优劣。不胜者，罚直五万，以备酒馔之用，可乎？”二肆许诺。乃邀立符契，署以保证，然后阅之。士女大和会[44]，聚至数万。于是里胥告于贼曹，贼曹闻于京尹[45]。四方之士，尽赴趋焉，巷无居人。自旦阅之，及亭午，历举辇轝威仪[46]之具，西肆皆不胜，师有惭色。乃置层榻[47]于南隅，有长髯者，拥铎[48]而进，翊卫数人。于是奋髯扬眉，扼腕顿颡[49]而登，乃歌《白马》之词[50]。恃其夙胜，顾眄左右，旁若无人。齐声赞扬之，自以为独步一时，不可得而屈也。有顷，东肆长于北隅上设连榻[51]，有乌巾少年，左右五六人，秉翣[52]而至，即生也。整衣服，俯仰甚徐，申喉发调，容若不胜。乃歌《薤露》之章[53]，举声清越，响振林木[54]。曲度未终，闻者歔欷掩泣。西肆长为众所诮，益惭耻，密置所输之直于前，乃潜遁焉。四座愕眙[55]，莫之测也。

先是，天子方下诏，俾外方之牧[56]，岁一至阙下，谓之入计。时也适遇生之父在京师，与同列者易服章窃往观焉。有老竖[57]，即生乳母婿也，见生之举措辞气，将认之而未敢，乃泫然流涕。生父惊而诘之。因告曰:“歌者之貌，酷似郎之亡子[58]。”父曰:“吾子以多财为盗所害，奚至是耶?”言讫，亦泣。及归，竖间驰往，访于同党曰:“向歌者谁，若斯之妙欤?”皆曰:“某氏之子。”征其名，且易之矣。竖凛然大惊;徐往，迫而察之。生见竖色动，回翔将匿于众中。竖遂持其袂曰:“岂非某乎?”相持而泣。遂载以归。至其室，父责曰:“志行若此，污辱吾门。何施面目，复相见也?”乃徒行出，至曲江西杏园东[59]，去其衣服，以马鞭鞭之数百。生不胜其苦而毙。父弃之而去。

其师命相狎昵者阴随之，归告同党，共加伤叹。令二人赍苇席瘗[60]焉。至，则心下微温，举之，良久，气稍通。因共荷而归，以苇筒灌勺饮，经宿乃活。月余，手足不能自举。其楚挞之处皆溃烂，秽甚。同辈患之。一夕，弃于道周[61]。行路咸伤之，往往投其余食，得以充肠。十旬，方杖策而起。被布裘，裘有百结，褴褛如悬鹑[62]。持一破瓯，巡于闾里，以乞食为事。自秋徂冬，夜入于粪壤窟室，昼则周游廛肆。

一旦，大雪，生为冻馁所驱，冒雪而出，乞食之声甚苦。闻见者莫不凄恻。时雪方甚，人家外户多不发。至安邑东门，循里垣北转第七八，有一门独启左扉，即娃之第也。生不知之，遂连声疾呼:“饥冻之甚!”音响凄切，所不忍听。娃自阁中闻之，谓侍儿曰:“此必生也，我辨其音矣。”连步而出。见生枯瘠疥厉，殆非人状。娃意感焉，乃谓曰:“岂非某郎也?”生愤懑绝倒，口不能言，颔颐[63]而已。娃前抱其颈，以绣襦拥而归于西厢。失声长恸曰:“令子一朝及此，我之罪也。”绝而复苏。姥大骇，奔至，曰:“何也?”娃曰:“某郎。”姥遽曰:“当逐之。奈何令至此?”娃敛容却睇[64]曰:“不然。此良家子也。当昔驱高车，持金装，至某之室，不逾期而荡尽。且互设诡计，舍而逐之，殆非人。令其失志，不得齿于人伦。父子之道，天性也。使其情绝，杀而弃之，又困踬若此。天下之人尽知为某也。生亲戚满朝，一旦当权者熟察其本末，祸将及矣。况欺天负人，鬼神不佑，无自贻其殃也。某为姥子，迨今有二十岁矣。计其赀，不啻[65]直千金。今姥年六十余，愿计二十年衣食之用以赎身，当与此子别卜所诣[66]。所诣非遥，晨昏得以温凊[67]，某愿足矣。”姥度其志不可夺，因许之。给姥之余，有百金。北隅四五家税一隙院。乃与生沐浴，易其衣服;为汤粥，通其肠;次以酥乳润其脏。旬余，方荐水陆之馔[68]。头巾履袜，皆取珍异者衣之。未数月，肌肤稍腴。卒岁，平愈如初。

异时，娃谓生曰:“体已康矣，志已壮矣。渊思寂虑[69]，默想曩昔之艺业，可温习乎?”生思之曰:“十得二三耳。”娃命车出游，生骑而从。至旗亭南偏门鬻坟典之肆[70]，令生拣而市之，计费百金，尽载以归。因令生斥弃百虑以志学，俾夜作昼，孜孜矻矻[71]。娃常偶坐，宵分乃寐。伺其疲倦，即谕之缀诗赋。二岁而业大就，海内文籍，莫不该览。生谓娃曰：“可策名试艺矣。”娃曰：“未也，且令精熟，以俟百战。”更一年，曰：“可行矣。”于是遂一上登甲科[72]，声振礼闱[73]。虽前辈见其文，罔不敛衽[74]敬羡，愿友之而不可得。娃曰：“未也。今秀士[75]苟获擢一科第，则自谓可以取中朝[76]之显职，擅天下之美名。子行秽迹鄙，不侔[77]于他士。当砻淬[78]利器，以求再捷，方可以连衡[79]多士，争霸群英。”生由是益自勤苦，声价弥甚。其年，遇大比[80]，诏征四方之隽。生应直言极谏科[81]，策名第一，授成都府参军。三事以降[82]，皆其友也。

将之官，娃谓生曰：“今之复子本躯，某不相负也。愿以残年，归养老姥。君当结媛鼎族，以奉蒸尝[83]。中外婚媾，无自黩也[84]。勉思自爱。某从此去矣。”生泣曰：“子若弃我，当自刭以就死。”娃固辞不从，生勤请弥恳。娃曰：“送子涉江，至于剑门[85]，当令我回。”生许诺。

月余，至剑门。未及发而除书[86]至，生父由常州诏入，拜成都尹，兼剑南[87]采访使。浃辰[88]，父到。生因投刺[89]，谒于邮亭。父不敢认，见其祖父官讳，方大惊，命登阶，抚背恸哭移时，曰：“吾与尔父子如初。”因诘其由，具陈其本末。大奇之，诘娃安在。曰：“送某至此，当令复还。”父曰：“不可。”翌日，命驾与生先之成都，留娃于剑门，筑别馆以处之。明日，命媒氏通二姓之好，备六礼以迎之[90]，遂如秦晋之偶[91]。

娃既备礼，岁时伏腊[92]，妇道甚修，治家严整，极为亲所眷。向后数岁，生父母偕殁，持孝甚至。有灵芝产于倚庐，一穗三秀[93]。本道[94]上闻。又有白燕[95]数十，巢其层甍[96]。天子异之，宠锡加等。终制[97]，累迁清显之任[98]。十年间，至数郡。娃封汧国夫人。有四子，皆为大官；其卑者犹为太原尹[99]。弟兄姻媾皆甲门[100]，内外隆盛，莫之与京[101]。

嗟乎，倡荡之姬，节行如是，虽古先烈女，不能逾也。焉得不为之叹息哉！

予伯祖尝牧晋州，转户部，为水陆运使，三任皆与生为代，故谙详其事。贞元中[102]，予与陇西公佐话妇人操烈之品格，因遂述汧国之事。公佐拊掌竦听，命予为传。乃握管濡翰，疏而存之。时乙亥岁秋八月，太原白行简云。

（选自朱东润．中国历代文学作品选［M］．上海：上海古籍出版社，2002.）

注释

［1］本篇选自朱东润主编《中国历代文学作品选》中编第一册，第 398 ～ 412 页。

［2］汧（qiān）国，指唐时汧阳郡，治所在今陕西省陇县。《新唐书·百官志一》：“文武官一品、国公之母、妻，为国夫人。”倡，通“娼”。

［3］瓌奇：卓越，美好。瓌，同“瑰”。

［4］天宝：唐玄宗李隆基年号。荥（yíng）阳公，犹言郑公。唐时，郑姓为荥阳（今河南省荥阳县）的望族，故称。

［5］知命之年：五十岁。《论语·为政》：“五十而知天命。”

［6］弱冠：《礼记·曲礼上》：“二十曰弱，冠。”后沿用以称二十岁左右的男子。

［7］应乡赋秀才举：谓由州县选拔至京师应试。应……举，应试。贡士曰赋，乡赋即乡贡。唐朝科举制度，由州县选送者曰乡贡，应举者通称为秀才。

［8］薪储之费：指生活费用。

［9］上第：谓考试取得高名次。指掌，比喻事情容易做到。

［10］毗陵：古代郡名，即常州。

［11］东市：唐时长安有东西二市，为商业荟萃之区。

［12］平康：长安里（坊）名，亦称北里。孙棨《北里志》：“平康里，入北门，东回三曲，即诸妓所居之聚也。”

［13］青衣：婢女。

［14］要（yāo）妙（miǎo）：同“要眇”，美好。

［15］狭邪女：妓女。狭邪，同“狭斜”。古乐府《长安有狭斜行》中有“堂上置樽酒，作使邯郸倡”语，后因谓妓女居住之所为狭斜。

［16］赡（shàn）：富有。

［17］萧墙：照壁，屏风。

［18］垂白：头发渐白。上偻：驼背。

［19］迟宾：接待宾客。

［20］叙寒燠（yù）：问候起居的应酬话。燠，暖。

［21］触类妍媚：举止动静，无不美媚。

［22］缣（jiān）：黄色的细绢。

［23］彻：通“撤”。

［24］“男女之际”二句见：《礼记·礼运》：“饮食男女，人之大欲存焉。”

［25］荐君子之枕席：侍寝。宋玉《高唐赋》载巫山之女对楚襄王曰：“闻君游高唐，愿荐枕席。”

［26］厮养：奴仆。

［27］目之为郎：妇称夫曰郎。此从其女的称呼。

［28］屏迹戢（jí）身：谓深居不出。屏、戢，都是隐藏之意。

［29］如响：如声音之有回响，比喻有求必应。

［30］致荐酹（lèi）：以酒食祭祀。

［31］牢：祭祀用的牛羊豕三牲。醴：甜酒。

［32］信宿：再宿。

［33］戟门：唐制，三品以上官员得立戟于门，因称贵显之家为戟门。

［34］控大宛：骑骏马。大宛，汉朝西域诸国之一。《汉书·西域传》：“宛别邑七十余城，多善马。”故称良马为大宛。

［35］日已晚矣二句：按平康、宣阳二里距离很近，而此云“计程不能达”；俞正燮《癸巳存稿》谓为“作《传》者信笔漫书之，非实情也”。

［36］乃弛其装服三句：弛，解除。质，抵押。赁，租借。

[37] 策蹇：骑驴。蹇，蹇驴，跛脚驴子。一般用作驴的别称。

[38] 尚书：唐朝尚书省各部的长官称尚书。

[39] 凶肆：专售丧事用品并为丧家办理殡仪葬礼的店家。

[40] 绵缀：当作“绵惙”。谓病情严重，气息微弱。

[41] 繐（suì）帷：灵帐。

[42] 轝：同“舆”。

[43] 耆旧：此指老师传。

[44] 大和会：《尚书·周书·康诰》：“四方民大和会。”孔安国传：“四方之民大和悦而集会。”

[45] 里胥：古代乡里之职，等于地保之类。贼曹：州郡掌管治安的佐吏。京尹：即京兆府尹，京师地区的行政长官。

[46] 辇轝威仪：谓丧车仪仗之类。

[47] 层榻：高椅子。

[48] 铎：此指唱挽歌时用的大铃。

[49] 扼腕：握持手腕，表示振奋的情绪。顿颡（sǎng）：叩头。颡，前额。

[50]《白马》之词：《后汉书·范式传》载张劭死，将葬，“（式）素车白马，号哭而来”。后人因以“素车白马”为送葬之词。

[51] 连榻：并坐的长椅子。

[52] 翣（shà）：形如掌扇的棺饰，出殡时所用。

[53]《薤（xiè）露》之章：汉挽歌辞有《薤露》《蒿里》二章。

[54] 响振林木：《列子·汤问》：“抚节悲歌，声振林木。”

[55] 愕眙（chì）：吃惊得呆住了。

[56] 外方之牧：指州牧，即刺史。隋、唐时刺史为一州的行政长官。

[57] 老竖：老仆人。

[58] 郎：奴仆对年轻主人的称呼。

[59] 曲江杏园：曲江池，在长安城南，以水流曲折得名。其地南有紫云楼、芙蓉苑，西有杏园、慈恩寺，北有乐游原，唐时为都中人士游览的胜地。

[60] 瘗（yì）：埋葬。

[61] 道周：路旁。

[62] 褴褛：破旧的衣服。一作“繿缕”，义同。悬鹑：鹑鸟尾秃，因以形容衣服的破烂。

[63] 颔颐：犹言点头。颔，动。颐，面颊。

[64] 却睇：回头斜视。

[65] 不啻（chì）：不止。

[66] 别卜所诣：另找住所。

[67] 晨昏得以温清（qìng）：早晚可以侍候问安。《礼记·曲礼上》：“凡为人子之礼，冬温而夏清，昏定而晨省。”

[68] 荐水陆之馔（zhuàn）：把山珍海味给他吃。荐，奉，进。馔，食物。

[69] 渊思寂虑：深思熟虑。

[70] 旗亭：酒楼。鬻坟典之肆：书铺。坟典：指书。古代传说有《三坟》《五典》等古书，实不可靠。

[71] 孜孜矻（kū）矻：勤奋不怠。

[72] 甲科：甲等。唐初取士，明经有甲乙丙丁四科，进士有甲乙二科。（见《通典·选举典》）按甲乙科系指等第言。

[73] 礼闱：即礼部。考试归礼部掌管。

[74] 敛衽（rèn）：整理衣襟，表示敬意。后称妇女下拜为敛衽。

[75] 秀士：应试者的通称。

[76] 中朝：朝廷（中央政府）。

[77] 不侔：犹言不及。侔，相齐。

[78] 砻淬（cuì）：磨炼。

[79] 连衡：战国时张仪游说六国连合以事秦，谓之连衡（亦作“连横”）。此为结交之意。

[80] 大比：《周礼·地官·乡大夫》载周朝考查官吏：“三年则大比，考其德行、道艺，而兴贤者、能者。”此指唐朝特定的“制举”考试。《新唐书·选举志》：“其天子自诏者曰制举，所以待非常之才焉。”

[81] 直言极谏科：唐代制举（为选拔人才而特开的科目）的项目之一。

[82] 三事：即三公。《新唐书·百官志》：“太尉、司徒、司空各一人，是为三公，皆正一品。”此指品级最高的官吏。

[83] 蒸尝：古代秋冬祭祀的名称。《礼记·王制》：“天子诸侯宗庙之祭，春曰礿，夏曰禘，秋曰尝，冬曰烝。”烝，同“蒸”。

[84] 中外婚媾二句：谓当与高贵的门族通婚，不要降低了自己的身份。自黩：自汙。中外：内外亲戚，此指外戚。按唐朝婚俗，极重门第，郑氏为当时望族，戚属亦多高门通显之家。

[85] 剑门：唐县名，故城在今四川省剑阁县东北。

[86] 除书：任命、调动官员的文书。

[87] 剑南：道名，治所在益州（今四川省成都市）。

[88] 浃（jiā）辰：谓自子至亥十二辰为一周，即十二日。浃，周匝。

[89] 刺：名片。

[90] 六礼：古时结婚有六礼：纳采、问名、纳吉、纳征、请期、亲迎。

[91] 秦晋之偶：春秋时代，秦、晋两国君主世代联姻，后世因借称两姓联姻。

[92] 岁时伏腊：谓过年、过节。伏日在夏，腊日在冬，都是古代的节日。

[93] 倚庐：古时守丧住的草房。一穗三秀：谓一根穗开三朵花。

[94] 本道：成都府属剑南道，故称本道。

[95] 白燕：古时认为祥瑞的鸟。

[96] 层甍（méng）：高耸的屋脊。

[97] 终制：谓三年守制期满。制，指居丧的制度。

[98] 清显之任：高贵的官职。

[99] 太原尹：唐朝太原为府（治所在今山西省太原市），置府尹。

[100] 甲门：高门。

[101] 莫之与京：“莫与之京”的倒文，即没有人可以和他比大小。京，大。

[102] 贞元：唐德宗李适年号（785—805 年）。下文乙亥，为唐德宗贞元十一年（795 年）。

赏析提示

关于李娃的故事，唐代坊间流传很盛，白行简的《李娃传》取材于市人说话《一枝花》（说书艺人称李娃“一枝花”），并将之加工演绎，连缀成篇。白行简作为一名上层文人，又在其中加入了许多文人气息和士大夫趣味。《李娃传》由民间而入殿堂，由俚俗而入高雅，也反映出唐代文言小说的创作生成轨迹。《李娃传》曾收入唐人小说的专集《异闻集》，后又被《太平广记》收入，因而流传至今。

《李娃传》又名《汧国夫人传》。这篇传奇通过荥阳大族郑生热恋长安娼女李娃，屡经波折，几近丧生，终获美好结局的故事，热情歌颂了郑生和李娃的忠贞爱情与结合，揭露了妓女制度的罪恶，鞭挞了封建伦理道德的非人道，抨击了腐朽的封建门第观念和门阀婚姻制度。对于底层百姓的某些优秀品质，如善良、富于同情心、乐于助人等品质则做了揄扬。

李娃无疑是唐传奇中塑造得最成功的写实性艺术形象。李娃与郑生初见面时，从她“回眸凝睇，情甚相慕”到后来没有忘记郑生是“前时遗策郎”，可见李娃钟情于郑生。而她与郑生“诙谐调笑，无所不至”，又正是老于世故的风尘手腕。这种矛盾的双重心理促使李娃在郑生资财荡尽之后，一方面“姥意渐怠，娃情弥笃”，另一方面却又同老姥合作，设计抛弃了困难中的郑生，由此可见李娃实为迫于母命，身不由己。当郑生沦落为丐，四处乞讨，“枯瘠疥厉，殆非人状”时，李娃又“前抱其颈，以绣襦拥而归于西厢”，失声痛哭，竟至“绝而复苏”，足见其情之深挚。李娃不只具有爱情，还具有同情心。当老姥让其再度丢弃郑生时，她说：“不然。此良家子也。当昔驱高车，持金装，至某之室，不逾期而荡尽。且互设诡计，舍而逐之，殆非人。”并说“欺天负人，鬼神不佑”，都显示出她精神品格上的光辉。李娃毅然自赎其身，护理郑生，全力帮助他成就功名。但当郑生入仕之际，李娃竟又主动请离去，这一出人意料的举动一方面显示了李娃深沉、果决、冷静的性格特征，表现了她救护郑生的善良品德和无私的心境；另一方面也深刻揭示了封建等级观念和门阀婚姻制度给这位女子带来的心灵痛苦。作品通过李娃与郑生的关系发展变化的曲折过程反映了当时的社会生活环境，揭示了李娃性格中的丰富深刻的内涵。

《李娃传》之所以堪称唐人小说的精品，还在于它的情节架构，通篇故事按院遇、计逐、鞭弃、护读这四个主要情节发展设计，波澜起伏，引人入胜；而结构布局又极严整细密，丝丝入扣，铺垫烘托到位。对某些具体场景的描绘也颇为细致逼真，表现了唐代传奇创作中写实手法的高度成就。如郑生李娃相遇一节中，郑生故意遗下马鞭这个小小的细节，起了很大的连缀作用。一方面，郑生以此来延长他看见李娃的事件，表现出郑生的聪颖，又表现出郑生对李娃一见钟情下的无尽爱慕；另一方面，又为后文的情节做了铺垫。郑生去拜访李娃时，侍儿不及回答郑生的问题，便“疾走大呼曰：‘前时遗策郎也！’”这又表现出李娃对郑生也留下了深刻的印象，为两人之间的爱情提供了可能。这样高超的艺术手法绝不会是妙手偶得，正是唐人有意识创作小说的例证，也是小说这门艺术逐渐成熟的体现。

《李娃传》在叙事时语言朴实无华，娓娓道来，给人以亲切之感，而展开场面景物描写时，文采纷呈，姿态横生，如写凶肆争胜一节，语言之瑰丽奇纵足可玩味。

能力训练

1. 结合作品分析李娃的性格特点。
2. 以《李娃传》为例，简述唐人小说在中国小说发展史上的地位和成就。

宝玉挨打

曹雪芹

作者介绍

曹雪芹（约1715—1763），名霑，号雪芹，又号芹圃、芹溪。清代伟大小说家。自曾祖起，三代承袭江宁织造。后因父事株连，家道败落，晚年穷困潦倒。工诗善画，具有多方面的艺术才能。曹雪芹于乾隆十年（1745）左右就开始了《红楼梦》的创作，“披阅十载，增删五次”，到乾隆十九年（1754）已经写成了前八十回，终因贫病而卒，未能最后完成。今见一百二十回通行本，后四十回一般认为是高鹗的续作。

曹雪芹创作的《红楼梦》，是中国文学史上最伟大的小说之一。它规模宏大，结构严谨，情节复杂，描写生动，塑造了众多具有典型性格的艺术形象，深广地概括和表现了中华文化的深厚底蕴，堪称中国古代长篇小说的高峰，在世界文学史上占有重要地位。

作品选读

却说王夫人唤上金钏儿的母亲来，拿了几件簪环，当面赏了；又吩咐：“请几众僧人念经超度他。”金钏儿的母亲磕了头，谢了出去。

原来宝玉会过雨村[1]回来，听见金钏儿含羞自尽，心中早已五内摧伤，进来又被王夫人数说教训了一番，也无可回说。看见宝钗进来，方得便走出，茫然不知何往，背着手，低着头，一面感叹，一面慢慢地信步走至厅上。刚转过屏门，不想对面来了一人，正往里走，可巧撞了个满怀。只听那人喝一声：“站住！”宝玉唬了一跳，抬头看时，不是别人，却是他父亲。早不觉倒抽了一口凉气，只得垂手一旁站着。

贾政道：“好端端的，你垂头丧气的嗐[2]什么？方才雨村来了，要见你，那半天才出来，既出来了，全无一点慷慨挥洒的谈吐，仍是畏畏缩缩的。我看你脸上一团思欲愁闷气色！这会子又唉声叹气，你哪些还不足、还不自在？无故这样，是什么缘故？”宝玉素日虽然口角伶俐，此时却一心为金钏儿感伤，恨不得也身亡命殒，跟了金钏儿去。如今见他父亲说这些话，究竟不曾听明白了，只是怔怔地站着。

贾政见他惶悚，应对不似往日，原本无气的，这一来，倒生了三分气。方欲说话，忽有门上人来回："忠顺亲王府里有人来，要见老爷。"贾政听了，心下疑惑，暗暗思忖道："素日并不和忠顺府来往，为什么今日打发人来？"一面想，一面命"快请厅上坐"。急忙进内更衣。出来接见时，却是忠顺府长府官，一面彼此见了礼，归坐献茶。未及叙谈，那长府官先就说道："下官此来，并非擅造潭府[3]；皆因奉命而来，有一件事相求。看王爷面上，敢烦老先生做主。不但王爷知情，且连下官辈亦感谢不尽。"

贾政听了这话，抓不住头脑，忙赔笑起身问道："大人既奉王命而来，不知有何见谕？望大人宣明，学生好遵谕承办。"那长府官冷笑道："也不必承办，只用老先生一句话就完了。我们府里有一个做小旦的琪官[4]，一向好好在府，如今竟三五日不见回去，各处去找，又摸不着他的道路，因此各处访察；这一城内，十停人[5]倒有八停人都说他近日和衔玉的那位令郎相与甚厚。下官辈听了，尊府不比别家，可以擅来索取，因此启明王爷。王爷亦说：'若是别的戏子呢，一百个也罢了，只是这琪官，随机应答，谨慎老成，甚合我老人家的心境，断断少不得此人。'故此求老先生转致令郎，请将琪官放回：一则可慰王爷谆谆奉恳之意，二则下官辈也可免操劳求觅之苦。"说毕，忙打一躬。

贾政听了这话，又惊又气，即命唤宝玉出来。宝玉也不知是何缘故，忙忙赶来，贾政便问："该死的奴才！你在家不读书也罢了，怎么又做出这些无法无天的事来！那琪官现是忠顺王爷驾前承奉的人，你是何等草莽[6]，无故引逗他出来，如今祸及于我！"宝玉听了，唬了一跳，忙回道："实在不知此事。究竟'琪官'两个字，不知为何物，况更加以'引逗'二字！"说着便哭。

贾政未及开口，只见那长府官冷笑道："公子也不必掩饰：或藏在家，或知其下落，早说出来，我们也少受些辛苦。岂不念公子之德呢？"宝玉连说："实在不知。恐是讹传，也未见得。"那长府官冷笑两声道："现有证据，必定当着老大人说出来，公子岂不吃亏？——既说不知，此人那红汗巾子怎得到了公子腰里？"

宝玉听了这话，不觉轰了魂魄，目瞪口呆，心下自思："这话他如何知道？他既连这样机密事都知道了，大约别的瞒不过他，不如打发他去了，免得再说出别的事来。"因说道："大人既知他的底细，如何连他置买房舍这样的大事倒不晓得了？听得说：他如今在东郊离城二十里有个什么紫檀堡，他在那里置了几亩田地，几间房舍。想是在那里，也未可知。"那长府官听了，笑道："这样说，一定是在那里了！我且去找一回，若有了便罢；若没有，还要来请教。"说着，便忙忙的告辞走了。

贾政此时气得目瞪口歪，一面送那官员，一面回头命宝玉："不许动！回来有话问你！"一直送那官去了。才回身时，忽见贾环带着几个小厮一阵乱跑。贾政喝命小厮："给我快打！”贾环见了他父亲，唬得骨软筋酥，赶忙低头站住。贾政便问：“你跑什么！带着你的那些人都不管你，不知往哪里去，由你野马一般！”喝叫：“跟上学的人呢？”

贾环见他父亲盛怒，便乘机说道：“方才原不曾跑，只因从那井边一过，那井里淹死了一个丫头，我看脑袋这样大，身子这么粗，泡的实在可怕，所以才赶着跑过来了。”贾政听了，惊疑问道：“好端端的，谁去跳井？我家从无这样事情，自祖宗以来，皆是宽柔待下。——大约我近年于家务疏懒，自然执事人操克夺之权[7]，致使弄出这暴殄轻生的祸来！若外人知道，祖宗的颜面何在！”喝命：“叫贾琏，赖大来！”

小厮们答应了一声，方欲去叫，贾环忙上前，拉住贾政袍襟，贴膝跪下，道：“老爷不用生气。此事除太太屋里的人，别人一点也不知道。我听见我母亲说——”说到这句，便回头四顾一看；贾政知其意，将眼色一丢，小厮们明白，都往两边后面退去。贾环便悄悄说道：“我母亲告诉我说：‘宝玉哥哥，前日在太太屋里，拉着太太的丫头金钏儿，强奸不遂，打了一顿，金钏儿便赌气投井死了——”

话未说完，把个贾政气得面如金纸，大叫：“快拿宝玉来！”一面说，一面便往书房去，喝命：“今日再有人来劝我，我把这冠带家私[8]一应就交与他和宝玉过去，我免不得做个罪人，把这几根烦恼鬓毛剃去，寻个干净去处自了，也免得上辱先人、下生逆子之罪！”

众门客仆从见贾政这个形景，便知又是为了宝玉，一个个咬指吐舌，连忙退出。贾政喘吁吁直挺挺地坐在椅子上，满面泪痕，一叠连声：“拿宝玉来！拿大棍、拿绳来！把门都关上！有人传信到里头去，立刻打死！”众小厮们只得齐齐答应着，有几个来找宝玉。

那宝玉听见贾政吩咐他“不许动”，早知凶多吉少；哪里知道贾环又添了许多的话？正在厅上旋转，怎得个人往里头捎信，偏偏的没个人来，连焙茗[9]也不知在哪里。正盼望时，只见一个老妈妈出来，宝玉如得了珍宝，便赶上来拉他，说道：“快进去告诉：老爷要打我呢！快去，快去！要紧，要紧！”宝玉一则急了，说话不明白；二则老婆子偏偏又耳聋，不曾听见是什么话，把“要紧”二字，只听作“跳井”二字，便笑道：“跳井让他跳去，二爷怕什么？”宝玉见是个聋子，便着急道：“你出去叫我的小厮来罢！”那婆子道：“有什么不了的事？老早的完了，太太又赏了银子，怎么不了事呢？”

宝玉急的手脚正没抓寻处，只见贾政的小厮走来，逼着他出去了。贾政一见，眼都红了，也不暇问他在外流荡优伶，表赠私物，在家荒疏学业，逼淫母婢；只喝命：“堵起嘴来，着实打死！”小厮们不敢违，只得将宝玉按在凳上，举起大板，打了十来下。宝玉自知不能讨饶，只是呜呜地哭。贾政还嫌打的轻，一脚踢开掌板的，自己夺过板子来，狠命地又打了十几下。

宝玉生来未经过这样苦楚，起先觉得打的疼不过，还乱嚷乱哭，后来渐渐气弱声嘶，哽咽不出。众门客[10]见打的不祥了，赶着上来，恳求夺劝。贾政哪里肯听？说道："你们问问他干的勾当，可饶不可饶！素日皆是你们这些人把他酿坏了，到这步田地，还来劝解！明日酿到他弑父弑君，你们才不劝不成？"

众人听这话不好，知道气急了，忙乱着觅人进去给信。王夫人听了，不及去回贾母，便忙穿衣出来，也不顾有人没人，忙忙扶了一丫头，赶往书房中来。慌得众门客小厮等避之不及。贾政正要再打，一见王夫人进来，更加火上浇油，那板子越下去的又狠又快。按宝玉的两个小厮，忙松手走开，宝玉早已动弹不得了。

贾政还欲打时，早被王夫人抱住板子。贾政道："罢了，罢了！今日必定要气死我才罢！"王夫人哭道："宝玉虽然该打，老爷也要保重。且炎暑天气，老太太身上又不大好，打死宝玉事小，倘或老太太一时不自在了，岂不事大？"贾政冷笑道："倒休提这话！我养了这不肖的孽障，我已不孝；平昔教训他一番，又有众人护持；不如趁今日结果了他的狗命，以绝将来之患！"说着，便要绳来勒死。王夫人连忙抱住哭道："老爷虽然应当管教儿子，也要看夫妻分上。我如今已五十岁的人，只有这个孽障，必定苦苦的以他为法，我也不敢深劝。今日越发要弄死他，岂不是有意绝我呢？既要勒死他，索性先勒死我，再勒死他！我们娘儿们不如一同死了，在阴司里也得个倚靠。"说毕，抱住宝玉，放声大哭起来。

贾政听了此话，不觉长叹一声，向椅上坐了，泪如雨下。王夫人抱着宝玉，只见他面白气弱，底下穿着一条绿纱小衣，一片皆是血渍。禁不住解下汗巾去，由腿看至臀胫，或青或紫，或整或破，竟无一点好处，不觉失声大哭起"苦命的儿"来。因哭出"苦命儿"来，又想起贾珠来，便叫着贾珠，哭道："若有你活着，便死一百个，我也不管了。"

此时里面的人闻得王夫人出来，李纨、凤姐及迎、探姊妹两个也都出来了。王夫人哭着贾珠的名字，别人还可，唯有李纨禁不住也抽抽搭搭地哭起来了。贾政听了，那泪更似走珠一般滚了下来。正没开交处，忽听丫环来说："老太太来了——"一言未了，只听窗外颤巍巍的声气说道："先打死我，再打死他，就干净了！"

贾政见他母亲来了，又急又痛，连忙迎出来。只见贾母扶着丫头，摇头喘气地走来。贾政上前躬身赔笑说道："大暑热的天，老太太有什么吩咐，何必自己走来，只叫儿子进去吩咐便了。"贾母听了便止住步喘息，一面厉声道："你原来和我说话！我倒有话吩咐，只是我一生没养个好儿子，却叫我和谁说去！"

贾政听这话不像，忙跪下含泪说道："儿子管他，也为的是光宗耀祖。老太太这话，儿子如何当的起？"贾母听说，便啐了一口，说道："我说了一句话，你就禁不起！你那样下死手的板子，难道宝玉儿就禁得起了？你说教训儿子是光宗耀祖，当日你父亲怎么教训你来着！”说着，也不觉泪往下流。贾政又赔笑道：“老太太也不必伤感，都是儿子一时性急，从此以后，再不打他了。”贾母便冷笑两声道：“你也不必和我赌气，你的儿子，自然你要打就打。想来你也厌烦我们娘儿们，不如我们早离开了你，大家干净！”说着，便命人：“去看轿——我和你太太、宝玉儿立刻回南京去！”家下人只得答应着。

贾母又叫王夫人道：“你也不必哭了，如今宝玉儿年纪小，你疼他；他将来长大，为官作宦的，也未必想着你是他母亲了。你如今倒是不疼他，只怕将来还少生一口气呢！”贾政听说，忙叩头说道：“母亲如此说，儿子无立足之地了！”贾母冷笑道：“你分明使我无立足之地，你反说起你来！只是我们回去了，你心里干净，看有谁来不许你打！”一面说，一面只命：“快打点行李车辆轿马回去！”贾政直挺挺跪着，叩头谢罪。

贾母一面说，一面来看宝玉，只见今日这顿打，不比往日，又是心疼，又是生气，也抱着哭个不了。王夫人与凤姐等劝解了一会儿，方渐渐地止住。

早有丫鬟媳妇等，上来要搀宝玉，凤姐便骂：“糊涂东西！也不睁开眼瞧瞧，这个样儿，怎么搀着走的？还不快进去把那藤屉子春凳[11]抬出来呢！”众人听了，连忙飞跑进去，果然抬出春凳来，将宝玉放上，随着贾母王夫人等进去，送至贾母屋里。

彼时贾政见贾母怒气未消，不敢自便，也跟了进去。看看宝玉果然打重了，再看看王夫人一声“肉”一声“儿”地哭道：“你替珠儿早死了，留着珠儿，也免你父亲生气，我也不白操这半世的心了！这会子你倘或有个好歹，撂下我，叫我靠哪一个？”数落一场，又哭“不争气的儿”。贾政听了，也就灰心自己不该下毒手打到如此地步。先劝贾母，贾母含泪说道：“儿子不好，原是要管的，不该打到这个分儿！你不出去，还在这里做什么！难道于心不足，还要眼看着他死了才算吗？”贾政听说，方诺诺地退出去了。

此时薛姨妈、宝钗、香菱、袭人、湘云等也都在这里。袭人满心委屈，只不好十分使出来。见众人围着，灌水的灌水，打扇的打扇，自己插不下手去，便索性走出门，到二门前，命小厮们找了焙茗来细问：“方才好端端的，为什么打起来？你也不早来透个信儿！”焙茗急地说：“偏我没在跟前，打到半中间，我才听见了，忙打听缘故，却是为琪官儿和金钏儿姐姐的事。”袭人道：“老爷怎么知道了？”焙茗道：“那琪官儿的事，多半是薛大爷素昔吃醋，没法儿出气，不知在外头挑唆了谁来，在老爷跟前下的蛆。那金钏儿姐姐的事，大约是三爷说的。——我也是听见跟老爷的人说的。”

袭人听了这两件事都对景[12]，心中也就信了八九分，然后回来，听见众人都替宝玉疗治调停完备。贾母命：“好生抬到他屋里去。”众人一声答应，七手八脚，忙把宝玉送入怡红院内自己床上卧好，又乱了半日，众人渐渐的散去了，袭人方才进前来，经心服侍细问。

话说袭人见贾母王夫人等去后，便走来宝玉身边坐下，含泪问他："怎么就打到这步田地？"宝玉叹气说道："不过为那些事，问他做什么！只是下半截疼得很，你瞧瞧，打坏了哪里？"袭人听说，便轻轻地伸手进去，将中衣[13]脱下，略动一动，宝玉便咬着牙叫"嗳哟"，袭人连忙停住手；如此三四次，才褪下来了。袭人看时，只见腿上半段青紫，都有四指阔的僵痕高起来。袭人咬着牙说道："我的娘！怎么下这般的狠手！——你但凡听我一句话，也不到这个分儿。幸而没动筋骨，倘或打出个残疾来，可叫人怎么样呢？"

正说着，只听丫鬟们说："宝姑娘来了。"袭人听见，知道穿不及中衣，便拿了一床夹纱被，替宝玉盖了。只见宝钗手里托着一丸药走进来，向袭人说道："晚上把这药用酒研开，替他敷上，把那淤血的热毒散开，就好了。"说毕，递与袭人。又问："这会子可好些？"宝玉一面道谢，说："好些了。"又让坐。

宝钗见他睁开眼说话，不像先时，心中也宽慰了些，便点头叹道："早听人一句话，也不至今日！别说老太太、太太心疼，就是我们看着，心里也——"刚说了半句，又忙咽住，不觉眼圈微红，双腮带赤，低头不语了。宝玉听得这话如此亲切，大有深意；忽见他又咽住，不往下说，红了脸，低下头，含着泪，只管弄衣带，那一种软怯娇羞、轻怜痛惜之情，竟难以言语形容，越觉心中感动，将疼痛早已丢在九霄云外去了。想道："我不过捱了几下打，他们一个个就有这些怜惜之态，令人可亲可敬。假若我一时竟别有大故[14]，他们还不知何等悲感呢！既是他们这样，我便一时死了，得他们如此，一生事业，纵然尽付东流，亦无足叹惜了。"正想着，只听宝钗问袭人道："怎么好好的动了气，就打起来了？"袭人便把焙茗的话悄悄说了。宝玉原来还不知贾环的话，见袭人说出，方才知道；因又拉上薛蟠，唯恐宝钗沉心[15]，忙又止住袭人道："薛大哥从来不是这样，你们别混猜度。"

宝钗听说，便知宝玉是怕他多心，用话拦袭人。因心中暗暗想道："打得这个形像，疼还顾不过来，还这样细心，怕得罪了人。你既这样用心，何不在外头大事上做工夫，老爷也欢喜了，也不能吃这样亏。你虽然怕我沉心，所以拦袭人的话，难道我就不知我哥哥素日恣心纵欲、毫无防范的那种心性吗？当日为个秦钟，还闹得天翻地覆，自然如今比先又加利害了。"想毕，因笑道："你们也不必怨这个，怨那个，据我想，到底宝兄弟素日肯和那些人来往，老爷才生气。就是我哥哥说话不防头，一时说出宝兄弟来，也不是有心挑唆：一则也是本来的实话；二则他原不理论这些防嫌小事。袭姑娘从小儿只见过宝兄弟这样细心的人，何尝见过我哥哥那天不怕、地不怕，心里有什么、口里说什么的人呢？"

袭人因说出薛蟠来，见宝玉拦他的话，早已明白自己说造次[16]了，恐宝钗没意思；听宝钗如此说，更觉羞愧无言。宝玉又听宝钗这一番话，半是堂皇正大，半是体贴自己的私心，更觉比先心动神移。方欲说话时，只见宝钗起身道：“明日再来看你，好生养着罢。方才我拿了药来，交给袭人，晚上敷上，管就好了。”说着，便走出门去。袭人赶着送出院外，说：“姑娘倒费心了。改日宝二爷好了，亲自来谢。”宝钗回头笑道：“这有什么的？只劝他好生养着，别胡思乱想，就好了。要想什么吃的玩的，悄悄地往我那里只管取去，不必惊动老太太、太太、众人。倘或吹到老爷耳朵里，虽然彼时不怎么样，将来对景，终是要吃亏的。”说着去了。

袭人抽身回来，心内着实感激宝钗。进来见宝玉沉思默默，似睡非睡的模样，因而退出房外，自去栉沐[17]。宝玉默默地躺在床上，无奈臀上作痛，如针挑刀挖一般，更热如火炙，略辗转时，禁不住“嗳哟”之声。那时天色将晚，因见袭人去了，却有两三个丫鬟伺候，此时并无呼唤之事，因说道：“你们且去梳洗，等我叫时再来。”众人听了，也都退出。

这里宝玉昏昏沉沉，只见蒋玉菡走进来了，诉说忠顺府拿他之事；一时又见金钏儿进来，哭说为他投井之情。宝玉半梦半醒，刚要诉说前情，忽又觉有人推他，恍恍惚惚，听得悲戚之声。宝玉从梦中惊醒，睁眼一看，不是别人，却是黛玉。——犹恐是梦，忙又将身子欠起来，向脸上细细一认，只见她两个眼睛肿得桃儿一般，满面泪光，不是黛玉，却是哪个？宝玉还欲看时，怎奈下半截疼痛难禁，支持不住，便“嗳哟”一声，仍旧倒下，叹了口气，说道：“你又做什么来了？太阳才落，那地上还是怪热的，倘或又受了暑，怎么好呢？我虽然挨了打，却也不很觉疼痛。这个样儿是装出来哄他们，好在外头布散给老爷听，其实是假的。你别信真了。”

此时林黛玉虽不是号啕大哭，然越是这等无声之泣，气噎喉堵，更觉利害。听了宝玉这些话，心中提起万句言词，要说时却不能说得半句。半天，方抽抽噎噎地道：“你可都改了罢！”宝玉听说，便长叹一声道：“你放心。别说这样话。我便为这些人死了，也是情愿的。”

一句话未了，只见院外人说：“二奶奶来了。”黛玉便知是凤姐来了，连忙立起身，说道：“我从后院子里去罢，回头再来。”宝玉一把拉住，道：“这又奇了。好好的，怎么怕起他来了？”林黛玉急得跺脚，悄悄地说道：“你瞧瞧我的眼睛！又该他们拿咱们取笑儿了。”宝玉听说，赶忙的放了手。黛玉三步两步转过床后，刚出了后院，凤姐从前头已进来了。问宝玉：“可好些了？想什么吃，叫人往我那里取去。”接着薛姨妈又来了。一时贾母又打发了人来。

至掌灯时分，宝玉只喝了两口汤，便昏昏沉沉地睡去。接着周瑞媳妇、吴新登媳妇、郑好时媳妇，这几个有年纪长来往的，听见宝玉挨了打，也都进来。袭人忙迎出来，悄悄地笑道："婶娘们略来迟了一步，二爷睡着了。"说着，一面陪他们到那边屋里坐着，倒茶给他们吃。那几个媳妇子都悄悄地坐了一回，向袭人说："等二爷醒了，你替我们说罢。"

袭人答应了，送他们出去。

（选自曹雪芹 . 红楼梦［M］. 北京：人民文学出版社，1985.）

注释

［1］雨村：贾雨村，一个与贾府关系密切的封建官僚。本是潦倒文人，中进士后当了县官，因"贪酷"被革职，后借贾府势力得到"起复"，升任应天府尹。

［2］嗐（hài）：叹气声，同"咳"。

［3］造：到。潭府：旧时对别人住宅的尊称。潭：深邃的样子。

［4］琪官：即蒋玉菡，唱小旦的优伶，风雅能诗，与贾宝玉交往甚厚，后娶袭人为妻。

［5］十停人：把总数分成若干份，其中一份叫一停。

［6］草莽：低贱的意思。

［7］克夺之权：决定弃取的定夺之权。

［8］冠带：帽子和束带，官服的代称，此指官爵。家私：财产，代指家业。

［9］焙茗：贾宝玉的贴身男仆，原名茗烟。

［10］门客：指投靠士族官僚门庭的文人清客，以陪伴主人聊天玩乐为业。

［11］春凳：长而宽的木凳。

［12］对景：由于情景恰好相符，使人猜出其中的联系。

［13］中衣：内裤。

［14］大故：指死亡。

［15］沉心：指往心里去，造成心情不愉快。

［16］造次：鲁莽、轻率。

［17］栉沐：梳洗。

赏析提示

《红楼梦》是封建社会末世宏伟的历史画卷，是一部对封建社会具有广泛批判意义的现实主义巨著。它以封建贵族青年贾宝玉、林黛玉和薛宝钗的恋爱婚姻悲剧为中心，描写了贵族之家贾府的日常生活及其内外错综复杂的矛盾，揭露和批判了封建制度与封建礼教的罪恶，歌颂了叛逆精神和反抗行为，展示了封建统治阶级及其所寄生的封建社会已经腐朽，不可避免地正在走向衰亡。

本文节选自《红楼梦》第三十三回"手足眈眈不动唇舌，不肖种种大承笞挞"和第三十四回“情中情因情感妹妹，错里错以错劝哥哥”。这两回描述的情景是全书中重要的生活场景之一，是《红楼梦》情节发展的一个高潮，显示了封建正统派的贾政和贵族阶级的叛逆者贾宝玉之间矛盾冲突激化以及这一冲突发展的结果。

“严父教子”，这在传统中国家庭中是屡见不鲜的情景，在曹雪芹天才的笔下却写得那样波澜起伏、曲折有致，写得如此错综复杂、精彩纷呈。在不长的篇幅里，通过宝玉挨打的事件，概括进了丰富复杂的社会矛盾和思想冲突。整个情节的发展，以父子之间封建正统派与叛逆者的思想矛盾为主体，同时在这对主要矛盾之下又交织着贾府内外多方面错综复杂的矛盾冲突。这些矛盾相互依存、促进，最后使得主要矛盾激化而构成小说情节发展的高潮，从小说的艺术构思上看到了曹雪芹艺术地提炼、概括生活的功力。同时，情节推进匠心安排，远处蓄势，渐渐逼来，各种人物分层出场，高潮迭起，充分体现了《红楼梦》的情节结构艺术。

小说塑造了许多生动鲜明的人物形象。通过细节描写来刻画人物性格，揭示人物的内心世界，从而使人物形象蕴蓄着深刻的思想内涵，这一艺术特色在《宝玉挨打》中表现得十分突出。如三次描写贾政流泪，一次比一次多，一次比一次哭得伤心，这是贾政在宝玉这个不肖逆子面前感到后继无人的一种绝望和悲哀的表现。既愤怒，又悲哀；既威严，又脆弱，深刻地揭示了一个处于封建末世却又竭力维护封建制度，贵族家庭日益衰败却又千方百计企图使它中兴的顽固派人物特有的思想和性格。另外，小说人物的对话、动作、外貌、心理活动描写等表现手法的运用使人物形象生动鲜明。如金钏儿之死，贾府的主子、亲戚们，包括一部分奴隶，都是那么冷漠、冷酷，唯独宝玉“心中早已五内摧伤”“恨不得也身亡命殒，跟了金钏儿去”，悲哀的内心活动反映出宝玉的善良、同情弱者的品行及他那朦胧的相对平等的观念；宝玉被打得皮开肉绽，鲜血淋漓，他忍痛不过，乱嚷乱叫，但没一句认错、告饶，在他最信任、最爱的黛玉面前说：“我便为这些人（指金钏儿、琪官）死了，也是情愿的！”表现出他的叛逆思想和性格的特点；这种特点既是坚决的，又是软弱的，在严父面前，他怕得要命，对封建正统派加在自己身上的压力，自始至终不敢公开反对，在挨打前他在大厅乖乖候命，行动和语言上表现出惊惶、恐惧、焦急、不安，准确地描摹出封建贵族公子性格上的复杂性。宝钗看望宝玉时，托药进来，吩咐袭人，问病、心疼爱怜的话欲言又止，一言一行显得那么矜持、端庄；黛玉探望宝玉时，不正面写她为宝玉挨打如何心疼悲痛，只从外貌上写她那“两个眼睛肿得桃儿一般，满面泪光”，精准的描写，使人物的不同性格、面貌鲜明突出、跃然纸上。

《宝玉挨打》中人物语言虽多，但无一不符合人物性格，而又能变化万千，表现出多样性和丰富性，使读者如闻其声，如见其人，这反映出《红楼梦》杰出的语言艺术。

能力训练

1. 结合作品具体分析贾宝玉的性格在哪些方面对封建社会有一定的叛逆性。
2. 试分析作品中塑造人物的语言特色。

风　波

鲁　迅

作者介绍

鲁迅（1881—1936），原名周樟寿，后改名周树人，字豫山，后改字豫才，浙江绍兴人。著名文学家、思想家、革命家、民主战士，新文化运动的重要参与者，中国现代文学的奠基人之一。早年赴日本公费留学，于日本仙台医科专门学校肄业。“鲁迅”是1918年发表《狂人日记》时所用的笔名，也是最为广泛的笔名。

鲁迅一生在文学创作、文学批评、思想研究、文学史研究、翻译、美术理论引进、基础科学介绍和古籍校勘与研究等多个领域具有重大贡献。代表作品有：《呐喊》《彷徨》《故事新编》《华盖集》《朝花夕拾》《野草》《中国小说史略》等。1918年发表《狂人日记》，开辟了白话小说之先河。1921年12月发表了著名的中篇小说《阿Q正传》。

鲁迅的小说选材独特，他对古典文学中只选取“勇将策士，侠盗赃害，妖怪神仙，才子佳人，后来则有妓女嫖客，无赖奴才之流”的模式做出了改革，以“为人生”的启蒙主义式的创作目的开创了“表现农民与知识分子”两大现代文学的主要题材。他的取材“多采自病态社会的不幸的人们中”，鲁迅在处理这些题材时又具有极其独特的眼光。他的小说表达了含蓄、节制以及简约、凝练的语言风格。

鲁迅对于五四运动以后的中国社会思想文化发展具有重大影响，蜚声世界文坛，尤其在韩国、日本思想文化领域有极其重要的地位和影响，被誉为“二十世纪东亚文化地图上占最大领土的作家”。毛泽东曾评价：“鲁迅的方向，就是中华民族新文化的方向。”

作品选读

临河的土场上，太阳渐渐地收了他通黄的[1]光线了。场边靠河的乌桕树叶，干巴巴的才喘过气来，几个花脚蚊子在下面哼着飞舞。面河的农家的烟突里，逐渐减少了炊烟，女人孩子们都在自己门口的土场上泼些水，放下小桌子和矮凳；人知道，这已经是晚饭的时候了。

老人、男人坐在矮凳上，摇着大芭蕉扇闲谈，孩子飞也似的跑，或者蹲在乌桕树下赌玩石子。女人端出乌黑的蒸干菜和松花黄的米饭，热蓬蓬冒烟。河里驶过文人的酒船，文豪见了，大发诗兴，说[2]，“无思无虑，这真是田家乐呵！”

但文豪的话有些不合事实，就因为他们没有听到九斤老太的话。这时候，九斤老太正在大怒，拿破芭蕉扇敲着凳脚说：“我活到七十九岁了，活够了，不愿意眼见这些败家相，——还是死得好。立刻就要吃饭了，还吃炒豆子，吃穷了一家子！”

伊的曾孙女儿六斤捏着一把豆，正从对面跑来，见这情形，便直奔河边，藏在乌桕树后，伸出双丫角的小头，大声说，“这老不死的！”九斤老太虽然高寿，耳朵却还不很聋，但也没有听到孩子的话，仍旧自己说，“这真是一代不如一代！”

这村庄的习惯有点特别，女人生下孩子，多喜欢用秤称了轻重，便用斤数当作小名。九斤老太自从庆祝了五十大寿以后，便渐渐地变了不平家，常说伊年轻的时候，天气没有现在这般热，豆子也没有现在这般硬；总之现在的时世是不对了。何况六斤比伊的曾祖少了三斤，比伊父亲七斤又少了一斤，这真是一条颠扑不破的实例。所以伊又用劲说，“这真是一代不如一代！”

伊的儿媳七斤嫂子正捧着饭篮走到桌边[3]，便将饭篮在桌上一摔，愤愤地说，“你老人家又这么说了。六斤生下来的时候，不是六斤五两么？你家的秤又是私秤，加重称，十八两秤；用了准十六，我们的六斤该有七斤多哩。我想便是太公和公公，也不见得正是九斤八斤十足，用的秤也许是十四两……”

“一代不如一代！”

七斤嫂还没有答话，忽然看见七斤从小巷口转出，便移了方向，对他嚷道，“你这死尸怎么这时候才回来，死到哪里去了！不管人家等着你开饭！”

七斤虽然住在农村，却早有些飞黄腾达的意思。从他的祖父到他，三代不捏锄头柄了；他也照例的帮人撑着航船，每日一回，早晨从鲁镇进城，傍晚又回到鲁镇，因此很知道些时事：例如什么地方，雷公劈死了蜈蚣精；什么地方，闺女生了一个夜叉之类。他在村人里面，的确已经是一名出场人物了。但夏天吃饭不点灯，却还守着农家习惯，所以回家太迟，是该骂的。

七斤一手捏着象牙嘴白铜斗六尺多长的湘妃竹烟管，低着头，慢慢地走来，坐在矮凳上。六斤也趁势溜出，坐在他身边，叫他爹爹。七斤没有应。

“一代不如一代！”九斤老太说。

七斤慢慢地抬起头来，叹一口气说，“皇帝坐了龙庭了。”

七斤嫂呆了一刻，忽而恍然大悟地道，“这可好了，这不是又要皇恩大赦了么！”

七斤又叹一口气，说，“我没有辫子[4]。”

“皇帝要辫子么？”

“皇帝要辫子。”

“你怎么知道呢？”七斤嫂有些着急，赶忙地问。

“咸亨酒店里的人，都说要的。”

七斤嫂这时从直觉上觉得事情似乎有些不妙了，因为咸亨酒店是消息灵通的所在。伊一转眼瞥见七斤的光头，便忍不住动怒，怪他恨他怨他；忽然又绝望起来，装好一碗饭，搡在七斤的面前道，“还是赶快吃你的饭罢！哭丧着脸，就会长出辫子来么？”

太阳收尽了他最末的光线了，水面暗暗地回复过凉气来；土场上一片碗筷声响，人人的脊梁上又都吐出汗粒。七斤嫂吃完三碗饭，偶然抬起头，心坎里便禁不住突突地发跳。伊透过乌桕叶，看见又矮又胖的赵七爷正从独木桥上走来，而且穿着宝蓝色竹布的长衫。

赵七爷是邻村茂源酒店的主人，又是这三十里方圆以内的唯一的出色人物兼学问家；因为有学问，所以又有些遗老的臭味。他有十多本金圣叹批评的《三国志》[5]，时常坐着一个字一个字地读；他不但能说出五虎将姓名，甚而至于还知道黄忠表字汉升和马超表字孟起。革命以后，他便将辫子盘在顶上，像道士一般常常叹息说，倘若赵子龙在世，天下便不会乱到这地步了。七斤嫂眼睛好，早望见今天的赵七爷已经不是道士，却变成光滑头皮，乌黑发顶；伊便知道这一定是皇帝坐了龙庭，而且一定须有辫子，而且七斤一定是非常危险。因为赵七爷的这件竹布长衫，轻易是不常穿的，三年以来，只穿过两次：一次是和他怄气的麻子阿四病了的时候，一次是曾经砸烂他酒店的鲁大爷死了的时候；现在是第三次了，这一定又是于他有庆，于他的仇家有殃了。

七斤嫂记得，两年前七斤喝醉了酒，曾经骂过赵七爷是“贱胎”，所以这时便立刻直觉到七斤的危险，心坎里突突地发起跳来。

赵七爷一路走来，坐着吃饭的人都站起身，拿筷子点着自己的饭碗说，“七爷，请在我们这里用饭！”七爷也一路点头，说道“请请”，却一径走到七斤家的桌旁。七斤们连忙招呼，七爷也微笑着说“请请”，一面细细地研究他们的饭菜。

“好香的菜干，——听到了风声了么？”赵七爷站在七斤的后面七斤嫂的对面说。

“皇帝坐了龙庭了。”七斤说。

七斤嫂看着七爷的脸，竭力赔笑道，“皇帝已经坐了龙庭，几时皇恩大赦呢？”

“皇恩大赦？——大赦是慢慢的总要大赦罢。”七爷说到这里，声色忽然严厉起来，“但是你家七斤的辫子呢，辫子？这倒是要紧的事。你们知道：长毛时候[6]，留发不留头，留头不留发[7]……”

七斤和他的女人没有读过书，不很懂得这古典的奥妙，但觉得有学问的七爷这么说，事情自然非常重大，无可挽回，便仿佛受了死刑宣告似的，耳朵里嗡的一声，再也说不出一句话。

“一代不如一代，——”九斤老太正在不平，趁这机会，便对赵七爷说，“现在的长毛，只是剪人家的辫子，僧不僧，道不道的。从前的长毛，这样的么？我活到七十九岁了，活够了。从前的长毛是——整匹的红缎子裹头，拖下去，拖下去，一直拖到脚跟；王爷是黄缎子，拖下去，黄缎子；红缎子，黄缎子，——我活够了，七十九岁了。”

七斤嫂站起身，自言自语地说，“这怎么好呢？这样的一班老小，都靠他养活的人……”

赵七爷摇头道，“那也没法。没有辫子，该当何罪，书上都一条一条明明白白写着的。不管他家里有些什么人。”

七斤嫂听到书上写着，可真是完全绝望了；自己急得没法，便忽然又恨到七斤。伊用筷子指着他的鼻尖说，“这死尸自作自受！造反的时候，我本来说，不要撑船了，不要上城了。他偏要死进城去，滚进城去，进城便被人剪去了辫子。从前是绢光乌黑的辫子，现在弄得僧不僧道不道的。这囚徒自作自受，带累了我们又怎么说呢？这活死尸的囚徒……”

村人看见赵七爷到村，都赶紧吃完饭，聚在七斤家饭桌的周围。七斤自己知道是出场人物，被女人当大众这样辱骂，很不雅观，便只得抬起头，慢慢地说道：

“你今天说现成话，那时你……”

“你这活死尸的囚徒……”

看客中间，八一嫂是心肠最好的人，抱着伊的两周岁的遗腹子，正在七斤嫂身边看热闹；这时过意不去，连忙解劝说，“七斤嫂，算了罢。人不是神仙，谁知道未来事呢？便是七斤嫂，那时不也说，没有辫子倒也没有什么丑么？况且衙门里的大老爷也还没有告示……”

七斤嫂没有听完，两个耳朵早通红了；便将筷子转过向来，指着八一嫂的鼻子，说，“阿呀，这是什么话呵！八一嫂，我自己看来倒还是一个人，会说出这样昏诞糊涂话么？那时我是整整哭了三天，谁都看见；连六斤这小鬼也都哭……”六斤刚吃完一大碗饭，拿了空碗，伸手去嚷着要添。七斤嫂正没好气，便用筷子在伊的双丫角中间，直扎下去，大喝道，“谁要你来多嘴！你这偷汉的小寡妇！”

“扑”的一声，六斤手里的空碗落在地上了，恰巧又碰着一块砖角，立刻破成一个很大的缺口。七斤直跳起来，捡起破碗，合上了检查一回，也喝道，“入娘的！”一巴掌打倒了六斤。六斤躺着哭，九斤老太拉了伊的手，连说着“一代不如一代”，一同走了。

八一嫂也发怒，大声说，“七斤嫂，你‘恨棒打人’……”

赵七爷本来是笑着旁观的；但自从八一嫂说了“衙门里的大老爷没有告示”这话以后，却有些生气了。这时他已经绕出桌旁，接着说，“‘恨棒打人’，算什么呢。大兵是就要到的。你可知道，这回保驾的是张大帅[8]，张大帅就是燕人张翼德的后代，他一支丈八蛇矛，就有万夫不当之勇，谁能抵挡他，”他两手同时捏起空拳，仿佛握着无形的蛇矛模样，向八一嫂抢进几步道，“你能抵挡他么！”

八一嫂正气得抱着孩子发抖，忽然见赵七爷满脸油汗，瞪着眼，对准伊冲过来，便十分害怕，不敢说完话，回身走了。赵七爷也跟着走去，众人一面怪八一嫂多事，一面让开路，几个剪过辫子重新留起的便赶快躲在人丛后面，怕他看见。赵七爷也不细心察访，通过人丛，忽然转入乌桕树后，说道“你能抵挡他么！”跨上独木桥，扬长去了。

村人们呆呆站着，心里计算，都觉得自己确乎抵不住张翼德，因此也决定七斤便要没有性命。七斤既然犯了皇法，想起他往常对人谈论城中的新闻的时候，就不该含着长烟管显出那般骄傲模样，所以对七斤的犯法，也觉得有些畅快。他们也仿佛想发些议论，却又觉得没有什么议论可发。嗡嗡地一阵乱嚷，蚊子都撞过赤膊身子，闯到乌桕树下去做市；他们也就慢慢地走散回家，关上门去睡觉。七斤嫂咕哝着，也收了家伙和桌子矮凳回家，关上门睡觉了。

七斤将破碗拿回家里，坐在门槛上吸烟；但非常忧愁，忘却了吸烟，象牙嘴六尺多长湘妃竹烟管的白铜斗里的火光，渐渐发黑了。他心里但觉得事情似乎十分危急，也想想些方法，想些计划，但总是非常模糊，贯穿不得：“辫子呢辫子？丈八蛇矛。一代不如一代！皇帝坐龙庭。破的碗须得上城去钉好。谁能抵挡他？书上一条一条写着。入娘的！……”

第二日清晨，七斤依旧从鲁镇撑航船进城，傍晚回到鲁镇，又拿着六尺多长的湘妃竹烟管和一个饭碗回村。他在晚饭席上，对九斤老太说，这碗是在城内钉合的，因为缺口大，所以要十六个铜钉，三文一个，一总用了四十八文小钱。

九斤老太很不高兴地说，“一代不如一代，我是活够了。三文钱一个钉；从前的钉，这样的么？从前的钉是……我活了七十九岁了，——”

此后七斤虽然是照例日日进城，但家景总有些黯淡，村人大抵回避着，不再来听他从城内得来的新闻。七斤嫂也没有好声气，还时常叫他“囚徒”。

过了十多日，七斤从城内回家，看见他的女人非常高兴，问他说，“你在城里可听到些什么？”

“没有听到些什么。”

“皇帝坐了龙庭没有呢？”

“他们没有说。”

“咸亨酒店里也没有人说么？”

“也没人说。”

“我想皇帝一定是不坐龙庭了。我今天走过赵七爷的店前，看见他又坐着念书了，辫子又盘在顶上了，也没有穿长衫。”

“……”

“你想，不坐龙庭了罢？”

“我想，不坐了罢。”

现在的七斤，是七斤嫂和村人又都早给他相当的尊敬，相当的待遇了。到夏天，他们仍旧在自家门口的土场上吃饭；大家见了，都笑嘻嘻地招呼。九斤老太早已做过八十大寿，仍然不平而且健康。六斤的双丫角，已经变成一支大辫子了；伊虽然新近裹脚，却还能帮同七斤嫂做事，捧着十八个铜钉[9]的饭碗，在土场上一瘸一拐地往来。

一九二〇年十月[10]

（选自鲁迅．呐喊［M］．北京：人民文学出版社，1973.）

注释

［1］的：“五四”开始的白话文，结构助词“的”“地”，在一些作品里已有分工，但不严格。本文中，状语后面的结构助词，多数用“的”，也有少数用“地”。

［2］这里的标点符号，用的是逗号，现在一般用冒号。本文中类似情况很多，这是“五四”白话文运动开始使用新式标点的一种历史现象。

［3］伊的儿媳：从上下文看，这里的“儿媳”应为孙媳。

［4］辫子：我国满族旧俗，男子剃发垂辫（剃去头顶前部头发，后部结辫垂于脑后）。1644 年清世祖进入北京以后，几次下令强迫各族人民遵从满族发式，屠杀不遵从发令的民众。

［5］金圣叹批评的《三国志》：指小说《三国演义》。金圣叹（1608—1661），明末清初文人，曾批注《水浒传》《西厢记》等书，他把自己所加的序文、读法和评语等称为“圣叹外书”。《三国演义》是元末明初罗贯中所著，后经清代毛宗岗改编，卷首有假托为金圣叹所作的序，并有“圣叹外书”字样，每回前均附加评语，通常就把这些评语当成金圣叹所作。

［6］长毛：指太平天国起义军。他们不剃发、不结辫，表示对清朝的反抗，被人称为“长毛”。

［7］留发不留头，留头不留发：这里指清政府对太平天国起义军的残酷镇压。

［8］张大帅：指张勋（1854—1923），江西奉新人，北洋军阀之一。原为清朝军官，辛亥革命后，

他和所部官兵仍留着辫子，表示忠于清王朝，被称为辫子军。1917 年 7 月 1 日他在北京扶持清废帝溥仪复辟，7 月 12 日即告失败。

[9] 十八个铜钉：据上文应是“十六个”。

[10] 据《鲁迅日记》，本篇当作于 1920 年 8 月 5 日。

赏析提示

本文最初发表于 1920 年 9 月《新青年》月刊第八卷第一号，后收入鲁迅短篇小说集《呐喊》。作品通过张勋复辟在江南水乡所引起的一场关于辫子问题的风波描写，深刻地揭示出辛亥革命的不彻底性，以及“死水”一般的中国社会中国民众的劣根性。作者“哀其不幸，怒其不争”的复杂心境跃然纸上。

辛亥革命虽然推翻了帝制，但这次革命既没能启发农民的觉悟，也没给封建统治下的农村带来真正的变革。一方面是封建统治阶层的遗老遗少们仍做着复辟之梦；另一方面是自私、保守、冷漠、麻木、愚昧的农民阶级的不觉悟。这就表明没有广大农民的觉悟，就不会有真正的民主革命。小说以细小的事物作为题旨的切入口，揭示深重的社会主题思想，反映出作者“以小见大”“平中寓深”的非凡手笔。

小说把这场发生在一个狭小空间和几个极平凡的人物之间的闹剧描写得有声有色，这得力于作者在情节结构上的精心安排。小说的三个主要部分，故事的开端、发展、高潮、结束都是以辫子为事件的中心贯穿起来的，辫子事件是作为推动小说情节发展的动力。小说中有两条辫子，一条是七斤已剪掉的辫子，另一条是赵七爷的辫子。前一条实际不存在的辫子贯穿全文，后一条则辅助性地说明了故事背景的变化。风波是由辫子引起的——在第一部分的后面，辫子预示了风波即将来临；第二部分所写的这场风波的发生、发展、高潮，也集中在辫子上；在第三部分里，赵七爷“辫子又盘在顶上了”——这条辫子的盘起，宣告张勋复辟的失败，于是风波平息了。

小说善于通过富有个性色彩和乡土气息的人物对话来刻画人物性格，塑造人物形象。由于人物语言充分个性化，人物写得各具特点，神态毕现。如七斤迟缓、粗鲁的语言，反映了他麻木愚昧的灵魂；赵七爷故作高深，不紧不慢的语言，显现出他狐假虎威、报复欲极强的心理特征；九斤老太不停地抱怨的“一代不如一代”的口头禅，写出一个农村老太固执、保守、落后的形象；而七斤嫂的巧言申辩、泼辣责骂和狠毒的泄愤，活灵活现地刻画出一个巧滑好胜而愚昧的农村媳妇的性格。作者对这些农村人物群像的典型性格的发掘是入木三分的，从不同侧面勾画出了处于这场“风波”中的不同嘴脸，但他们的国民劣根性都是相同的——自觉或不自觉的“皇权”意识左右着他们的生活和行为。

小说还通过环境描写来渲染气氛、烘托主题。每部分的开头都用极简练的笔墨勾画出传统宁静的江南农村的生活场景，通过场景描写的前后呼应，告诉人们虽然辛亥革命已经完成了，可是农村却没有任何变化，一如其旧。这沉闷、停滞、落后的农村生活，正是中国社会现实的真实写照，发人深思。

能力训练

1. 作品在情节结构的安排上有何特色？
2. 小说是如何塑造人物形象的？小说中的环境描写有何作用？

断魂枪

老 舍

作者介绍

老舍（1899—1966），原名舒庆春，字舍予，笔名老舍。满族，北京人。现代著名小说家、戏剧家。1918 年毕业于北京师范学校，曾任小学校长、中学教师。1923 年发表第一篇小说《小铃儿》，1924 年赴英国伦敦大学东方学院任华语讲师，此间创作了《老张的哲学》《赵子曰》《二马》三部长篇小说。1930 年回国，先后在齐鲁大学、山东大学任教，并写出长篇小说《猫城记》《离婚》《骆驼祥子》和短篇小说《月牙儿》《断魂枪》等优秀作品。抗战期间，曾主持全国文艺界抗敌协会工作。1946 年赴美讲学，完成鸿篇巨制《四世同堂》。1949 年回国，曾任全国文联副主席、全国作协副主席、北京市文联主席等职。在创作上，主要精力转到话剧创作上，取得了辉煌的成就。1951 年，被北京市人民政府授予“人民艺术家”称号。1966 年 8 月，“文化大革命”初期因受迫害而去世。

老舍的作品充满着地域文化色彩，被称为“京味”十足的“市井文学”。城市平民生活的题材加上富有悲喜剧色彩的情节和幽默的语言，使得他的小说和戏剧深受读者欢迎。

作品选读

“生命是闹着玩，事事显出如此；从前我这么想过，现在我懂得了。”

沙子龙的镳局已改成客栈。

东方的大梦没法子不醒了。炮声压下去马来与印度野林中的虎啸。半醒的人们，揉着眼，祷告着祖先与神灵；不大会儿，失去了国土、自由与主权。门外立着不同面色的人，枪口还热着。他们的长矛毒弩，花蛇斑彩的厚盾，都有什么用呢；连祖先与祖先所信的神明全不灵了啊！龙旗的中国也不再神秘，有了火车呀，穿坟过墓地破坏着风水。枣红色多穗的镖旗，绿鲨皮鞘的钢刀，响着串铃的口马，江湖上的智慧与黑话，义气与声名，连沙子龙，他的武艺、事业，都梦似的变成昨夜的。今天是火车、快枪、通商与恐怖。听说，有人还要杀下皇帝的头呢！

这是走镖已没有饭吃，而国术还没被革命党与教育家提倡起来的时候。

谁不晓得沙子龙是利落，短瘦，硬棒，两眼明得像霜夜的大星？可是，现在他身上放了肉。镖局改了客栈，他自己在后小院占着三间北房，大枪立在墙角，院子里有几只楼鸽。只是在夜间，他把小院的门关好，熟习熟习他的“五虎断魂枪”。这条枪与这套枪，二十年的工夫，在西北一带，给他创出来：“神枪沙子龙”五个字，没遇见过敌手。现在，这条枪与这套枪不会再替他增光显胜了；只是摸摸这凉、滑、硬而发颤的杆子，使他心中少难过一些而已。只有在夜间独自拿起枪来，才能相信自己还是“神枪沙”。在白天，他不大谈武艺与往事；他的世界已被狂风吹了走。

在他手下创练起来的少年们还时常来找他。他们大多数是没落子弟，都有点武艺，可是没地方去用。有的在庙会上去卖艺：踢两趟腿，练套家伙，翻几个跟头，附带着卖点大力丸，混个三吊两吊的。有的实在闲不起了，去弄筐果子，或挑些毛豆角，赶早儿在街上论斤吆喝出去。那时候米贱肉贱，肯卖膀子力气本来可以混个肚子圆；他们可是不成：肚量既大，而且得吃口管事儿的；干饽饽、辣饼子咽不下去。况且他们还时常去走会：五虎棍，开路，太狮少狮……虽然算不了什么——比起走镖来——可是到底有个机会活动活动，露露脸。是的，走会捧场是买脸的事，他们打扮的得像个样儿，至少得有条青洋绉裤子，新漂白细市布的小褂和一双鱼鳞洒鞋——顶好是青缎子抓地虎靴子。他们是神枪沙子龙的徒弟——虽然沙子龙并不承认——得到处露脸，走会得赔上俩钱，说不定还得打场架。没钱，上沙老师那里去求。沙老师不含糊，多少不拘，不让他们空着手儿走。可是，为打架或献技去讨教一个招数，或是请给说个“对子”——什么空手夺刀，或虎头钩进枪——沙老师有时说句笑话，马虎过去：“教什么？拿开水浇吧！”有时直接把他们逐出去。他们不大明白沙老师是怎么了，心中也有点不乐意。

可是，他们到处为沙老师吹腾，一来是愿意使人知道他们的武艺有真传授，受过高人的指教；二来是为激动沙老师：万一有人不服气而找上老师来，老师难道还不露一两手真的么？所以：沙老师一拳就砸倒了个牛！沙老师一脚把人踢到房上去，并没使多大的劲！他们谁也没见过这种事，但是说着说着，他们相信这是真的了，有年月，有地方，千真万确，敢起誓！

王三胜——沙子龙的大伙计——在土地庙拉开了场子，摆好了家伙。抹了一鼻子茶叶末色的鼻烟，他抡了几下竹节钢鞭，把场子打大一些。放下鞭，没向四围作揖，叉着腰念了两句：“脚踢天下好汉，拳打五路英雄！”向四围扫了一眼：“乡亲们，王三胜不是卖艺的，玩艺儿会几套，西北路上走过镖，会过绿林中的朋友。现在闲着没事，拉个场子陪诸位玩玩。有爱练的尽管下来，王三胜以武会友，有赏脸的，我陪着。神枪沙子龙是我的师父；玩艺地道！诸位，有愿下来的没有？”他看着，准知道没人敢下来，他的话硬，可是那条钢鞭更硬，十八斤重。

王三胜，大个子，一脸横肉，努着对大黑眼珠，看着四围。大家不出声。他脱了小褂，紧了紧深月白色的腰里硬，把肚子杀进去。给手心一口唾沫，抄起大刀来：

“诸位，王三胜先练趟瞧瞧。不白练，练完了，带着的扔几个，没钱，给喊个好，助助威。这儿没生意口。好，上眼！”

大刀靠了身，眼珠努出多高，脸上绷紧，胸脯子鼓出，像两块老桦木根子。一跺脚，刀横起，大红缨子在肩前摆动。削砍劈拨，蹲越闪转，手起风生，忽忽直响。忽然刀在右手心上旋转，身弯下去，四围鸦雀无声，只有缨铃轻叫。刀顺过来，猛的一个跺泥，身子直挺，比众人高着一头，黑塔似的。收了势：“诸位！”一手持刀，一手叉腰，看着四围。稀稀的扔下几个铜钱，他点点头。“诸位！”他等着，等着，地上依旧是那几个亮而削薄的铜钱，外层的人偷偷散去。他咽了口气：“没人懂！”他低声地说，可是大家全听见了。

“有功夫！”西北角上一个黄胡子老头儿答了话。

“啊？”王三胜好似没听明白。

“我说：你——有——功——夫！”老头子的语气很不得人心。

放下大刀，王三胜随着大家的头往西北看。谁也没看起这个老人：小干巴个儿，披着件粗蓝布大衫，脸上窝窝瘪瘪，眼陷进去很深，嘴上几根细黄胡，肩上扛着条小黄草辫子，有筷子那么细，而绝对不像筷子那么直顺。王三胜可是看出这老家伙有功夫，脑门亮，眼睛亮——眼眶虽深，眼珠可黑得像两口小井，深深地闪着黑光。王三胜不怕：他看得出别人有功夫没有，可更相信自己的本事，他是沙子龙手下的大将。

“下来玩玩，大叔！”王三胜说得很得体。

点点头，老头儿往里走。这一走，四外全笑了。他的胳臂不大动；左脚往前迈，右脚随着拉上来，一步步地往前拉扯，身子整着，像是患过瘫痪病。他蹭到场中，把大衫扔在地上，一点没理会四围怎样笑他。

“神枪沙子龙的徒弟，你说？好，让你使枪吧，我呢？”老头子非常的干脆，很像久想动手。

人们全回来了，邻场耍狗熊的无论怎么敲锣也不中用了。

“三截棍进枪吧？”王三胜要看老头子一手，三截棍不是随便就拿得起来的家伙。

老头子又点点头，拾起家伙来。

王三胜努着眼，抖着枪，脸上十分难看。

老头子的黑眼珠更深更小了，像两个香火头，随着面前的枪尖儿转，王三胜忽然觉得不舒服，那俩黑眼珠似乎要把枪尖吸进去！四外已围得风雨不透，大家都觉出老头子确是有威。为躲那对眼睛，王三胜耍了个枪花。老头子的黄胡子一动："请！"王三胜一扣枪，向前躬步，枪尖奔了老头子的喉头去，枪缨打了一个红旋。老人的身子忽然活展了，将身微偏，让过枪尖，前把一挂，后把撩王三胜的手。啪，啪，两响，王三胜的枪撒了手。场外叫了好。王三胜连脸带胸口全紫了，抄起枪来；一个花子，连枪带人滚了过来，枪尖奔了老人的中部。老头子的眼亮得发着黑光，腿轻轻一屈，下把掩裆，上把打着刚要抽回的枪杆，啪，枪又落在地上。

场外又是一片彩声。王三胜流了汗，不再去拾枪，努着眼，木在那里。老头子扔下家伙，拾起大衫，还是拉拉着腿，可是走得很快了。大衫搭在臂上，他过来拍了王三胜一下：

"还得练哪，伙计！"

"别走！"王三胜擦着汗："你不离，姓王的服了！可有一样，你敢会会沙老师？"

"就是为会他才来的！"老头子的干巴脸上皱起点来，似乎是笑呢。"走，收了吧，晚饭我请！"

王三胜把兵器拢在一处，寄放在变戏法二麻子那里，陪着老头子往庙外走。后面跟着不少人，他把他们骂散。

"你老贵姓？"他问。

"姓孙哪，"老头子的话与人一样，都那么干巴。"爱练；久想会会沙子龙。"

沙子龙不把你打扁了！王三胜心里说。他脚底下加了劲，可是没把孙老头落下。他看出来，老头子的腿是老走着查拳门中的连跳步，交起手来，必定很快。但是，无论他怎么快，沙子龙是没对手的。准知道孙老头要吃亏，他心中痛快了些，放慢了些脚步。

"孙大叔贵处？"

"河间的，小地方。"孙老者也和气了些："月棍年刀一辈子枪，不容易见功夫！说真的，你那两手就不坏！"

王三胜头上的汗又回来了，没言语。

到了客栈，他心中直跳，唯恐沙老师不在家，他急于报仇。他知道老师不爱管这种事，师弟们已碰过不少回钉子，可是他相信这回必定行，他是大伙计，不比那些毛孩子，再说，人家在庙会上点名叫阵，沙老师还能丢这个脸么？

"三胜，"沙子龙正在床上看着本《封神榜》，"有事吗？"

三胜的脸又紫了，嘴唇动着，说不出话来。

沙子龙坐起来，"怎么了，三胜？"

“栽了跟头！”

只打了个不甚长的哈欠，沙老师没别的表示。

王三胜心中不平，但是不敢发作，他得激动老师：“姓孙的一个老头儿，门外等着老师呢，把我的枪，枪，打掉了两次！”

他知道“枪”字在老师心中有多大分量。没等吩咐，他慌忙跑出去。

客人进来，沙子龙在外间屋等着呢。彼此拱手坐下，他叫三胜去泡茶。三胜希望两个老人立刻交了手，可是不能不沏茶去。孙老者没话讲，用深藏着的眼睛打量沙子龙。沙很客气：

“要是三胜得罪了你，不用理他，年纪还轻。”

孙老者有些失望，可也看出沙子龙的精明。他不知怎样好了，不能拿一个人的精明断定他的武艺。“我来领教领教枪法！”他不由地说出来。

沙子龙没接碴儿。王三胜提着茶壶走进来——急于看二人动手，他没管水开了没有，就沏在壶中。

“三胜，”沙子龙拿起个茶碗来，“去找小顺们去，天汇见，陪孙老者吃饭。”

“什么！”王三胜的眼珠几乎掉出来。看了看沙老师的脸，他敢怒而不敢言地说了声“是啦！”走出去，噘着大嘴。

“教徒弟不易！”孙老者说。

“我没收过徒弟。走吧，这个水不开！茶馆去喝，喝饿了就吃。”沙子龙从桌子上拿起缎子褡裢，一头装着鼻烟壶，一头装着点钱，挂在腰带上。

“不、我还不饿！”孙老者很坚决，两个“不”字把小辫从肩上抡到后边去。

“说会子话儿。”

“我来为领教领教枪法。”

“功夫早搁下了，”沙子龙指着身上，“已经放了肉！”

“这么办也行，”孙老者深深地看了沙老师一眼，“不比武，教给我那趟五虎断魂枪。”

“五虎断魂枪？”沙子龙笑了：“早忘干净了！早忘干净了！告诉你，在我这儿住几天，咱们逛逛各处，临走，多少送点盘缠。”

“我不逛，也用不着钱，我来学艺！”孙老者立起来，“我练趟给你看看，看够得上学艺不够！”一屈腰已到了院中，把楼鸽都吓飞起去。拉开架子，他打了趟查拳：腿快，手飘洒，一个飞脚起去，小辫儿飘在空中，像从天上落下来一个风筝，快之中，每个架子都摆得稳、准、利落，来回六趟，把院子满都打到，走得圆，接得紧，身子在一处，而精神贯串到四面八方。抱拳收势，身儿缩紧，好似满院乱飞的燕子忽然归了巢。

“好！好！”沙子龙在台阶上点着头喊。

“教给我那趟枪！”孙老者抱了抱拳。

沙子龙下了台阶，也抱着拳：“孙老者，说真的吧，那条枪和那套枪都跟我入棺材，一齐入棺材！”

“不传？”

“不传！”

孙老者的胡子嘴动了半天，没说出什么来。到屋里抄起蓝布大衫，拉拉着腿：“打搅了，再会！”

“吃过饭走！”沙子龙说。

孙老者没言语。

沙子龙把客人送到小门，然后回到屋中，对着墙角立着的大枪点了点头。

他独自上了天汇，怕是王三胜们在那里等着。他们都没有去。

王三胜和小顺们都不敢再到土地庙去卖艺，大家谁也不再为沙子龙吹腾，反之，他们说沙子龙栽了跟头，不敢和个老头儿动手，那个老头子一脚能踢死个牛。不要说王三胜输给他，沙子龙也不是“个儿”。不过呢，王三胜到底和老头子见了个高低，而沙子龙连句硬话也没敢说。“神枪沙子龙”慢慢似乎被人们忘了。

夜静人稀，沙子龙关好了小门，一气把六十四枪刺下来，而后，拄着枪，望着天上的群星，想起当年的野店荒林的威风。叹一口气，用手指慢慢摸着凉滑的枪身，又微微一笑，“不传！不传！”

（选自老舍．老舍小说集［M］．北京：时代文艺出版社，2009.）

赏析提示

本文最初发表于1935年9月天津《大公报》副刊《文艺》第13期，是老舍短篇小说的扛鼎之作。

从小说的创作时间来看，当时的中国已处在国破家亡的深重危机之中。被压迫民族的愚昧麻木与侵略者的强大凶残形成了鲜明对比，作品艺术地再现了半封建半殖民地的中国社会现实。“今天是火车、快枪、通商与恐怖”的时代，现代战争中的新式武器早已淘汰了“祖先的神灵”，决定胜负的不再是人的绝技，而是现代化的技术。社会现实的巨大变迁已使江湖镖师们本身的生活价值和人生追求失去了意义，他们既无法再活在过去的辉煌岁月里，又不得不面对落后就要挨打的残酷现实，帝国主义用枪炮和文化侵略无情地击醒了古老的东方民族的春秋大梦，中华民族的每一个人都不得不重新面对生活的抉择。《断魂枪》是社会转型时期传统文化的真实写照。作品透过拳师沙子龙的遭遇展示了民族传统文化在现代文明社会中的尴尬处境。作者痛感这种“把生命闹着玩”的国民劣根性已经构成了中华民族潜在危机的基因，故而借沙子龙“断魂”枪术的泯灭发出呼吁，以期唤醒那些仍徜徉在“东方的大梦”中的国民的灵魂。

沙子龙无疑是小说中塑造的极具象征意义的典型人物形象。他善良、义气、有礼有节、混世、洁身自好；他外冷内热、深藏不露、孤傲执着。表面上，小说展现的是沙子龙的自私保守、冥顽不化，但其实写出了这个末路英雄的清醒意识。中国传统文明正被西方物质文明冲击，“龙旗的中国不再神秘”，两种文明激烈碰撞、冲突，代表“国粹”的“国术”价值跌落，“生命是闹着玩，事事显出如此；从前我这么想过，现在我懂得了。”“祖先的神灵”和人的绝技玩不过洋人的洋枪洋炮，他认识到自身的贫弱，知道自己的时代已终结，只能空怀绝技而孤芳自赏。他是清醒者，但又是无奈的，他找不到自己生存的位置，找不到传统文化在现代社会中的延续点和连接线，他只能用自己给“断魂枪”殉葬。沙子龙的无奈和悲愤，不仅仅是一个武师的无奈和悲愤，更是一个民族的无奈和悲愤。这个民族背负着太多引以为豪的过往，但在面对着当时那样一个“三千年未有之大变局”的时候，那些曾经的光荣都变成了无用的东西，就像“断魂枪”一样。这个民族却不能像沙子龙那样去给断魂枪殉葬，只能痛苦地挣扎、适应。

小说在塑造人物形象时，运用了烘托和对照的手法：王三胜的鲁莽气盛与沙子龙的深藏不露相对比；孙老者的刚直锐进又与沙子龙的保守愚顽相映照。在对同一个人物的描绘中，或用反差极强的对比，或用欲扬先抑等手法去刻画其性格特点。对于人物的复杂心理活动，作品并不多用对话和直接的心理剖析，而是通过人物的外形和动作的精确描绘来披露。

老舍善于把个人命运的小故事和时代变迁的历史大背景结合起来，在短小的篇幅里营造出了大格局。《断魂枪》是一个寄意宏远的“民族寓言”，堪称现代短篇小说的精品。

能力训练

1. 作者刻画沙子龙这个形象对表现作品的主题有何意义？

2. 本文在塑造人物的艺术手法上有何鲜明的特点？

活　着

余　华

作者介绍

余华（1960—　），浙江海盐县人，祖籍山东高唐县。当代著名作家。中国作家协会第九届全国委员会委员。1977 年中学毕业后进入海盐县武原镇卫生院当牙科医生。1983 年开始发表小说，同年进入浙江省海盐县文化馆。1987 年赴北京鲁迅文学院参加文学讲习班，1988 年进入鲁迅文学院和北京师范大学联合举办的创作研究生班学习，1990 年获得文学硕士学位。

余华是目前在国际文坛声望最高的中国作家之一，被认为是诺贝尔文学奖的有力竞争者。代表作有中短篇小说《十八岁出门远行》《鲜血梅花》《一九八六年》《四月三日事件》《世事如烟》《难逃劫数》《河边的错误》《古典爱情》《战栗》等，长篇小说有《在细雨中呼喊》《活着》《许三观卖血记》《兄弟》，作品已经被翻译成二十多种语言。他还写了不少散文、随笔、文论及音乐评论。《活着》和《许三观卖血记》同时入选百位批评家和文学编辑评选的 20 世纪 90 年代最具影响力的十部作品。1998 年获意大利格林扎纳·卡佛文学奖。2005 年获得中华图书特殊贡献奖。

余华自《十八岁出门远行》发表后，便接二连三地以实验性极强的作品在文坛和读者之间引起颇多的震撼和关注，他亦因此成为中国先锋派小说的代表人物。在 20 世纪 90 年代后，余华创作的长篇小说与 80 年代中后期的中短篇小说有很大的不同。《活着》是余华改变风格之作，在叙述方面，他放弃了先锋前卫的笔法，走向传统小说的叙事方式，包括后来发表的《许三观卖血记》，逼近生活真实，以平实的民间姿态呈现一种淡泊而又坚毅的力量，提供了对历史的另一种叙述方法。

作品选读

接下去的日子，白天我在田里干活，到了晚上我对家珍说进城去看看有庆好些了没有。我慢慢往城里走，走到天黑了，再走回来，到有庆坟前坐下。夜里黑乎乎的，风吹在我脸上，我和死去的儿子说说话，声音飘来飘去都不像是我的。坐到半夜我才回到家中。起先的几天，家珍都是睁着眼睛等我回来，问我有庆好些了吗？我就随便编些话去骗她。过了几天我回去时，家珍已经睡着了，她闭着眼睛躺在那里。我也知道老这么骗下去不是办法，可我只能这样，骗一天是一天，只要家珍觉得有庆还活着就好。

有天晚上我离开有庆的坟，回到家里在家珍身旁躺下后，睡着的家珍突然说：

“福贵，我的日子不长了。”

我心里一沉，去摸她的脸，脸上都是泪，家珍又说：

“你要照看好凤霞，我最不放心的就是她。”

家珍都没提有庆，我当时心里马上乱了，想说些宽慰她的话也说不出来。

第二天傍晚，我还和往常一样对家珍说进城去看有庆，家珍让我别去了，她要我背着她去村里走走。我让凤霞把她娘抱起来，抱到我背脊上。家珍的身体越来越轻了，瘦得身上全是骨头。一出家门，家珍就说：

“我想到村西去看看。”

那地方埋着有庆，我嘴里说好，腿脚怎么也不肯往村那地方去，走着走着走到了东边村口，家珍这时轻声说：

“福贵，你别骗我了，我知道有庆死了。”

她这么一说，我站在那里动不了，腿也开始发软。我的脖子上越来越湿，我知道那是家珍的眼泪，家珍说：

“让我去看看有庆吧。”

我知道骗不下去，就背着家珍往村西走，家珍低声告诉我：

“我夜夜听着你从村西走过来，我就知道有庆死了。”

走到了有庆坟前，家珍要我把她放下去，她扑在了有庆坟上，眼泪哗哗地流，两只手在坟上像是要摸有庆，可她一点力气都没有，只有几根指头稍稍动着。我看着家珍这副样子，心里难受得要被堵住了，我真不该把有庆偷偷埋掉，让家珍最后一眼都没见着。

家珍一直扑到天黑，我怕夜露伤着她，硬把她背到身后，家珍让我再背她到村口去看看，到了村口，我的衣领都湿透了，家珍哭着说：

“有庆不会在这条路上跑来了。”

我看着那条弯曲着通向城里的小路，听不到我儿子赤脚跑来的声音，月光照在路上，像是撒满了盐。

我原以为有庆一死，家珍也活不长了。有一阵子看上去她真是不行了，躺在床上喘气都是呼呼的，眼睛整天半闭着，也不想吃东西，每次都是我和凤霞把她扶起来，硬往她嘴里灌着粥汤。家珍身上一点肉都没有了，扶着她就跟扶着一捆柴火似的。

队长到我家来过两次，他一看家珍的模样直摇头，把我拉到一旁轻声说：

“怕是不行了。”

我听了这话心直往下沉，有庆死了还不到半个月，眼看着家珍也要去了。这个家一下子没了两个人，往后的日子过起来可就难了，等于是一口锅砸掉了一半，锅不是锅，家不成家。

队长说是上公社卫生院请个医生来看看，队长说话还真算数，他去公社开会回来时，还真带了个医生回来。那个医生很瘦小，戴着一副眼镜，问我家珍得了什么病，我说：

“是软骨病。”

医生点点头，在床边坐下来，给家珍切脉，我看着医生边切脉边和家珍说话，家珍听到有人和她说话，只是眼睛睁了睁，也不回答。医生不知怎么搞的没找到家珍的脉搏，他像是吓了一跳，伸手去翻翻家珍的眼皮，然后一只手捧住家珍的手腕，另一只手切住家珍的脉搏，脑袋像是要去听似的歪了下去。过了一会儿，医生站起来对我说：“脉搏弱的都快摸不到了。”

医生说：“你准备着办后事吧。”

做医生的只要一句话，就能要我的命。我当时差点没栽到地上，我跟着医生走到屋外，问他：

“我女人还能活多久？”

医生说：“出不了一个月。得了那种病，只要全身一瘫也就快了。”

那天晚上家珍和凤霞睡着以后，我一个人在屋外坐到天快亮的时候了，先是呜呜地哭，哭了一阵我就开始想从前的事，想着想着又掉出了眼泪。这日子过得真是快，家珍嫁给我以后一天好日子都没过上，眼睛一眨就到了她要去的时候了。后来我想想光哭光难受也没用，事到如今也只好想些实在的事，给家珍的后事得办的像样一点。

队长心好，他看到我这副样子就说：

“福贵，你想得开些，人啊，总是要死的，眼下也别想什么了，只要让家珍死得舒坦就好。这村里的地，你随便选一块，给家珍做坟。”

其实那时候我也想开了，我对队长说：

“家珍想和有庆呆在一起，她俩得埋在一个地方。”

有庆可怜，包了件衣服就埋了。家珍可不能再这样，家里再穷也要给她打一口棺材，要不我良心上交待不过去。家珍当初要是嫁了别人，不跟着我受罪，也不会累成这样，得这种病。我在村里挨家挨户地去借钱，我也不知道自己怎么了，一说起给家珍打口棺材，就忍不住掉眼泪。大伙都穷，借来的钱不够打棺材，后来队长给我凑了些村里的公款，才到邻村将木匠请来。

凤霞起先不知道她娘快去了，她看到我一闲下来就往先前村里的羊棚跑，木匠就在那里干活。我在那里一坐就是半晌，都忘了吃饭。凤霞来叫我，叫了几次看到棺材的形状出来了，她才觉察到了一些，睁圆了眼睛做手势问我，我心想凤霞也该知道这些，就告诉了她。

这孩子拼命地摇头，我知道她的意思，就用手势告诉她，这是给家珍准备的，是给家珍以后用的。凤霞还是摇头，拉着我就往家里走。回到了家中，凤霞还拉着我的袖管，她推推家珍，家珍眼睛睁开来，她就使劲摇我的胳膊，让我看家珍活得好好的。然后右手伸开了往下劈，她是要我把棺材劈掉。

凤霞心里根本就没想她娘会死，就是这样告诉她，她也不会相信。看着凤霞的样子，我只好低下头，什么手势都不做了。

家珍在床上一躺就是二十多天，有时觉得她好些了，有时又觉得她真的快去了。后来有一个晚上，我在她身旁躺下准备熄灯时，家珍突然抬起胳膊拉了拉我，让我别熄灯。家珍说话的声音跟蚊子一样大，她要我把她的身体侧过来。我女人那晚上把我看了又看，叫了好几声：

“福贵。”

然后笑了笑，闭上了眼睛。过了一会儿，家珍又睁开眼睛问我：“凤霞睡得好吗？”

我起身看看凤霞，对她说：

“凤霞睡着了。”

那晚上家珍断断续续地说了好些话，到后来累了才睡着。我却怎么都睡不着，心里七上八下的，家珍那样子像是好多了，可我老怕着是不是人常说的回光返照。我的手在她身上摸来摸去，还热着我才稍稍放心下来。

第二天我起床时，家珍还睡着，我想她昨晚上睡得晚，就没叫醒她，和凤霞喝了点粥下地去干活。那天收工早，我和凤霞回到家里时，我吓了一跳，家珍竟然坐在床上了，她是自己坐起来的。家珍看到我们进去，轻声说：

“福贵，我饿了，给我熬点粥。”

当时我傻站了很久，我怎么也想不到家珍会好起来了，家珍又叫了我一声，我才回过神来，我眼泪哗哗地流了出来，我忘了凤霞听不到，对凤霞说：

“全靠你，全靠你心里想着你娘不死。”

人只要想吃东西，那就没事了。过了一阵子，家珍坐在床上能干些针线活了，照这样下去，家珍没准又能下床走路。我提着的心总算可以放下了，心里一踏实，人就病倒了。其实那病早就找到我了，有庆一死，家珍跟着是一副快去的样子，我顾不上病，也就不觉得。家珍没让医生说中，身体慢慢地好起来，我脑袋是越来越晕，直到有一天插秧时昏倒在了地上，被人抬回家，我才知道自己是病了。

我一病倒，凤霞可就苦了，床上躺着两个人，她又服侍我们又要下地挣工分。过了几天，我看着凤霞实在是太累，就跟家珍说好多了，拖着个病身体下田去干活，村里人见了我都吃了一惊，说：

"福贵，你头发全白了。"

我笑笑说："以前就白了。"

他们说："以前还有一半是黑的呢，就这么几天你的头发全白了。"

就那么几天，我老了许多，我以前的力气再也没有回来，干活时腰也酸了背也疼了，干得猛一些身上到处淌虚汗。

后来我和家珍商量着怎么也得给凤霞找一个男人，我们都是要死在她前面的，我们死后有凤霞收作，凤霞老这样下去，死后连个收作的人都没有。可又有谁愿意娶凤霞呢？

家珍说去求求队长，队长外面认识的人多，打听打听，没准还真有人要我们凤霞。我就去跟队长说了，队长听后说：

"也是，凤霞也该出嫁了，只是好人家难找。"

我说："哪怕是缺胳膊断腿的男人，只要他想娶凤霞，我们都给。"

说完这话自己先心疼上了，凤霞哪点比不上别人，就是不会说话。回到家里，跟家珍一说，家珍也心疼上了。她坐床上半晌不说话，末了叹息一声，说：

"事到如今也只能这样了。"

过了没多久，队长给凤霞找着了一个男人。那天我在自留地上浇粪，队长走过来说：

"福贵，我给凤霞找着婆家了，是县城里的人，搬运工，挣钱很多。"

我一听条件这么好，不相信，觉得队长是在和我闹着玩，我说：

"队长，你别哄我了。"

队长说："没哄你，他叫万二喜，是个偏头，脑袋靠着肩膀，怎么也起不来。"

他一说是偏头，我就信了，赶紧说：

"你快让他来看看凤霞吧。"

队长一走，我扔了粪勺就往自己茅屋跑，没进门就喊：

“家珍，家珍。”

家珍坐在床上以为出了什么事，看着我眼睛都睁圆了，我说：

“凤霞有男人啦。”

家珍这才松了口气，说：

“你吓死我了。”

我说：“不缺腿，胳膊也全，还是城里人呢。”

说完我呜呜地哭了，家珍先是笑，看到我哭，眼泪也流了出来。高兴了一阵，家珍问：“条件这么好，会要凤霞吗？”

我说：“那男的是偏头。”

家珍这才有些放心。那晚上家珍让我把她过去的水红旗袍拿出来，给凤霞做了件衣服。家珍说：

“凤霞总得打扮打扮，人家都要来相亲了。”

没出三天，万二喜来了，真是个偏头，他看我时把左边肩膀翘起来，又把肩膀向凤霞和家珍翘翘，凤霞一看到他这副模样，咧着嘴笑了。

万二喜穿着中山服，干干净净的，若不是脑袋靠着肩膀，那模样还真像是城里来的干部。他拿着一瓶酒一块花布，由队长陪着进来。家珍坐在床上，头发梳得很整齐，衣服破了一点，倒是很干净，我还专门在床下给家珍放了一双新布鞋。凤霞穿着水红衣服低着头坐在她娘旁边。家珍笑嘻嘻地看着她未过门的女婿，心里高兴着呢。

万二喜把酒和花布往桌上一放，就翘着肩膀在屋里转一圈，他是在看我们的屋子。我说：

“队长，二喜，你们坐。”

二喜嗯了一声在凳子上坐下，队长摆摆手说：

“我就不坐了，二喜，这是凤霞，这是她爹和娘。”

凤霞双手放在腿上，看到队长指着她，就向队长笑，队长指着家珍，她转过去向家珍笑。家珍说：

“队长，你请坐。”

队长说：“不啦，我还有事，你们谈吧。”

队长转身要走，留也留不住。我送走了队长，回到屋中指指桌上的酒，对二喜说：“让你破费了，其实我有几十年没喝酒了。”

二喜听后嗯了一声，也不说话，翘着个肩膀在屋里看来看去，看得我心里七上八下。家珍笑着对他说：

“家里穷了一点。”

二喜又嗯了一声，翘着肩膀去看家珍，家珍继续说：

“好在家里还养着一头羊几只鸡，福贵和我商量着等凤霞出嫁时，把鸡羊卖了办嫁妆。”

二喜听后还是嗯了一下，我都不知道他心里想什么。坐了一会儿，他站起来说要走了。我想这门亲事算是完了。他都没怎么看凤霞，老看我们的破烂屋子。我看看家珍，家珍苦笑一下，对二喜说：

“我腿没力气，下不了地。”

二喜点点头走到了屋外，我问他：

“聘礼不带走了？”

他嗯了一下，翘着肩膀看看屋顶的茅草，点了点头后就走了。

我回到屋里，在凳子上坐下，想想有些生气，就说：

“自己脑袋都抬不起来，还挑三拣四的。”

家珍叹了口气说：

“这也不能怪人家。”

凤霞聪明，一看到我们的样子，就知道人家没看上她，站起来走到里面的房间，换了身旧衣服，扛着把锄头下地去了。

到了晚上，队长来问我：

“成了吗？”

我摇摇头说：“太穷了，我家太穷了。”

第二天上午，我在耕田时，有人叫我：

“福贵，你看那路上，像是到你家相亲的偏头来了。”

我抬起头来，看到五六个人在那条路上摇摇摆摆地走来，还拉着一辆板车，只有走在最前面那人没有摇摆，他偏着脑袋走得飞快。远远一看我就知道是二喜来了，我是一点也想不到他会来。

二喜见了我，说道：

“屋顶的茅草该换了，我拉了车石灰粉粉墙。”

我往那板车一望，有石灰有两把刷墙的扫帚，上面搁着个小方桌，方桌上是一个猪头。二喜手里还提着两瓶白酒。

那时候我才知道二喜东张西望不是嫌我家穷，他连我屋前的草垛子都看到眼里去了。屋顶的茅草我早就想换了，只是等着农闲到来时好请村里人帮忙。

二喜带了五个人来，肉也买了，酒也备了，想得周到。他们来到我们茅屋门口，放下板车，二喜像是进了自己家一样，一手提着猪头，一手提着小方桌，走了进去，他把猪头往桌上一放，小方桌放在家珍腿上，二喜说：

“吃饭什么的都会方便一些。”

家珍当时眼睛就湿了，她是激动，她也没想到二喜会来，会带着人来给我家换茅草，还连夜给她做了个小方桌，家珍说：

“二喜，你想得真周到。”

二喜他们把桌子和凳子什么的都搬到了屋外，在一棵树下面铺上了稻草，然后二喜走到床前要背家珍，家珍笑着摆摆手，叫我：

“福贵，你还站着干什么。”

我赶紧过去让家珍上我背脊，我笑着对二喜说：

“我女人我来背，你往后背凤霞吧。”

家珍敲了我一下，二喜听后嘿嘿直笑。我把家珍背到树下，让她靠着树坐在稻草上。看着二喜他们把草垛子分散了，扎成一小捆一小捆，二喜和另一个人爬到屋顶，下面留着四个，替我家翻屋顶的茅草。我看一眼就知道二喜带来的人都是干惯这活的，手脚都麻利。下面的用竹竿挑着往上扔，二喜和另一个人在上面铺。别看二喜脑袋靠着肩膀，干活一点都不碍事，茅草扔上去他先用脚踢一下，再伸手接住。有这本领的人，在我们村里是一个都找不出来。

没到中午，屋顶的活就干完了。我给他们烧了一桶茶水，凤霞给他们倒茶水，跑前跑后忙个不停，她也高兴，看到家里突然来了这么多干活的人，凤霞笑开的嘴就没合上。

村里很多人都走过来看，一个女的对家珍说：“女婿没过门就干活啦，你好福气啊。”

家珍说：“是凤霞好福气。”

二喜从屋顶上下来，我对他说：

“二喜，歇一会儿。”

二喜用袖管擦擦脸上的汗说：

“不累。”

说完又翘起肩膀往四处看，看到左边一块菜地问我：

“这是我家的地吗？”

我说：“是啊。”

他就进屋拿了把菜刀，下到地里割了几棵新鲜的菜，又拿进屋去。不一会儿，他在里面切猪头了，我去拦他，让他把这活留给凤霞，他还是用袖管擦着汗说：

“不累。”

我只好出来去推凤霞，凤霞站在家珍旁边，我把她往屋里推的时候，她还不好意思地扭着头看家珍，家珍笑着挥手让她进去，她这才进了茅屋。

我和家珍陪着二喜带来的人喝茶说话，中间我走进去一次，看到二喜和凤霞像是两口子，一个烧火，一个做饭炒菜。两个你看看我，我看看你，看过后都咧着嘴笑了。

我出来和家珍一说，家珍也笑了。过了一会儿，我忍不住又想去看看，刚站起来家珍就叫住我，偷偷说：

“你别进去了。”

吃过午饭，二喜他们用石灰粉起了墙，我家的土墙到了第二天石灰一干，变成白晃晃一片，像是城里的砖瓦房子。粉完了墙天还早着，我对二喜说：

“吃了晚饭再走吧。”

他说：“不吃了。”

就着肩膀向凤霞翘了翘，我知道他是在看凤霞。他低声问我和家珍：

“爹，娘，我什么时候把凤霞娶过去？”

一听这话，一听他叫我和家珍爹娘，我们欢喜得合不上嘴，我看看家珍后说：“你想什么时候就什么时候。”

接着我又轻声说：

“二喜，不是我想让你破费，实在是凤霞命苦，你娶凤霞那天多叫些人来，热闹热闹，也好叫村里人看看。”

二喜说：“爹，知道了。”

那天晚上凤霞摸着二喜送来的花布，看看笑笑，笑笑看看。有时抬头看到我和家珍在笑，心里一慌，脸就红了。看得出来凤霞喜欢二喜，我和家珍高兴，家珍说：

“二喜是个实在人，心眼好，把凤霞给他，我心里踏实。”

我们把家里的鸡羊卖了，我又领着凤霞去城里给她做了两身新衣服，给她添置了一床新被子，买了脸盆什么的。凡是村里别人家女儿有的，凤霞都有，拿家珍的话说是：

“不能委屈凤霞了。”

二喜来娶凤霞那天，锣鼓很远就闹过来了，村里人全挤到村口去看。二喜带来了二十多个人，全穿着中山服，要不是二喜胸口戴了朵大红花，那样子像是什么大干部下来了呢。十几双锣同时敲着，两个大鼓擂得咚咚响，把村里人耳朵震得嗡嗡乱响，最显眼的是中间有一辆披红戴绿的板车，车上一把椅子也红红绿绿。一走进村里，二喜就拆了两条大前门香烟，见到男人就往他们手里塞，嘴里连连说：

“多谢，多谢。”

村里别人家娶亲嫁女时，抽的最好的香烟也不过是飞马牌，二喜将大前门一盒一盒送人，那气派把谁家都比下去了。拿到香烟的赶紧都往自己口袋里放，像是怕人来抢似的，手指在口袋里摸索着抽出一根放在嘴上。

跟在二喜身后那二十来人也卖力，锣鼓敲得震天响，还扯着嗓子喊，他们的口袋都鼓鼓的，见到村里年轻的女人和孩子，就把口袋里的糖果往他们身上扔。这样大手大脚把我都看呆了，心想扔掉的都是钱呵。

他们来到我家茅屋前，一个个进去看凤霞，锣鼓留在外面，村里的年轻人就帮着敲上了。凤霞那天穿上新衣服可真漂亮，连我这个做爹的都想不到她会这么漂亮，她坐在家珍床前，在进来的人里挨个找二喜，一看到二喜赶紧低下了头。二喜带来的城里人见了凤霞都说：

“这偏头真有艳福。”

后来过了好多年，村里别的姑娘出嫁时，他们还都会说凤霞出嫁时最气派。那天凤霞被迎出屋去时，脸蛋红得跟番茄一样，从来没有那么多人一起看着她，她把头埋在胸前都不知道该怎么办。二喜拉着她的手走到板车旁，凤霞看看车上的椅子还是不知道该干什么。个头比凤霞矮的二喜一把将凤霞抱到了车上，看的人哄地笑起来，凤霞也痴痴笑了。二喜对我和家珍说：

“爹，娘，我把凤霞娶走啦。”

说着二喜自己拉起板车就走，板车一动，低头笑着的凤霞急忙扭过头来，焦急地看来看去。我知道她是在看我和家珍，我背着家珍其实就站在她旁边。她一看到我们，眼泪哗哗流了出来，她扭着身体哭着看我们。我一下子想起凤霞十三岁那年，被人领走时也是这么哭着看我，我一伤心眼泪也出来了，这时我脖子也湿了，我知道家珍也在哭。我想想这次不一样，这次凤霞是出嫁，我就笑了，对家珍说：

“家珍，今天是办喜事，你该笑。”

二喜是实心眼，他拉着板车走时，还老回过头去看看他的新娘，一看到凤霞扭着身体朝我们哭，他就不走了，站在那里也把身体扭着。凤霞是越哭越伤心，肩膀也一抖一抖了，让我这个做爹的心里一抽一抽，我对二喜喊：

“二喜，凤霞是你的女人了，你还不快拉走。”

凤霞嫁到了城里，我和家珍就跟丢了魂似的，怎么都觉得心慌。往常凤霞在屋里进进出出也不怎么觉得，如今凤霞一走，屋里就剩我和家珍，两个人看来看去，都看了几十年了，像是还没看够。我还好，在地里干活能分掉点想凤霞的心思。家珍就苦了，整天坐在床上，整天闲着，没有了凤霞，做娘的心里能不慌张？先前她在床上呆着从不说什么，这么一来她可就难受了，腰也酸了背也疼了，怎么都不舒服。我也知道那滋味，整天在床上，比下地干活还累，身体都活动不了。我就在黄昏的时候背着她到村里去走走，村里人见了家珍，都亲热地问长问短，家珍心里也舒畅多了，她贴着我耳朵问：

“他们不会笑话我们吧。”

我说：“我背着自己的女人有什么好笑话的。”

家珍开始喜欢提一些过去的事，到了一处，她就要说起凤霞，说起有庆从前的事，说着说着就笑。来到了村口，家珍说起那天我回来的事，家珍在田里干活，听到有个人大声叫凤霞，叫有庆，抬头一看看到了我，起先还不敢认。家珍说到这里笑着哭了，泪水滴在我脖子上，她说：

“你回来就什么都好了。”

按规矩凤霞得一个月以后回来，我们也得一个月以后才能去看她。谁知凤霞嫁出去还不到十天，就回来了。那天傍晚我们刚吃过饭，有人在外面喊：

“福贵，你到村口去看看，像是你家的偏头女婿来了。”

我还不相信，村里人都知道我和家珍想凤霞都快想呆了，我觉得村里人是在捉弄我们，我跟家珍说：

“不会吧，才十来天工夫。”

家珍急了，她说：

“你快去看看。”

我跑到村口一看，还真是二喜，翘着左边的肩膀，手里提着一包糕点，凤霞走在他旁边，两个人手拉着手，笑眯眯地走来。村里人见了都笑，那年月可是见不到男女手拉着手的，我对他们说：

“二喜是城里人，城里人就是洋气。”

凤霞和二喜一来，家珍高兴坏了；凤霞在床沿上一坐，家珍拉住她的手摸个没完，一遍遍说凤霞长胖了，其实十来天工夫能长多少肉？我对二喜说：

“没想到你们会来，一点准备都没有。”

二喜嘿嘿地笑，他说他也不知道会来，是凤霞拉着他，他糊里糊涂地跟来了。

凤霞嫁出去没过十天就回来，我们也不管什么老规矩了，我是三天两头往城里跑，说起来是家珍要我去的，我自己也想着要常去看看他们。我往城里跑得这么勤快，跟年轻时一样了，只是去的地方不一样。

去的时候，我就在自留地里割上几棵青菜，放在篮子里提着，穿上家珍给我做的新布鞋。我割菜时鞋上沾了点泥，家珍就叫住我，要我把泥擦掉。我说：

“人都老了，还在乎什么鞋上有泥。”

家珍说：“话可不能这么说，人老了也是人，是人就得干净一些。”

这倒也是，家珍病了那么多年，在床上下不了地，头发每天都还是梳得整整齐齐的。我穿得干干净净走出村口，村里人见我提着青菜，就问：

“又去看凤霞？”

我点点头：“是啊。”

他们说：“你老这么去，那偏头女婿不赶你走？”

我说：“二喜才不会呢。”

二喜家的邻居都喜欢凤霞，我一去，他们就夸她，说她又勤快又聪明。扫地时连别人家的屋前也扫，一扫就扫半条街，邻居看到凤霞汗都出来了，走过去拍拍她，让她别扫了，她这才笑眯眯地回到自己屋里。

凤霞以前没学过织毛衣，我们家穷，谁也没穿过毛衣。凤霞看到邻居的女人坐在门前织毛衣，手穿来插去的，心里喜欢她就搬着把凳子坐到跟前看，一看就看半天，人都看呆了。邻居家的女人看着凤霞这么喜欢，便手把手教她。这么一教可把她们吓一跳，凤霞一学就会，才三四天，凤霞织毛衣和她们一样快了。她们见了我就说：

“要是凤霞不聋不哑有多好。”

她们也在心里可怜凤霞。后来只要屋里的活一忙完，凤霞便坐到门前替她们织毛衣。整条街的女人里就数凤霞毛衣织得最紧最密，这下可好了，她们都把毛线送过来，让凤霞替她们织。凤霞累是累了一些，可她心里高兴。毛衣织成了给人家，她们向她翘翘大拇指，凤霞张着嘴就要笑半天。

我一进城，邻居家的女人就过来挨个告诉我，凤霞这儿好，那儿好，我听到的全是好话，听得我眼睛都红了，我说：

“城里人就是好，在村里是难得听到说我凤霞好。”

看到大家都这么喜欢凤霞，二喜又疼爱她，我心里高兴啊。回到家里，家珍总是埋怨我去得太久。这也是，家珍一个人在家里伸直了脖子等我回去说些凤霞的新鲜事，左等右等不见我回来，心里当然要焦急，我说：

“一见了凤霞就忘了时间。”

每次回到家里，我都要坐在床边说半晌凤霞屋里屋外的事，她穿什么颜色的衣服，家珍给她做的鞋穿破了没有。家珍什么都知道，她是没完没了地问，我也没完没了地说，说得我嘴里都没有唾沫了，家珍也不放过我，问我：

“还有什么忘了说了？”

一说说到天黑，村里人都差不多要上床睡觉了，我们都还没吃饭，我说：

“我得煮吃的了。”

家珍拉住我，求我：

“你再给我说说凤霞。”

其实我也愿意多说说凤霞，跟家珍说我还嫌不够，到田里干活时，我又跟村里人说了，说凤霞又聪明又勤快，在城里怎么好，怎么招人喜爱，毛衣织得比谁都快。村里有些人听了还不高兴，对我说：

“福贵，你是老昏了头，城里人心眼坏着呢，凤霞整天给别人家干活还不累死。”

我说：“话可不能这么说。”

他们说：“凤霞替她们织毛衣，她们也得送点东西给凤霞，送了吗？”

村里人心眼就是小，尽想些捡便宜的事。城里的女人可不是他们说的那么坏，我有两次听到她们对二喜说：

“二喜，你去买两斤毛线来，也该让凤霞有件毛衣。”

二喜听后笑笑，没作声。二喜是实在人，娶凤霞时他依了我的话，钱花多了，欠下了债。到了私下里，他悄悄对我说：

“爹，我还了债就给凤霞买毛线。”

农忙时凤霞来住了几天，替我做饭烧水，侍候家珍，我轻松了很多。可是想想嫁出去的女儿就是泼出去的水，凤霞早就是二喜的人了，不能在家里呆得太久。我和家珍商量了一下，怎么也得让凤霞回去了，就把凤霞赶走了。我是用手一推一推把她推出村口的，村里人见了嘻嘻笑，说没见过像我这样的爹。我听了也嘻嘻笑，心想村里谁家的女儿也没像凤霞对她爹娘这么好，我说：

“凤霞只有一个人，服侍了我和家珍，就服侍不了我的偏头女婿了。”

凤霞被我赶回城里，过了没多久又回来了，这次连偏头女婿也来了。两个人在远处拉着手走来，我很远就看到了他们，不用看二喜的偏脑袋，就看拉着手我也知道是谁了。二喜提着一瓶黄酒，咧着嘴笑个不停。凤霞手里挎着个小竹篮子，也像二喜一样笑。我想是什么好事，这么高兴。

到了家里，二喜把门关上，说：

“爹，娘，凤霞有啦。”

凤霞有孩子了，我和家珍嘴一咧也都笑了。我们四个人笑了半晌，二喜才想起来手里的黄酒，走到床边将酒放在小方桌上，凤霞从篮里拿出碗豆子。我说：

“都到床上去，都到床上去。”

凤霞坐到家珍身旁，我拿了四只碗和二喜坐一头。二喜给我倒满了酒，给家珍也倒满，又去给凤霞倒，凤霞捏住酒瓶连连摇头，二喜说：

“今天你也喝。”

凤霞像是听懂了二喜的话，不再摇头。我们端起了碗，凤霞喝了一口皱皱眉，去看家珍，家珍也在皱眉，她抿着嘴笑了。我和二喜都是一口把酒喝干，一碗酒下肚，二喜的眼泪掉了出来，他说：

“爹，娘，我是做梦也想不到会有今天。”

一听这话，家珍眼睛马上就湿了，看着家珍的样子，我眼泪也下来了，我说：

“我也想不到，先前最怕的就是我和家珍死了凤霞怎么办，你娶了凤霞，我们心就定了，有了孩子更好了，凤霞以后死了也有人收作。”

凤霞看到我们哭，也眼泪汪汪的。家珍哭着说：

“要是有庆活着就好了，他是凤霞带大的，他和凤霞亲着呢，有庆看不到今天了。”

二喜哭得更凶了，他说：

“要是我爹娘还活着就好了，我娘死的时候捏住我的手不肯放。”

四个人越哭越伤心，哭了一阵，二喜又笑了，他指指那碗豆子说：

“爹，娘，你们吃豆子，是凤霞做的。”

我说：“我吃，我吃，家珍，你吃。”

我和家珍看来看去，两个人都笑了，我们马上就会有外孙了。那天四个人哭哭笑笑，一直到天黑，二喜和凤霞才回去。

凤霞有了孩子，二喜就更疼爱她。到了夏天，屋里蚊子多，又没有蚊帐，天一黑二喜便躺到床上去喂蚊子，让凤霞在外面坐着乘凉，等把屋里的蚊子喂饱，不再咬人了，才让凤霞进去睡。有几次凤霞进去看他，他就焦急，一把将凤霞抱出去。这都是二喜家的邻居告诉我的，她们对二喜说：

“你去买顶蚊帐。”

二喜笑笑不作声，瞅空儿才对我说：

“债不还清，我心里不踏实。”

看着二喜身上被蚊子咬得到处都是红点，我也心疼，我说：

“你别这样。”

二喜说：“我一个人，蚊子多咬几口拣不了什么便宜，凤霞可是两个人啊。”

凤霞是在冬天里生孩子的，那天雪下得很大，窗户外面什么都看不清楚。凤霞进了产房一夜都没出来，我和二喜在外面越等越怕，一有医生出来，就上去问，知道还在生，便有些放心。到天快亮时，二喜说：

“爹，你先去睡吧。”

我摇摇头说：“心悬着睡不着。”

二喜劝我：“两个人不能绑在一起，凤霞生完了孩子还得有人照应。”

我想想二喜说得也对，就说：“二喜，你先去睡。”

两个人推来推去，谁也没睡。到天完全亮了，凤霞还没出来，我们又怕了，比凤霞晚进去的女人都生完孩子出来了。我和二喜哪还坐得住，凑到门口去听里面的声音，听到有女人在叫唤，我们才放心，二喜说：“苦了凤霞了。”

过了一会儿，我觉得不对，凤霞是哑巴，不会叫唤的，这么对二喜说，二喜的脸一下子白了，他跑到产房门口拼命喊：

“凤霞，凤霞。”

里面出来个医生朝二喜喊道：

“你叫什么，出去。”

二喜呜呜地哭了，他说：

“我女人怎么还没出来。”

旁边有人对我们说：

“生孩子有快的，也有慢的。”

我看看二喜，二喜看看我，想想可能是这样，就坐下来再等着，心里还是咚咚乱跳。没多久，出来一个医生问我们：

“要大的？还是要小的？”

她这么一问，把我们问傻了，她又说：

“喂，问你们呢？”

二喜扑通跪在了她跟前，哭着喊：

“医生，救救凤霞，我要凤霞。”

二喜在地上哇哇地哭，我把他扶起来，劝他别这样，这样伤身体，我说：

“只要凤霞没事就好了，俗话说留得青山在，不怕没柴烧。”

二喜呜呜地说：“我儿子没了。”

我也没了外孙，我脑袋一低也呜呜地哭了。到了中午，里面有医生出来说：

“生啦，是儿子。”

二喜一听急了，跳起来叫道：

“我没要小的。”

医生说：“大的也没事。”

凤霞也没事，我眼前就晕晕乎乎了，年纪一大，身体折腾不起啊。二喜高兴坏了，他坐在我旁边身体直抖，那是笑得太厉害了。我对二喜说：

“现在心放下了，能睡觉了，过会再来替你。”

谁料到我一走凤霞就出事了，我走了才几分钟，好几个医生跑进了产房，还拖着氧气瓶。凤霞生下了孩子后大出血，天黑前断了气。我的一双儿女都是在生孩子上死的，有庆死是别人生孩子，凤霞死在自己生孩子。

那天雪下得特别大，凤霞死后躺到了那间小屋里。我去看她，一见到那间屋子就走不进去了，十多年前有庆也是死在这里的。我站在雪里听着二喜在里面一遍遍叫着凤霞，心里疼得蹲在了地上。雪花飘着落下来，我看不清那屋子的门，只听到二喜在里面又哭又喊，我就叫二喜，叫了好几声，二喜才在里面答应一声，他走到门口，对我说：

“我要大的，他们给了我小的。”

我说：“我们回家吧，这家医院和我们前世有仇，有庆死在这里，凤霞也死在这里。二喜，我们回家吧。”

二喜听了我的话，把凤霞背在身后，我们三个人往家走。那时候天黑了，街上全是雪，人都见不到，西北风呼呼吹来，雪花打在我们脸上，像是沙子一样。二喜哭得声音都哑了，走一段他说：

“爹，我走不动了。”

我让他把凤霞给我，他不肯，又走了几步他蹲了下去，说：

“爹，我腰疼得不行了。”

那是哭的，把腰哭疼了。回到了家里，二喜把凤霞放在床上，自己坐在床沿上盯着凤霞看，二喜的身体都缩成一团了。我不用看他，就是去看他和凤霞在墙上的影子，也让我难受得看不下去。那两个影子又黑又大，一个躺着，一个像是跪着，都是一动不动，只有二喜的眼泪在动，让我看到一颗一颗大黑点在两个人影中间滑着。我就跑到灶间，去烧些水，让二喜喝了暖暖身体，等我烧开了水端过去时，灯熄了，二喜和凤霞睡了。

那晚上我在二喜他们灶间坐到天亮，外面的风呼呼地响着，有一阵子下起了雪珠子，打在门窗上沙沙乱响，二喜和凤霞睡在里面屋子里一点声音也没有，寒风从门缝冷飕飕地钻进来，吹得我两个膝盖又冷又疼，我心里就跟结了冰似的一阵阵发麻，我的一双儿女就这样都去了，到了那种时候想哭都没有了眼泪。我想想家珍那时还睁着眼睛等我回去报信，我出来时她一遍一遍嘱咐我，等凤霞一生下来赶紧回去告诉她是男还是女。凤霞一死，让我怎么回去对她说?

有庆死时，家珍差点也一起去了，如今凤霞又死到她前面，做娘的心里怎么受得住。第二天，二喜背着凤霞，跟着我回到家里。那时还下着雪，凤霞身上像是盖了棉花似的差不多全白了。一进屋，看到家珍坐在床上，头发乱糟糟的，脑袋靠在墙上，我就知道她心里明白凤霞出事了，我已经连着两天两夜没回家了。我的眼泪唰唰地流了出来，二喜本来已经不哭了，一看到家珍又呜呜地哭起来，他嘴里叫着:

“娘，娘……”

家珍的脑袋动了动，离开了墙壁，眼睛一动不动地看着二喜背脊上的凤霞。我帮着二喜把凤霞放到床上，家珍的脑袋就低下来去看凤霞，那双眼睛定定的，像是快从眼眶里突出来了。我是怎么也想不到家珍会是这么一副样子，她一颗泪水都没掉出来，只是看着凤霞，手在凤霞脸上和头发上摸着。二喜哭得蹲了下去，脑袋靠在床沿上。我站在一旁看着家珍，心里不知道她接下去会怎么样。那天家珍没有哭也没有喊，只是偶尔地摇了摇头。凤霞身上的雪慢慢融化了以后，整张床上都湿淋淋了。

凤霞和有庆埋在了一起。那时雪停住了，阳光从天上照下来，西北风刮得更凶了，呼呼直响，差不多盖住了树叶的响声。埋了凤霞，我和二喜拖着锄头铲子站在那里，风把我们两个人吹得都快站不住了。满地都是雪，在阳光下面白晃晃刺得眼睛疼，只有凤霞的坟上没有雪，看着这湿漉漉的泥土，我和二喜谁也抬不动脚走开。二喜指指紧挨着的一块空地说:

“爹，我死了埋在这里。”

我叹了口气对二喜说:

“这块就留给我吧，我怎么也会死在你前面的。”

埋掉了凤霞，孩子也可以从医院里抱出来了。二喜抱着他儿子走了十多里路来我家，把孩子放在床上，那孩子睁开眼睛时皱着眉，两个眼珠子瞟来瞟去，不知道他在看什么。看着孩子这副模样，我和二喜都笑了。家珍是一点都没笑，她眼睛定定地看着孩子，手指放在他脸旁，家珍当初的神态和看死去的凤霞一模一样，我当时心里七上八下的，家珍的模样吓住了我，我不知道家珍是怎么了。后来二喜抬起脸来，一看到家珍他立刻不笑了，垂着手臂站在那里不知怎么才好。过了很久，二喜才轻声对我说：

"爹，你给孩子取个名字。"

家珍那时开口说话了，她声音沙沙地说：

"这孩子生下来没有了娘，就叫他苦根吧。"

凤霞死后不到三个月，家珍也死了。家珍死前的那些日子，常对我说：

"福贵，有庆、凤霞是你送的葬，我想到你会亲手埋掉我，就安心了。"

（选自余华．余华精品文集［M］．太原：北岳文艺出版社，2002.）

赏析提示

本文节选自余华的长篇小说《活着》。《活着》是余华的代表作之一，最早发表在1992年第六期的《收获》上，余华也凭借这部作品于2004年3月获得法兰西艺术和骑士文化勋章。2018年9月，《活着》入选中国改革开放四十周年最有影响力小说。

作品讲述了在大时代背景下，随着内战、三反五反、"大跃进""文化大革命"等社会变革，徐福贵和其家庭不断经受着苦难，到了最后所有亲人都先后离他而去，仅剩下年老的他和一头老牛相依为命。《活着》展现了一个又一个人的死亡过程，掀起一波又一波无边无际的苦难波浪，表现了一种面对死亡过程的可能的态度。活着本身很艰难，延续生命就得艰难地活着，正因为异常艰难，活着才具有深刻的含义。没有比活着更美好的事，也没有比活着更艰难的事。死亡的重复发生，既给人物心灵巨大打击，也给读者出乎意料的震撼。余华把重复发生的死亡事件镶嵌在日常琐碎的生活里，放大了"苦难"的广度和深度，使渺小而软弱的人物面对巨大的"苦难"形成的力量悬殊，从而产生一种强烈的命运感；同时，也放大了人物身上所具有的闪光的精神力量，从而使整部作品充满了艺术张力。作品中死亡的重复发生，除了福贵的父亲、母亲、妻子家珍的死存在合理的因素，其他人物的死亡无不处于偶然：儿子有庆死于抽血过多，女儿凤霞死于生孩子，女婿二喜死于建筑事故，外孙苦根吃豆子撑死，最后福贵所有的亲人都一个个死去，只剩下他一个孤零零的老头和一头同样年迈的老黄牛相伴，并且是那样乐观豁达地活着，完全出乎人的意料。小说通过这些出乎意料的死亡重复，更加彰显了活着的意义和难能可贵。

福贵是小说塑造的一个命运多舛的人物形象。由放荡不羁、没有人情味儿的阔家少爷，在经历了家庭和人生的巨大变故后，逐渐蜕变为一个沉默、老实、质朴、爱家的农民，他的不幸遭遇是和时代的变更紧紧联系在一起的，他的成长变化离不开母亲的爱护与引导、妻子家珍的包容与关爱，因而在极其悲惨的厄运打击下，看似柔弱的福贵却一次次顶住了打击，一次次走在死亡的边缘，却又一次次坚强地活了下来，没有抱怨，没有呐喊，有的只是像大地一样宽广的胸怀、忍耐的姿态和乐观的生活态度，有的只是面对苦难生活的超然与平静。骨肉亲情是他活下去的支撑，忍耐、承受的“不争之争”，是他与苦难和死亡进行抗争的方式。福贵的形象集中体现了不同历史时期中国最底层人民所承受的举世罕见的苦难，以及忍受苦难、化解苦难，进而超越苦难而活着的人生态度。“福贵式地活着”让我们看到了中华民族在面对苦难时表现出来的忍耐、善良、乐观等美好精神品质。福贵的形象体现了作者对于生命价值和意义的独特思考。

余华用类似新写实主义小说的叙事风格——零度介入的方式来展现《活着》的悲剧美。作者可以排除主体对苦难人生做明确的价值判断和情感渗透，好像站在“非人间的立场”，客观冷静地叙述人间的苦难。客观中立的叙事立场、温情深沉的情感基调在文本中的运用，使得《活着》成为余华创作风格的转型标志。

小说的叙述语言充满温情，俚语、口语的运用使作品充满乡土气息，另外，小说中独特而又恰如其分的比喻构成了余华小说叙述风格的重要因素，既生动形象又符合人物身份，具有特别的艺术感染力。

能力训练

1. 作品中二喜、家珍的性格特点是什么？他们对福贵的人物塑造有何作用？

2. 如果你是某公司员工，公司每周一举行不同主题的晨会，请为下周一公司的“阅读分享”主题晨会做好准备，把你近期读过的一本经典小说的感悟与收获在晨会上与公司同事分享交流。

最后一片叶子

欧·亨利

作者介绍

欧·亨利（1862—1910），美国短篇小说家。出生在美国北卡罗来纳州的格林斯堡罗。其真名是威廉·悉尼·波特（William Sidney Porter）。曾做过药店职员、牧场工人，在成为专业作家之前在一家银行工作。其间，他时常为报刊撰写幽默小品。因一桩经济案在监狱呆了三年零三个月，他靠写作度过了监狱漫长的夜晚。1899 年，他用笔名发表了第一篇小说。1902 年他迁居纽约，写过不少作品，创作了约 300 篇短篇小说，主要作品有《白菜与国王》《四百万》《西部之心》《市声》《命运之路》《滚石》等短篇小说。

欧·亨利的作品以幽默的生活情趣、“含泪的微笑”的风格被誉为“美国生活幽默的百科全书”。其作品构思巧妙，尤以出人意料的结局著称。代表作有《警察和赞美诗》《麦琪的礼物》《最后一片叶子》等。他本人也因此成为享有世界声誉的美国现代短篇小说的创始人。

作品选读

在华盛顿广场西边的一个小区里，街道都横七竖八地伸展开去，又分裂成一小条一小条的“胡同”。这些“胡同”稀奇古怪地拐着弯子。一条街有时自己本身就交叉了不止一次。有一回一个画家发现这条街有一种优越性：要是有个收账的跑到这条街上，来催要颜料、纸张和画布的钱，他就会突然发现自己两手空空，原路返回，一文钱的账也没有要到！

所以，不久之后不少画家就摸索到这个古色古香的老格林尼治村来，寻求朝北的窗户、18 世纪的尖顶山墙、荷兰式的阁楼，以及低廉的房租。然后，他们又从第六街买来一些蜡酒杯和一两只火锅，这里便成了“艺术区”。

苏和琼西的画室设在一所又宽又矮的三层楼砖房的顶楼上。“琼西”是琼娜的爱称。她俩一个来自缅因州，一个是加利福尼亚州人。她们是在第八街的“台尔蒙尼歌之家”吃饭时碰到的，她们发现彼此对艺术、生菜色拉和时装的爱好非常一致，便合租了那间画室。那是 5 月里的事。到了 11 月，一个冷酷的、肉眼看不见的、医生们叫作“肺炎”的不速之客，在艺术区里悄悄地游荡，用他冰冷的手指头这里碰一下那里碰一下。在广场东头，这个破坏者明目张胆地踏着大步，一下子就击倒几十个受害者，可是在迷宫一样、狭窄而铺满青苔的“胡同”里，他的步伐就慢了下来。

肺炎先生不是一个你们心目中行侠仗义的老的绅士。一个身子单薄，被加利福尼亚州的西风刮得没有血色的弱女子，本来不应该是这个有着红拳头的、呼吸急促的老家伙打击的对象。然而，琼西却遭到了打击；她躺在一张油漆过的铁床上，一动也不动，凝望着小小的荷兰式玻璃窗外对面砖房的空墙。

一天早晨，那个忙碌的医生扬了扬他那毛茸茸的灰白色眉毛，把苏叫到外边的走廊上。

“我看，她的病只有十分之一的恢复希望，”他一面把体温表里的水银柱甩下去，一面说，“这一分希望就是她想要活下去的念头。有些人好像不愿意活下去，喜欢照顾殡仪馆的生意，简直让整个医药界都无能为力。你的朋友断定自己是不会痊愈的了。她是不是有什么心事呢？”

“她……她希望有一天能够去画那不勒斯的海湾。”苏说。

“画画？……真是瞎扯！她脑子里有没有什么值得她想了又想的事——比如说，一个男人？”

“男人？”苏像吹口琴似的扯着嗓子说，“男人难道值得……不，医生，没有这样的事。”

“能达到的全部力量去治疗她。可要是我的病人开始算计会有多少辆马车送她出丧，我就得把治疗的效果减掉百分之五十。只要你能想法让她对冬季大衣袖子的时新式样感兴趣而提出一两个问题，那我可以向你保证把医好她的机会从十分之一提高到五分之一。”

医生走后，苏走进工作室里，把一条日本餐巾哭成一团湿。后来她手里拿着画板，装作精神抖擞的样子走进琼西的屋子，嘴里吹着爵士音乐调子。

琼西躺着，脸朝着窗口，被子底下的身体纹丝不动。苏以为她睡着了，赶忙停止吹口哨。

她架好画板，开始给杂志里的故事画一张钢笔插图。年轻的画家为了铺平通向艺术的道路，不得不给杂志里的故事画插图，而这些故事又是年轻的作家为了铺平通向文学的道路而不得不写的。

苏正在给故事主人公，一个艾奥瓦州牧人的身上画上一条马匹展览会穿的时髦马裤和一片单眼镜时，忽然听到一个重复了几次的低微的声音。她快步走到床边。

琼西的眼睛睁得很大。她望着窗外，数着……倒过来数。

“12”，她数道，歇了一会又说，“11”，然后是“10”和“9”，接着几乎同时数着“8”

和“7”。

苏关切地看了看窗外。那儿有什么可数的呢？只见一个空荡阴暗的院子，20英尺以外还有一所砖房的空墙。一棵老极了的常春藤，枯萎的根纠结在一块，枝干攀在砖墙的半腰上。秋天的寒风把藤上的叶子差不多全都吹掉了，几乎只有光秃的枝条还缠附在剥落的砖块上。

“什么呀，亲爱的？”苏问道。

“6，”琼西几乎用耳语低声说道，“它们现在越落越快了。三天前还有差不多一百片。我数得头都疼了。但是现在好数了。又掉了一片。只剩下五片了。”

“五片什么呀，亲爱的。告诉你的苏娣吧。”

“叶子。常春藤上的。等到最后一片叶子掉下来，我也就该去了。这件事我三天前就知道了。难道医生没有告诉你？”

“哼，我从来没听过这种傻话，”苏十分不以为然地说，“那些破常春藤叶子和你的病好不好有什么关系？你以前不是很喜欢这棵树吗？你这个淘气孩子。不要说傻话了。瞧，医生今天早晨还告诉我，说你迅速痊愈的机会是，让我一字不改地照他的话说吧——他说有九成把握。噢，那简直和我们在纽约坐电车或者走过一座新楼房的把握一样大。喝点汤吧，让苏娣去画她的画，好把它卖给编辑先生，换了钱来给她的病孩子买点红葡萄酒，再给她自己买点猪排解解馋。”

“你不用买酒了，”琼西的眼睛直盯着窗外说道，“又落了一片。不，我不想喝汤。只剩下四片了。我想在天黑以前等着看那最后一片叶子掉下去。然后我也要去了。”

“琼西，亲爱的，”苏俯着身子对她说，“你答应我闭上眼睛，不要瞧窗外，等我画完，行吗？明天我非得交出这些插图。我需要光线，否则我就拉下窗帘了。”

“你不能到那间屋子里去画吗？”琼西冷冷地问道。

“我愿意呆在你跟前，”苏说，“再说，我也不想让你老看着那些讨厌的常春藤叶子。”

“你一画完就叫我，”琼西说着，便闭上了眼睛。她脸色苍白，一动不动地躺在床上，就像是座横倒在地上的雕像。“因为我想看那最后一片叶子掉下来，我等得不耐烦了，也想得不耐烦了。我想摆脱一切，飘下去，飘下去，像一片可怜的疲倦了的叶子那样。”

“你睡一会儿吧，”苏说道，“我得下楼把贝尔曼叫上来，给我当那个隐居的老矿工的模特儿。我一会儿就回来的。不要动，等我回来。”

老贝尔曼是住在她们这座楼房底层的一个画家。他年过60，有一把像米开朗琪罗的摩西雕像那样的大胡子，这胡子长在一个像半人半兽的森林之神的头颅上，又鬈曲地飘拂在小鬼似的身躯上。贝尔曼是个失败的画家，他操了40年的画笔，还远没有摸着艺术女神的衣裙。他老是说就要画他的那幅杰作了，可是直到现在他还没有动笔。几年来，他除了偶尔画点商业广告之类的玩意儿以外，什么也没有画过。他给艺术区里穷得雇不起职业模特儿的年轻画家们当模特儿，挣一点钱。他喝酒毫无节制，还时常提起他要画的那幅杰作。除此以外，他是一个火气十足的小老头子，十分瞧不起别人的温情，却认为自己是专门保护楼上画室里那两个年轻女画家的一只看家狗。

苏在楼下他那间光线黯淡的斗室里找到了嘴里酒气扑鼻的贝尔曼。一幅空白的画布绷在个画架上，摆在屋角里，等待那幅杰作已经25年了，可是连一根线条还没等着。苏把琼西的胡思乱想告诉了他，还说她害怕琼西自个儿瘦小柔弱得像一片叶子一样，对这个世界的留恋越来越微弱，恐怕真会离世飘走了。

老贝尔曼两只发红的眼睛显然在迎风流泪，他十分轻蔑地嗤笑这种傻呆的胡思乱想。

"什么，"他喊道，"世界上真会有人蠢到因为那些该死的常春藤叶子落掉就想死？我从来没有听说过这种怪事。不，我才不给你那隐居的矿工糊涂虫当模特儿呢。你干吗让她胡思乱想？唉，可怜的琼西小姐。"

"她病得很厉害很虚弱，"苏说，"发高烧发得她神经昏乱，满脑子都是古怪想法。好，贝尔曼先生，你不愿意给我当模特儿，就拉倒，我看你是个讨厌的老——老啰唆鬼。"

"你简直太婆婆妈妈了！"贝尔曼喊道，"谁说我不愿意当模特儿？走，我和你一块去。我不是讲了半天愿意给你当模特儿吗？老天爷，琼西小姐这么好的姑娘真不应该躺在这种地方生病。总有一天我要画一幅杰作，我们就可以都搬出去了。"

"一定的！"

他们上楼以后，琼西正睡着觉。苏把窗帘拉下，一直遮住窗台，做手势叫贝尔曼到隔壁屋子里去。他们在那里提心吊胆地瞅着窗外那棵常春藤。后来他们默默无言，彼此对望了一会。寒冷的雨夹杂着雪花不停地下着。贝尔曼穿着他的旧的蓝衬衣，坐在一把翻过来充当岩石的铁壶上，扮作隐居的矿工。

第二天早晨，苏只睡了一个小时的觉，醒来了，她看见琼西无神的眼睛睁得大大的注视着拉下的绿窗帘。

"把窗帘拉起来，我要看看。"她低声地命令道。

苏疲倦地照办了。

然而，看呀！经过了漫长一夜的风吹雨打，在砖墙上还挂着一片藤叶。它是常春藤上最后的一片叶子了。靠近茎部仍然是深绿色，可是锯齿形的叶子边缘已经枯萎发黄，它傲然挂在一根离地二十多英尺的藤枝上。

“这是最后一片叶子。”琼西说道，“我以为它昨晚一定会落掉的。我听见风声的。今天它一定会落掉，我也会死的。”

“哎呀，哎呀，”苏把疲乏的脸庞挨近枕头边上对她说，“你不肯为自己着想，也得为我想想啊。我可怎么办呢？”

可是琼西不回答。当一个灵魂正在准备走上那神秘的、遥远的死亡之途时，她是世界上最寂寞的人了。那些把她和友谊及大地联结起来的关系逐渐消失以后，她那个狂想越来越强烈了。

白天总算过去了，甚至在暮色中她们还能看见那片孤零零的藤叶仍紧紧地依附在靠墙的枝上。后来，夜的来临带来了呼啸的北风，雨点不停地拍打着窗子，雨水从低垂的荷兰式屋檐上流泻下来。

天刚蒙蒙亮，琼西就毫不留情地吩咐拉起窗帘来。那片藤叶仍然在那里。

琼西躺着对它看了许久。然后她招呼正在煤气炉上给她煮鸡汤的苏。

“我是一个坏女孩子，苏娣，”琼西说，“天意让那片最后的藤叶留在那里，证明我是多么坏。想死是有罪过的。你现在就给我拿点鸡汤来，再拿点掺葡萄酒的牛奶来，再——不，先给我一面小镜子，再把枕头垫垫高，我要坐起来看你做饭。”

过了一个钟头，她说道：“苏娣，我希望有一天能去画那不勒斯的海湾。”

下午医生来了，他走的时候，苏找了个借口跑到走廊上。

“有五成希望。”医生一面说，一面把苏细瘦的颤抖的手握在自己的手里，“好好护理你会成功的。现在我得去看楼下另一个病人。他的名字叫贝尔曼——听说也是个画家。也是肺炎。他年纪太大，身体又弱，病势很重。他是治不好的了；今天要把他送到医院里，让他更舒服一点。”

第二天，医生对苏说：“她已经脱离危险，你成功了。现在只剩下营养和护理了。”

下午苏跑到琼西的床前，琼西正躺着，安详地编织着一条毫无用处的深蓝色毛线披肩。

苏用一只胳臂连枕头带人一把抱住了她。

“我有件事要告诉你，小家伙，”她说，“贝尔曼先生今天在医院里患肺炎去世了。他只病了两天。头一天早晨，门房发现他在楼下自己那间房里痛得动弹不了。他的鞋子和衣服全都湿透了，冰凉冰凉的。他们搞不清楚在那个凄风苦雨的夜晚，他究竟到哪里去了。后来他们发现了一盏没有熄灭的灯笼，一把挪动过地方的梯子，几支扔得满地的画笔，还有一块调色板，上面涂抹着绿色和黄色的颜料，还有——亲爱的，瞧瞧窗子外面，瞧瞧墙上那最后一片藤叶。难道你没有想过，为什么风刮得那样厉害，它却从来不摇一摇、动一动呢？唉，亲爱的，这片叶子才是贝尔曼的杰作——就是在最后一片叶子掉下来的晚上，他把它画在那里的。”

（选自［美］欧·亨利．欧·亨利短篇小说集［M］．北京：作家出版社，2018.）

赏析提示

1900 年到 1920 年期间，是美国历史发展的黄金时期。长期生活在社会下层的欧·亨利，过着颠沛流离、穷困潦倒的生活，对种种人生及社会矛盾都有切身体会。他创作的大部分素材来自其在纽约所接触的各层人士及所见所闻。他在作品中生动刻画了社会各个阶层的世态人情，留下了那个时代美国社会大动荡、大变迁的深刻烙印。他的整个创作都在揭露社会生活的不公平、不合理、不正常和同情下层社会人民悲惨命运，但歌颂人性美是欧·亨利文学创作的主流，表现了作家对人性理想的执着追求。

《最后一片叶子》是欧·亨利的代表作之一。小说描写了几个穷画家之间患难与共的感情故事，塑造了贝尔曼这个舍己为人的老画家的动人形象。

贝尔曼是一位 60 多岁的老画家，穷困潦倒，郁郁不得志。他在小说中出场的次数极少，作者对他的外貌、语言与行动的描写只有寥寥数笔，但可以看出这是一个脾气暴躁、性格直率的老人，同时又是心怀梦想而又无法实现的失意画家。老贝尔曼一直把自己当作苏、琼西两位姑娘的守护神，他是一个心中有爱、善良正直的老人。为挽救琼西垂危的生命，冒着风雪在深夜为她画上了最后一片常春藤叶而染病身亡。他用生命换来的杰作，实现了他一生的夙愿。他的伟大与执着永远地浓缩在那片常春藤叶子里。他的形象显示了在冰冷的现代都市社会中，身处艰难困苦中的小人物在生活的重压下仍能对他人表现出真诚的友爱，做出难能可贵的牺牲，歌颂了人性中的真、善、美。

作品的构思十分精巧。小说的结尾突如其来却又在情理之中，作者并未正面描述贝尔曼用生命画出那片藤叶的场景，只是在结尾以苏之口转述。谜底一揭开，小说达到了高潮，但高潮即结尾，小说至此戛然而止。这样写可以造成悬念，增强故事吸引力，给读者留下想象的空间，欧·亨利式的结尾的魅力恰在于此。

小说采用幽默、风趣、俏皮、夸张、讽刺、比喻的语言，渲染悲剧的喜剧色彩，让读者在俏皮的描写中感受到内在庄严的思想感情，在生动活泼中给人启迪，体现了欧·亨利小说“含泪的微笑”的独特风格。

能力训练

1. 作者是怎样塑造贝尔曼的形象的？贝尔曼具有怎样的优良品德？

2. 结合作品谈谈什么是“欧·亨利式的结尾”。

素养园地

曹雪芹：穷困艰难，矢志不渝

用中国故事鞭策自己前行。

青年时代的曹雪芹才华出众，工诗善画。有人请他到皇宫书院里当画师，收入丰厚，但曹雪芹穷而有志，宁可过苦日子，也不愿去侍候达官贵人。晚年流落到北京西郊，“举家食粥酒常赊”，过着十分贫困的生活。在中国古代的文学家中，生活清贫的也不少见，但苦到曹雪芹这步田地的，实在不多。但是，在这样穷困艰难的条件下，曹雪芹却说“未足妨我襟怀”，他“披阅十载，增删五次”，仍然坚持写作《红楼梦》。终因贫病交加，无钱医治而离世，然而，他以“字字看来皆是血，十年辛苦不寻常”的精神创作的鸿篇巨制《红楼梦》，为他树立了历史的丰碑。

拓展阅读书单

1. 鲁迅 . 中国小说史略［M］. 北京：人民文学出版社，2007.
2. 齐裕焜，王子宽. 中国古代小说研究［M］. 福州：福建人民出版社，2005.
3. 马振方 . 小说艺术论［M］. 北京：北京大学出版社，2004.
4.《故事会》编辑部 . 名作欣赏［M］. 上海：上海文艺出版社，2020.
5.［捷克］米兰·昆德拉 . 小说的艺术［M］. 董强，译 . 上海：上海译文出版社，2004.
6.［美］克林斯·布鲁克斯，等 . 小说鉴赏［M］. 王万，等译 . 成都：四川人民出版社，2019.
7.［美］阿米斯 . 小说美学［M］. 傅志强，译 . 北京：知识产权出版社，2015.
8. 汪辟疆 . 唐人小说［M］. 上海：上海古籍出版社，2016.
9. 冯梦龙，凌濛初 . 三言二拍［M］. 北京：中国画报出版社，2015.
10. 吴敬梓 . 儒林外史［M］. 北京：人民文学出版社，2020.
11. 鲁迅 . 呐喊［M］. 南京：江苏凤凰文艺出版社，2017.
12. 沈从文 . 边城［M］. 长沙：湖南文艺出版社，2018.
13. 钱钟书 . 围城［M］. 北京：人民文学出版社，2013.
14. 杨沫 . 青春之歌［M］. 北京：人民文学出版社，2019.
15. 路遥 . 平凡的世界［M］. 北京：北京十月文艺出版社，2017.
16. 陈忠实 . 白鹿原［M］. 北京：作家出版社，2017.
17. 白先勇 . 台北人［M］. 桂阳：广西师范大学出版社，2015.
18.［西班牙］塞万提斯 . 堂吉诃德［M］. 北京：人民文学出版社，2018.
19.［法］司汤达 . 红与黑［M］. 天津：天津人民出版社，2016.
20.［英］夏洛蒂·勃朗特 . 简爱［M］. 北京：译林出版社，2018.
21.［奥地利］弗朗茨·卡夫卡 . 变形记：卡夫卡中短篇小说全集［M］. 上海：上海译文出版社，2018.
22.［哥伦比亚］加西亚·马尔克斯 . 百年孤独［M］. 海口：南海出版公司，2011.

第四章 戏剧欣赏

第一节　戏剧欣赏概述

一、什么是戏剧

诗歌、散文、小说均属单纯的语言艺术，戏剧则是由表演者将某个故事以对话、歌舞或动作等方式表演出来的综合性艺术。

戏剧包含多种艺术的表现手段。首先是文学剧本。它是以人物台词为手段，集中反映矛盾冲突的文学体裁，是戏剧演出的基础，直接决定了作品的艺术性和思想性。其次是音乐。戏剧演出中的音响、插曲、配乐等，戏曲、歌剧中的曲调和演唱等，对表演者塑造舞台形象起协同作用。再次是舞蹈。它是指舞剧、戏曲艺术中包含的舞蹈成分。最后是布景、灯光、道具、服装、化妆等造型艺术，它们从不同角度为表演者塑造舞台形象起到特定的辅助作用。

不同文化背景下产生的戏剧形式往往拥有独特的传统和程式，各种艺术因素在某一特定戏剧中所占的比例、地位不尽相同。一般地说，演员的表演艺术是戏剧艺术的本体，居于中心、主导地位，而表演艺术的基本手段是台词和形体动作。

二、戏剧的产生与发展

（一）中国戏剧的产生与发展

在世界剧坛上，中国古典戏曲与古希腊悲喜剧、印度梵剧并称为世界三大古剧。但戏剧的起源难以确考。比较主流的说法是，戏剧起源于远古时代祭祀占卜活动中的巫术歌舞活动，其目的是通过娱神而祈求神灵保佑。后来演员替代巫师，娱神转为娱人，巫术仪式就转化成了戏剧表演。“优孟衣冠”的典故表明我国周朝开始就有了职业演员优伶。随着经济的日渐繁荣，特别是丝绸之路开辟后出现的多民族艺术的交流，汉代出现了百戏繁盛的局面。百戏是各种技艺歌舞的总称。南北朝出现了《踏谣娘》《兰陵王》等剧目。唐代产生了参军戏及拨头，前者主要由参军和苍鹘两个角色做滑稽的对话和表演，以讽刺时政和社会现象；后者是一种来自西域的戴假面具的乐舞。北宋即出现了诸宫调，取同一宫调的若干曲牌联成短套，首尾一韵，再用不同宫调的许多短套联成长篇，杂以说白，以说唱长篇故事。宋代也出现了专供戏剧演出的固定场所瓦舍、勾栏，出现了职业演艺人员，发展出戏剧的初步形式杂剧。同时在金国出现了与杂剧分庭抗礼的称为院本的戏剧形式。北宋末年，温州一带产生了永嘉杂剧。因采用南方曲调，故又称南戏，这是我国戏剧最早的成熟形式之一。

元杂剧以其高度的社会价值、杰出的艺术成就和独特的形式体制开辟了我国戏剧文学的黄金时代。重要剧作家有关汉卿、马致远、白朴、郑光祖和王实甫，前四人并称为“元曲四大家”。关汉卿是元杂剧的奠基人和元前期剧坛领袖，其剧作当行本色，雅俗共赏，代表作有《窦娥冤》《救风尘》《望江亭》《单刀会》等，分别塑造了窦娥、赵盼儿、谭记儿、关云长等个性鲜明的人物形象。《窦娥冤》是关汉卿最杰出的作品，是我国戏剧史上不可多得的悲剧典范，与《汉宫秋》《梧桐雨》和纪君祥的《赵氏孤儿》并称为“元杂剧四大悲剧”。马致远有“曲状元”之称，代表作有《汉宫秋》。白朴的代表作有《梧桐雨》和《墙头马上》。郑光祖的代表作有《倩女离魂》。王实甫的代表作有《西厢记》，有“天下夺魁”之誉，被视为元杂剧的压卷之作，至今盛演不衰。

元末杂剧衰微，南戏又复盛行，出现了高明的《琵琶记》(被誉为“南戏之祖”)以及“荆、刘、拜、杀”四大传奇(《荆钗记》《白兔记》《拜月亭》《杀狗记》四大南戏)，为明清传奇奠定了基础。

明代剧坛以万历为界分为两个阶段：前期是杂剧、传奇分头并进，徐渭、康海是作家，代表作分别是《四声猿》《中山狼》；后期则由传奇取代杂剧一统天下，代表作家是汤显祖。汤显祖思想上追求个性解放，提出以情反理的艺术主张；创作上反对拘于声律，提倡性灵，代表作是“临川四梦”(《牡丹亭》《紫钗记》《南柯记》《邯郸记》)，其中《牡丹亭》影响最大，是我国戏剧史上的浪漫主义杰作。

清初吴伟业《秣陵春》、“苏州派”作家李玉《清忠谱》等作品，反映了朝代更迭之际的民族矛盾和社会现实。《清忠谱》真实再现明末东林党人和苏州人民反抗阉党魏忠贤的斗争，是我国戏剧史上第一部“事俱按实”的历史戏。“南洪北孔”的出现代表清传奇创作的高峰。洪昇代表作《长生殿》对唐明皇、杨贵妃爱情悲剧这一传统题材进行了新的演绎，孔尚任的《桃花扇》“借离合之情，写兴亡之感”，达到了艺术真实与历史真实的较好统一。嗣后，传奇日趋衰微，各种地方戏开始兴盛，京剧和三百余种地方戏成为中国戏剧的主力军。

中国现当代戏剧以译介、接受西方话剧为开端。1918 年《新青年》刊出“易卜生专号”，兴起了介绍外国戏剧理论、翻译外国剧作的热潮。同时出现了戏剧专门学校、戏剧团体和刊物，形成了多种戏剧流派。中国现代话剧史上，第一部剧作是胡适模仿易卜生名剧《玩偶之家》而作的《终身大事》。现代话剧运动的重要开拓者之一、革命戏剧运动的奠基人田汉是这一时期创作最丰富的剧作家，著有20多部话剧，代表作是《获虎之夜》和《名优之死》。其他剧作家主要有郭沫若、丁西林、欧阳予倩、熊佛西等。

20世纪30年代中国话剧走向成熟。著名剧作家有曹禺、田汉、洪深、夏衍等。现代话剧的奠基人曹禺在这一时期创作了《雷雨》《日出》和《原野》。曹禺戏剧的成功，标志着中国话剧进入了成熟期。

抗日战争初期，小型抗日剧作大量涌现，现代历史剧空前活跃，郭沫若成就、影响最大，代表作是《屈原》，此剧成为中国现代历史剧的传世之作。

中华人民共和国成立初期，革命历史题材剧主要有胡可的《战斗里成长》、陈其通的《万水千山》、宋之的《保卫和平》等，历史剧名作有郭沫若的《蔡文姬》，田汉的《关汉卿》《文成公主》等。反映现实生活的剧作有沈西蒙的《霓虹灯下的哨兵》、陈耕的《年青的一代》、贾六的《雷锋》等。

中华人民共和国成立后老舍回国，创作、改编了23个剧本，被誉为“文艺界的劳动模范”。老舍最有影响的表现现实生活的剧本是《龙须沟》，1957年发表的《茶馆》是老舍戏剧创作的一座里程碑，是中国当代戏剧创作最杰出的作品之一。

1965年批判吴晗的新编历史剧《海瑞罢官》拉开了“文化大革命”的序幕，“文化大革命”十年，戏剧舞台上全国只有8个样板戏。

粉碎“四人帮”后，最早出现的是揭批“四人帮”、歌颂老一代的戏剧作品，如王景愚的《枫叶红了的时候》、苏叔阳的《丹心谱》、宗福先的《于无声处》、邵冲飞的《报童》、程士荣的《西安事变》等。

中共十一届三中全会后，出现了社会问题剧《报春花》（崔德志）、《未来在召唤》（赵梓雄）、《谁是强者》（梁秉坤）、《救救她》（赵国庆）等，剧作大多锋芒凌厉，具有社会轰动效应。

20世纪80年代初，出现了探索性戏剧，剧作手法不一，追求不同。1985年前，探索戏剧较多地受到西方戏剧观念和手法的影响，如《秦王李世民》（颜海平）、《阿Q正传》（陈白尘）、《绝对信号》（高行健）、《屋外有热流》（马中骏）等。1985年以后，戏剧则更多地表现为现实主义的深化，文化成为最具吸引力的审美视角，代表作有《狗儿爷涅槃》（刘锦云）、《桑树坪纪事》（徐频莉编剧）等，创作表现手法不一，思想艺术的审美呈多元化发展。

（二）西方戏剧的产生与发展

西方戏剧的源头是古希腊戏剧。古希腊戏剧成就最高的是悲剧和喜剧。

古希腊悲剧的内容，基本取材于神话和传说。埃斯库罗斯、索福克勒斯和欧里庇得斯是古希腊的三大悲剧作家。埃斯库罗斯被誉为“悲剧之父”，其作品最著名的是“普罗米修斯三部曲”之一的《被缚的普罗米修斯》。索福克勒斯的代表作是《俄狄浦斯王》，主要表现了人的意志与命运之间的矛盾冲突，因此被称为“命运悲剧”。欧里庇得斯被誉为“剧场里的哲学家”，代表作是《美狄亚》。

古希腊喜剧的雏形产生于公元前5世纪下半叶，主要形式分为两种：一种是西西里喜剧；另一种是阿提卡喜剧。阿提卡喜剧经历了旧喜剧、中喜剧、新喜剧三个阶段。阿里斯托芬是雅典旧喜剧的代表人物，《鸟》是阿里斯托芬旧喜剧中首屈一指的作品，描写两个雅典人不满生活的混乱逃至鸟的国度的故事。

威廉・莎士比亚是欧洲文艺复兴时期最伟大的戏剧家，他继承了古希腊罗马戏剧和英国民族戏剧的传统，把人物活动置于广阔的社会背景中去刻画，注重情节的生动性、丰富性，塑造了一系列个性鲜明的人物形象，使戏剧创作达到了前所未有的水平，被称为世界戏剧史上的泰斗。他创作了历史剧10部、喜剧10部、悲剧10部、悲喜剧3部等，著名历史剧有《亨利四世》《亨利五世》,《第十二夜》是喜剧的杰出代表，悲剧《哈姆莱特》《奥赛罗》《李尔王》和《麦克白》被公认为莎士比亚“四大悲剧”。

17世纪西方文学的主要成就是法国古典主义戏剧。艺术上以古希腊、罗马为典范，强调一部剧本中地点、情节、时间同一的“三一律”。皮埃尔・高乃依是古典主义悲剧创始人，代表作《熙德》是古典主义第一部典范作品。让・拉辛是古典主义悲剧的另一位代表人物，代表作是《安德洛玛克》。莫里哀是法国古典主义最杰出的代表，其喜剧成就超过了悲剧，《伪君子》是其代表作，该剧深刻地揭露了教会势力的虚伪性和欺骗性。

亨利克・易卜生是挪威杰出的戏剧家，代表作是《玩偶之家》。其社会问题剧发扬现实主义精神，深刻揭示资本主义社会的腐朽、虚伪，批判了资本主义社会的种种丑恶。

象征主义戏剧是古典戏剧与现代戏剧的分界线，代表作家是比利时梅特林克和德国霍普特曼。前者代表作是《青鸟》，后者代表作是《晨钟》。

表现主义戏剧产生于第一次世界大战前夕的德国，盛行于20世纪二三十年代的德国、美国。尤金・奥尼尔是表现主义戏剧的代表性作家，曹禺称他为“美国现代戏剧之父”，代表作是《毛猿》。

荒诞派戏剧在第二次世界大战后登上西方戏剧舞台。艺术上，荒诞派戏剧无戏剧性事件，无情节，只有零乱、破碎的舞台形象。创始人是德国尤金・尤奈斯库，代表作是《秃头歌女》。德国作家塞缪尔・贝克特是荒诞派戏剧的代表作家，代表作是《等待戈多》。该剧深刻反映了“第二次世界大战”后西方普遍存在的幻灭情绪，揭示人类在荒谬世界中的尴尬处境。结构上采用反复再现手法来组织情节，打破传统戏剧方式。人物语言重复、啰唆，体现出非逻辑性、无意义性，具有相当强烈的艺术效果。

三、戏剧的特征

1. 时空的舞台性

戏剧只能活在舞台上。戏剧的舞台性决定了舞台场景相对固定，表演时间一般不超过3小时。因此，清代戏剧家李渔在《闲情偶记》中提出了戏剧结构单一化、“立主脑”“减头绪”“戏剧为一人一事而设”的主张。欧洲17世纪古典主义戏剧理论也提出了“三一律”，即单一的故事情节，且在同一地点发生，并于一天之内完成。剧本创作必须遵循这一规律，如郭沫若的历史剧《屈原》以屈原一天的生活概括了屈原一生的悲剧；老舍的《茶馆》以三幕展现3个时代，反映了50年的中国社会变迁。

2. 矛盾冲突的集中性

无冲突不成戏剧也是一条公理。与小说相比，剧本要求把尖锐、剧烈的矛盾冲突迅速推向高潮。清毛宗岗评云，《西厢记》乃“夫人作鲠，便是赖婚”，《琵琶记》则“丞相作鲠，便是逼婚”。有人从中作梗便是矛盾冲突，戏剧由此掀起“波澜”。否则，舞台会“冷场”，观众会走人。

3. 语言动作的个性化

个性化是剧作家孜孜追求的目标，正如高尔基所说：“剧本（悲剧和喜剧）是最难运用的一种形式。其所以难，是因为剧本要求每个剧中人物用自己的语言和行动来表现自己的特征，而不用作者提示。”①

四、戏剧的种类

戏剧可以从不同角度进行分类。

按容量大小可以分为多幕剧、独幕剧。

按表现手段不同可以分为话剧、歌剧、舞剧和戏曲。

按取材时代不同可以分为历史剧、现代剧。

按内容特点可以分为社会问题剧、心理剧。

按矛盾冲突的性质可以分为悲剧、喜剧和正剧。

① 高尔基．论文学[M]．北京：人民文学出版社，1978.

悲剧展示善与恶的冲突，格调崇高肃穆，通过“好人”反遭厄运的表演，“将人生有价值的东西毁灭给人看”，使观众产生怜悯与恐惧，产生震撼人心的力量。如《窦娥冤》《哈姆莱特》。

喜剧也表现善与恶的冲突，但结局以“坏人”失败而告终。喜剧的美感是滑稽，功能是惩罚过失，“将无价值的东西撕破给人看”。如《伪君子》《钦差大臣》。

正剧又称悲喜剧。正剧理论家狄德罗认为，悲剧给人以痛苦，喜剧给人以欢乐，但两者之间应该有一个中心点，这就是正剧。正剧以普通人的日常生活矛盾为戏剧冲突，并从中揭示深刻的社会意义。如易卜生《玩偶之家》、汤显祖《牡丹亭》、现代剧《洪湖赤卫队》、京剧《大风歌》等。

五、戏剧欣赏方法

戏剧品类甚多，不同种类的戏剧，鉴赏方法和鉴赏重点存在一定的差异性。但戏剧冲突是戏剧文学的核心，戏剧欣赏的切入点正是戏剧冲突。可从三个方面入手：

1. 鉴赏情节发展与戏剧冲突的关系

欣赏贯穿于情节始终的戏剧冲突，包括开端、发展、高潮和结局四部分。以曹禺《雷雨》为例，剧作家的创作意图“就是要破坏”，即摧毁一个从封建地主家庭发展而来的官僚资本家家庭。为了将三十多年来的家庭矛盾集中到周公馆的一天来展现，作者设计了三种冲突：一是鲁侍萍的命运悲剧；二是蘩漪、四凤、周萍、周冲的爱情悲剧；三是以鲁大海为代表的罢工斗争。三种冲突交织在一起，在周公馆内同时展示，矛头都指向周朴园。这种集中、曲折、复杂、尖锐的戏剧冲突在四幕中逐次展开，最后以大暴露、大毁灭作结，震撼人心。

2. 鉴赏戏剧冲突对塑造人物形象的作用

戏剧冲突既推进故事情节，也为刻画人物形象服务。戏剧冲突反映人物个性特征：通过人与环境的冲突，展示人物性格产生的原因；通过冲突发生、发展和解决的过程，展示人物性格的变化。以易卜生《玩偶之家》为例，娜拉是一个摆脱家庭束缚、走向精神觉醒的个性反叛典型，她和极端自私的丈夫海尔茂的戏剧冲突，是一种以金钱和地位为中心的矛盾冲突，娜拉由温顺、单纯、快乐的“小松鼠儿”转变为追求自由、敢作敢为、勇于抗争的叛逆者，其性格发展是在戏剧冲突的发展变化中逐步展现的。

3. 鉴赏戏剧冲突的设置技巧

为使戏剧冲突更加集中、紧凑，戏剧冲突的设置技法，诸如“巧合”“悬念”等，也是我们鉴赏的一个重要方面。

巧合指人与人、人与事、事与事的不期而遇。无巧不成书，无巧不成戏。巧合，出人意料、妙趣横生，但又在情理之中，使人深信不疑。

悬念是剧情发展中设置的疑团。悬念使观众引颈而望，急切地期盼着揭晓谜底，从而产生欲罢不能的艺术效果。合理设置悬念，可使读者兴趣盎然，随着剧情一路走下去，直至剧终。如果戈理的《钦差大臣》，谁是钦差大臣就是一个总悬念。《威尼斯商人》中，夏洛克以“一磅肉”为条件借钱给安东尼奥，很有悬念。

总之，戏剧欣赏是一个情趣与理性、感受与思考交融的复杂的审美过程，这需要读者和观众投身其中。而多角度地欣赏戏剧冲突，则是最基本、最关键的一环。当然，表演程式是否规范、完善，演员各种虚拟的示意动作（如开门、抬轿等）是否简练并为观众所认可，也可以成为观众的鉴赏对象。

第二节　戏剧欣赏选文

西厢记

王实甫

作者介绍

王实甫（1260—1336），名德信，大都（今北京）人，祖籍河北省保定市定兴县。元代著名杂剧作家，与关汉卿、白朴、马致远齐名。其作品既全面继承了唐诗宋词精美的语言艺术，又吸收了民间生动活泼的口头语言，创造了文采璀璨的元曲词汇，成为中国戏曲史上"文采派"的杰出代表。著有杂剧十四种，现存《西厢记》《丽春堂》《破窑记》三种。五本二十一折五楔子的《西厢记》不仅是他的代表作，也是元杂剧中最优秀的作品之一。

作品选读

第四本·第三折

（夫人、长老上，开[1]）今日送张生赴京，十里长亭，安排下筵席。我和长老先行，不见张生小姐来到。（旦、末、红同上，旦云）今日送张生上朝取应去，早是离人伤感，况值那暮秋天气，好烦恼人也呵！"悲欢聚散一杯酒，南北东西万里程。"（旦唱）

【正宫】【端正好】碧云天，黄花地，西风紧。北雁南飞。晓来谁染霜林醉？总是离人泪。

【滚绣球】恨相见得迟，怨归去得疾。柳丝长玉骢[2]难系，恨不得倩疏林挂住斜晖。马儿迍迍[3]行，车儿快快随，却[4]告了相思回避，破题儿[5]又早别离。听得道一声"去也"，松了金钏；遥望见十里长亭，减了玉肌。此恨谁知？

（红云）姐姐今日怎么不打扮？（旦云）你哪知我的心里呵？（旦唱）

【叨叨令】见安排着车儿、马儿，不由人熬熬煎煎的气；有甚么心情花儿、靥[6]儿，打扮得娇娇滴滴的媚；准备着被儿、枕儿，则索[7]昏昏沉沉的睡；从今后衫儿、袖儿，都揾湿做重重叠叠的泪。兀的不闷杀人也么哥！兀的不闷杀人也么哥！久已后书儿、信儿，索与我栖栖惶惶的寄。

（做到了科，见夫人了）（夫人云）张生和长老坐，小姐这壁坐，红娘将酒来。张生，你向前来，是自家亲眷，不要回避。俺今日将莺莺与你，到京师休辱没了俺孩儿，挣揣[8]一个状元回来者。（末云）小生托夫人余荫，凭着胸中之才，觑官如拾芥[9]耳。（洁云）夫人主张不差，张生不是落后的人。（把酒了，坐）（旦长吁了）（旦唱）

【脱布衫】下西风黄叶纷飞，染寒烟衰草萋迷[10]。酒席上斜签着坐地[11]，蹙愁眉死临侵地[12]。

【小梁州】我见他阁泪汪汪不敢垂，恐怕人知，猛然见了把头低，长吁气，推整素罗衣。

【幺】虽然久后成佳配，奈[13]时间怎不悲啼。意似痴，心如醉，昨宵今日，清减了小腰围。

（夫人云）小姐把盏者！（红递酒了，旦把盏了）（旦唱）

【上小楼】合欢未已，离愁相继。想着俺前暮私情，昨夜成亲，今日别离。我谂[14]知这几日相思滋味，却原来此别离情更增十倍。

【幺】年少呵轻远别，情薄呵易弃掷。全不想腿儿相压，脸儿相偎，手儿相携。你与俺崔相国做女婿，妻荣夫贵[15]，但得一个并头莲，强似状元及第。

（红云）姐姐，不曾吃早饭，饮一口儿汤水。（旦云）红娘，甚么汤水咽得下！（唱）

【满庭芳】供食太急，须臾对面，顷刻别离。若不是[16]酒席间子母每当回避，有心待与他举案齐眉。

【幺】虽然是厮守得一时半刻，也合着俺夫妻共桌而食。眼底空留意，寻思起就里，险化作望夫石。

（夫人云）红娘把盏者！（红把酒了）（旦唱）

【快活三】将来的酒共食，尝着似土和泥；假若便是土和泥，也有些土气息、泥滋味。

【朝天子】暖溶溶玉杯，白泠泠似水，多半是相思泪。眼面前茶饭怕不待要[17]吃，恨塞满愁肠胃。蜗角虚名[18]，蝇头微利，拆鸳鸯在两下里。一个这壁，一个那壁，一递一声[19]长吁气。

（夫人云）辆起车儿[20]，俺先回去，小姐随后和红娘来。（下）（末辞洁科）（洁云）此一行别无话说，贫僧准备买登科录看，看做亲的茶饭，少不得贫僧的。先生在意，鞍马上保重者！“从今经忏无心礼，专听春雷第一声。”（下）（旦唱）

【四边静】霎时间杯盘狼籍，车儿投东，马儿向西，两意徘徊，落日山横翠。知他今宵宿在哪里？有梦也难寻觅。

（旦云）张生，此一行得官不得官，疾早便回来。（末云）小姐心儿里艰难。小生这一去，白夺一个状元，真乃是“青霄有路终须到，金榜无名誓不归”。（旦云）君行别无所赠，口占一绝，为君送行：“弃掷今何在，当时且自亲。还将旧来意，怜取眼前人。”（末云）小姐之意差矣，张珙更敢怜谁？谨赓一绝，以剖寸心：“人生长远别，孰与最关亲？不遇知音者，谁怜长叹人？”（旦唱）

【耍孩儿】淋漓襟袖啼红泪[21]，比司马青衫更湿。伯劳[22]东去燕西飞，未登程先问归期。虽然眼底人千里，且尽生前酒一杯。未饮心先醉，眼中流血，心内成灰。

【五煞】到京师服水土，趁程途，节饮食，顺时自保揣[23]身体。荒村雨露宜眠早，野店风霜要起迟！鞍马秋风里，最难调护，最要扶持。

【四煞】这忧愁诉与谁？相思只自知，老天不管人憔悴。泪添九曲黄河[24]溢，恨压三峰华岳[25]低。到晚来闷把西楼倚，见了些夕阳古道，衰柳长堤。

【三煞】笑吟吟一处来，哭啼啼独自归。归家若到罗帏里，昨日个绣衾香暖留春住，今夜个翠被生寒有梦知。留恋你别无意，见据鞍上马，阁不住泪眼愁眉。

（末云）有甚言语嘱咐小生咱？（旦唱）

【二煞】你休忧文齐福不齐，我只怕你停妻再娶妻[26]。你休要“一春鱼雁无消息”！我这里“青鸾有信频须寄”，你却休“金榜无名誓不归”。此一节君须记，若见了那异乡花草，再休似此处栖迟。

（末云）再谁似小姐？小生又生此念？仆童赶早行一程儿，早寻个宿处。（末念）泪随流水急，愁逐野云飞。（下）（旦唱）

【一煞】青山隔送行，疏林不做美，淡烟暮霭[27]相遮蔽。夕阳古道无人语，禾黍秋风听马嘶。我为甚么懒上车儿内，来时甚急，去后何迟？

（红云）夫人去好一会，姐姐，咱家去！（旦唱）

【收尾】四围山色中，一鞭残照里。遍人间烦恼填胸臆，量这些大小车儿如何载得起？

（旦、红下）（末云）

（选自朱东润．中国历代文学作品选［M］．上海：上海古籍出版社，2002.）

注释

［1］开：元杂剧术语，开始说话之意。

［2］玉骢（cōng）：马的代称，原指青白色的马。

［3］迍（zhūn）迍：行动迟缓状。

［4］却：通“恰”。

［5］破题儿：开头。唐宋文人称诗赋开头几句为破题。明清小说中常有“破题儿第一遭”，有“头一次”的含义。

［6］靥（yè）：原指嘴边的酒窝，此处指女性装扮面部的一种首饰。

［7］索：须。

［8］挣揣：夺取。

［9］拾芥：比喻轻而易举，说的是功名唾手可得。芥，小草。

［10］衰草萋迷：枯草遍地。萋迷，草长得很茂盛的样子。

［11］酒席上斜签着坐地：指张珙。签，插。

［12］死临侵地：指极其憔悴。死，程度副词。临侵，憔悴无力。

［13］奈：无奈。

［14］谂（shěn）：知道。

［15］妻荣夫贵：俗语有夫荣妻贵之说，因莺莺是相国家的小姐，身份尊荣，张生娶她做妻子，就可凭着相国家女婿的身份取得富贵，无须上京博取功名。此处有埋怨之意。

［16］若不是句：指老夫人在场，不能与张生亲近。

［17］怕不待要：难道不要。

［18］蜗角虚名：指微不足道的荣誉。蜗角，细小、细微。

［19］一递一声：不断地叹气。递，接连不断。

［20］辆起车儿：套上车子。

［21］红泪：泪中含血。《拾遗记》：“薛灵芸选入宫时，别父母，以玉唾壶承泪，壶即红色。”

［22］伯劳：鸟名。略大于雀，胸腹部茶色，尾、翼黑褐色。

［23］保揣：保重。揣，量度。

［24］九曲黄河：古代黄河自孟津向北，分为九道。

［25］三峰华岳：指华山莲花峰、毛女峰、松桧峰。

［26］停妻再娶妻：指重婚。封建时代有很多士人金榜题名后又与富贵人家再婚的现象。

［27］霭：云气。

赏析提示

《西厢记》全名《崔莺莺待月西厢记》。大约写于元贞、大德年间，此剧一上舞台就惊倒四座，博得男女青年的喜爱，被誉为“《西厢记》天下夺魁”。和前代《西厢记诸宫调》相比，思想上更趋深刻，否定了传统的封建联姻方式，主张以爱情为男女结合基础，推崇把爱情置于功名利禄之上的价值观，正面提出“愿天下有情人都成了眷属”的主张，具有更鲜明的反封建礼教和封建婚姻制度的主题。在艺术上，通过错综复杂的戏剧冲突来完成崔莺莺、张珙、红娘等艺术形象的塑造，人物的性格特征生动鲜明。作为我国古典戏剧中的一部典范性作品，其规模之宏伟、结构之严密、情节之曲折、点缀之富有情趣、刻画人物之生动细腻等，不仅前无古人，而且超过了元代的其他剧作家，正因为如此，元代贾仲明在《凌波仙》

称："新杂剧，旧传奇，《西厢记》天下夺魁。"

第四本第三折，是《西厢记》中最脍炙人口的精彩片段之一。这折戏写张生迫于老夫人之命上京应考，莺莺与张生在长亭惜别。由莺莺主唱，是塑造莺莺形象的重场戏之一。它以赴长亭途中、长亭别宴、长亭话别为线索，展现了一幅情景交融的暮秋别离图，集中刻画了莺莺送别时深细而复杂的心绪。这种离愁别绪反映了自由爱情与封建礼教的尖锐矛盾，表现了封建礼教对人性、人情的严重束缚和压制。

这折戏没有曲折复杂的戏剧情节，其艺术魅力主要来自对人物心灵的深刻探索和真实描摹。作者将艺术笔触伸展到处于"长亭送别"这一特定情境的莺莺的心灵深处，成功塑造了一位感情细腻、纯真而又充满内心矛盾的少女形象，多层次展示了莺莺"此恨谁知"的复杂心理：有对"前暮私情，昨夜成亲，今日别离"的亲人的百般依恋，有对即将来临的"南北东西万里程"的别离的无限悲戚，有对逼求"蜗角虚名，蝇头微利"而"强拆鸳鸯在两下里"的做法的强烈不满，有对当时金榜题名、停妻再娶的婚姻悲剧的深切忧虑。同时也深刻地揭示了这一复杂心理的纯净的灵魂美。莺莺在送别张生时的依恋、悲戚、不满和忧虑，都与她美好的爱情理想紧密联系在一起。她对张生的爱，是互相倾慕的产物，丝毫没有掺杂世俗的考虑和利害的打算。她所追求的是真挚专一、天长地久的爱情幸福，而不是封建的家世的利益。在她看来，爱情是最可贵的，"但得一个并头莲，煞强如状元及第"，并再三叮嘱张生"此一行得官不得官，疾早便回来"，从这里可以看出莺莺珍视爱情而鄙视功名的思想。

这折戏的另一突出艺术成就是景物描写与抒情、叙事融为一体，烘托出人物复杂的感情和微妙的心理。景中有情，情中有景，水乳交融，妙合无垠，读来余香满口，回味无穷。

这折戏语言雅俗相济，显示了王实甫深厚的语言功力。作者善于化用前代名篇中的优美成句，也擅长提炼现实生活中的白描俊语。曲词既有强烈的文学意味，富有诗情画意；又有浓厚的生活气息，符合人物的身份和性格。典故和对偶的运用，使曲词显得典丽含蓄；一连串的排比和大量的叠字，又使曲词显得本色当行。其他如比喻、夸张等修辞手法的运用，都增强了戏剧语言的表现力。

能力训练

1. 请结合文本分析莺莺的性格特征。

2. 试分析《西厢记》的语言特点。

3. 红娘这一人物形象对培养现代职业素养有何启示？

茶　馆

老　舍

作者介绍

老舍（1899—1966），原名舒庆春，字舍予，笔名老舍。满族，北京人。现代著名小说家、戏剧家。1918年毕业于北京师范学校，曾任小学校长、中学教师。1923年发表第一篇小说《小铃儿》，1924年赴英国伦敦大学东方学院任华语讲师，此间创作了《老张的哲学》《赵子曰》《二马》三部长篇小说。1930年回国，先后在齐鲁大学、山东大学任教，并写出长篇小说《猫城记》《离婚》《骆驼祥子》和短篇小说《月牙儿》《断魂枪》等优秀作品。抗战期间，曾主持全国文艺界抗敌协会工作。1946年赴美讲学，完成鸿篇巨制《四世同堂》。1949年回国，曾任全国文联副主席、全国作协副主席、北京市文联主席等职。在创作上，主要精力转到话剧创作上，取得了辉煌的成就。1951年，被北京市人民政府授予“人民艺术家”称号。1966年8月，“文化大革命”初期因受迫害而去世。

老舍的作品充满着地域文化色彩，被称为“京味”十足的“市井文学”。城市平民生活的题材加上富有悲喜剧色彩的情节和幽默的语言，使得他的小说和戏剧深受读者欢迎。

作品选读

第一幕

人：王利发　刘麻子　庞太监　唐铁嘴　康六　小牛儿　松二爷　黄胖子　宋恩子　常四爷　秦仲义　吴祥子　李三　老人　康顺子　二德子　乡妇　茶客甲、乙、丙、丁　马五爷　小妞　茶房一二人。

时：一八九八年（戊戌）初秋，康梁等的维新运动失败了。早半天。

地：北京，裕泰大茶馆。

幕启：这种大茶馆现在已经不见了。在几十年前，每城都起码有一处。这里卖茶，也卖简单的点心与饭菜。玩鸟的人们，每天在遛够了画眉、黄鸟等之后，要到这里歇歇腿、喝喝茶，并使鸟儿表演歌唱。商议事情的、说媒拉纤的，也到这里来。那年月，时常有打群架的，但是总会有朋友出头给双方调解；三五十口子打手，经调人东说西说，便都喝碗茶，吃碗烂肉面（大茶馆特殊的食品，价钱便宜，做起来快当），就可以化干戈为玉帛了。总之，这是当日非常重要的地方，有事无事都可以来坐半天。

在这里，可以听到最荒唐的新闻，如某处的大蜘蛛怎么成了精，受到雷击。奇怪的意见也在这里可以听到，像把海边上都修上大墙，就足以挡住洋兵上岸。这里还可以听到某京戏演员新近创造了什么腔儿，和煎熬鸦片烟的最好的方法。这里也可以看到某人新得到的奇珍——一个出土的玉扇坠儿，或三彩的鼻烟壶。这真是个重要的地方，简直可以算作文化交流的所在。

我们现在就要看见这样的一座茶馆。

一进门是柜台与炉灶——为省点事，我们的舞台上可以不要炉灶；后面有些锅勺的响声也就够了。屋子非常高大，摆着长桌与方桌，长凳与小凳，都是茶座儿。隔窗可见后院，高搭着凉棚，棚下也有茶座儿。屋里和凉棚下都有挂鸟笼的地方。各处都贴着“莫谈国事”的纸条。

有两位茶客，不知姓名，正眯着眼，摇着头，拍板低唱。有两三位茶客，也不知姓名，正入神地欣赏瓦罐里的蟋蟀。两位穿灰色大衫的——宋恩子与吴祥子，正低声地谈话，看样子他们是北衙门的办案的（侦缉）。

今天又有一起打群架的，据说是为了争一只家鸽，惹起非用武力解决不可的纠纷。假若真打起来，非出人命不可，因为被约的打手中包括善扑营的哥儿们和库兵，身手都十分厉害。好在，不能真打起来，因为在双方还没把打手约齐，已有人出面调停了——现在双方在这里会面。三三两两的打手，都横眉立目，短打扮，随时进来，往后院去。

马五爷在不惹人注意的角落，独自坐着喝茶。

王利发高高地坐在柜台里。

唐铁嘴踏拉着鞋，身穿一件极长极脏的大布衫，耳上夹着几张小纸片，进来。

王利发　唐先生，你外边蹓蹓吧！

唐铁嘴　（惨笑）王掌柜，捧捧唐铁嘴吧！送给我碗茶喝，我就先给您相相面吧！手相奉送，不取分文！（不容分说，拉过王利发的手来）今年是光绪二十四年，戊戌。您贵庚是……

王利发　（夺回手去）算了吧，我送你一碗茶喝，你就甭卖那套生意口啦！用不着相面，咱们既在江湖内，都是苦命人！（由柜台内走出，让唐铁嘴坐下）坐下！我告诉你，你要是不戒了大烟，就永远交不了好运！这是我的相法，比你的更灵验！

松二爷和常四爷都提着鸟笼进来，王利发向他们打招呼。他们先把鸟笼子挂好，找地方坐下。松二爷文绉绉的，提着小黄鸟笼；常四爷雄赳赳的，提着大而高的画眉笼。茶房李三赶紧过来，沏上盖碗茶。他们自带茶叶。茶沏好，松二爷、常四爷向临近的茶座让了让。

松二爷、常四爷　您喝这个！（然后，往后院看了看）

松二爷　好像又有事儿？

常四爷　反正打不起来！要真打的话，早到城外头去啦，到茶馆来干吗？

二德子，一位打手，恰好进来，听见了常四爷的话。

二德子　（凑过去）你这是对谁甩闲话呢？

常四爷　（不肯示弱）你问我哪？花钱喝茶，难道还教谁管着吗？

松二爷　（打量了二德子一番）我说这位爷，您是营里当差的吧？来，坐下喝一碗，我们也都是外场人。

二德子　你管我当差不当差呢！

常四爷　要抖威风，跟洋人干去，洋人厉害！英法联军烧了圆明园，尊家吃着官饷，可没见您去冲锋打仗！

二德子　甭说打洋人不打，我先管教管教你！（要动手）

别的茶客依旧进行他们自己的事。王利发急忙跑过来。

王利发　哥儿们，都是街面上的朋友，有话好说。德爷，您后边坐！

二德子不听王利发的话，一下子把一个盖碗搂下桌去，摔碎。翻手要抓常四爷的脖领。

常四爷　（闪过）你要怎么着？

二德子　怎么着？我碰不了洋人，还碰不了你吗？

马五爷　（并未立起）二德子，你威风啊！

二德子　（四下扫视，看到马五爷）喝，马五爷，你在这儿哪？我可眼拙，没看见您！（过去请安）

马五爷　有什么事好好地说，干吗动不动地就讲打？

二德子　嗻！您说得对！我到后头坐坐去。李三，这儿的茶钱我候啦！（往后面走去）

常四爷　（凑过来，要对马五爷发牢骚）这位爷，您圣明，您给评评理！

马五爷　（立起来）我还有事，再见！（走出去）

常四爷　（对王利发）邪！这倒是个怪人！

王利发　您不知道这是马五爷呀！怪不得你也得罪了他！

常四爷　我也得罪了他？我今天出门没挑好日子！

王利发　（低声地）刚才您说洋人怎样，他就是吃洋饭的。信洋教，说洋话，有事情可以一直地找宛平县的县太爷去，要不怎么连官面上都不惹他呢！

常四爷　（往原处走）哼，我就不佩服吃洋饭的！

王利发　（向宋恩子、吴祥子那边稍一歪头，低声地）说话请留点神！（大声地）李三，再给这儿沏一碗来！（拾起地上的碎瓷片）

松二爷　盖碗多少钱？我赔！外场人不做老娘们事！

王利发　不忙，待会儿再算吧！（走开）

纤手刘麻子领着康六进来。刘麻子先向松二爷、常四爷打招呼。

刘麻子　您二位真早班儿！（掏出鼻烟壶，倒烟）您试试这个！刚装来的，地道的英国造，又细又纯！

常四爷　唉！连鼻烟也得从外洋来！这得往外流多少银子啊！

刘麻子　咱们大清国有的是金山银山，永远花不完！您坐着，我办点小事！（领康六找了个座儿）

李三拿过一碗茶来。

刘麻子　说说吧，十两银子行不行？你说干脆的！我忙，没工夫专伺候你！

康六　刘爷！十五岁的大姑娘，就值十两银子吗？

刘麻子　卖到窑子去，也许多拿两儿八钱的，可是你又不肯！

康六　那是我的亲女儿！我能够……

刘麻子　有女儿，你可养活不起，这怪谁呢？

康六　那不是因为乡下种地的都没法子混了吗？一家大小要是一天能吃上一顿粥，我要还想卖女儿，我就不是人！

刘麻子　那是你们乡下的事，我管不着。我受你之托，教你不吃亏，又教你女儿有个吃饱饭的地方，这还不好吗？

康六　到底给谁呢？

刘麻子　我一说，你必定从心眼里乐意！一位在宫里当差的！

康六　宫里当差的谁要个乡下丫头呢？

刘麻子　那不是你女儿的命好吗？

康六　谁呢？

刘麻子　庞总管！你也听说过庞总管吧？伺候着太后，红的不得了，连家里打醋的瓶子都是玛瑙的！

康六　刘大爷，把女儿给太监做老婆，我怎么对得起人呢？

刘麻子　卖女儿，无论怎么卖，也对不起女儿！你糊涂！你看，姑娘一过门，吃的是珍馐美味，穿的是绫罗绸缎，这不是造化吗？怎样，摇头不算点头算，来个干脆的！

康六　自古以来，哪有……他就给十两银子？

刘麻子　找遍了你们全村儿，找得出十两银子找不出？在乡下，五斤白面就换个孩子，你不是不知道！

康六　我，唉！我得跟姑娘商量一下！

刘麻子　告诉你，过了这个村可没有这个店，耽误了事可别怨我！快去快来！

康六　唉！我一会儿就回来！

刘麻子　我在这儿等着你！

康六　（慢慢地走出去）

刘麻子　（凑到松二爷、常四爷这边来）乡下人真难办事，永远没有个痛痛快快！

松二爷　这号生意又不小吧？

刘麻子　也甜不到哪儿去，弄好了，赚个元宝！

常四爷　乡下是怎么了？会弄得这么卖儿卖女的！

刘麻子　谁知道！要不怎么说，就是一条狗也得托生在北京城里嘛！

常四爷　刘爷，您可真有个狠劲儿，给拉拢这路事！

刘麻子　我要不分心，他们还许找不到买主呢！（忙岔话）松二爷（掏出个小时表来），您看这个！

松二爷　（接表）好体面的小表！

刘麻子　您听听，嘎噔嘎噔地响！

松二爷　（听）这得多少钱？

刘麻子　您爱吗？就让给您！一句话，五两银子！您玩够了，不爱再要了，我还照数退钱！东西真地道，传家的玩意儿！

常四爷　我这儿正咂摸这个味儿：咱们一个人身上有多少洋玩意儿啊！老刘，就看你身上吧：洋鼻烟、洋表、洋缎大衫、洋布裤褂……

刘麻子　洋东西可真是漂亮呢！我要是穿一身土布，像个乡下脑壳，谁还理我呀！

常四爷　我老觉乎着咱们的大缎子、川绸，更体面！

刘麻子　松二爷，留下这个表吧，这年月，戴着这么好的洋表，会教人另眼看待！是不是这么说，您哪？

松二爷　（真爱表，但又嫌贵）我……

刘麻子　您先戴几天，改日再给钱！

黄胖子进来。

黄胖子　（严重的砂眼，看不清楚，进门就请安）哥儿们，都瞧我啦！我请安了！都是自家兄弟，别伤了和气呀！

王利发　这不是他们，他们在后院哪！

黄胖子　我看不大清楚啊！掌柜的，预备烂肉面，有我黄胖子，谁也打不起来！（往里走）

二德子　（出来迎接）两边已经见了面，您快来吧！

二德子同黄胖子入内。

茶房们一趟又一趟地往后面送茶水。老人进来，拿着些牙签、胡梳、耳挖勺之类的小东西，低着头慢慢地挨着茶座儿走；没人买他的东西。他要往后院去，被李三截住。

李三　老大爷，您外边蹓蹓吧！后院里，人家正说和事呢，没人买您的东西！（顺手儿把剩茶递给老人一碗）

松二爷　（低声地）李三！（指后院）他们到底为了什么事，要这么拿刀动杖的？

李三　（低声地）听说是为一只鸽子。张宅的鸽子飞到了李宅去，李宅不肯交还……唉，咱们还是少说话好，（问老人）老大爷您高寿啦？

老人　（喝了茶）多谢！八十二了，没人管！这年月呀，人还不如一只鸽子呢！唉！（慢慢走出去）

秦仲义，穿得很讲究，满面春风，走进来。

王利发　哎哟！秦二爷，您怎么这样闲在，会想起下茶馆来了？也没带个底下人？

秦仲义　来看看，看看你这年轻小伙子会做生意不会！

王利发　唉，一边做一边学吧，指着这个吃饭嘛。谁叫我爸爸死得早，我不干不行啊！好在照顾主儿都是我父亲的老朋友，我有不周到的地方，都肯包涵，闭闭眼就过去了。在街面上混饭吃，人缘儿顶要紧。我按着我父亲遗留下的老办法，多说好话，多请安，讨人人的喜欢，就不会出大岔子！您坐下，我给您沏碗小叶茶去！

秦仲义　我不喝！也不坐着！

王利发　坐一坐！有您在我这儿坐坐，我脸上有光！

秦仲义　也好吧！（坐）可是，用不着奉承我！

王利发　李三，沏一碗高的来！二爷，府上都好？您的事情都顺心吧？

秦仲义　不怎么太好！

王利发　您怕什么呢？那么多的买卖，您的小手指头都比我的腰还粗！

唐铁嘴　（凑过来）这位爷好相貌，真是天庭饱满，地阁方圆，虽无宰相之权，而有陶朱之富！

秦仲义　躲开我！去！

王利发　先生，你喝够了茶，该外边活动活动去！（把唐铁嘴轻轻推开）

唐铁嘴　唉！（垂头走出去）

秦仲义　小王，这儿的房租是不是得往上提那么一提呢？当年你爸爸给我的那点租钱，还不够我喝茶用的呢！

王利发　二爷，您说的对，太对了！可是，这点小事用不着您分心，您派管事的来一趟，我跟他商量，该长多少租钱，我一定照办！是嘛！

秦仲义　你这小子，比你爸爸还滑！哼，等着吧，早晚我把房子收回去！

王利发　您甭吓唬着我玩，我知道您多么照应我、心疼我，决不会叫我挑着大茶壶，到街上卖热茶去！

秦仲义　你等着瞧吧！

乡妇拉着个十来岁的小妞进来。小妞的头上插着一根草标。李三本想不许她们往前走，可是心中一难过，没管。她们俩慢慢地往里走。茶客们忽然都停止说笑，看着她们。

小妞　（走到屋子中间，立住）妈，我饿！我饿！

乡妇呆视着小妞，忽然腿一软，坐在地上，掩面低泣。

秦仲义　（对王利发）轰出去！

王利发　是！出去吧，这里坐不住！

乡妇　哪位行行好？要这个孩子，二两银子！

常四爷　李三，要两个烂肉面，带她们到门外吃去！

李三　是啦！（过去对乡妇）起来，门口等着去，我给你们端面来！

乡妇　（立起，抹泪往外走，好像忘了孩子；走了两步，又转回身来，搂住小妞，吻她）宝贝！宝贝！

王利发　快着点吧！

乡妇、小妞走出去。李三随后端出两碗面去。

王利发　（过来）常四爷，您是积德行好，赏给她们面吃！可是，我告诉您：这路事儿太多了，太多了！谁也管不了！（对秦仲义）二爷，您看我说的对不对？

常四爷　（对松二爷）二爷，我看哪，大清国要完！

秦仲义　（老气横秋地）完不完，并不在乎有人给穷人们一碗面吃没有。小王，说真的，我真想收回这里的房子！

王利发　您别那么办哪，二爷！

秦仲义　我不但收回房子，而且把乡下的地、城里的买卖也都卖了！

王利发　那为什么呢？

秦仲义　把本钱拢在一块儿，开工厂！

王利发　开工厂？

秦仲义　嗯，顶大顶大的工厂！那才救得了穷人，那才能抵制外货，那才能救国！（对王利发说而眼看着常四爷）唉，我跟你说这些干什么，你不懂！

王利发　您就专为别人，把财产都出手，不顾自己了吗？

秦仲义　你不懂！只有那么办，国家才能富强！好啦，我该走啦。我亲眼看见了，你的生意不错，你甭再耍无赖，不涨房钱！

王利发　您等等，我给您叫车去！

秦仲义　用不着，我愿意蹓跶蹓跶！

秦仲义往外走，王利发送。

小牛儿搀着庞太监走进来。小牛儿提着水烟袋。

庞太监　哟！秦二爷！

秦仲义　庞老爷！这两天您心里安顿了吧？

庞太监　那还用说吗？天下太平了：圣旨下来，谭嗣同问斩！告诉您，谁敢改祖宗的章程，谁就掉脑袋！

秦仲义　我早就知道！

茶客们忽然全静寂起来，几乎是闭住呼吸地听着。

庞太监　您聪明，二爷，要不然您怎么发财呢！

秦仲义　我那点财产，不值一提！

庞太监　太客气了吧？您看，全北京城谁不知道秦二爷！您比做官的还厉害呢！听说呀，好些财主都讲维新！

秦仲义　不能这么说，我那点威风在您的面前可就施展不出来了！哈哈哈！

庞太监　说得好，咱们就八仙过海，各显其能吧！哈哈哈！

秦仲义　改天过去给您请安，再见！（下）

庞太监　（自言自语）哼，凭这么个小财主也敢跟我逗嘴皮子，年头真是改了！（问王利发）刘麻子在这儿哪？

王利发　总管，您里边歇着吧！

刘麻子早已看见庞太监，但不敢靠近，怕打搅了庞太监、秦仲义的谈话。

刘麻子　喝，我的老爷子！您吉祥！我等了您好大半天了！（搀庞太监往里面走）

宋恩子、吴祥子过来请安，庞太监对他们耳语。

众茶客静默一阵之后，开始议论纷纷。

茶客甲　谭嗣同是谁？

茶客乙　好像听说过！反正犯了大罪，要不，怎么会问斩呀！

茶客丙　这两三个月了，有些做官的、念书的，乱折腾乱闹，咱们怎能知道他们捣的什么鬼呀！

茶客丁　得！不管怎么说，我的铁杆庄稼又保住了！姓谭的，还有那个康有为，不是说叫旗兵不关钱粮，去自谋生计吗？心眼多毒！

茶客丙　一份钱粮倒叫上头克扣去一大半，咱们也不好过！

茶客丁　那总比没有强啊！好死不如赖活着，叫我去自己谋生，非死不可！

王利发　诸位主顾，咱们还是莫谈国事吧！

大家安静下来，都又各谈各的事。

庞太监　（已坐下）怎么说？一个乡下丫头，要二百银子？

刘麻子　（侍立）乡下人，可长得俊呀！带进城来，好好地一打扮、调教，准保是又好看，又有规矩！我给您办事，比给我亲爸爸做事都更尽心，一丝一毫不能马虎！

唐铁嘴又回来了。

王利发　铁嘴，你怎么又回来了？

唐铁嘴　街上兵荒马乱的，不知道是怎么回事！

庞太监　还能不搜查搜查谭嗣同的余党吗？唐铁嘴，你放心，没人抓你！

唐铁嘴　嗻，总管，您要能赏给我几个烟泡儿，我可就更有出息了！

有几个茶客好像预感到什么灾祸，一个个往外溜。

松二爷　咱们也该走啦吧！天不早啦！

常四爷　嗻！走吧！

二灰衣人——宋恩子和吴祥子走过来。

宋恩子　等等！

常四爷　怎么啦？

宋恩子　刚才你说“大清国要完”？

常四爷　我，我爱大清国，怕它完了！

吴祥子　（对松二爷）你听见了？他是这么说的吗？

松二爷　哥儿们，我们天天在这儿喝茶。王掌柜知道：我们都是地道老好人！

吴祥子　问你听见了没有？

松二爷　那，有话好说，二位请坐！

宋恩子　你不说，连你也锁了走！他说“大清国要完”，就是跟谭嗣同一党！

松二爷　我，我听见了，他是说……

宋恩子　（对常四爷）走！

常四爷　上哪儿？事情要交代明白了啊！

宋恩子　你还想拒捕吗？我这儿可带着“王法”呢！（掏出腰中带着的铁链子）

常四爷　告诉你们，我可是旗人！

吴祥子　旗人当汉奸，罪加一等！锁上他！

常四爷　甭锁，我跑不了！

宋恩子　量你也跑不了！（对松二爷）你也走一趟，到堂上实话实说，没你的事！

黄胖子同三五个人由后院过来。

黄胖子　得啦，一天云雾散，算我没白跑腿！

松二爷　黄爷！黄爷！

黄胖子　（揉揉眼）谁呀？

松二爷　我！松二！您过来，给说句好话！

黄胖子　（看清）哟，宋爷，吴爷，二位爷办案哪？请吧！

松二爷　黄爷，帮帮忙，给美言两句！

黄胖子　官厅儿管不了的事，我管！官厅儿能管的事呀，我不便多嘴！（问大家）是不是？

众　嗻！对！

宋恩子、吴祥子带着常四爷、松二爷往外走。

松二爷　（对王利发）看着点我们的鸟笼子！

王利发　您放心，我给送到家里去！

常四爷、松二爷、宋恩子、吴祥子同下。

黄胖子　（唐铁嘴告以庞太监在此）哟，老爷在这儿哪？听说要安份儿家，我先给您道喜！

庞太监　等吃喜酒吧！

黄胖子　您赏脸！您赏脸！（下）

乡妇端着空碗进来，往柜上放。小妞跟进来。

小妞　妈！我还饿！

王利发　唉！出去吧！

乡妇　走吧，乖！

小妞　不卖妞妞啦？妈！不卖了？妈！

乡妇　乖！（哭着，携小妞下）

康六带着康顺子进来，立在柜台前。

康六　姑娘！顺子！爸爸不是人，是畜生！可你叫我怎办呢？你不找个吃饭的地方，你饿死！我弄不到手几两银子，就得叫东家活活地打死！你呀，顺子，认命吧，积德吧！

康顺子　我，我……（说不出话来）

刘麻子　（跑过来）你们回来啦？点头啦？好！来见见总管！给总管磕头！

康顺子　我……（要晕倒）

康六　（扶住女儿）顺子！顺子！

刘麻子　怎么啦？

康六　又饿又气，昏过去了！顺子！顺子！

庞太监　我要活的，可不要死的！

静场。

茶客甲　（正与茶客乙下象棋）将！你完啦！

——幕

（选自老舍.茶馆［M］.北京：中国戏剧出版社，1958.）

赏析提示

《茶馆》被誉为“中国现代戏剧的精华”“史诗型戏剧的典范之作”。全剧共三幕，分别表现三个时代：戊戌变法失败后的晚清社会、军阀混战的民国初年、抗战胜利后至解放战争前的民国时期。全剧以北京裕泰大茶馆为背景，通过对三个时代、半个世纪社会生活和人物种种命运变迁的描绘，反映了旧中国深广的社会历史内容，表现了“埋葬三个时代”的主题。本文为第一幕。

《茶馆》杰出的艺术特色表现在三个方面：

第一，精巧的戏剧结构和艺术构思。《茶馆》表现的是社会重大主题，但剧中人物没有一个是引领政治风云的达官显贵，作家选择茶馆作为社会窗口，展现了三教九流、不同阶层的生活状态，从一个侧面折射出特定时代的风云变幻。戏剧冲突就是旧时代的各种社会矛盾，“一个小茶馆就是一个小社会”，作家将茶馆作为社会生活的缩影，再现了一幅幅流动的社会历史风俗画。

第二，个性鲜明的人物形象。全剧人物众多，最主要的人物有三位：茶馆掌柜王利发，胆小、四面逢迎，一心想做顺民；精明、善经营，有着生意人的自私，但又心地善良。阔少秦仲义，有相当的家产做后盾，血气方刚，主张“实业救国”，因而看不起对穷人赏碗烂肉面式的施舍行为。旗人常四爷，性格刚强耿直，富有正义感和爱国心，面对清末的社会腐败，他因激愤地说了一句“大清国要完”而锒铛入狱，让人体会到这是一个高压政治、特务横行的时代。

第三，精妙的语言表现艺术。采用喜剧色彩浓厚、夸张诙谐、生活化的戏剧语言，表现充满悲剧性的社会内容。选文中有许多简短的、个性化的、具有丰富潜台词的人物对话，如秦仲义的“这两天您心里安顿了吧”、庞太监的“那还用说吗？天下太平了：圣旨下来，谭嗣同问斩……”等，充满弦外之音，而又针锋相对。结尾处引用下象棋的茶客“将，你完了”，一语双关，点出清末风雨飘摇的时代氛围。

能力训练

1. 试分析《茶馆》的艺术特色。
2. 请结合具体事例分析王利发的性格特点。
3. 常四爷在现代职场中吃得开吗？为什么？

哈姆莱特

威廉·莎士比亚

作者介绍

威廉·莎士比亚（1564—1616），欧洲文艺复兴时期文学领域最杰出的代表，英国著名戏剧家和诗人。

莎士比亚文学创作成就卓越，主要成就是戏剧，共创作戏剧37部。大致分为三个时期：早期（1590—1600）以历史剧和喜剧为主，表达新兴资产阶级反对封建诸侯割据、拥护中央集权君主专制的政治思想，歌颂追求个性解放、爱情自由的生活理想，洋溢着坚定乐观的人文主义信念和欢快活泼的浪漫主义情调，代表作有《亨利四世》《威尼斯商人》。中期（1601—1607）以悲剧为主，思想上揭露和批判的力量大大增强，不仅揭露了封建贵族的野蛮残暴和腐化堕落，而且批判了资产阶级的个人主义和唯利是图，风格上带有一层浓厚的沉郁悲愤的色彩，《哈姆莱特》《奥赛罗》《李尔王》《麦克白》被誉为“四大悲剧”。后期（1608—1612）以传奇剧为主，虽然对黑暗现实仍有所揭露，但态度上以宽容、和平取代了批判和抗议，宣扬道德感化，倡导改恶从善，代表作有《暴风雨》。

作品选读

第五幕第二场　城堡中的厅堂

哈姆莱特及霍拉旭上。

哈姆莱特　这个题目已经讲完，现在我可以让你知道另外一段事情。你还记得当初的一切经过情形吗？

霍拉旭　记得，殿下！

哈姆莱特　当时在我的心里有一种战争，使我不能睡眠，我觉得我的处境比锁在脚镣里的叛变的水手还要难堪。我就鲁莽行事。——结果倒鲁莽对了。我们应该承认，有时候一时孟浪，反而往往可以做出一些为我们的深谋密虑所做不成功的事；从这一点上，我们可以看出来，无论我们怎样辛苦图谋，我们的结果却早已有一种冥冥中的力量把它布置好了。

霍拉旭　这是无可置疑的。

哈姆莱特　我从舱里起来，把一件航海的宽衣罩在我的身上，在黑暗之中摸索着找寻那封公文，果然给我达到了目的，摸到了他们的包裹；我拿着它回到我自己的地方，疑心使我忘记了礼貌，我大胆地拆开了他们的公文。在那里面，霍拉旭——啊，堂皇的诡计！——我发现一道严厉的命令，借了许多好听的理由为名，说是为了丹麦和英国双方的利益，绝不能让我这个险恶的人物逃脱，接到公文之后，必须不等磨好利斧，立即枭下我的首级。

霍拉旭　有这等事？

哈姆莱特　这一封就是原来的国书；你有空的时候可以仔细读一下。可是你愿意听我告诉你后来我怎么办吗？

霍拉旭　请您告诉我。

哈姆莱特　在这样重重诡计的包围之中，我的脑筋不等我定下心来思索，就开始活动起来了；我坐下来另外写了一通国书，字迹清清楚楚。从前我曾经抱着跟我们那些政治家们同样的意见，认为字体端正是一件有失体面的事，总是想竭力忘记这一种技能，可是现在它却对我有了大大的用处。你知道我写些什么话吗？

霍拉旭　嗯，殿下。

哈姆莱特　我用国王的名义，向英王提出恳切的要求，因为英国是他忠心的藩属，因为两国之间的友谊，必须让它像棕榈树一样枝繁叶茂，因为和平的女神必须永远戴着她的桂冠，沟通彼此的情感，以及许许多多诸如此类的重要理由，请他在读完这一封信以后，不要有任何的迟延，立刻把那两个传书的来使处死，不让他们有从容忏悔的时间。

霍拉旭　可是国书上没有盖印，那怎么办呢？

哈姆莱特　啊，就在这件事上，也可以看出一切都是上天预先注定。我的衣袋里恰巧藏着我父亲的私印，它跟丹麦的国玺是一个式样的；我把伪造的国书照着原来的样子折好，签上名字，盖上印玺，把它小心封好，归还原处，一点没有露出破绽。下一天就遇见了海盗，那以后的情形，你早已知道了。

霍拉旭　这样说来，吉尔登斯吞和罗森格兰兹是去送死的了。

哈姆莱特　哎，朋友，他们本来是自己钻营求得这件差使的，我在良心上没有对不起他们的地方，是他们自己的阿谀献媚断送了他们的生命。两个强敌猛烈争斗的时候，不自量力的微弱之辈，却去插身在他们的刀剑中间，这样的事情是最危险不过的。

霍拉旭　想不到竟是这样一个国王！

哈姆莱特　你想，我是不是应该——他杀死了我的父王，奸污了我的母亲，篡夺了我的嗣位的权利，用这种诡计谋害我的生命，凭良心说我是不是应该亲手向他复仇雪恨？如果我不去剪除这一个戕害天性的蟊贼，让他继续为非作恶，岂不是该受天谴吗？

霍拉旭　他不久就会从英国得到消息，知道这一回事情产生了怎样的结果。

哈姆莱特　时间虽然很局促，可是我已经抓住眼前这一刻工夫；一个人的生命可以在说一个“一”字的一刹那之间了结。可是我很后悔，好霍拉旭，不该在雷欧提斯之前失去了自制；因为他所遭遇的惨痛，正是我自己的怨愤的影子。我要取得他的好感。可是他倘不是那样夸大他的悲哀，我也绝不会动起那么大的火性来的。

霍拉旭　不要作声！谁来了？

奥斯里克上。

奥斯里克　殿下，欢迎您回到丹麦来！

哈姆莱特　谢谢您，先生。（向霍拉旭旁白）你认识这只水苍蝇吗？

霍拉旭　（向哈姆莱特旁白）不，殿下。

哈姆莱特　（向霍拉旭旁白）那是你的运气，因为认识他是一件丢脸的事。他有许多肥田美壤；一头畜生要是做了一群畜生的主子，就有资格把食槽搬到国王的席上来了。他“咯咯”叫起来简直没个完，可是——我方才也说了——他拥有大批粪土。

奥斯里克　殿下，您要是有空的话，我奉陛下之命，要来告诉您一件事情。

哈姆莱特　先生，我愿意恭聆大教。您的帽子是应该戴在头上的，您还是戴上去吧。

奥斯里克　谢谢殿下，天气真热。

哈姆莱特　不，相信我，天冷得很，在刮北风哩。

奥斯里克　真的有点儿冷，殿下。

哈姆莱特　可是对于像我这样的体质，我觉得这一种天气却是闷热得厉害。

奥斯里克　对了，殿下；真是说不出来的闷热。可是，殿下，陛下叫我来通知您一声，他已经为您下了一个很大的赌注了。殿下，事情是这样的——

哈姆莱特　请您不要这样多礼。（催促奥斯里克戴上帽子）

奥斯里克　不，殿下，我还是这样舒服些，真的。殿下，雷欧提斯新近到我们的宫廷里来；相信我，他是一位完善的绅士，充满着最卓越的特点，他的态度非常温雅，他的仪表非常英俊；说一句发自衷心的话，他是上流社会的标杆，因为在他身上可以找到一个绅士所应有的品质的总汇。

哈姆莱特　先生，他对于您这一番描写，的确可以当之无愧。虽然我知道，要是把他的好处一件一件列举出来，不但我们的记忆将要因此而淆乱，交不出一篇正确的账目来，而且他这一艘满帆的快船，也绝不是我们失舵之舟所能追及。可是，凭着真诚的赞美而言，我认为他是一个才德优异的人，他的高超的禀赋是那样稀有而罕见。说一句真心的话，除了在他的镜子里以外，再也找不到第二个跟他同样的人。纷纷追踪求迹之辈，不过是他的影子而已。

奥斯里克　殿下把他说得一点不错。

哈姆莱特　您的用意呢？为什么我们要用尘俗的呼吸，嘘在这位绅士的身上呢？

奥斯里克　殿下？

霍拉旭　自己所用的语言，到了别人嘴里，就听不懂了吗？早晚你会懂的，先生。

哈姆莱特　您向我提起这位绅士的名字，是什么意思？

奥斯里克　雷欧提斯吗？

霍拉旭　他的嘴里已经变得空空洞洞，因为他的那些好听话都说完了。

哈姆莱特　正是雷欧提斯。

奥斯里克　我知道您不是不明白——

哈姆莱特　您真能知道我这人不是不明白，那倒很好；可是，说老实话，即使你知道我是明白人，对我也不是什么光彩的事。好，您怎么说？

奥斯里克　我是说，您不是不明白雷欧提斯有些什么特长——

哈姆莱特　那我可不敢说，因为也许人家会疑心我有意跟他比拼高下；可是要知道一个人的底细，应该先知道他自己。

奥斯里克　殿下，我的意思是说他的武艺。人家都称赞他的本领一时无两。

哈姆莱特　他会使些什么武器？

奥斯里克　长剑和短刀。

哈姆莱特　他会使这两种武器吗？很好。

奥斯里克　殿下，王上已经用六匹巴巴里的骏马跟他打赌；在他的一方面，照我所知道的，押的是六柄法国的宝剑和好刀，连同一切鞘带钩子之类的附件，其中有三柄的挂机尤其珍奇可爱，跟剑柄配得非常合适，式样非常精致，花纹非常富丽。

哈姆莱特　您所说的挂机是什么东西？

霍拉旭　我知道您要听懂他的话，非得翻查一下注解不可。

奥斯里克　殿下，挂机就是钩子。

哈姆莱特　要是我们腰间挂着大炮，用这个名词倒还合适；在那一天没有来到以前，我看还是就叫它钩子吧。好，说下去；六匹巴巴里骏马对六柄法国宝剑，附件在内，外加三个花纹富丽的挂机；法国产品对丹麦产品。可是，用你的话来说，这样“押”是为了什么呢？

奥斯里克　殿下，王上跟他打赌，要是你们两人交起手来，在十二个回合之中，他至多不过多赢您三招；可是他却觉得他可以稳赢九个回合。殿下要是答应的话，马上就可以试一试。

哈姆莱特　要是我答应个“不”字呢？

奥斯里克　殿下，我的意思是说，您答应跟他当面比较高低。

哈姆莱特　先生，我还要在这个厅堂里散散步。您去回陛下说，现在是我一天之中休息的时间。叫他们把比赛用的钝剑预备好了，要是这位绅士愿意，王上也不改变他的意见的话，我愿意尽力为他博取一次胜利；万一不幸失败，那我也不过丢了一次脸，给他多剁了两下。

奥斯里克　我就照这样去回话吗？

哈姆莱特　您就照这个意思去说，随便您再加上一些什么新颖辞藻都行。

奥斯里克　我保证为殿下效劳。

哈姆莱特　不敢，不敢。（奥斯里克下）多亏他自己保证，别人谁也不会替他张口的。

霍拉旭　这一只小鸭子顶着壳儿逃走了。

哈姆莱特　他在母亲怀抱里的时候，也要先把他母亲的乳头恭维几句，然后吮吸。像他这一类靠着一些繁文缛礼撑撑场面的家伙，正是愚妄的世人所醉心的；他们的浅薄的牙慧使傻瓜和聪明人同样受他们的欺骗，可是一经试验，他们的水泡就爆破了。

一贵族上。

贵族　殿下，陛下刚才叫奥斯里克来向您传话，知道您在这儿厅上等候他的旨意；他叫我再来问您一声，您是不是仍旧愿意跟雷欧提斯比剑，还是慢慢再说。

哈姆莱特　我没有改变我的初心，一切服从王上的旨意。现在也好，无论什么时候都好，只要他方便，我总是随时准备着，除非我丧失了现在所有的力气。

贵族　王上、娘娘，跟其他的人都要到这儿来了。

哈姆莱特　他们来得正好。

贵族　娘娘请您在开始比赛以前，对雷欧提斯客气几句。

哈姆莱特　我愿意服从她的教诲。（贵族下。）

霍拉旭　殿下，您在这一回打赌中间，多半要失败的。

哈姆莱特　我想我不会失败。自从他到法国去以后，我练习得很勤；我一定可以把他打败。可是你不知道我的心里是多么不舒服，那也不用说了。

霍拉旭　啊，我的好殿下——

哈姆莱特　那不过是一种傻气的心理，可是一个女人也许会因为这种莫名其妙的疑虑而惶惑。

霍拉旭　要是您心里不愿意做一件事，那么就不要做吧。我可以去通知他们不用到这儿来，说您现在不能比赛。

哈姆莱特　不，我们不要害怕什么预兆；一只雀子的死生，都是命运预先注定的。注定在今天，就不会是明天；不是明天，就是今天；逃过了今天，明天还是逃不了，随时准备着就是了。一个人既然在离开世界的时候，只能一无所有，那么早早脱身而去，不是更好吗？随它去。

国王、王后、雷欧提斯、众贵族、奥斯里克及侍从等持钝剑等上。

国王　来，哈姆莱特，来，让我替你们两人和解和解。（牵雷欧提斯、哈姆莱特二人手使相握。）

哈姆莱特　原谅我，雷欧提斯；我得罪了你，可是你是个堂堂男子，请你原谅我吧。这儿在场的众人都知道，你也一定听见人家说起，我是怎样被疯狂害苦了。凡是我的所作所为，足以伤害你的感情和荣誉、激起你的愤怒来的，我现在声明都是我在疯狂中犯下的过失。难道哈姆莱特会做对不起雷欧提斯的事吗？哈姆莱特绝不会做这种事。要是哈姆莱特在丧失他自己的心神的时候，做了对不起雷欧提斯的事，那样的事不是哈姆莱特做的，哈姆莱特不能承认。那么是谁做的呢？是他的疯狂。既然是这样，那么哈姆莱特也是属于受害的一方，他的疯狂是可怜的哈姆莱特的敌人。当着在座众人之面，我承认我在无心中射出的箭，误伤了我的兄弟；我现在要向他请求大度包涵，宽恕我的不是出于故意的罪恶。

雷欧提斯　按理讲，对这件事情，我的感情应该是激励我复仇的主要力量，现在我在感情上总算满意了；但是另外还有荣誉这一关，除非有什么为众人所敬仰的长者，告诉我可以跟你捐除宿怨，指出这样的事是有前例可援的，不至于损害我的名誉，那时我才可以跟你言归于好。目前我且先接受你友好的表示，并且保证绝不会辜负你的盛情。

哈姆莱特　我绝对信任你的诚意，愿意奉陪你举行这一次友谊比赛。把钝剑给我们。来。

雷欧提斯　来，给我一柄。

哈姆莱特　雷欧提斯，我的剑术荒疏已久，只能给你帮场；正像最黑暗的夜里一颗吐耀的明星一般，彼此相形之下，一定更显得你的本领的高强。

雷欧提斯　殿下不要取笑。

哈姆莱特　不，我可以举手起誓，这不是取笑。

国王　奥斯里克，把钝剑分给他们。哈姆莱特侄儿，你知道我们怎样打赌吗？

哈姆莱特　我知道，陛下；您把赌注下在实力较弱的一方了。

国王　我想我的判断不会有错。你们两人的技术我都领教过；但是后来他又有了进步，所以才规定他必须多赢几招。

雷欧提斯　这一柄太重了；换一柄给我。

哈姆莱特　这一柄我很满意。这些钝剑都是同样长短的吗？

奥斯里克　是，殿下。（二人准备比剑。）

国王　替我在那桌子上斟下几杯酒。要是哈姆莱特击中了第一剑或是第二剑，或者在第三次交锋的时候争得上风，让所有的碉堡上一齐鸣起炮来；国王将要用酒慰劳哈姆莱特，他还要拿一颗比丹麦四代国王戴在王冠上的更贵重的珍珠丢在酒杯里。把杯子给我；鼓声一起，喇叭就接着吹响，通知外面的炮手，让炮声震彻天地，报告这一个消息，"现在国王为哈姆莱特祝饮了！"来，开始比赛吧；你们在场裁判的都要留心看着。

哈姆莱特　请了。

雷欧提斯　请了，殿下。（二人比剑。）

哈姆莱特　一剑。

雷欧提斯　不，没有击中。

哈姆莱特　请裁判员公断。

奥斯里克　中了，很明显的一剑。

雷欧提斯　好；再来。

国王　且慢；拿酒来。哈姆莱特，这一颗珍珠是你的；祝你健康！把这一杯酒给他。（喇叭齐奏。内鸣炮。）

哈姆莱特　让我先赛完这一局；暂时把它放在一旁。来。（二人比剑）又是一剑；你怎么说？

雷欧提斯　我承认给你碰着了。

国王　我们的孩子一定会胜利。

王后　他身体太胖，有些喘不过气来。来，哈姆莱特，把我的手巾拿去，揩干你额上的汗。王后为你饮下这一杯酒，庆祝你的胜利了，哈姆莱特。

哈姆莱特　好妈妈！

国王　乔特鲁德，不要喝。

王后　我要喝的，陛下；请您原谅我。

国王　（旁白）这一杯酒里有毒；太迟了！

哈姆莱特　母亲，我现在还不敢喝酒；等一等再喝吧。

王后　来，让我擦干你的脸。

雷欧提斯 陛下，现在我一定要击中他了。

国王 我怕你击不中他。

雷欧提斯 （旁白）可是我的良心却不赞成我干这件事。

哈姆莱特 来，该第三个回合了，雷欧提斯。你怎么一点不起劲？请你使出你全身的本领来吧；我怕你在开我的玩笑哩。

雷欧提斯 你这样说吗？来。（二人比剑。）

奥斯里克 两边都没有中。

雷欧提斯 受我这一剑！（雷欧提斯挺剑刺伤哈姆莱特；二人在争夺中彼此手中之剑各为对方夺去，哈姆莱特以夺来之剑刺雷欧提斯，雷欧提斯亦受伤。）

国王 分开他们！他们动起火来了。

哈姆莱特 来，再试一下。（王后倒地。）

奥斯里克 嗳哟，瞧王后怎么啦！

霍拉旭 他们两人都在流血。您怎么啦，殿下？

奥斯里克 您怎么啦，雷欧提斯？

雷欧提斯 唉，奥斯里克，正像一只自投罗网的山鹬，我用诡计害人，反而害了自己，这也是我应得的报应。

哈姆莱特 王后怎么啦？

国王 她看见他们流血，昏了过去了。

王后 不，不，那杯酒，那杯酒——啊，我亲爱的哈姆莱特！那杯酒，那杯酒；我中毒了。（死。）

哈姆莱特 啊，奸恶的阴谋！喂！把门锁上！阴谋！查出来是哪一个人干的。（雷欧提斯倒地。）

雷欧提斯 凶手就在这儿，哈姆莱特。哈姆莱特，你已经不能活命了；世上没有一种药可以救治你，不到半小时，你就要死去。那杀人的凶器就在你的手里，它的锋利的刃上还涂着毒药。这奸恶的诡计已经回转来害了我自己；瞧！我躺在这儿，再也不会站起来了。你的母亲也中了毒。我说不下去了。国王——国王——都是他一个人的罪恶。

哈姆莱特 锋利的刃上还涂着毒药！——好，毒药，发挥你的力量吧！（刺国王。）

众人 反了！反了！

国王 啊！帮帮我，朋友们，我不过受了点伤。

哈姆莱特 好，你这败坏伦常、嗜杀贪淫、万恶不赦的丹麦奸王！喝干了这杯毒药——

你那颗珍珠是在这儿吗？——跟我的母亲一道去吧！（国王死。）

雷欧提斯　他死得应该；这毒药是他亲手调下的。尊贵的哈姆莱特，让我们互相宽恕；我不怪你杀死我和我的父亲，你也不要怪我杀死你！（死。）

哈姆莱特　愿上天赦免你的错误！我也跟着你来了。我死了，霍拉旭。不幸的王后，别了！你们这些看见这一幕意外的惨变而战栗失色的无言的观众，倘不是因为死神的拘捕不给人片刻的停留，啊！我可以告诉你们——可是随它去吧。霍拉旭，我死了，你还活在世上；请你把我的行事的始末根由昭告世人，解除他们的疑惑。

……

（选自［英］威廉·莎士比亚．莎士比亚全集［M］．朱生豪，译．南京：译林出版社，2016.）

赏析提示

《哈姆莱特》创作于1601—1602年，是莎翁最负盛名的作品，作为“四大悲剧”之一，其深刻的悲剧意义、复杂的人物性格以及丰富的艺术技巧，代表着欧洲文艺复兴时期文学最高的成就。

这是一个关于复仇的故事，哈姆莱特是出生高贵、受人爱戴的丹麦王子，生来便拥有一切美好，才华横溢、英俊潇洒，可他父王突然死亡，叔父夺权篡位，母亲置道德与伦理于不顾嫁给篡位的叔父。他的信仰与理想在现实面前被彻底粉碎，精神世界彻底崩塌，悲剧的种子在此发芽，使他从一个“快乐王子”变为“阴郁王子”。他的内心无时无刻不在哀悼自己的父王，当父王的亡魂告诉他克劳狄斯谋权篡位毒害自己的真相时，哈姆莱特立誓为父王报仇，血性和良知告诉他必须复仇，于是一场精心策划的复仇大幕拉开了，他也在复仇中一步步走向深渊，直至毁灭。他装疯卖傻、暗中试探，让罪恶滔天的叔父不得安宁，可也错手杀死了他最爱的女人的父亲，只好远渡重洋逃离他的爱人，那个单纯美丽的女人在悲伤、等待中画上了生命的句点，这一切都是哈姆莱特以复仇的名义犯下的错。

节选部分是故事的高潮和结局，所有的悬念都一一揭晓，观众的期待得到一一满足。故事的结局是悲哀的。“不幸的王后”中毒而死，王子死在本该成为兄弟的雷欧提斯的毒剑之下，雷欧提斯在懊悔中永远地闭上了双眼，而这一切的始作俑者、十恶不赦的新国王终于没有逃脱上帝的惩罚。哈姆莱特在生命的最后一刻完成了他的复仇计划，成为大家心目中的英雄，一个充满悲剧美的英雄。从某种意义上来说，他所面对的命运在每个人人生的某个阶段里都是需要面对的。

在复仇的过程中，哈姆莱特反复思考着，人之存在，生与死的抉择，是奋起，还是堕落？思考的深刻和高度是令后人景仰的。他身上既闪耀着人文主义者的光辉，又被旧时代的思想潜移默化地影响着。他是一个内心复杂和性格矛盾的个体，犹豫、敏感、多疑，还有无法自控的偏执和狂热，这是哈姆莱特性格的最大悲剧。性格的缺陷为悲哀的结局奠定了基础，正是他延宕忧郁且偏执狂热的性格将他一步步推向悲剧的深渊。

语言是戏剧的灵魂，更是其深入人心、广受欢迎的关键所在。莎士比亚善于根据人物个性、身份地位以及文化涵养设置不同风格的台词，如哈姆莱特用语激昂、诗化，其他底层小人物则多用俗语，形成了独树一帜、不落俗套的语言风格。

能力训练

1. 请分析莎士比亚戏剧的语言特点。
2. 试结合本文分析哈姆莱特的性格特征。
3. 你怎样看待奥斯里克这种人？

天鹅湖

彼得·伊里奇·柴可夫斯基

作者介绍

彼得·伊里奇·柴可夫斯基（1840—1893）出生于伏特金斯克市，俄罗斯浪漫乐派作曲家。1864 年，毕业于圣彼得堡音乐学院。他的创作几乎涉及了所有的音乐体裁和形式，其中交响乐创作处于重要位置。他继承了格林卡以来俄罗斯音乐的发展成就，同时又吸取西欧音乐文化发展的经验，将高度的专业技巧同俄罗斯民族音乐有机结合，创造出具有戏剧性冲突和浓郁民族风格的作品。《天鹅湖》成为芭蕾舞剧的代名词。

作品（梗概）

引子

在湖畔采花的公主奥杰塔被恶魔罗斯巴特施以恶毒的咒语变成了天鹅，她只有在晚上才能变回人形，唯有坚贞的爱情才能破除那邪恶的魔法。

第一幕

雄伟而古老的城堡里正在举行一场别开生面的生日宴会。这场生日宴会是仆人班诺特意为齐格弗里德王子精心准备的。自从老国王去世以后，王子一直郁郁寡欢。作为王子的贴身仆人，班诺很着急。怎样才能让王子快乐起来呢？正好今天是王子的 21 岁生日，班诺替王子请来了他所有的朋友，希望王子能高兴起来。

出席王子生日宴会的都是些王公贵族。夫人、小姐们身着华丽礼服，戴着贵重珠宝，浓妆艳抹，不时凑在一起讨论一下各类珠宝的价值，或者聊一聊最近发生的新鲜事。男士们打着领结，穿着燕尾礼服，显得绅士而有风度。他们时而举杯开怀畅饮，时而高谈阔论，议论着国家大事，也有人在讨论剑术或者牌技。王子安静地坐着，举着一杯酒发呆，好像丝毫没有兴趣。

为了取悦王子，班诺请来两名漂亮的舞女。舞曲演奏起来的时候，夫人、小姐们被绅士们邀请着纷纷步入舞池。齐格弗里德王子也被两位漂亮的美人拖了下去。仆人班诺也热情地跳起舞来，一边跳一边对大家喊：“祝我们未来的国王生日快乐！”“生日快乐！”“生日快乐！”一时欢声笑语，人声鼎沸。

正当大家忘情地舞蹈的时候，随着一阵庄严雅正的音乐响起，王后驾到。王后主持了加冕仪式。随后，她提醒王子要肩负起作为一国之君的责任。“王子，我想我有必要提醒你，国王刚刚去世，我们还在国丧期间。”王后一脸愤怒地说。音乐戛然而止，跳舞的人们赶紧停止舞蹈。王子摆脱了两个美人来到王后面前，恭敬地站立着。“再过几天，就要为你举行婚礼大典，我已经把邻近六国的美貌公主们都请了来，到时候你只要在她们当中选一位你喜欢的做王妃，大婚之后就正式继承王位吧。”王后表情冷漠，态度强硬。王子深恐失去自由，更不愿娶一位不为自己所爱的人为妻，但又只能勉强应允。王后满意地退场了，王子却心情沉重，脸上的笑容消失了。

舞会散场，已是傍晚时分。王子想出去散散心，于是带上仆人班诺来到野外。突然，天空中传来一阵阵哀婉凄凉的叫声，王子抬头望去，看到一群天鹅正成群结队地从空中飞过。“难道天鹅也有伤心事？”王子自言自语。“正好试试王后授予您的新弩。”班诺变着法子想让王子开心。可巧，王子也对这群哀伤的天鹅产生了好奇心，于是，他们便拿着弓弩朝天鹅消逝的方向追去。

第二幕

齐格弗里德王子和仆人班诺一路追逐天鹅来到了一座美丽的湖边。湖边环绕着郁郁葱葱的参天大树，湖面平静得像一面镜子，淡蓝色的湖水清澈而晶莹。此时，闪闪烁烁的星星升上了天空，星光倒映在湖水中，仿佛是无数颗金子洒在了水面上。

突然，天鹅们消失不见了。王子吩咐班诺四处寻找，班诺答应着离开了。王子独自安静地坐在湖边，就在他眨眼的瞬间，湖面上突然出现了一只美丽而圣洁的白天鹅，白天鹅昂着头向他游来。王子举起金弩对准白天鹅正准备射击，白天鹅变成了一位婀娜多姿的少女，一步步朝他走来，王子惊呆了。

少女向王子讲述了自己的不幸，原来她本是一位公主，名叫奥杰塔。一天，她和伙伴们到郊外采花，不知不觉来到这个叫天鹅湖的地方。这里的美景让她们忘乎所以，她们扔下花篮打闹嬉戏，忘记了时间。当天色渐渐暗下来准备返回宫殿的时候，一个叫罗斯巴特的恶魔出现了。罗斯巴特对奥杰塔公主和她的伙伴们施加了恶毒的魔咒，把她们全都变成了天鹅。从此以后，她们只有在夜里才能恢复人形。

“那我如何才能救你？”听完公主哀婉的讲述，王子萌生起怜悯之心。

“唯有坚贞的爱情才能破除邪恶的魔法。可是，天鹅湖常年被茂密的树木遮蔽，连个人影都没有，哪里会有爱情？”说这话的时候，奥杰塔公主的脸突然红了起来。这让公主看上去越发可爱、娇媚。王子被公主可怜的身世和绝世的美貌打动了，他坚信奥杰塔公主就是他朝思暮想的心上人，是他要娶的王妃。“我一定会把你和你的伙伴们救出去的！”齐格弗里德王子对着奥杰塔公主发誓。望着齐格弗里德王子英俊的面孔和真诚的眼神，奥杰塔公主完全相信了他，她与齐格弗里德王子一见钟情了。

正当两人窃窃私语之时，恶魔罗斯巴特突然出现了。原来，齐格弗里德王子独自留在天鹅湖畔的时候就引起了罗斯巴特的注意，他偷听了公主和王子的所有谈话。罗斯巴特感到十分愤怒，他用魔法再次把奥杰塔公主变回了天鹅。拯救奥杰塔公主的火苗在王子心中点燃，他要用金弩射死恶魔罗斯巴特。“不，不能这样，我亲爱的王子。”变成天鹅的奥杰塔公主连忙恳求。“为什么不能射死他？他是一个十恶不赦的魔鬼。”王子不解地问道。“因为……因为杀死了他，我和伙伴们身上的魔咒就永远不能破解了。”奥杰塔公主带着哭腔低声说道。王子只好住手，收起金弩。恶魔罗斯巴特大声狂笑着化作一股黑烟消失了。

“亲爱的王子，你一定不能忘记和背叛自己的誓言啊！”变成天鹅的奥杰塔公主说，因为一旦王子违背了爱的誓言，她就只能永远做一只天鹅。齐格弗里德王子深情地望着眼前的白天鹅奥杰塔公主，点头答应着。

星光渐渐消失，天空露出鱼肚白，黎明即将来临，齐格弗里德王子和奥杰塔公主依依不舍地分别。王子发誓一定要将公主从苦难中解救出来，并和她相伴一生。

第三幕

几天后，各国公主云集于这座古老城堡，她们都希望自己能幸运地成为王妃。为了讨得王子欢心，公主们纷纷献歌、献舞。可是，王子的心思全在奥杰塔公主身上，根本不愿正眼瞧她们一眼。最后，他索性宣布拒绝选择。

这个决定让所有公主感到失望，也让王后感到震惊。

王后把王子拽到一边，狠狠地问道：“你究竟要干什么？”

王子还没来得及回答，响亮的号声突然吹响，宫殿里竟然走来两位不速之客。

这两位不速之客正是恶魔罗斯巴特伪装的使臣和他的女儿奥吉莉娅，罗斯巴特把女儿奥吉莉娅变成了奥杰塔公主的模样。奥吉莉娅用迷人的眼神深情地望着齐格弗里德王子，并缓缓地把一只纤纤细手伸向了他。此刻，王子完全被奥吉莉娅迷惑了，他深信眼前的这个美女就是他心目中的天鹅公主奥杰塔。

王子拉着奥吉莉娅的手走进舞池，翩翩起舞。王子目不转睛地注视着奥吉莉娅，奥吉莉娅脸上露出迷人的微笑，她要诱惑和蒙骗齐格弗里德王子。王子突然觉得有些头晕目眩，这也许是幸福来得太快的感觉，让他有些不知所措。

王后把结婚的信物交给了齐格弗里德王子，王子温柔地将信物戴在了奥吉莉娅的手上，宣布她就是他的未婚妻，大殿里顿时响起热烈的掌声。

就在这时，奥杰塔公主突然出现在大殿外的窗口。她双手合十，紧闭双眼，祷告着，祈求齐格弗里德王子记起对她发过的誓言，但此刻王子早已被恶魔的符咒迷惑得神志不清了。他木呆呆地站在那里，像木偶一般接受着恶魔罗斯巴特的摆布。窗外的奥杰塔公主并不了解真相，只能眼见着王子像当初对自己发誓那样，举着手对奥吉莉娅许下爱的誓言。奥杰塔公主以为齐格弗里德王子变了心，伤心得泪流满面，绝望地离去。

当符咒的魔力消失时，齐格弗里德王子立刻意识到他被恶魔父女欺骗了，但为时已晚，他已经对奥吉莉娅再次承诺了爱的誓言。“哈哈哈哈！现在你已经是奥吉莉娅的未婚夫、我未来的女婿啦！”恶魔罗斯巴特嚣张地狂笑，现出了原形。顿时，电闪雷鸣，大殿里的人们惊慌失措，乱成一团，恶魔罗斯巴特带着女儿奥吉莉娅欣然离开了。

受到欺骗的王子不顾王后和朋友们的劝阻，毅然决然地冲出城堡，朝天鹅湖奔去，他要去寻找真正的奥杰塔公主。

第四幕

众天鹅在天鹅湖畔焦急地等待奥杰塔公主的消息，却只见到一个脸色苍白、悲痛欲绝的奥杰塔公主。

听完公主的哭诉，众天鹅开始安慰可怜的奥杰塔公主，同时咒骂着背信弃义的齐格弗里德王子。

恶魔罗斯巴特猜到齐格弗里德王子一定会去寻找奥杰塔公主，于是，他施法制造了一场人间罕见的暴风雪。狂风把大树刮得连根拔起，鹅毛般的大雪铺天盖地。齐格弗里德王子走在冰天雪地里，冻得瑟瑟发抖，全身都快要僵成冰块了。大风刮得他根本睁不开眼睛，完全无法辨识方向，但为了奥杰塔公主，齐格弗里德王子咬牙坚持着，艰难前行。

到达天鹅湖畔的时候，王子已经筋疲力尽，白皙的脸上冻出了大大小小的裂口和冻疮，嘴唇变得青紫。即使这样，天鹅们还是不肯原谅他。天鹅们将奥杰塔公主围在中间，不让她出来接近齐格弗里德王子。

“亲爱的奥杰塔公主，请你原谅我吧！我不是故意违背誓约的，我是中了恶魔的符咒。”王子跪在地上，苦苦哀求。天鹅们冷漠地注视着王子。“你是我心中唯一的王妃！”“我是真心爱你的，我愿意和你共度一生。”奥杰塔公主终于被王子真心的哀求打动了，她从众天鹅中走了出来，和王子重归于好。然而，无论王子怎样真心地悔恨均无法改变背弃诺言的事实，符咒再也不能破解，奥杰塔公主只能是一只白天鹅。

恶魔罗斯巴特对齐格弗里德王子和奥杰塔公主的爱情大为恼火，于是，他施展法术刮起一阵风暴将公主和她的伙伴们扔进了天鹅湖，然后，掀起惊涛骇浪，企图将奥杰塔公主和她的伙伴们全部淹死。

齐格弗里德王子奋不顾身，跳进了狂涛泛滥的湖水中，拼命游到了奥杰塔公主跟前，紧紧拥抱着她，大有不能同生但求同死的架势。

悲剧版结局一：王子与白天鹅双双投湖殉情，其他天鹅的魔法被解除，魔王死去。

悲剧版结局二：天鹅的魔法都没有解除，天鹅被魔王带走。

喜剧版结局：奇迹出现了，坚贞的爱情战胜了邪恶的魔王罗斯巴特。魔法破灭了，罗斯巴特的魔窟瞬间坍塌，天鹅湖又恢复了往日的平静，奥杰塔公主和她的伙伴们都恢复了人形。齐格弗里德王子和奥杰塔公主沐浴在旭日的霞光中，等待他们的将是美好的生活……

（改编自薇薇，蔡成恩．芭蕾舞剧《天鹅湖》的故事［J］．琴童，2019（7）．）

赏析提示

1875 年 8 月，莫斯科大剧院总裁格里采尔与剧作家皮盖切夫合作编写了《天鹅湖》的台本，并以高价礼聘当时已负盛名的柴可夫斯基作曲。柴氏四年前在乌克兰妹妹家中度假时，曾为外甥们谱写过一部独幕芭蕾舞曲，取材于德国作家的童话故事《天鹅池》，于是他便以此曲为基础，加上他数年前未完成的歌剧《翁金娜（女水妖）》的音乐，于次年 4 月完成《天鹅湖》全剧作曲。

无论是东方还是西方，音乐、舞蹈与戏剧都是密不可分的。戏剧中的音乐、舞蹈使戏剧本身更具感染力，音乐、舞蹈中加入戏剧性又能增强音乐、舞蹈的张力。舞剧就是一个集音乐、肢体语言、故事情节和人物设置于一体的综合表现体，在舞剧中观众既可感知到人物、故事情节和环境背景等戏剧元素，也能欣赏优美的音乐、优雅的舞蹈。

鉴赏舞剧的戏剧性，一是故事情节，二是矛盾冲突。《天鹅湖》中，基于一个童话故事设定人物角色，王子与公主是永恒的主题。善良的白天鹅与邪恶的黑天鹅之间的对比与矛盾贯穿全剧。正义与邪恶的矛盾冲突剧情，能充分满足观众的期待心理。四幕中，每一幕表现一个情节，展现某种人物关系，前后相关联构成一个完整故事。第三幕是整部舞剧的高潮，最具戏剧张力：王子挑选公主，黑天鹅和魔王的出现惊艳全场，王子被形似白天鹅的黑天鹅迷惑，魔王教唆黑天鹅去迷惑王子，黑天鹅逼真的演绎骗得王子的爱情，情节演绎、情节发展、人物关系、人物性格塑造，都堪为经典。

古典芭蕾有自己的坚定立场：追求高尚，排斥粗俗；讲求理智的共性，反对张扬的个性；尊重与承袭传统，保证技巧与程式。舞剧没有对话和台词，相关信息通过音乐和肢体来表达。第一幕中，依照剧情，王后的台词只能用程式化的肢体语言来表达——舞蹈演员利用手臂的动作指向身旁的王子，再指向自己的无名指，观众便了解到皇后对王子表达了什么。第三幕黑天鹅向王子展示高超舞技连转 32 圈的“挥鞭转”轴转技巧让人叹为观止，正是情节冲突的高潮。黑天鹅竭尽所能地诱惑王子，既表明黑暗邪恶势力的强大，也表现了邪恶对正义构成的威胁与破坏力之强大。这些无声而有形的程式化舞蹈语汇，使人充分领会到情节的发展线索，同时增添了某种趣味性。

柴可夫斯基创造性地使用交响乐进行配乐，创作了不同体裁、性格和调性的《天鹅湖》组曲，摆脱了此前芭蕾舞剧音乐完全从属于舞蹈的关系，将音乐与舞蹈、情节紧密结合，强化《天鹅湖》的戏剧性。《天鹅湖》组曲由七首乐曲组成，分别是：场景音乐、圆舞曲、四小天鹅舞曲、场景音乐、西班牙舞曲、那不勒斯舞曲、匈牙利舞曲。柴可夫斯基不仅了解每一种乐器，更知道如何运用它们来创作足以让人们产生共鸣的乐曲。第二幕开场，在竖琴缓缓流动的琶音与弦乐器颤音的背景衬托下，双簧管奏出一段优雅、凄美的曲调，表现出白天鹅奥杰塔优美、端庄而忧伤的形象。柴可夫斯基会根据不同的主题、形象对不同的器乐进行组合。最著名的四小天鹅舞曲是三部曲式结构，在大管吹奏的轻快的顿音衬托下，由两支双簧管吹奏出活泼、单纯、愉悦的主题。在舞蹈上是一段天真活泼、戏谑快乐的 Allegro（快板）四人舞，以极为高超的艺术手法塑造了小天鹅的生活形象，四人一排，始终手拉手在谐谑曲旋律的伴奏下，快速做出整齐划一的动作，几个动作巧妙地组合在一起，并用复调编舞的手法精彩地处理腿与头的和谐动作。[①] 这里音乐和舞蹈相辅相成，才有了小天鹅天真、可爱的形象的诞生。

基督教文化圈中白色代表纯真、黑色代表罪恶。《天鹅湖》不过是王子的一场幻梦，白天鹅是王子对自由人生、理想爱情的象征，这个向往不为皇家礼教所容，王子的期盼永远不会达成，因而注定走向悲剧的结局。而黑天鹅伪装下的白天鹅达成了王子心之向往，在充满世俗束缚下的皇宫中出现，并为王子所得时，预示着黑天鹅终究只是个一触即碎的假象。假象或许能带来一时的欢愉，却难以带来真正的救赎。

---

① 邹罡 . 从芭蕾舞剧《天鹅湖》中看交响音乐的视觉化 [J]. 乐府新声（沈阳音乐学院学报），2013，31(04)：231-233.

能力训练

1. 戏剧有哪些主要类型？鉴赏舞剧应该从何入手？请以经典芭蕾舞剧《天鹅湖》为例进行说明。

2.《天鹅湖》剧情的三种结局中，你觉得哪一种最好？为什么？

素养园地

老实人老舍

用中国故事教会自己做人。

老舍是公认的20世纪的幽默大家，他用幽默的京味笔调书写城市贫民，表现他对下层人民的同情及对旧文化的批判。中华人民共和国成立后，老舍从美国回到祖国，由衷地赞叹新社会，他写《龙须沟》赞扬人民政府，成了“人民艺术家”后，听从曹禺等人的意见，从自己的经历出发写成了《茶馆》,《茶馆》成了20世纪的话剧经典。

老实人有老实人的招数，他用真诚来书写他所熟悉的人和事。他写祥子是如何从一个农村漂亮帅哥成为一个个人主义的末路鬼的，蕴含了无限同情；他写妓女们的悲惨命运，就像她们是自己的姐妹一样……老舍以最大的同情书写下层人民的命运，表达悲天悯人的情怀。他不偷懒，坚持书写；他不耍花招，很少用时髦的方法。他只是老老实实地写，却被称为“语言大师”——对于白话语言文学而言，他有着突出的贡献。

当他以老实人的姿态面对不再老实的人群时，自然显得迂腐，但在后来人看来，这迂腐和老实有一种别样的可爱。因为老舍，我们才知道人还应该有尊严；也因为老舍，我们知道，在人的尊严及生命被践踏的时候，人还可以选择另一种从容。

拓展阅读书单

1. 关汉卿 . 关汉卿杂剧集［M］. 杭州：浙江古籍出版社，2000.

2. 老舍 . 茶馆［M］. 北京：人民文学出版社，2018.

3. 曹禺 . 曹禺剧本选［M］. 北京：北京十月文艺出版社，2018.

4.［英］威廉・莎士比亚 . 莎士比亚全集［M］. 朱生豪，译 . 南京：译林出版社，2016.

5.［古希腊］埃斯库罗斯等 . 古希腊戏剧选［M］. 北京：人民文学出版社，2008.

6.［古罗马］普劳图斯等 . 古罗马戏剧选［M］. 北京：人民文学出版社，2000.

7.［法］莫里哀 . 莫里哀喜剧选［M］. 北京：人民文学出版社，2002.

8.［挪］易卜生 . 易卜生戏剧选［M］.北京：人民文学出版社，2013.

9. 果麦 . 西方现代喜剧精选［M］. 上海：上海文化出版社，2020.

10.［美］埃德温・威尔森 . 认识戏剧［M］. 朱拙尔，李伟峰，孙菲，后浪，译 . 成都：四川人民出版社，2019.

第五章 网络文学欣赏

第一节　网络文学欣赏概述

一、网络文学的定义

网络文学是互联网时代出现的一种新的文学式样。世界上第一台通用电子计算机“埃尼阿克”诞生于1946年的美国。二十余年后，互联网在欧美问世，网络文学由此诞生。随着互联网的普及，网络文学日益发展壮大，对传统的文学观念和文学创作产生了极大的冲击，甚至改变着汉语文学的发展格局和整体面貌。

什么是网络文学？对这个问题一直存在争议。综合起来大概有三种观点：一是广义上的网络文学，即“网络上的文学”，包括电子化处理后上传到网络上的文学作品、网络上创作的文学等，凡是在网络上传播的都是网络文学；二是指用电脑写作并在互联网首发的文学作品，这种创作在创作手法、创作者身份和传播运作等方面都有其独特性；三是狭义上的网络文学，专指网络超文本和多媒体作品，离开了网络就不能生存。第一种观点过于宽泛，较少人采用，比较认可的是后面两种。

这里我们采用中南大学中国文化品牌研究中心主任、网络文学研究基地首席专家欧阳友权教授对网络文学下的定义：

> 所谓网络文学，是指由网民在电脑上创作，通过互联网发表，供网络用户欣赏或参与的新型文学样式。这一定义包含几层意思：第一，网络文学是借助计算机网络形成的一种新的文学形态，它可以写网络生活，体现人与赛博空间（cyberspace）的虚拟审美关系，也可以写日常的其他生活，但无论写什么，都必须是借助电脑完成的原创之作；第二，网络文学应该是在互联网上首次发表，“印刷文学电子化”不能算是网络文学；第三，网络文学应该是为网络受众即广大网民创作的读者需在网上浏览或欣赏，并可能形成网民之间的互动，网络就是这种文学生动鲜活的生存空间。

这个定义明确界定了网络文学是网络原创文学，是依托于数字化媒体而诞生的，基本能囊括互联网上流行的网络文学。网络文学的存在形态有网络小说、网络诗歌、网络散文、网络多媒体作品和网络超文本作品等，而文学网站、门户网站、个人博客、个人文学主页、微博客、网络聊天室、BBS 等则是网络文学的广大生存空间。

二、网络文学的产生与发展现状

世界网络文学的产生是伴随着新媒体和数字化的技术而诞生的。网络文学最早的萌芽是 20 世纪 70 年代在北美和欧洲出现的网上写作，到 80 年代开始进入网络文学自觉的时代。1987 年，迈克尔·乔伊斯在美国计算机协会第一届超文本会议上发表小说《午后，一个故事》。这部小说在网络上发布，是将超文本技术运用于文学创作的一种创新，因此成为严肃意义上的第一部超文本小说，被誉为“超文本小说的祖师爷”。

此后，美国作家史都尔·摩斯洛坡的超文本小说《胜利花园》，将多重超链接直接穿插于文中，同时以磁盘版和网络版的形式发布，开启了日后超文本小说创作的潮流。1992 年前后，美国小说家罗伯特·库佛率先在布朗大学开设超文本小说写作班；珍尼特·穆瑞教授也在麻省理工学院开设了“交互式和非线性小说”课程。讨论超文本小说的专门网站也应运而生，如“超地平线”等。超文本文学是现代计算机技术与后现代主义文本理论联姻的产儿，是真正的网络文学。

中国网络文学的产生深受西方影响，北美汉语网络文学的出现便是萌芽。1989 年 3 月 6 日，梁路平、朱若鹏创办了第一份网络中文杂志《华夏文摘》。1991 年王笑飞在海外创办了中文诗歌网；网络作家少君在网络上发表《奋斗与平等》，是最早的一篇中文网络小说。1992 年，美国印第安纳州立大学中国留学生在 Usenet 上建立了域名为 alt.chinese.text 的中文新闻组（ACT），中文网络文学开始在全球互联网传播。1993 年 3 月，诗阳（原名吴阳，安徽人）通过电邮网络发表诗歌作品，成为历史上第一位中文网络诗人。1994 年 2 月，方舟子等人创办第一份中文网络文学刊物《新语丝》。1995 年 3 月，诗阳等人创办第一份网络中文诗刊《橄榄树》。1995 年底出现第一份网络女性文学刊物《花招》。《新语丝》《橄榄树》《花招》等刊物完全发表网络原创作品。海外留学生的网络作品大都抒发异国留学的艰辛、不同文化的冲突以及对家国的思念情怀。

随着 1994 年中国加入互联网公约，这颗萌芽的种子终于得以回归本土扎根，中国网络文学由此出现。成立于 1995 年 8 月 8 日的 BBS“水木清华”，是中国教育网的第一个 BBS，设有文学、读书、武侠等板块，是网络文学爱好者的家园。截至 2005 年 3 月 16 日前，水木清华共有版面 500 余个，总注册人数达到 30 万，最高在线人数达 23674 人，是当时中国高校中人气最旺的 BBS。1996 年网易开通个人主页，以互联网为媒介的文学作品第一次通过门户网站跟读者见面。

1998年被称为中国网络文学元年，其标志主要有三个：一是美籍华人朱威廉1997年12月创立的“榕树下”个人主页，1998年春以网络文学公司的身份正式上线，成为当时最大的中文原创文学网站，也由此诞生了第一批最早的网络作家，如李寻欢、宁财神、安妮宝贝等；二是台湾蔡智恒1998年创作了第一部“网人写网恋供网友阅读”的长篇小说《第一次的亲密接触》；三是2008年由中国作家出版集团、中文在线网站举办了颇具影响力的“网络文学十年盘点”活动，无形中也让此成为约定俗成的事实。自此，中国网络文学以势不可当之势蓬勃生长，发展壮大。

早期文学网站有黄金书屋、白鹿书院、文学城、天涯社区等比较知名的网站，2012年后更是如雨后春笋般出现。截至2018年1月4日，中国境内共有PC端中文文学网站1139家，移动端中文文学网站309家。今天非常有名的文学网站有晋江原创网、起点中文网、腾讯（文学频道）、惊语中文网、纵横中文网、17k小说网、三五中文网等。截至2018年12月，网络文学用户已达到4.32亿，占网民总体的52.1%，可谓声势浩大。随之而起的网络文学理论批评和网络文学产业经营模式，则引导和规范着网络文学以健康的态势不断成长。

三、网络文学的特征

与传统文学相比，网络文学大致具有以下几个方面的特征：

（一）创作主体的大众化、平民化

“全民写作”机制已然形成。网络作为大众化的公共空间，网络文学也就具有了公共性和全民性。谁都有权利在上面写作并发表自己的作品，谁也无权阻止他人的创作和发表。只要你有文学的梦想，只要你有故事要讲、有情感要抒发，你就不必受自己身份的局限，随时“我手写我心”，实现当作家的梦想。写作再也不是一种垄断性的少数人的行为，也不是一种书斋性的知识技艺，而是一种大众文化行为，乃至一种日常的生活状态。就像有人形容的，“网络就像马路边的一块木板，谁都可以来这里涂鸦”。网络的这种“平权式”特点，真正实现了“人人都可以当作家”的写作自由。根据国家新闻出版广电总局和中国作家协会的调研统计，截至2017年12月，网络作家数量接近1400万人。其中驻站非签约作家约1300万人，签约作家约68万人。真可谓是一网“网”尽天下文才。

（二）作者与读者的即时互动性

文学活动是由四要素组成的，即世界、作者、作品与读者。在这个虚拟却自由的网络平台上，作者与读者之间、读者与读者之间的互动交流更及时、更活跃。作品一经上网，立马就有点击率的记录，有排行榜。在作品的评论区，读者更是能边阅读边做出评论，而作者可以无障碍地即时了解读者意见，并能依此做出相应的调整。在这样一种自由及时的互动中，读者间接参与到了作品的创作中。正如欧阳友权在《网络文学概述》中所说："只有在网络这个虚拟的环境中，才能实现互动性批评和互动性创作的高度自由。"这种互动性创作甚至还有一种更深入的介入方式，就是以"文学接龙"的方式让读者直接参与到网络文本的创作中。《人民文学》原副主编、著名作家肖复兴曾说："网络介入后，文学写作就不是创作者一个人的事了，而变成一种集体智慧的凝聚。"这种即时的互动性正是网络文学的魅力所在，它不仅能激发作者的想象力、创造力和写作激情，而且更接地气，使之具有长久的生命活力。

（三）生活化的网络文学语言

网络文学的出现是对文学语言的一次全新的革命。典雅的、诙谐的、优美的、粗俗的、反讽的、调侃的……各种生活化的语言风格都大大方方地进入网络文学作品中，使黄遵宪提出的"我手写吾口"在网络文学中真正成为现实。同时，网络"黑话"的大量进入，在一定程度上增强了文学语言的趣味和活力，更彰显出网络文学与众不同的亲和气质。

此外，网络文学的文本形态与传统文学不同，是以"软载体"形式存在。如网络超文本文学、多媒体文学、特定创作软件自动生成作品，以及在网络 BBS、个人博客、网络论坛中出现的一些文学作品或带有一定文学性的文本。在网络文学的精神姿态上，拒绝崇高，采取平民价值取向。作家陈村就曾这样表达过自己的看法："现今的网络文学与传统文学最大的不同是不再热衷于对阳春白雪、高不可攀的东西的极力描述渲染，因为难免曲高和寡。网络文学对内心的表达更为直接率真，不矫情。"

当然，作为门槛低的全民写作形态，网络文学从一诞生就备受争议，也确实存在各种问题。譬如作品质量良莠不齐；过度产业化导致的艺术性退化，甚至变成"千部一腔，千人一面"，创新不足，缺乏思想深度，缺少真正的文学性审美；同时匿名写作方式和博取眼球的目的无形中消解了文学"文以载道"的历史重任和应有的忧患意识。陈家定在《"超文本"的兴起与网络文学的时代》中说道："文学赋予主体的那种诗意对话和审美交往，蜕变成了网络写手恣情快意的文字发泄，'脱帽看诗'的适意与优雅变成了网上冲浪的'随波逐流'……在超文本的世界里，对于任何写作者来说，不但柏拉图'代神立言'的崇高理想遥不可及，就连巴尔扎克那种要当一个时代秘书的愿望也成了过世狂人的幻想。"网络文学要跳出自身的局限，更加良性发展，需要批评家们毫不留情的"秉笔直书"。

四、中国网络文学代表作家作品

中国网络文学发展的20年中涌现出了一大批网络写作者。因为网络写作门槛低，不被主流文学界完全认可，这一群体最先被称为“网络写手”。经过20年的打拼，被主流社会逐渐接受并认可，从“网络写手”华丽转身为“网络作家”。网络文学创作者不仅从业余创作转向职业创作，有的更是加入了作协组织，文学地位有了明显的提升。到2017年底，已有165名网络作家加入中国作家协会，如唐家三少、安妮宝贝、血红、当年明月、辰东、愤怒的香蕉等。

对20年中出现的有代表性的网络作家，欧阳友权在其主编的《中国网络文学二十年》一书中把他们分为了四代。

第一代活跃于2000年以前的网络自由写作期。这一代写手有蔡智恒、安妮宝贝、黑可可、邢育森、李寻欢、韩寒、宁财神等。蔡智恒的《第一次的亲密接触》开启了本土网络小说类型化、言情化和娱乐化的先声，蔡智恒被称为“汉语网络文学写手第一人”。台湾地区另一作家罗森是中国玄幻武侠启蒙运动的发起者。2018年5月，在第三届“橙瓜网络文学奖”评选中，罗森创作的《碎星物语》荣获“年度百强作品”奖。2020年，罗森入选橙瓜见证·网络文学20年十大奇幻作家、百强大神作家、百位行业人物。

第二代指2000—2003年出现且比较活跃的写手，主要有今何在、慕容雪村、江南、何员外、蓝晶、老猪、陆幼青、可蕊、尚爱兰、云中君、木子美等人。他们开创了玄幻、都市、言情、历史等题材类型，甚至尝试创作媒体小说。这一代作家的写作目的主要是抒发内心情感，而非谋生糊口，在创作上与传统文学联系较为密切。今何在原名曾雨，江西南昌人，被《中国图书商报》誉为内地网络文学第一人。1998年8月，在新浪网“金庸客栈”上面连载发表长篇小说《悟空传》，2000年由光明日报出版社出版。这部小说从现代人的角度讲述了悲剧英雄孙悟空以及唐僧等人与命运抗争的故事，用后现代主义的荒诞派手法讽刺批判了以神佛为代表的权威，并用曲折动人的情节歌颂了忠贞纯洁的爱情。《悟空传》在网络上一直享有“网络第一书”的美誉。2009年，在由中国作家出版集团和中文在线主办、长篇小说选刊杂志社等承办的“网络文学十年盘点”活动中入选十佳人气作品；在2018年“中国网络文学20年20部作品”评选活动中位列第三。江南，原名杨治，毕业于北京大学，留学于美国名校圣路易斯华盛顿大学，内地幻想文学家。代表作品有《龙族》《九州缥缈录》等。这一代写手有的业已封笔，大部分仍然活跃于网络之中。

第三代是2004—2008年间出现且较为活跃的网络作家。2003年10月，起点中文网开启“VIP网络付费制度”，网络文学由此步入商业化发展道路，网络作家的创作由业余走向职业，由原来的任意书写变为自觉创作，其创作潜能也得以更大地激发，由此出现了一大批拥有卓绝文学才华的网络文学作家，并出现类型化写作新风尚。如玄幻小说代表作家唐家三少、萧鼎、南派三叔、辰东、玄雨、天下霸唱、猫腻等；网络历史小说作家如当年明月、雪夜冰河、灰熊猫、阿越、曹三公子、天使奥斯卡、酒徒等；演绎爱情故事的桐华、辛夷坞等。唐家三少，本名张威，1981年生，毕业于河北大学政法学院，阅文集团白金作家，现任中国作家协会主席团委员。他是一个非常努力的作家，“日均八千字，数年不断更”。代表作品有《光之子》（2004）、《狂神》（2004）、《善良的死神》（2005）、《斗罗大陆》（2008）、《斗罗大陆Ⅱ绝世唐门》（2012）等，其作品获奖无数。辰东，本名杨振东，起点中文网白金作者，中国作家协会成员。在首届网文之王评选中位列“五大至尊”之一和“十二主神”之一，具有很大的影响力。其代表作有《圣墟》《完美世界》《遮天》《长生界》《神墓》《不死不灭》等，以《神墓》扬名立万，开创了太古战争流和玄幻悬念流。作品想象超绝、纤秾合度、亦庄亦谐，让读者有极强的代入感，同时又深度关注现实和人性，具有思想的深度。

第四代指2008年以后比较活跃的网络作家群体。这一时期的网络作家除了仍然活跃着的第三代，还涌现出一大批年轻的新生代作家，如我吃西红柿、天蚕土豆、苍天白鹤、爱潜水的乌贼、烽火戏诸侯、妖夜、打眼、方想、高楼大厦等。天蚕土豆，本名李虎，1989年生，四川人，起点中文网白金作家。在第三届“橙瓜网络文学奖”评选中进入名人堂，并位列速途研究院“2018年中国网络文学男作家影响力TOP50”第7位。2008年在起点中文网创作处女作《魔兽剑圣异界纵横》，5月即成为起点签约作家，成为最年轻的网络作家之一；2009年4月开始上传连载《斗破苍穹》，凭借高达1.4亿的点击量一举成名。

第二节　网络文学欣赏选文

月光落在左手上

余秀华

作者介绍

余秀华，湖北省钟祥市石牌镇横店村人，农民诗人。余秀华因出生时倒产、缺氧而造成脑瘫，行动不便，说话口齿不清。但她身残志坚，热爱文字、热爱诗歌，是这几年诗坛中突然冲出来的一匹黑马。2014 年凭借一首《穿越大半个中国去睡你》火遍大江南北，也将她推上文坛新秀的宝座。2015 年她当选为湖北省钟祥市作家协会副主席。短短几年时间，她写了 2000 多首诗，陆续出版诗集《月光落在左手上》《摇摇晃晃的人间》和《我们爱过又忘记》，出版散文集《无端欢喜》，2019 年推出首部自传体小说集《且在人间》。2016 年在湘阴县举行的我国第三届“农民文学奖”颁奖典礼上，余秀华获得“农民文学奖”特别奖。2018 年，诗歌集《摇摇晃晃的人间》获第七届湖北文学奖。她的诗集《月光落在左手上》，打破了 20 多年来中国诗集类作品的销售纪录，销量超过十万册。

作品选读

我爱你

巴巴地活着，每天打水，煮饭，按时吃药
阳光好的时候就把自己放进去，像放一块陈皮
茶叶轮换着喝：菊花，茉莉，玫瑰，柠檬
这些美好的事物仿佛把我往春天的路上带
所以我一次次按住内心的雪
它们过于洁白过于接近春天

在干净的院子里读你的诗歌。这人间情事
恍惚如突然飞过的麻雀儿
而光阴皎洁。我不适宜肝肠寸断
如果给你寄一本书，我不会寄给你诗歌
我要给你一本关于植物，关于庄稼的
告诉你稻子和稗子的区别

告诉你一棵稗子提心吊胆的
春天

再见，2014

像在他乡的一次拥抱：再见，我的 2014
像在他乡的最后告别：再见，我的 2014
我迟钝，多情，总是被人群落在后面
他们挥手的时候，我以为还有可以浪费的时辰
我以为还有许多可以浪费的时辰
2014 如一棵朴素的水杉，落满喜鹊和阳光
告别一棵树，告别许多人，我们再无法遇见
愿苍天保佑你平安
而我是否会回到故乡
——一个没有故乡的人，怀揣下一个春天
下一个春天啊，为时不远
下一个春天，再没有可亲的姐姐遇见
但是我谢谢那些深深伤害我的人们
也谢谢我自己：为每一次遇见不变的纯真

日记：我仅仅存在于此

蛙鸣漫上来，我的鞋底还有没有磕出的幸福
这幸福是一个俗气的农妇怀抱的新麦的味道，忍冬花的味道
和睡衣上残留的阳光的味道

很久没有人来叩我的门啦，小径残红堆积
我悄无声息地落在世界上，也将悄无声息地
隐匿于万物间
但悲伤总是如此可贵：你确定我的存在
才肯给予慈悲，同情，爱恨和离别
而此刻，夜来香的味道穿过窗棂
门口的虫鸣高高低低。我曾经与多少人遇见过
在没有伴侣的人世里
我是如此丰盈，比一片麦子沉重
但是我只是低着头
接受月光的照耀

（选自余秀华．月光落在左手上［M］. 桂林：广西师范大学出版社，2015.）

赏析提示

抛开余秀华身体上的残疾，不掺杂同情和猎奇，我们必须承认，余秀华的确有着诗人的天赋。看似随意组合的字句和意象，读来质朴滚烫，颇有意蕴。诗中凸显出来的极具个性、丰富复杂的女性主体形象能直击人心。

余秀华身带残疾，对爱的缺失自然有着极为深刻的体验，加上她并非自由恋爱的婚姻，因此，对爱情的渴望和表达成为她诗歌的主题。爱的躁动与呼唤、爱的幻灭与实现等复杂的意蕴充盈着她的诗歌。《穿过大半个中国去睡你》是余秀华的成名作，这首诗的核心意象“睡你”表面看来直接而粗俗，有违中国古诗的含蓄内敛，但读完全诗，会惊艳于她灿烂而灵动的诗句，以及诗中蕴含的对爱情的深刻体悟。

《我爱你》是诗集《月光落在左手上》中的一篇，也是余秀华的爱情代表作。和《穿过大半个中国去睡你》风格不同，《我爱你》极其干净、纯洁、质朴又内敛含蓄。“巴巴地活着，每天打水，煮饭，按时吃药 / 阳光好的时候就把自己放进去，像放一块陈皮”，诗句以生活中亲切的意象表达出一个渴望爱情的病女人，在生活中的无足轻重、无奈和自卑。但主人公是不甘屈服和自我沉沦的：“茶叶轮换着喝：菊花，茉莉，玫瑰，柠檬 / 这些美好的事物仿佛把我往春天的路上带。”这些美丽的意象都化作主人公对爱情、对未来无限的憧憬和期待，与前面的灰暗生活形成了鲜明的对比。“所以我一次次按住内心的雪”，按住忧伤绝望的心，乐

观积极地生活。但她的内心仍然是犹豫、忧郁甚至是自卑的，不管是“误以为生命被重新打开”，还是“告诉你一棵稗子提心吊胆的春天”。美好的理想、纯洁的执着、卑微的人生，现实中随时被剥夺生命、被爱情抛弃的命运，在她的诗里相互纠缠、碰撞，形成一种强有力的张力，从而具有丰富的内涵和意蕴。

余秀华的诗坦率、真诚，像《再见，2014》《日记：我仅仅存在于此》，带领读者返回日常生活，返回个人记忆，生动地表现出丰富复杂的人生况味。《诗刊》编辑刘年说：“她的内心，没有高墙、铜锁和狗，甚至连一道篱笆都没有，你可以轻易地就走进去。”同时，她的诗既有古诗的意趣，又有现代诗歌的抒情性。她用质朴灵动的语言，以鲜活的身体与生命经验，客观表现底层女性的生存之痛，以强烈的主体精神展示人的价值和尊严。

作为一位网红诗人，自然也会站在舆论的风口浪尖，也会有各种声音出现。在“非主流写作”的时代亦属正常现象。无论如何，一位残疾人能如此热爱文字、抒写生活，应当受到肯定和尊重。她在《摇摇晃晃的人间》里写道：“作为我，一个残疾得很明显的人，社会对我的宽容就反映了社会的健全度。所以我认为只要我认真地活着，我的诗歌就有认真出来的光泽。”

能力训练

1. 结合《月光落在左手上》节选诗歌，试分析余秀华诗歌的特点，并说说其诗歌存在的意义。

2. 余秀华曾参加《鲁豫有约》《铿锵三人行》《朗读者》等节目，其人其事曾受到全社会高度关注，你如何看待这一现象？

村庄的树

欧阳杏蓬

作者介绍

欧阳杏蓬，1970年生于湖南宁远，文化民工，现居广州。出版文集有《以孤独的名义》《缤纷湘南》《广州读本》《一生两半》《现实之境》和《我们东干脚》六部。《一生两半》被湖北评论家蔡先进誉为“民工的精神救赎”的作品。《现实之境》由著名评论家白烨作序，2016年被广东江门市推荐为全民阅读作品。《深圳一条大路上的海阔天空》《橙子树》《旁边的人》被选入《深圳读本》《向生命鞠躬》《国学人文教程》等。他的作品大致分为两类：一类是为农民工造影，为小人物代言；另一类是抒写家乡故土。

作品选读

香花树

香花树就是书上的桂花树。

村里人一直叫香花树。

香花树在村子后面的悬崖上挂着，身子向半空中扑出去。悬崖下的几间瓦房都在它的笼罩下。瓦片上一年四季落着叶片枯枝，积聚时日，也长出一片青来，狗尾草一丛一丛，与头上香花树呼应，几乎成了一个小生态。

香花树有多大？

脚盆大——跟城里人用的浴盆差不多，只是不完整，向山的一面已经掉皮、腐朽。靠着向着村子的半边有皮护着的部分活着。真是树活一张皮！香花树有多高？看得到东干脚，就能看到这一棵香花树，无论多远。

秋风乍起，原野的风中弥漫着的沁人心脾、令人追逐的香，就是香花树的香。

香花树开花，含着两个意思，一个是中秋要到了，月要圆了；一个是秋风暂凉，一阵紧过一阵，早晚要添衣了。

在村子前面，仰头，就能看到香花树绿叶里糊成一片的金黄。

胆子大的孩子领了一帮胆子小的孩子爬上后山，猫一样地爬上去，掰下一枝扔下一枝。

每个人手头有一枝了，才用嘴衔着一枝，缓慢退下来，小脸煞白。问他，回说：整个东干脚都在脚下面，我跟小鸟一样，可我没翅膀啊。

小女孩把星星般的小花凑到鼻尖底下深呼吸，嘟着嘴，眯紧着眼，一副陶醉的样子。

男孩子举着香花枝，蹦蹦跳跳，全然是得了战利品的样子。

回到家，家里什么应节的礼物都没有，中秋节还远呢。

把花插在门缝里，该放牛的放牛，该去打猪草的打猪草。

月还未满，一场大雨，一声巨响——像雷公的爪子薅过屋顶，一阵阴风扑进巷子，村里所有的灯一下子都熄了。

香花树倒了。

在悬崖上站了两百年的香花树，腐烂的躯干承不住雨水和风的压力，倒了。

倒下来的香花树，香了整整一个秋天。

人们留下了崖上巨大的香花树树兜，期待它萌芽、重生、长大、传递信息。

三十年过去了，香花树兜不见了。

黑色的崖，被风雨漂白了。

没有天空的呼唤，它的梦熄灭了。

人们也并没有觉得东干脚缺少了一点什么，林子里，高高矮矮的香花树多着呢！秋天还是那么香！

橙子树

香花树倒下对所有的大树都是一个警讯。

比它年轻一点的橙子树不以为然，像梦一样缀在村中央。

春天，指头儿大的花铃挂满枝头，在巴掌大的叶子的护佑下，晶莹娇脆，不肯随风下红尘。春风不解，一阵暖过一阵，催熟了它的孕育，或扰醒了它的梦，纷纷从枝头跌落，那阵花雨，人见犹怜。落在地上，张着嘴吐着黄蕊儿，还是不甘的样子。

橙花的香，亦沁人心脾，还带着丝甜味儿。

你看，蜜蜂、土蜂、鬼头蜂都来了。

蝴蝶飞不上枝头，在底下趴在落地的花瓣上，停在那儿，掀动着小翅膀，一副迷醉的样子。

橙花落，雀鸟来。

橙子树，又成了鸟的天堂。

鸟是优质的裁判，哪颗小铃铛行不行、稳不稳，它拍动一下翅膀就知道。羸弱的橙果在鸟翅膀的检验下，纷纷坠落直下。地上，花已成泥，铃铛冷落得像一个一个弃儿般凄凉。

橙子树用影子护着它们。

它们缓慢地由青转黄，由黄转褐，由褐转化成泥土，也没有一双手来拯救它们。

它们的味道不讨喜。

然而，树上巴掌大的橙树叶子遮不住的橙子，在风里自鸣得意地摇晃着，享受着，却不知道被无数双眼睛盯上了。那些孩子算着日子，再吹几阵大风，中秋节就到了，这些橙子，就可以敲下来应节了。

风大风小，月圆月缺，橙子树无所畏惧。

它自然生长，也顺应自然，居高临下看着这一大片黑瓦老屋——在它的梦里，它亦是一座大屋，跟这些屋子一起，才是一个完整的梦。

主人不在乎这些，它在门口挡事，就被主人在心里拔除了。鲤鱼锯左右游移，把它锯倒在地，惊动了四周屋檐，黑瓦纷纷跌落，如同一场壮观的送别。

它倒在地上才发出一声长叹：跟人类太近了！

橙子树没有了，人们居然很快就没有了它的记忆。

哦，橙子树应该恨薄情的人类吧。

乌桕

乌桕是后来者，比起香花树、橙子树，那个时候，它不存在。

风——我相信是秋风，吹来一颗乌桕种子，落进了井边崖上石路边的石头隘股里。隘股里有一些积尘，时久成土。春雨浇湿了土，也浇醒了这颗种子。它钻出来一看，我的妈呀，四周都是石头！苦不苦，不怨父母。自然命运安排了绝境，那就认命。

起初看到石缝里的小苗——春天，山上很多石板上的积垢里都冒出各种芽苗——乌桕的，枫树的，柞木的。雨水一收，几轮日照，就蔫里吧唧，没有了后续。这棵乌桕没有审时度势的机会，也没有救援。

它长在那里，生死由它自己做主。

这是一个很残酷的安排。

乌桕有点慌张，长出来，叶子就稀稀拉拉。

路过的人——很多情的人，看见了它，也不会搭把手帮它。真所谓的"生死由命，富贵在天"。它不会呼号，也不会哀求，痛着，自己痛，死了，命该如此。

乌桕不认命，它不长身子，先长根。把根插下石缝，把根探进大地母亲的怀里，死不死，由大地做主。这是一个聪明的选择，人都做不到。它做到了，做得轰轰烈烈，超出了人的毅力、韧劲和坚强，硬生生地把一块簸箕大的石头从中间裂开——新的裂痕，也证明了它获得了新生。这种舍命拼斗，最终获得胜利的，乌桕是唯一。成功了，赞叹也就来了。路过人的，都要侧目看它一眼，也开始维护它，不许伤它，还赞扬它。

一年两年不起眼，三年四年，一鸣惊人!

乌桕如一腾云驾雾的仙人，姿态飘逸，把整个石头踩在了脚下，凌空而出。

秋风起，叶转黄，柔雅的凄凉。

秋风烈，黄叶转红，在岩上兀立如旗。

北风来，撒尽钱财，一树本色——簇在一起的乌桕籽，颗颗如珠凝在枝头，仿佛在暗示：跟在你身后的冰雪，也不过如此。

苍天下，最美的景致，莫过于乌桕的生命四季。春天柔绿的花，沉潜不争春色；夏天碧绿的叶，与香花树、蜡叶树搅在一起，抗暑御热；秋风好个凉，那就给秋风一份颜色……

乌桕，植物界的哲人、诗人、战士。

看见崖上乌桕，就不得不抬起头来。

是景仰，是致敬。

无论走多远，崖上的乌桕，就越是心里的故乡。

大柏

大柏最不幸的是卷入了人类的利益纷争。

大柏本来在河边，用来护堤的。河改道，与它站成一排的兄弟，相继受了斧钺之灾。它留下了，因为当时距村庄最远，幸运地留了下来。

当香花树自裁，橙子树被伐，大柏就接过使命，继续做东干脚的地理标志。

东干脚？村口有棵大柏树的地方就是东干脚，我家就在大柏树后面左、中、右……

大柏树从海碗粗长到脸盆粗——我亲眼看到，至少费了三十年功力。

大柏树下面是片空地，搬块石头坐在下面，除了听风呼呼，还可以看前面平静的阳光里迎风起浪的稻田，可以望见平田白色马头墙的院墙和黑瓦。回头，是静寂熟悉的东干脚，是葱茏漠然的后山。

柏树下本来可以做个留脚休息的好地方。

某年村里老了人，焚烧遗物的人见了这里有块平地，离村子也远，就把老人的床草、衣物、鞋袜扔在这里，点上火，烧了。烧的火大，把大柏树脚的裙叶都烧了一大半。你家死人，烧我大柏树干吗啊，真是冤哪。

有一就有二，然后接二连三……大柏树下，成了死人遗物的火葬场。

一个人说黑夜路过大柏树，听到了“吱呀”声，如同开门的声音。

一个人说他大中午路过也听到了，吓得心惊胆跳。

大柏树下有鬼作怪就在村里传开了。

烧了十年的死人遗物，烟熏火燎，大柏树挣扎着，人们还给它蒙上了隐藏邪物的阴影。带着这个疑问，怎么看，就怎么觉得怪异。

老人说这些人少见多怪，树干粗，树又高，风吹树扭腰，就像人扭腰，全身的骨节也会发出声响。

树有骨节吗？

正好村里有人看上大柏树后面的那块地，一怂恿，砍了，就绝了后患了。

大柏或许知道站在村前，就是活在人类的算计当中。

只是它不知道，人类的理由那么不要脸。

没有了大柏树定位，村子一片模糊。

到处都是一样的建筑，狗比人还多。

枣树

路边有棵枣树，大拇指大的枣，一摞一摞的，坠得枝丫都塌了腰。

在早晨的阳光里，还有露的痕迹，晶莹如玉。

在中午的阳光里，枣树有些疲累，指甲大的叶片，不是随风跑掉，就在枝头垂头丧气。枝头的枣，也有些焦躁，黄着皮，让人有了食欲。

在我的记忆中，这个地方是没有枣树的。

这个地方原本是没有一棵树的。

井边那棵枣是谁家的呀？枣子好多。

是你爹种下的。

我爹种下的？

不止那棵枣树，枣树后面的那一片，柿子树、李树，两棵吊柏，都是你爹种的。

爹为什么把树种在路边？

我也不知道你爹是怎么想的。

我爹已经早过了滑油山，开始了我们不知道的征程。

既然是我爹种的——我爹还有多少事没有告诉我？在枣树下，看着枝头悬挂着的枣，我不客气了，我爹的就是我的。伸手抓住一根枝条下拉，拣大的摘。不过，我只摘四五颗。握在手里，踱到井头边的洗衣埠头，在河水里清洗。一回头，看到井边的“东干脚古井”几个字——这几个字是不是我爹手写的？井，是爹生前和一众兄弟修的。那字——不像我爹的字，潦草，没有丝毫章法，就是捡了根树枝随手划的。我爹的字，也没有章法，但每一笔都有力道，不轻浮。那井边上的柏树，是不是我爹种的？有可能，也没有可能。但我爹是爱种树的，尤其是病了之后，出不了村，得了树苗，在村前村后找个空地就粘起来。村里人也学这样，地没人种了，怕荒，就种上树。一晃眼，四处都是树。他们在无言中，就把东干脚搞得绿水青山了。

拈着枣子送进嘴里，不苦，不甜，不涩，更没有满口汁液。

蜜枣是人做出来的。

真正的枣，没什么滋味，但可以入药。

我猜不透爹的心思。

爹的心思，孩子们哪有那么容易懂得？懂了，孩子都老了。当完爹，能剩点什么？一个人，活完了，能剩点什么？这问题既宏大又深邃，我解不了。

每走到枣树下，我就感觉有一双眼睛在盯着我。

父亲留下了一棵枣树，让我不劳而获。

我打了个激灵，天还是那么高，人却换了无数茬。

我岂不是父亲遗留的一颗枣子？

在枣树下，想着，没意思地等着。

（摘自：中国作家网 https://vip.chinawriter.com.cn/member/oyxp2006/viewarchives_216590.html）

赏析提示

欧阳杏蓬的散文大都以他的家乡“东干脚”为中心，如《缤纷湘南》和《我们东干脚》。他用朴实的文笔记录家乡乡亲的样子、性格以及生活经历，描写家乡的历史变迁、现实处境，饱含深情地抒写家乡的山川风物，不矫情、不虚饰，写出了湘南的生活原态，给我们留下了时代的记忆。

他的散文蕴含着浓烈的家国情怀，文中的那些老树、一阵微风、一缕气息，甚或一个场景，都带着浓浓的乡土气息，于朴实、温暖、深情中唤起读者的往昔回忆，又于悲凉、沉思、叹息中唤醒读者的民间意识，引起人们对乡村的关注，对人与自然关系的思考。橙子树被锯倒在地上时那一声长叹“跟人类太近了”，“大柏或许知道站在村前，就是活在人类的算计当中”等，都是作者看似无意却是深意的用笔，体现出对乡村现状的忧虑和热爱。作者是如此热爱他的家乡，香花树也好、乌桕也好、柏树也好，它们或悲凉、或刚毅、或热烈，是故乡赋予他的生命智慧和人生品格，是联系他和家乡的精神纽带。“天还是那么高，人却换了无数茬。我岂不是父亲遗留的一颗枣子？”东干脚就是他灵魂的栖息地，是他在外漂泊的根基。家乡，无论贫或富，都是漂泊在外的游子最深的眷恋，正如他在此诗中写到的：“无论走多远，崖上的乌桕，就越是心里的故乡。”

欧阳杏蓬是个喜欢自由表达的作者，不管是形式还是语言。题材不再中规中矩，不再遵守散文写作的传统。他把诗歌的短句和散文的段落做了大胆的结合，使作品读起来不再冗长、乏味。这篇《村庄的树》，用“树”的视角，一种树一个主题，以独特的文字和文本结构写出了树和村庄的关系，给读者带来耳目一新的阅读感受。他的散文没有华丽的词句，既不精致也不粗野，平平实实，却是如此亲切，很容易引起读者共鸣。评论家白烨就曾用“接地气有底气”来评介他的散文。

当然，作为一个网络新人，他作品的缺点自然在所难免。如白烨指出来的：“作者无论述事，还是写人，笔力都较为分散，营构也显得粗疏，因为轻重不够讲究，节奏不太分明，作品中少有细加玩味的焦点，深加探究的重点。”

能力训练

1. 分析这篇散文在结构和语言上各有什么特点。
2. 试分析本文中“树”的内涵。

第一次的亲密接触

痞子蔡

作者简介

痞子蔡，原名蔡智恒，1969 年生，台湾著名网络小说作家，台湾成功大学水利工程博士。1998 年写下成名作《第一次的亲密接触》，形成全球华文地区的痞子蔡热潮。此后陆续写下《爱尔兰咖啡》《檞寄生》《夜玫瑰》和《孔雀森林》等作品，都有不错的口碑。其中《第一次的亲密接触》和《夜玫瑰》都被拍成了电视剧。

作品选读

第 6 章　咖啡哲学

我的鞋袜颜色很深，像是重度烘焙的炭烧咖啡，焦、苦不带酸。小喇叭裤颜色稍浅，像是风味独特的摩卡咖啡，酸味较强。毛线衣的颜色更浅，像是柔顺细腻的蓝山咖啡，香醇精致。而我背包的颜色内深外浅，并点缀着装饰品，则像是 Cappuccino 咖啡，表面浮着新鲜牛奶，并撒上迷人的肉桂粉，既甘醇甜美却又浓郁强烈。

晚上七点半，这种时间来见从未见过面的人是非常完美的。通常这时大家都已吃完晚饭，所以不必费神去思考到哪儿吃的问题。不然光是决定吃什么，就得耗去大半个小时。而且重点是，吃饭得花较多的钱。对我这种穷学生而言，“兵不血刃”是很重要的。

既然约在麦当劳，那么等会儿干脆直接进麦当劳。两杯可乐，一份薯条就可以打发。可乐还不必叫大杯的。而且也不用担心吃相是否难看的问题。记得阿泰有次和一个女孩子吃排餐，结果那女孩太紧张，刀子一切，整块牛排往阿泰脸上飞去。所以第一次见面最好别吃饭。如果一定要吃饭，也绝不能吃排餐。万一双方一言不合，才不会有生命的危险。

“痞子，你来得真早。”

当我正在发呆时，有个女孩从背后轻轻拍了一下我的肩膀。

虽然早已经有了心理准备，但我仍然被眼前的这位女孩震惊。

如果不是她的咖啡色穿着和叫我的那一声痞子，我会以为她只是来问路的。

在今天以前，我一直以为美女只存在于电视和电影中，或是在过马路时，匆匆地与你擦身而过。

而她，真的是很美。

有些女孩的美丽，因人而异。换言之，你认为美的，我未必赞同。

但我肯定没有人会质疑这个女孩子的美丽。

我没有很高的文学造诣，所以要形容一个非常美丽的女子时，就只有闭月羞花、沉鱼落雁、国色天香和倾国倾城之类的老套。

只怪我是学工程的，总希望美丽是可以用公式计算或用仪器测量。

但美丽毕竟只是美丽。

美丽是感性，而不是理性。

在成大，相传着一句话："自古红颜多薄命，成大女生万万岁。"如果一个女子的寿命真的跟她的美貌成反比，那么轻舞飞扬一定很短命。这么美丽的女子，是不应该和我的生活圈子有交集的。

也许是所谓的"物极必反"吧！正因为我极度被她的美丽震惊，所以我反而变得很平静。"吃过饭了吧？我们进麦当劳里面再聊。""痞子，你果然高竿哦。这样不失为省钱的好方法。"被她洞悉我的用心，我只好傻笑着装出一副无辜的样子。

看在她这么美丽的分上，可乐只好点大杯的，薯条也叫了两份。"痞子，这次你请我，下次我让你请。"开玩笑，我当然听得出来她在占我便宜。但我高兴的是，她说了"下次"。

那表示还会有下次。

我不由得感到一阵兴奋。

"痞子，你信教吗？我是虔诚的基督徒，不介意我祷告吧！"

"我是拿香拜拜的，不算信教。但我可以陪你祷告。"

"痞子，你不要学梁咏琪的广告说：希望世界和平哦。""当然不会。我要为我皮夹中阵亡的一百元钞票祈祷，希望它能安息。"

"呵呵，痞子，你真的是很小气。"我第一次听见她的笑声，清清脆脆的，像炸得酥脆的麦当劳薯条。

"痞子，你看到我后，是不是很失望呢？"看到美女如果还会失望，那看到一般女孩不就绝望得想跳楼？

"你为什么会觉得我该失望？"

"因为我跟你说过我长得不可爱呀！所以你看到我后，一定很失望。"原来她拐弯抹角，就是想暗示说她长得其实是很可爱的。

“那为什么你要骗我说你长得并不可爱呢？”

“痞子，我只说我不可爱，我可没说我不漂亮。”这小姑娘说话的调调竟然跟我好像。只可惜她太漂亮，不然当个痞子一定绰绰有余。

“痞子，你也长得很斯文呀！不像你形容的那样不堪入目。”

斯文？这种形容词其实是很混的。对很多女孩子而言，斯文的意思跟呆滞是没什么两样的。

我开始打量着坐在我面前的这位美丽的女孩。美丽其实是一个很含糊的形容词，因为美丽是有很多种的。也许像冷若冰霜的小龙女，也许像清新脱俗的王语嫣，也许像天真无邪的香香公主，也许像刁蛮任性的赵敏，也许像聪慧狡黠的黄蓉，也许像情深义重的任盈盈。

但她都不像。

幸好她都不像，所以她不是小说中的人物。

她属于现实的生活。

第一眼看到她时，我就被她的脸孔勾去了两魂，被她的声音夺走了六魄。只剩下一魂一魄的我，根本来不及看清楚她身材的高矮胖瘦。如今我终于可以仔细地端详她的一切。

她很瘦，然而并非是弱不禁风的那种。她的肤色很白，由于我没看过雪，因此也不敢用“雪白”这种形容词。但因为她穿着一身咖啡色，于是让我联想到鲜奶油。所以她就像是一杯香浓的咖啡。

她现在坐着，我无法判断她的身高。不过刚刚在点餐时，我看着她的眼睛，视线的俯角约 20 度。我们六只眼睛（我有四只）的距离约 20 厘米。所以我和她身高的差异约 =20*tan20 度 =7.3。我 171，因此她约 164。至于她的头发，超过肩膀 10 厘米，虽还不到腰，但也算是很长了。等等，她不是说头发已经挑染成咖啡色了，为何还是乌黑亮丽？

“你的头发很黑啊！哪里有挑染成咖啡色的呢？”

“痞子，挑染也者，挑几撮头发来染一染是也。因为我觉得好玩，所以我自己染了几撮头发来意思意思。你觉得好看吗？”

她把头发轻轻拨到胸前，然后指给我看。的确是“万黑丛中一点咖啡”。而且美女毕竟是美女，连随手拨弄头发的仪态也是非常撩人。

“当然好看，你即使理光头，也是一样明艳动人。”

“呵呵，痞子。别太夸奖我，我会骄傲的。不过你是慧眼啦！”

我又听见了她的笑声。古人常用“黄莺出谷”和“乳燕归巢”来形容声音的甜美。但这两种鸟叫声我都没听过，所以用来形容她的声音是不科学的。还是脆而不腻的麦当劳薯条比较贴切。她的笑声，就像沾了番茄酱的薯条，清脆中带点酸甜。

“你为何会偏爱咖啡色呢？”“因为我很喜欢喝咖啡呀！我最爱喝的就是曼巴咖啡。”

“我也常常喝咖啡，但我不懂‘曼巴’是什么。”

“曼巴就是曼特宁咖啡加巴西咖啡嘛！”

“哦，原来如此。那蓝山咖啡加巴西咖啡不就叫作‘蓝巴’？”

“呵呵，痞子，你在美女面前也敢这么痞，我不禁要赞赏你的勇气。”

“你穿着一身咖啡色，不会觉得很奇怪吗？”这是我最大的疑问。如果不知道谜底，我一定会睡不着觉。总不至于爱喝咖啡就得穿一身咖啡色吧？如果照这种逻辑，那爱喝西瓜汁就得一身红；爱喝绿茶就得一身绿；那爱喝汽水的，不就什么颜色的衣服都不用穿了？

“痞子，你听过‘咖啡哲学’吗？”

“这是一家连锁咖啡店，我当然听过。”

“此哲学非彼哲学也，我的穿着就是一套咖啡哲学。阁下想听吗？”

“有……有话请讲。在下愿闻其详。”差点忘了对方是个美女，赶紧把“有屁快放”吃到肚子里。

“即使全是咖啡，也会因烘焙技巧和香、甘、醇、苦、酸的口感而有差异。我的鞋袜颜色很深，像是重度烘焙的炭烧咖啡，焦、苦不带酸。小喇叭裤颜色稍浅，像是风味独特的摩卡咖啡，酸味较强。毛线衣的颜色更浅，像是柔顺细腻的蓝山咖啡，香醇精致。而我背包的颜色内深外浅，并点缀着装饰品，则像是Cappuccino咖啡，表面浮着新鲜牛奶，并撒上迷人的肉桂粉，既甘醇甜美却又浓郁强烈。”

我愣了半晌，说不出话来。我不禁再次打量着坐在我面前的这位美丽女孩。在今晚以前，她只不过是网络上的一个游魂而已。只有ID，没有血肉。如今她却活生生地坐在我面前，跟我说话，对我微笑，揭我疮疤。

直到此刻，我才有做梦的感觉。或者应该说是打从在麦当劳门口见到她时，我就已经在做梦了。只是现在我才发觉是在梦境里。

“呵呵，痞子，你又当机了吗？你idle了好久哦。”又不是在网络上，当什么机？不过她的笑声倒是又把我拉回了现实。

“我在思考一个合适的形容词来赞美你的冰雪聪明。”

“狗腿也没有用哦！轮到你说你一身蓝色的原因，不然你就要认输。”认输？开什么玩笑，蔡某人的字典里没有这两个字。

蓝色的确是我的最爱，但怎么掰呢？她刚刚的那套“咖啡哲学”掰得真好，看来她的智商不逊于她的外表。既然她以哲学为题，那我干脆用力学接招吧！“因为我念流体力学，而水流通常是蓝色的，所以我喜欢蓝色……”

“然后呢？Mr. 痞子，不要太逞强哦！输给美女又不是件丢脸的事。而且英雄难过美人关，不是吗？”她轻轻咬着吸管，似笑非笑地看着我。

这招够毒。如果我过了这关，就表示我不是英雄；但过不了这关，纵然是英雄，也只是个认输的英雄。管他的，反正我只是个痞子，又不是什么英雄好汉。“即使全是水流，也会因气候状况和冷、热、深、浅、脏的环境不同而有差异。我的鞋袜颜色很深，像是太平洋的海水，深沉忧郁。牛仔裤颜色稍浅，又有点泛白，像漂着冰山的北极海水，阴冷诡谲。衬衫的颜色更浅，像是室内游泳池的池水，清澈明亮。而我书包的颜色外深内浅，并有深绿的背带，就像是澄清湖的湖水，表面浮着几尾活鱼，并有两岸杨柳的倒影，既活泼生动却又幽静典雅。”

这次轮到她当机了。看到她也是很仔细地打量着我，我不禁怀疑她是否也觉得在做梦？但我相信我的外表并不足以让她产生做梦的感觉。即使她也同时在做梦，我仍然有把握我的梦会比她的梦甜美。

“呵呵，痞子，算你过关了。”

“过关有奖品吗？要不然奖金也可以。”

“当然有奖品呀！我不是正在对你微笑吗？”

“这的确是最好的奖品。但太贵重了，我也笑几个还你。”“痞子，美女才能一笑倾城。你笑的话，可能只会倾掉我手中的这杯可乐。”※ &@ # ☆……

“痞子，我念外文。你呢？”

“弟本布衣，就读于水利。但全成绩于系上，不求闻达于网络。”

“痞子，你干吗学诸葛亮的《出师表》？”

“我以为这样会使我看起来好像比较有学问。”

“干吗还好像，你本来就很有学问呀！”没想到她竟开始学起我说话的语气。但同样一句很机车的话，为什么由她说来却令人如此舒服？

“痞子，我 3 月 15 日出生，是双鱼座。你呢？”

“我 11 月 13 日出生，是天蝎座。问这干吗？”

“我只想知道我们合不合嘛！”

“天底下没有不合的星座，只有不合的人。”

“够酷的回答。让我们为这句话痛快地干一杯吧！”她举起盛着可乐的杯子，学着武侠小说中的人物，作势要干杯。

看到一个活泼可爱的女孩子，学男人装豪迈，是件很好玩的事。所以我也举起同样盛着可乐的杯子，与她干杯。也因此我碰到了她的手指。大概是因为可乐的关系吧！她的手指异常冰冷。这是我第一次接触到她。然后在我脑海里闪过的，是“亲密”两个字。

为什么是“亲密”，而不是“亲蜜”？蜜者，甜蜜也。密者，秘密也。如果每个人的内心，都像是锁了很多秘密的仓库。那么如果你够幸运的话，在你一生当中，你会碰到几个人握有可以打开你内心仓库的钥匙。但很多人终其一生，内心的仓库却始终未曾被开启。

而当我接触到她冰冷的手指时，我发觉那是把钥匙。一把开启我内心仓库的钥匙。

“痞子，那你平常做何消遣？”

她放下杯子，又开口问我。

我的思绪立刻由仓库回到眼前。

“除了念书外，大概就是电视、电影和武侠小说而已。”

“你都看哪种电影？”

“我最爱看A片。”

“痞子，美女也是会踹人的哦！”

“姑娘误会了。A片也者，American片是也。A片是简称。”

“既然你这么说，那我们下次一起去看A片吧！”大概是她的音量有点大，所以隔壁桌的一对男女讶异地望着我们。而她也自觉失了言，耸了耸肩膀、吐了吐舌头。

“痞子，都是你害的。”真是的，自己眼睛斜还怪桌子歪。

“那你都不听音乐会，或歌剧、舞台剧之类的？美术展也不看？”

“听音乐会我会想睡觉，歌剧和舞台剧我又看不懂。美术展除非是裸女图，不然我也不看。而且如果要看裸女，PLAYBOY和PENTHOUSE里多的是，既写实又逼真，何必去看别人用画的。”

“痞子，你可真老实。你不怕这样说我会觉得你没水平？”

“子曰：知之为知之，不知为不知，是知也。不懂就不懂，干吗要装懂？更何况既然说是消遣，当然愈轻松愈好，又不是要用来提高自己的水平。”

“痞子，你真的是所谓的‘一言九顶’哦。我讲一句，你顶九句。”

“哦。那我应该如何？”

“你应该开始学着欣赏音乐会，还有歌剧和舞台剧，以及美术展。”

“干吗？”

“这样我下次才有伴可以陪我去看呀！”会的，为了你，我会学习的。我在心里这么告诉我自己。

“痞子，我们下次也一起喝咖啡。好吗？”

“等等，你今天说了很多‘下次’哦。那下次我们到底是吃饭？看A片？听音乐会？看歌剧、舞台剧或美术展？还是喝咖啡？”

“呵呵，我怎么也学李登辉一样乱开支票。这样吧！让你选。”

“单选题还是复选题？”

“痞子，你想得美唷！只能选一样。”

“那看A片好了。”

“痞子，你应该选择听音乐会的。因为听完音乐会后，我会想喝杯咖啡。喝完咖啡后精神很好，就会想看场电影。看完电影后肚子饿了，就会想吃饭。唉！我实在为你觉得相当惋惜。”

怎么会惋惜？我倒觉得很庆幸。不然一下子做了这么多事，我皮夹里的三军将士不就全军覆没了？

“哇！惨了，快12点了，我得赶快走人了。”她看一下手表，然后叫了起来。

“你该不会住在学校宿舍吧？如果是的话，已经超过11点半了。”

“我在外面租房子，所以不担心这个。”

“那你担心什么？担心我会变狼人？今晚又不是满月。”

“痞子，《仙履奇缘》里的灰姑娘到了午夜12点，是会变回原形的。”

“那没关系。你留下一只鞋子，我自然会去找你。”

“既然你这么说，那我只好……”她竟然真的弯下身去，不过她却是把鞋带绑得更紧一点。

推开了麦当劳大门，午夜的大学路，变得格外冷清。

“你住哪？我送你。”

“就在隔壁的胜利路而已，很近。”我们走着走着，她在一辆脚踏车前停了下来。不会吧？连脚踏车也是咖啡色的！

“咖啡色的车身，白色的坐垫，像是温和的法式牛奶咖啡。这是最适合形容柔顺浪漫的双鱼座个性的咖啡了。痞子，轮到你了。”

她竟然还留这么一手，难怪人家说“最毒妇人心”。不过，天助我也。因为我的机车是一辆老旧破烂的蓝色野狼。

“蓝色的油缸，黑色的坐垫，像是漂满油污的高雄港海水。这是最适合形容外表凉薄、内心深情的天蝎座个性的水了。”

“痞子，恭喜你。你可以正式开始约我了。”到了她家楼下，她突然说出这句让我感到晴天霹雳的话。“晴天霹雳”原本是不好的形容词，但因为我爱雨天，所以霹雳一下反而好。

“明天下午一点，这里见。我的老规矩，你先吃完饭。”

“OK，没问题。我的老规矩，你请客。”

她转身打开了公寓大门，然后再回头对我倾城一笑。我抬起头，看到四楼由阴暗转为明亮。我放心地踩动我的蓝色野狼，离开了这条巷子。

（来源：https://www.lread.net/read/141473/）

赏析提示

《第一次的亲密接触》被认为是中文网络文学的一座里程碑，也被后人视为中国网络文学的开山之作，使中国网络文学正式进入中国公众视野。

它讲述了“痞子蔡”和“轻舞飞扬”之间凄美的网络爱情故事。一次偶然的机会，渴望真诚爱情的研究生痞子蔡在 BBS 上的留言引起了女孩轻舞飞扬的注意，称他是个有趣的人。这让痞子蔡很惊讶，他自认为自己是个很乏味的人。他开始好奇地关注轻舞飞扬，并逐渐被她的聪颖吸引，每晚的网络聊天成了两人之间的默契。痞子蔡不顾好朋友阿泰警告他网络的虚幻、网恋的“见光死”，决定和轻舞飞扬相见。令他震惊的是，轻舞飞扬不仅漂亮还非常聪颖，从网络到现实并未让他们之间出现任何的尴尬，一如网络聊天那样自然、默契。在干杯时碰到了她冰凉的手指，从而有了难以忘怀的第一次的亲密接触。正当痞子蔡沉浸在对爱情的美好憧憬中时，轻舞飞扬给他发来最后的 E-mail 后就消失不见了。这让痞子蔡痛苦万分。后来在小雯那里得知轻舞飞扬的地址后，赶到医院，陪她度过了生命的最后时光。沉浸在思念和悲伤中的痞子蔡意外地收到一封由小雯转寄来的轻舞飞扬的信笺，里面写着：“如果把整个浴缸的水倒出，也浇不熄我对你爱情的火焰。整个浴缸的水全部倒得出吗？可以。所以，是的，我爱你。”痞子蔡顿时泪流满面，如洪水般溃决了他的防洪工程……

小说一经发表之后，一直稳居中文网络原创小说流行榜的前三名，它使人们禁锢已久的思想被打开，意识到网络交流的快速和便捷，并由此促进了网络文学的繁荣。在文学特色上，这部小说有如下特点：

一是积极向上、充满正能量的主题。痞子蔡和轻舞飞扬纯洁的爱情打破了人们对网恋虚幻性的偏见，真爱是无处不在的。而悲情的色彩更是让人心生对美好爱情的无限向往。

二是网络化特征明显的语言特色。网络文学与传统纸质文学的区别之一是语言特征上的不同，如“当机”“见光死”等给人一种新鲜感。小说语言诙谐幽默、感性灵动又简洁明了，文意能让人一目了然，具有利于网络写作和阅读的特点。

三是他的故事以周遭生活为背景，非凭空而造，有现实根基，能打动读者；同时把现实情节演绎成网络故事，又迎合了当时网络逐渐普及的时代潮流，容易引起读者共鸣。

本章节选自其中的第 6 章“咖啡哲学”。是一次网聊时，痞子蔡说轻舞飞扬属于网络上的“第二种人”，并猜测她或者即将老去，或者时日无多。轻舞飞扬沉默良久后说想见他，于是痞子蔡决定冒险去见面后的情节。这一章生动地刻画了轻舞飞扬的美丽、智慧和调皮，也让我们看到了一个表面波澜不惊而内心“晴天霹雳”的痞子蔡形象。

能力训练

1.《第一次的亲密接触》被认为是中国网络小说的开山之作，也基本奠定了网络小说在语言上的特色。试分析其语言特色。

2.《第一次的亲密接触》最打动你的地方是什么？你如何看待网络爱情？

间　客

猫腻

作者介绍

猫腻，本名晓峰，1977 年出生于湖北宜昌，阅文集团白金作家，超人气玄幻作者。作品文学性很强，被称为“最具情怀的文青作家”，在网文界和主流文学界都受到高度认可。其在 2015 年“网文之王”大赛中名列“十二主神”之一，在 2017 年“中国网络作家影响力排行榜”中进入前五位，被认为是最具经典性的网络文学作家。

猫腻曾就读于四川大学，大三时因“惫懒被逐”，后从事网络文学创作。2003 年以“北洋鼠”为笔名在起点中文网发布《映秀十年事》，其后改笔名为“猫腻”在起点中文网、创世中文网发表多部小说，均有很高的热度。其代表作有《朱雀记》《庆余年》《间客》《将夜》《择天记》《大道朝天》等。其中《朱雀记》于 2007 年获得新浪第四届原创大赛·奇幻武侠奖一等奖；《将夜》于 2015 年获得首届网络文学双年奖金奖；《将夜》在“2017 年猫片·胡润原创文学 IP 价值榜”中排名第四；《择天记》荣登国家新闻出版广电总局和中国作家协会联合发布的 2017 年优秀网络文学推介名单第十七名；《间客》于 2013 年获得首届“西湖·类型文学双年奖”银奖，并于 2018 年入选“中国网络文学 20 年 20 部作品”，位列榜首。这些都表明了猫腻强大的创作能力。

作品选读

第二十五章　虎躯一震

下水道里的污水并不多，难成汹涌之势，更谈不上汪洋，然而这一段渠道正是河西州下水管道体系里落差最大的一段。在那些混杂着垃圾、腐叶、塑料袋的污水冲击下，许乐瘦削的身躯根本无法保持平衡，只能无奈绝望而悲哀地顺水远去，眼看着老板封余在水那一方悄然转身，留给自己最后一个难以言喻的背影。

时浮时沉，腥臭的水流将许乐打沉水底，又拎着他的身体翻出浪来，不知道漂流了多久，吃了多少口水，终于来到了一处水势渐趋平缓的地段。许乐抓住这难得的机会，右手奋力一探，抓住了水泥壁上一处突起的锈蚀把手，将半个身子悬在污水之中，略喘息片刻，体内那股熟悉的颤抖感觉再次出现，传递到手臂上，骤然一热，身体却是感觉骤然一轻……

如一只狸猫般，许乐瘦削的身躯在空中一个漂亮至极的转折，人已经从渐缓的水势中爬了出来。他趴在水泥地上，不停地喘息着，身上的汗水、血水、污水混在一起，打湿了他的全身，散发出一股恶臭难闻的味道。

将食指探入喉中抠弄了几下，吐出一大摊污水，许乐委顿的精神好了一些，确认了手腕上那道冰冷的金属手镯还在，口袋里用来屏蔽联邦电子监控的小设备也还在，他不再停留于原地，四周打量了一番后，顺着最近的一个上行通道，用最快的速度爬了上去。

封余将他踢落污水，污水将他冲到这里，两个人之间的距离已经不知多远。许乐当然明白老板的意思，只是他依然有些不甘心，总觉得老板不是那样一个轻易放弃自己的人。他拼命地爬到了地面，从井盖里钻了出来。井盖的出口刚好是在河西州首府郊外的一处高地上，居高临下，可以很清楚地看到四周几公里之内的景象。

许乐用力地分辨着四周的方位，却发现徒劳无功，那些搜捕自己的军队应该都拥有极为强悍的隐迹能力，在首府郊外高达百分之七十的森林覆盖率下，想用肉眼发现对方的踪迹，实在是一件极为困难的事情。

许乐不甘心，他继续向着山丘上的大树顶端爬去，虽然他知道如果自己再待久一些，只怕会被电子监控定位，但是他不亲眼看着老板的身影，他总是不放心。

就在他的脚尖踏上大树顶端的那一刹那，他看到了他想看到的，更看到了他不想看到的，视线落在此地与矿坑间的某处山林间，久久无法挪开。他的脸色苍白，嘴唇发抖，眼瞳里充满了绝望的情绪。

“老板你说你会一直活着，原来你还是在骗我……就像这些年里一样。”少年眼眶里渐渐湿润，因为他知道下一刻，自己也许将永远失去这个亦师亦友的老板大叔。

在遥远的山林中，他看到了大叔封余的身影，还看到了，一、二、三、四……七……十一台……机甲！

……

……

第四街区外临时营地，光幕上的两种颜色区块重叠在了一起，而其中一种颜色已经被成功地凝合具体的坐标方位，变成了一个光点。负责接收首都星宪章局信号的东林警备区军官，在第一时间内，将目标 1 的坐标方位传送到所有行动的人员手中。

机修师封余在和许乐进行了那么久无营养的谈话后，终于“成功”地将自己的踪迹暴露在了联邦军方的眼皮底下。一直跟随模糊颜色区块进行追踪的上百名特种精兵，还有专门从遥远西林而来，全权负责此项任务的第四军区机甲小组，用最快的速度扑向了那个山谷。

身着迷彩的特种兵们还在山林中潜行，从西林商业飞船偷偷降落警备区机场的机甲却是毫无踪影，暮色下的山林，充满了一种怪异的氛围。

在城市中注视此次行动的东林警备区军官，心中纷纷闪过猜疑，对于那位莱克上校的指挥生出诸多想法。就算目标1是联邦史上最穷凶极恶的叛国贼，但毕竟此时对方只是一个人，又怎么可能是这么多精锐部队的对手？

更关键的是，联邦方面出动了十一台M52制式机甲！要知道整个东林警备区也只拥有四十台同等型号的强大武器。在金属洪流的面前，一个脆弱的人类，又能做出怎样的抵抗？

暮色如血，树林的边缘像燃烧起来一样。封余从矿坑里钻了出来，扶着腰大口地喘息，这才发现原来自己真的老了。他看了看四周安静的环境，眼瞳里闪过一丝嘲讽，心想联邦方面还真是很看得起自己。

突进阵形？看样子和那年一样，这些军人接受的命令依然是格杀勿论……封余坐在了一块大石头上，从上衣口袋里取出烟卷，点燃后深深地吸了一口，脸上流露出畅美的神情。

封余不知道此次带队的军官是谁，也不知道对方为什么如此小心，没用M52射速恐怖的链式钢弹直接将自己所处的树林扫射成满地残渣，而是选择了一步步缩小包围圈。

那些开启了迷彩功能的机甲，和那些大树混在一起还真是容易骗过人的眼睛。只是那些趴在长草里的特种兵又在等什么？封余深深地吸了一口气，干枯双唇叼着的烟卷猛地燃了起来，直接烧到了过滤嘴的边缘，烟雾遮住了他的脸。

这口烟很劲，想必很爽，机修师封余的身体爽得颤抖了起来，就这样突兀地颤抖了起来，那条先前似乎受过伤的腿，似乎也被这种颤抖感染，没有丝毫的不适应。

这种颤抖发自全身的每一处肌肉关节，甚至是每一个细胞，最终发诸于四肢，封余花白的头发披散于身后，身上那件破旧的夹克呼呼作响，他的双脚微微分开，颤抖的异常夸张，夸张到空气里似乎都开始嗡嗡作响。

机修师的双腿颤抖若弓弦！双手颤抖若受力而屈，时刻准备爆发的箭！空气中嗡嗡的声响，越来越密，终于变成了一记闷雷般的空爆声！

封余身上那块石头不知何时到了他的手中，然后变作了一颗炮弹，直接砸向了密林深处，“喀喇”一声，发出一声金属破损的异响。

他那略粗的双腿，却是颤抖着原地消失！下一刻从那些长草之上飞掠而过，颤抖着绕到了一棵树后，以人类绝对反应不过来的速度，单拳狠狠击出。

一辆M52左腿关节暴露在外的液压管，就被这赤裸的一拳砸断！机油像瀑布喷射中，庞大的金属机甲忽然间失却了平衡，缓缓倒下！

第二十六章 霸王卸甲

一幅画面落在不同人的眼中，代表着完全不同的意义。

山谷包围圈一处高大乔木的后方，一辆被漆成哑光的M52就像一头打盹的老虎一样，悄无声息，以难看却实用的姿势侧蹲着。这是联邦军方装甲最厚、火力最猛的单兵机甲，两根合金机械腿被军人们戏称为青蛙腿。就在青蛙腿的上方，莱克上校坐在操作舱内，警惕地注视着前方。

以一点四公里为基准距离，第四军区远道而来的特种机甲小组队员分散在这片山谷四周。莱克上校是他们的头儿，自然有信心自己的b4突击队形可能保持完美的统一协调，那些队员们就像他的手指一样，在高速的手速下，依然能够保持准确。

中程武器系统早已在追击的过程中充能完毕，在收到目标1具体方位的那一瞬间，全体追击队形锋头一转，直接将那道小小的山谷封闭了起来。然而莱克上校并没有发起火力覆盖的命令，虽然说在十一台M52的链式覆盖攻击下，应该没有任何碳基生命还能存活下来，可是在没有看到目标之前，莱克上校不敢冒险。

高敏探头将山谷里的景象传了回来，莱克上校看到了那个一头花白头发的机修师疲惫的面孔和大腿上的伤口，他的心里松了一口气，一个赤手空拳的前任军人，危险性应该大不如前。

可不知道为什么，莱克上校依然没有发布攻击的命令，因为他总有一种很怪异的感觉，如果在这个距离上发动攻击……目标说不定真的可以趁乱逃走，虽然说这从逻辑上是说不通的事情，可是十几年前，山谷里那个满脸惘然的机修师似乎就是违反逻辑，从国防部暴怒的追击中活了下来，而且一活就是……十几年。

机甲单兵操作舱的小光幕上，清晰地展现出山谷里的景象，那个花白头发的机修师似乎什么都没有察觉，他点燃了一根烟？他不急着逃跑，为什么要点烟？他看了自己一眼？莱克上校鼻梁上变形的墨镜抖了一下，看着光幕上那个直视自己的冷冽眼光，不知道那个机修师是不是在看自己。

隔着这么远的距离，难道对方发现了自己的存在？对于机甲操控隐迹能力格外自信的莱克上校心头生出一丝寒意，越发地不自信起来。

尤其是当他发现机修师开始猥琐地颤抖起来，一股强烈的不安占据了他的全身，让他再也不想等，直接对小组里的十名队员发出了远程攻击的命令！

然而……光幕上的机修师似乎能够准确地计算到联邦特种机甲小组的心态，就在远程攻击命令还没有完全转换成电波信号前零点零一秒，机修师封余动了！

一动惊天地。

重达半吨的岩石被机修师的双臂抛出，像炮弹一样呼啸，砸中了一直小心翼翼潜藏在十一点方向，准备好了强攻狙击炮的一台 M52！

M52 操作舱外的重装甲被狠狠地砸中，石屑乱飞，虽然没有发生严重的变形，但这股强大的冲击力，依然震得操作舱内连接着电元感应椅的机甲小组队员吐出了鲜血，短时间内，再也无法回复！

半吨的岩石在那个机修师的手上，竟然像是一颗手雷扔出！这需要多么惊人的力量，这个机修师还是人吗？莱克上校满脸震惊地计算着机修师先前那一刻所展现出的雄奇力量，嘴唇感到一阵苦涩。

紧接着，他的眼光追寻着已经变成了一道影子的机修师，在山谷里的一片长草上滑过，向着一棵大树后冲了过去！

“老七！”莱克上校在通话器里厉声呵斥，想要提醒躲在树后的队员，然而一切都晚了，他只能眼睁睁地看着机修师的拳头砸中了 M52 粗重双腿膝后的液压管。

莱克上校知道 M52 相对薄弱的防御短板，就是在膝后的联结处，但他从来也没有想过，一个赤手空拳的人，可以单凭自己的拳头，便能砸断那条合金钢做成的液压管！

先前的飞石展示了机修师强大到不可一世的力量，后一刻的双腿颤飞而掠展示了机修师封余恐怖的速度，而生生击断 M52 液压管的拳头，则似乎是在向这些联邦军人展示，他身体的强度。

只是一刹那，还没有来得及攻击的机甲小组便损失了两台机甲，其中一台 M52 被巨石击中，震伤了操作舱里的队员，机甲像喝醉了一样，正在努力维持着平衡，不从山坡上摔落。而大树后直面封余攻击的机甲，则已经是向后倒了下去，看上去凄惨不堪。

向着天空喷射而出的机甲，被暮色照耀成了令人心悸的血水，就在血水幕帘的那一方，在巨大的机甲面前，显得无比渺小的那个身影，却显得格外强大。

这一刻，山谷里的特种机甲队员和东林警备区特种兵们，全部都怔住了。

那个头发花白的机修师，他不像是一个人，至少，他不是一个正常的人。这个世界上没有正常人敢和机甲正面对抗，然而封余证明了，在强大的个人力量面前，机械文明的金属机甲，也并不是无法抵抗的存在。

……

……

莱克上校所率领的西林第四军区特种机甲小组，被宪章局建议负责此次追杀任务，并且得到了国防部和特勤局的认可，这是因为在前些年与帝国的战争之中，第四军区强悍的战斗力量得到了整个联邦的尊敬和信任。然而今天面对突如其来的变故，一向冷漠坚毅的莱克上校依然感到了一阵心神摇荡，因为他发现此次行动的目标所展现出来的实力，是在战场上没有见过的，也是在第二军事学院没有学过的。

然而联邦军人强硬的神经，让山谷里的整个队形依然只是微微一滞，依然完好的机甲和重火力部署瞬息间发动，中程武器开始向着大树方向宣泄能量与金属子弹，哪怕那里还有自己的同伴，他们也必须在第一时间内反应过来，将那个叛国机修师杀死！

弹片轻易地将大树削成了无数在空中飞溅的碎片，山谷里令人心悸的枪声掩盖了一切的存在。只是一瞬间，便有无数的弹药密集地轰击在了大树后方。

“老七能撑住吗？”莱克上校率领着五台 M52 顺着山谷的道路，以最快的速度向着那边扑了过去，整个包围圈没有任何漏洞，他在心中替自己的队员担心。

然而下一刻，他的眼瞳微缩，心情沉重而决然地按下了身旁的按钮。从此刻起，敌我识辨系统取消，无限制攻击开始，那台被轰断液压管的机甲，也成了无数火力的攻击目标！

因为他发现，机修师如鬼魅一样的身影，已经爬到了那台跛了的机甲腹部，不知通过什么手段，竟然轻易地卸开了机甲防护罩，将要打开操作舱！

（来源：https://book.qidian.com/info/1223147#Catalog）

赏析提示

《间客》是一本东方玄幻题材小说，四卷 330 余万字，首发于起点中文网。其故事背景恢宏巨大，有着歌剧一般的美；虽为一部玄幻类小说，又紧密联系现实，映射现实问题，譬如何为正义、如何践行正义等，使诸多价值立场在他的故事里激烈碰撞，是宏大星空架构和幽微伦理辩论的巧妙组合。

小说讲述了主人公许乐，东林大区公民，从一颗荒凉的半废弃星球上离开后，带着满脑子稀奇古怪的知识和谁也不曾接触过的神秘力量，进入这个最无趣也是最有趣的世界后发生的故事。

作者设定了三大星域：三林星域（联邦管辖的星域）、左天星域（帝国统治的星域）和百慕大星域（中间派）。故事先从三林星域切入，引出联邦制度，这里科技先进，崇尚平等和自由。之后是皇帝和大师范领导的帝国，虽科技落后，却依靠高效的制度保持和联邦的战争。后来，身为帝国太子却出生在联邦的许乐促成了他们之间的和平。

就《间客》宏大的结构艺术来说，陈新榜在《中国网络文学二十年好文集》中做过很精练的评价："《间客》具有网络小说中罕见的严密结构，主要人物各行其道，关系又密集交织，数条情节线索成股结扣，读着越来越有整体感。这样的结构也让各个主要人物能在辩论中充分展开自身的立场及其逻辑，在众声喧哗中，主角许乐坚定不移地发出刚健朴实的最强音。"

主人公许乐身上有着一股侠气，快意江湖、恩怨分明，有着金庸小说武侠英雄的气质。他性情直接且至死不改，像块"硬石头"。不受传统约束，有自己的道德准则。陈新榜认为他"堪称整个网文世界塑造得最成功的形象之一"。更有网友评价说："许乐的生活方式是许多人向往的、理想的生活方式，生活中太多不顺，太多不公，许乐凭着自己的心意挥洒着热血，而我们忍气吞声。许乐被很多人喜爱，是因为他是那个我们心中最想要的自己。"

本部分节选自第一卷。讲述封余在山谷中被联邦特种兵包围后的紧张局势和激烈对抗，展现了封余极其强大的强悍力量。与封余相依为命多年的许乐戴着封余最后分别时送给他的手镯，站在遥远山头的大树之巅，既看得惊心动魄，又感到无比动容。从这里开始，主人公许乐开始了真正属于自己的人生。

能力训练

1. 试分析猫腻《间客》在结构和人物形象方面的特点。

2. 猫腻被称为"最具情怀的文青作家"，对此你怎么看？你觉得他作品的"情怀"体现在哪些方面？可以他的一部或多部作品来说明。

杜拉拉升职记

李　可

作者介绍

李可，女，名校毕业，自由写作者，前职业经理人，历经二十年职场。她是极其低调且神秘的一位网络写手，不公开露面，不接收采访，不愿受打扰。李可也只是她的笔名，真名不详。写有职场系列小说《杜拉拉升职记》，总共有四部：《杜拉拉升职记》(2007)、《杜拉拉2·似水年华》(2009)、《杜拉拉3·我在这战斗的一年里》(2010)、《杜拉拉4·与理想有关》(2011)。她的这一系列职场小说被誉为中国白领必读的职场修炼小说。小说的主人公杜拉拉是典型的中产阶级代表，她没有特殊背景，却受过良好的教育，最终靠个人奋斗获取成功。小说以其独特的形式、朴实的结构，使每一位读者都能感同身受地找到职场中的自己，很受读者欢迎，其亦被拍成同名电影、电视剧和话剧，掀起杜拉拉风潮。

作品选读

12　话不投机

王伟发出最后一个E-mail，合上手提，看看表已经晚上八点半了。他左右活动了几下僵硬的脖颈，走到过道上望了望办公室，人都走了，就拉拉还在埋头干活儿。

自从上次的搬家风波之后，王伟留心观察了一下，不得不承认拉拉特不容易，一个人要操持N多事情。

王伟感到一丝歉意，便留了心，想找个机会补偿一下。

他在瞬间拿定主意，走了过去。没等他开口，拉拉抬起头静静地看着他。

王伟说："吃晚饭了吗？"

拉拉抿嘴微笑道："No。"

王伟顺势道："我请你吧。"

拉拉摇摇头说："不啦，我还有活儿呢。谢谢。"

王伟没想到她会这么回答，平时他要是在办公室里说声请客，没有不马上相跟着的。他稍稍愣了一下，放得特别和蔼地说："活儿是干不完的，饭总是要吃的。"

拉拉客气地说："谢谢，可我的活儿真挺急。"

王伟索性走到她旁边的座位坐下说："你今晚总得吃饭不是？"

拉拉笑道："那当然，不然我要晕过去的。"

"我等你把你的急活儿干完，我也还有几个 E-mail 要写，不白等着你。除非你还为上回的事儿记仇。"王伟本来只是想着要补偿一下拉拉，结果她的拒绝，使得他忽然意识到，自己的邀请其实还有一个潜在的重要原因，就是他私心里很愿意和她一起吃这顿晚餐，他不由得体贴中又顺带使了个将军的小伎俩。

听王伟这样说，拉拉只得说："不记仇。那您可得等上至少半小时呢，我怕饿着您。"

王伟拉近距离说："这不都下班时间了吗，用不着用'您'来表示你实际上不肯原谅吧。"

拉拉被他逗乐了，说："只要你肯原谅我，我就宽心了。"

王伟挥挥手说："那就这么定了，你先忙吧。"

他起身走开，走了几步，又回头说："你别着急，我的活儿也不少，你这边完事儿了叫我一声。"

王伟放下总监的架子主动表示友好，叫拉拉连日不开的心里透进了一丝亮光，她感觉心里松快些。

拉拉抓紧干完手中的活儿，便准备打王伟的分机，一抬头，王伟正透过他办公室的大玻璃窗望向这边，见她抬头，他打了个询问的手势，拉拉伸手比画了个 OK，王伟点点头。

王伟交代说："你到大堂正门等我，我去把车开过来。"

拉拉等王伟开了部黑色的奥迪 A6 过来，便走去开后车门。

王伟邀请道："要不你上前边坐着，我好给你介绍介绍上海？"

拉拉迟疑了一下说："上海我常来。"

王伟坚持说："你那不是常来干活儿的嘛，又不是常来闲逛呀。"

拉拉笑着依他的邀请坐到前排副驾驶的座位上。

王伟松开领带，侧过脸来问拉拉："想吃啥？"

拉拉信口说了个："随便。"

王伟不同意："不能说随便，得说点具体的。"

拉拉老老实实地说："我光来干活儿了，不知道具体的哪里好吃呀。"

王伟说："这样，我提供三个选择，你挑一个吧。'海之幸'无限量吃日本菜，'梅龙镇'吃上海菜，要不就'东北人'吃东北菜啦。"

拉拉说："挺累的了，'东北人'太闹。"

"那就'海之幸'吧。"王伟替拉拉做了决定。

可拉拉却有了自己的主意，她说："其实我想吃上海菜，我喜欢炒年糕。"

王伟不以为然地说："上海菜有什么吃头，就去新乐路的'海之幸'，他们有不错的青酒。"

拉拉觉得他有点好笑，心说，你刚才不是还让我在三样里挑一样吗，我现在挑了你又说没吃头，那你起先干吗还列出来让我挑呀？

王伟说服她道："你到了那里就知道了，你会喜欢的。"

"海之幸"的用餐环境不错，拉拉挺喜欢那里的三文鱼刺身和青酒，美中不足就是两人话说不到一块儿去。

王伟一杯青酒落到胃里，放松地舒展一下身体，对拉拉说："现在的女孩好多脾气都大。有一回，我请一女孩吃饭，吃饭的时候大家都高高兴兴的。吃完饭，我一问她住的地方，和我房子的方向正好相反，我要是开车送她回去，再自己回家，就得兜大半个上海，我那天特累，真不愿意开那么久车，那个地方打的也很方便，我就和她商量，能不能我帮她叫到车，她自己打的回家。结果，她脸拉得N长，'嘭'的一声甩上车门就走了。挺有气质一女孩，我本来对她印象还不错，那一下特莫名其妙，我就懒得再搭理她了。"

拉拉反问道："你觉得她发脾气莫名其妙吗？"

王伟肯定地说："当然莫名其妙啦。我那天不是太累，不想开那么远车嘛。"

拉拉质疑道："既然那么累，你干吗还非那天和人家吃饭呀？这不是两人期望值没同步嘛。"

王伟解释说："事先约的，我也不能预见那天我会那么累呀。"

拉拉觉得那不是个理由，就说："那你和人解释一下你是太累了才让她自己打的回去的不就得了。"

"我那不是很礼貌地和她商量，我帮她叫到车再走，还不行吗？"王伟有点委屈地说道。

拉拉说："我倒觉得我能理解人家为什么发脾气。我不是跟你说了吗，期望值的问题。换了我是你，我就会解释明白为什么要让她自己打的回去。"

王伟不同意地摇摇头说："不关期望值的事，大家压力都大。那要是喝了酒，还非得要我开车送回去？"

拉拉多心了，马上说："哎，我不要你送呀，这里叫车不难。"

王伟说："我又没有说你。"

拉拉忍着气说："我自愿的。"

王伟没有注意到拉拉不高兴了，随口道："这可是你自己说的，回头看看吧。"

这下拉拉更不高兴了，赌咒发誓说："回头我要是让你送，我是小狗。"

王伟笑道："那行，你可记住咯。"

拉拉心说：这EQ水平可不怎么样，这样的EQ都能混上个总监，我杜拉拉可真是混得不得意呀。

既然说不到一处，又觉得自己人生失意，拉拉就打定主意，集中精力享受美味，也多少弥补一下人生的失意。

她索性不大搭理王伟，自己又吃又喝的，王伟说啥，她就敷衍地说他说得对。郁闷得王伟直想质问她：我请你吃饭，怎么倒得罪你了？

两人吃了饭出来，拉拉飞快地拦到一部的士钻了进去，一边礼数周到地和王伟说："谢谢您请我吃晚餐，今天晚上我很愉快。我先走啦，您一会儿开车慢点儿。明儿见。"

王伟没话说，因为拉拉又有礼貌，又不劳动他开车相送，他没有什么可抱怨的。

王伟自己开车回去的路上想想有点纳闷：这杜拉拉也不笨呀，干得这么辛苦，怎么到现在老大不小的了，才混个主管当着，还是个特没出息的行政部的主管。

转念又想，她虽然有点刻薄的毛病，人倒有点意思，和上海女的很不一样，和北京女的也不一样，下次找机会再请她吃饭，看看她到底哪门哪派。

13　受累又受气该怎么办

拉拉和王伟分手后，回到酒店就把自己泡在浴缸里，水龙头有点没关严，水珠往下拉着拉着，隔三秒钟就发出好听而单调的叮咚声，圆润地坠入浴缸的水里，使得房间里显得越发的静谧。

水漫过拉拉美好的身段，她把头发湿漉漉地散着，头靠在浴缸一头一动不动地躺着，两眼盯着对面被热水的雾气弥漫了的镜子，陷入了沉思：自己和王伟的差别到底在哪里，王伟活得神气活现，自己却干得多拿得少还要做受气包。

拉拉小时候，老师教导大家说：劳动创造世界。因此她一直不惜力气热爱劳动，不论是脑力劳动还是体力劳动。

拉拉又向来以为，做下属的就要多为上司分担，少麻烦上司，尽量自己摆平各种困难，否则老板要你这个下属干什么用。

基于上述两点认识，拉拉总是很少麻烦李斯特，自己悄没声息地就把许多难题给处理了。

当然，她也学过：劳心者治人，劳力者治于人。

之前，她没有想过，她在DB正是属于人们常说的那种“典型的干活儿的人”——就是个廉价的“劳力者”。

浴缸里的水温慢慢凉下来，拉拉也渐渐地理出了一条思路：

就是因为自己和李斯特沟通不够，遇到事情都是自己默默干了，所以他根本没有意识到发生过多少问题，有多少工作量，难度有多大。于是，他就不认为承担这些职责的人是重要的。鉴于他不认为你是重要的，他就不会对你好，甚至可能对你不好。

而王伟干的是销售，销售工作有一个显著特点，就是工作指标特别容易量化。每个月卖得多了或是少了，给公司赚了多少钱，一眼就看得清清楚楚。他卖得好，所以，他是重要的，EQ低一点也没关系。

拉拉找到李斯特不待见自己的原因后，忍着气，定下心来给自己规定了几条和李斯特工作的原则，试用之后，果然有效。

于是，拉拉的Blog里就有了下面这段博文：

干了活儿还受气该怎么办?

1. 我把每一阶段的主要工作任务和安排都做成清晰简明的表格，发送给我的老板，告诉他如果有反对意见，在某某日期前让我知道，不然我就照计划走——这个过程主要就是让他对工作量有个概念。其中提出日期限定，是要逼他去看工作表（老板们很忙，你的E-mail他常常会视而不见，甚至有可能根本不看）；用简明的表格来表述，是为了便于老板阅读，使他不需要花很多时间就能快速看清楚报告的内容。

2. 我刚开始接管这个部门的时候，本着尽量不给老板找麻烦的原则，我会尽量不把难题交给他，很多困难都自己想办法协调解决。但是这样做的结果就是使老板轻视我，他根本不了解工作的难度。

后来我就改变了这个策略，遇到问题我还是自己想法解决，但是每当这个时候，我会先带着我的解决方案去找老板开会。

每次开会，我会尽量挑一个他比较清醒而不烦躁的时候，单独地只讨论某一方面的一个大的困难。

我让他了解困难的背景。等他听了头痛的时候，我再告诉他，我有两个方案，分析优劣给他听，他就很容易在两个中挑一个出来了。

这样，他对我工作中的困难的难度和出现的频率、我的专业，以及我积极主动解决问题的态度和技巧，就有了比较好的认识。

3. 每次大一点的项目实施过程中，我会主动地在重要阶段给老板一些信息，就算过程再顺利，我也会让他知道进程如何，把这当中的大事 brief（摘要）给他。最后出结果的时候，我会及时地通知他，免得他不放心，我从来不需要他来问我结果。

这样，他觉得把事情交给我，可以很放心，执行力绝对没有问题。

4. 在需要和别的部门的总监们，或者和 president（总裁）和 VP（副总裁）一起工作的时候，我特别注意清晰简洁而主动的沟通，尽量考虑周到。写 E-mail 或者说话，都非常小心，不出现有歧义的内容，基本上不出现总监们抱怨我的情况，这样一来，我的老板就觉得我很牢靠，不会给他找麻烦。

就像拉拉自己在 Blog 中写的那样，经过一段时间的磨合，拉拉和李斯特之间的信任建立起来了。李斯特开始大事小情都爱找拉拉商量。

拉拉在磨炼中飞快地成长，先前懵懵懂懂的职业发展意识清晰起来，她认识到了自己的力量，确定自己把这个项目拿下，是卓越的表现——而且，这个项目如果没有她，李斯特就是不行。所谓地球离了谁都照样转，可不见得都是对的。

因为了解了自己的价值，拉拉看明白了李斯特对自己的刻薄。她还未掌握讲价之道，但是明白碰到老李这号不自觉的老板，就只有自己捍卫自己的利益了，难为情也得开口，否则，就白被剥削了一场。

她硬着头皮来找李斯特，涨红了脸说："老板，装修项目总算是顺利完成了，另外，我代理了这半年的全国行政，一切运作也都正常。工作结果证明，我是胜任行政经理这个岗位的。我想知道，是否会有进步的机会。"

李斯特没有料到老实的拉拉会来找他讲价。他一下感到背上有点不自在起来，不由得调整了一下自己的坐姿。

拉拉的问题他不愿意回答，他对这个事情拿不定主意。对于他来说，最好就是拉拉不提这方面的要求，然后维持现状，给他把行政这个家当好。拉拉一开口，他的头就大起来了，本能地决定先拒绝拉拉。

李斯特知道拉拉不愿意离开广州，虽然他对拉拉有点于心不忍，还是找个由头说："你的 location（常驻地点）在广州，而行政经理这个职位是要设在上海的，所以，没有办法。拉拉，你知道，公司用人的原则是因岗设人，不是因人设岗。公司不可以因为你在广州，就把这个职位设到广州去，你能理解吧？"

李斯特这个理由很正当，拉拉回不出什么，但是心里却愤怒了：你调我来上海做项目的时候，怎么不考虑我的 location 是在广州，而不是在上海呢？

拉拉略顿了顿说："李斯特，我不介意出差，我可以每个月到上海出差至少一周。过去这半年，我一直是来回出差，不单日常的全国行政管理一切正常，就连项目，我也做得很好；而且，我手中的资源，比起玫瑰在的时候，还少了两个人头——我顶起了玫瑰的职责，广州办并没有额外的人来顶我原先的职责，北京的王蔷走后，这个位置，公司一直还没有填进人头，也是我顶了半年，这些您都是了解的，我等于一个人，干了两个主管和一个经理的活儿。"

李斯特没有料到拉拉会直截了当地提出要求，沉思了片刻说："是的，你做得不错，但是，因岗设人是原则，原则是一定要遵循的。"

拉拉气结，反问李斯特："那么，那些为公司做了贡献的优秀员工的利益，有适用原则来维护吗？公司就不考虑他们职业上升的空间了？"

李斯特一摊手说："有些事情是没有办法的，明知道不合理，却没有更好的解决之道。这就是为什么有时候优秀员工会流失的原因。这很可惜，但是，也很无奈。"

拉拉想起柯必得前几天在走道上对她说："拉拉，不容易呀，亚太区的人都说你这个项目做得好，钱又花得少，何好德很满意你的工作呢。让你们李斯特给你申请一个总裁奖吧，报给何好德批。"

拉拉想，得，不给我当经理，我就去欧洲玩一趟吧。玫瑰上次得了总裁奖，金额是2000美金，我总该不低于这个数字吧？

她咽了口吐沫说："项目完成了，会不会有相应的奖金？"

"何好德最讨厌人家讲钱了，讲钱就不好了，工作不是为了钱。"

拉拉不接他的话，坚持说："玫瑰上次能批到总裁奖，我们这个应该更没有问题了。"看来李斯特是不预备给拉拉任何奖励了。

拉拉口中的"我们"，其实是"我"的意思，她跟着李斯特干了一段，不知不觉中受李斯特的风格影响，为自己要钱的时候，就用了个"我们"。

李斯特把拉拉当傻瓜到底说："这个项目工作量很大，项目小组应该得到表彰，特别是你，很辛苦。我正想着跟公司提议给你去做一个水晶的纪念牌，一定要做一个大的，小的我不要。何好德很小气的，不知道他会不会有意见，如果他不愿意，我自己掏钱，也要做这个水晶牌。"

（选自李可.杜拉拉升职记［M］.西安：陕西师范大学出版社，2007.）

赏析提示

《杜拉拉升职记》第一部于2007年9月出版后连续荣登小说销售排行榜冠军，2010年徐静蕾版电影《杜拉拉升职记》公映，票房过亿，之后出现姚晨版话剧和王珞丹版电视剧。

小说讲述拉拉大学毕业后的十年职场生涯，经历了国企、民企和外企，她从一个朴实的销售助理成长为专业干练的HR经理。她的成功源于她身上所具有的一些特质，譬如绝对踏实肯干，并且非常重视在实践、总结和思考中持续提升智慧。同时，杜拉拉也是一个执着于理想的人，她不懈地追求温情而自由的个人生活。

我们可以从消遣的角度把它当作一部小说来读，更可以把它当作一本经验分享之类的职场实用手册来使用。李可曾说："写'杜拉拉'系列的主要出发点是在技术层面把职场的事情说清楚，而不是从情节上进行丰富的展示，可以说，在这个系列中，情节是服务于知识的。"小说中有很多职场的细节描写和职场心得分享，这对读者来说是很好的借鉴。

本篇节选的情节之一是王伟邀请杜拉拉共进晚餐却聊得不欢而散之后，杜拉拉开始思考王伟活得那么神气活现，而自己做了那么多事情那么累却还不受李斯特待见的原因，并为此制定了几条和李斯特工作的原则。试用几周之后，果然见效，李斯特逐渐信任起拉拉，有什么事情都爱找她商量了。这里凸显出拉拉在工作中善于发现、总结，能积极寻找解决问题的办法，并让自己变得越来越聪明。

能力训练

1. 结合《杜拉拉升职记》节选的这两章内容，谈谈杜拉拉人物形象的特点。
2. 试阅读李可的《杜拉拉升职记》，并摘录将来对你职场有帮助的句子或观点。
3. 你也会进行网络写作吗？你网络写作的目的是什么？并分享你的一些文字或作品。

素养园地

网络文学以艺术的方式传承中华优秀传统文化

继承传统文化　呼唤工匠精神

网络文学的成就离不开中华优秀传统文化的涵养，优秀的网络文学作品必扎根于中华优秀传统文化的土壤中。优秀的网络作家往往善于从传统文化中汲取营养，将中华文化的精髓融于精彩的故事中，以艺术的方式传承中华优秀传统文化。

其作品在文化意蕴、虚拟世界的想象力、人物形象的精气神、作品的类型风格等方面表现出鲜明的中华文化立场和审美风范。

如在作品角色和主题上，《将夜》（猫腻）中的主角是国家的栋梁，保家卫国，坚守民族大义，为天下苍生不畏艰险，勇于担当。《琅琊榜》（海宴）表达家国大义，讲述正义复仇、步步为营的谋略智慧故事。《紫阳》（风御九秋）弘扬的是诚心、忠义、孝道、仁善、气度，心要稳、志要恒的精神境界。这些作品都展现出积极向上、崇尚和平、勇于担当、豁达开朗的人生态度，并产生出良好的国际影响。

网络玄幻小说对上古神话的借用，积极吸收传统文化中瑰丽的艺术想象，描述了一个独具中华民族意味的超自然世界。《三生三世十里桃花》（唐七公子）中的“青丘”“九尾狐”来自《山海经》，小说描绘了一个天族、翼族、狐族共存的世界，讲述了跨越三界的爱恋故事。在盗墓小说、悬疑小说、仙侠小说中可见古代志怪小说及民间文化的流风余韵。

优秀网络作家往往热爱古典文化。当年明月自孩童时起七年读了十一遍《上下五千年》，在上中学时熟读了《二十四史》《资治通鉴》《古文观止》等书籍；蔡智恒最喜欢的作品是《三国演义》；流潋紫、沧海明珠等网络作家非常喜欢阅读《红楼梦》。今何在的《悟空传》以现代观念重写西游故事，感动了很多读者；猫腻自幼便喜欢看武侠小说，曾深深迷醉在金庸、古龙、卧龙生三人的武侠世界之中……

网络作家们既要坚定文化自信，也要认清文化的精华与糟粕，要激浊扬清，发扬工匠精神，对中华文化进行创造性转化。

拓展阅读书单

1. 欧阳友权 . 中国网络文学二十年［M］. 南京：江苏凤凰文艺出版社，2018.

2. 邵燕君，高寒凝 . 中国网络文学二十年好文集［M］. 桂林：漓江出版社，2019.

3. 周闻道 . 稻草人的信仰［M］. 天津：百花文艺出版社，2011.

4. 安妮宝贝 . 告别薇安［M］. 天津：天津人民出版社，2016.

5. 罗森 . 碎星物语［EB/OL］.http://www.520xsb.com/read/89/index.html.

6. 今何在 . 悟空传［EB/OL］.http://dushu.baidu.com/pc/detail?gid=4305630473.

7. wanglong. 复兴之路［EB/OL］.https://book.qidian.com/info/3542213.

8. 唐家三少 . 斗罗大陆Ⅱ绝世唐门［EB/OL］.https://book.qidian.com/info/2517792.

9. 天蚕土豆 . 大主宰［EB/OL］.https://book.qidian.com/info/2750457.

10. 辛夷坞 . 致我们终将逝去的青春［M］. 南京：江苏文艺出版社，2011.

参考文献

1. 崔为英，谌艺榕，李海英．文学欣赏［M］. 镇江：江苏大学出版社，2017.
2. 康震．康震讲诗词经典［M］. 北京：中华书局，2018.
3. 晓波．唐诗宋词元曲赏析［M］. 太原：山西人民出版社，2020.
4. 谢冕．中国现当代诗歌名作欣赏［M］. 北京．北京大学出版社，2012.
5. 梁英君，王晶晶．经典英美诗歌赏析［M］. 北京：中国矿业大学出版社，2014.
6. 王首程．文学欣赏［M］. 广州：华南理工大学出版社，2001.
7. 胡山林．文学欣赏新编［M］. 北京：人民邮电出版社，2013.
8. 林亦农．文学鉴赏［M］. 西安：西北工业大学出版社，2013.
9. 徐中玉，齐森华．大学语文［M］. 上海：华东师范大学出版社，2002.
10. 高尔基．论文学［M］. 北京：人民文学出版社，1978.
11. 朱东润．中国历代文学作品选（下编第一册）［M］. 上海：上海古籍出版社，2008.
12. 老舍．老舍文集（第十一卷）［M］. 北京：人民文学出版社，1987.
13. 薇薇，蔡成恩．芭蕾舞剧《天鹅湖》的故事［J］. 琴童，2019（7）.
14．欧阳友权．网络文学概论［M］. 北京：北京大学出版社，2008.
15．邵燕君，高寒凝．中国网络文学二十年好文集［M］. 桂林：漓江出版社，2019.
16．欧阳友权．中国网络文学二十年［M］. 南京：江苏凤凰文艺出版社，2018.
17. 吴廷玉．文学欣赏（第四版）［M］. 北京：高等教育出版社，2020.
18. 董小玉．文学欣赏教程［M］. 北京：高等教育出版社，2015.
19. 欧增益．大学语文［M］. 上海：上海交通大学出版社，2021.

图书在版编目（CIP）数据

文学欣赏 / 李玛丽，黄清玲主编. -- 北京：中国人民大学出版社，2022.1
新编21世纪高等职业教育精品教材. 通识课系列
ISBN 978-7-300-30159-4

Ⅰ.①文… Ⅱ.①李… ②黄… Ⅲ.①文学欣赏－高等职业教育－教材 Ⅳ.①I06

中国版本图书馆 CIP 数据核字（2021）第 279760 号

新编 21 世纪高等职业教育精品教材 · 通识课系列
文学欣赏
主　编　李玛丽　黄清玲
副主编　黄　海　卢如华　胡　芳
Wenxue Xinshang

出版发行	中国人民大学出版社		
社　　址	北京中关村大街 31 号	**邮政编码** 100080	
电　　话	010-62511242（总编室）	010-62511770（质管部）	
	010-82501766（邮购部）	010-62514148（门市部）	
	010-62515195（发行公司）	010-62515275（盗版举报）	
网　　址	http：// www. crup. com. cn		
经　　销	新华书店		
印　　刷	北京溢漾印刷有限公司		
开　　本	787 mm × 1092 mm　1/16	**版　　次**	2022 年 1 月第 1 版
印　　张	17.5 插页 1	**印　　次**	2024 年 2 月第 4 次印刷
字　　数	326 000	**定　　价**	40.00 元